陆 军◎著

中 国 编 剧 学 丛 书

编 剧 学 论 稿

The Art & Craft of Dramatic Writing

中国社会科学出版社

图书在版编目（CIP）数据

编剧学论稿 / 陆军著 . — 北京：中国社会科学出版社，2018.9

（中国编剧学丛书）

ISBN 978-7-5203-2497-7

Ⅰ.①编… Ⅱ.①陆… Ⅲ.①编剧-文集 Ⅳ.①I053-53

中国版本图书馆 CIP 数据核字（2018）第 103407 号

出 版 人	赵剑英
责任编辑	任　明
责任校对	冯英爽
责任印制	李寡寡

出　　版	中国社会科学出版社
社　　址	北京鼓楼西大街甲 158 号
邮　　编	100720
网　　址	http：//www.csspw.cn
发 行 部	010-84083685
门 市 部	010-84029450
经　　销	新华书店及其他书店

印刷装订	北京君升印刷有限公司
版　　次	2018 年 9 月第 1 版
印　　次	2018 年 9 月第 1 次印刷

开　　本	880×1230　1/32
印　　张	12.75
插　　页	2
字　　数	308 千字
定　　价	86.00 元

凡购买中国社会科学出版社图书，如有质量问题请与本社营销中心联系调换
电话：010-84083683

作者简历

陆军，二级教授，博士生导师，上海戏剧学院编剧学研究中心主任，国家社科基金艺术学重大项目首席专家。兼任中国戏剧文学学会副会长，上海戏剧文学学会会长，上海校园戏剧文本孵化中心主任；南昌大学客座教授，华东师范大学兼职硕士研究生导师，美国哥伦比亚大学编剧专业艺术硕士研究生中方写作导师。

1990 年加入中国作家协会，著述逾 500 万字，出版个人专著 13 种，主编专业图书 30 余种（100 余册），上演大型戏剧 35 部，获"中国话剧金狮奖编剧奖"等省市级及以上文艺奖 50 余次。

1993 年从事高校戏剧教学，创建编剧学，创立"百·千·万字剧"编剧工作坊，获"上海市级教学成果奖特等奖"等省市级及以上教育教学类奖励 13 项；并先后获"全国文化系统劳动模范""上海市劳动模范""文化部优秀专家""上海市科教系统优秀共产党员""宝钢优秀教师奖"等荣誉称号。享受国务院政府特殊津贴。

《中国编剧学丛书》

本丛书由上海戏剧学院编剧学研究中心策划与组织编纂。

上海戏剧学院编剧学研究中心是上海戏剧学院编剧学学科建设的学术机构。自 2015 年 3 月 22 日成立至今，已编辑出版的图书有：《中国现当代编剧学史料长编》（3 卷），中国戏剧出版社出版；《上海戏剧学院编剧学教材丛书》（10 册），上海人民出版社出版；《上戏新剧本丛编》（全 50 卷），上海文艺出版社出版；《上戏编剧学研究生创作档案》（6 卷），上海文艺出版社出版。另有《编剧学刊》（创刊号）《聆听戏剧生命的呼吸》《上戏编剧学建设年度文选》《碰撞与交融》《另一种阅读笔记》《指缝间滑落的沙粒》《戏曲剧作思维》《戏曲名剧名段编剧技巧评析》等著作出版。

《中国编剧学丛书》（第 1 辑），收有陆军著《编剧学论稿》，叶长海著《元明清戏曲创作论》，朱恒夫等著《当代戏曲剧作家创作研究》，孙祖平著《剧作元素训练》，姚扣根著《写剧札记》，陆军、姚扣根主编《编剧学导论》，陆军著《编剧学几讲》，翟月琴著《20 世纪 80 年代以来汉语新诗的声音研究》等图书。

主编：陆军

策划：上海戏剧学院编剧学研究中心

序

姚扣根

记得一件事，1982年与陆军同学一起游琅琊山。

1981年11月，上海举办首届戏剧节。这种规模巨大的艺术节在国内尚属首例，全国戏剧界的许多著名艺术家陆续会聚上海。我刚从上戏毕业，分在剧协，白天开座谈会，晚上陪着看戏，空时整理材料，还忙着迎来送往。戏剧节，很热闹，大伙摇旗呐喊，想不到冒出了一匹黑马，陆军的《定心丸》。80年代是先有好戏后有大奖的年代，《定心丸》拿了首届戏剧节的大奖，《解放日报》破天荒地连载了陆军的剧本。当然，这件事无疑造成了划时代的影响，成为有据可查的长久记忆。实际上，在我的印象中，剧本的传播远远不及舞台演出的轰动，当时的剧场观众对看戏的疯迷，绝不亚于今天青少年对流行音乐的痴狂。我记得，许多老艺术家对该戏的肯定，对二十多岁的陆军，对上海这么一个工业城市出了那么一个清新脱俗的农村戏，纷纷发出由衷的赞美，场内场外说了许多鼓励的话。当时，剧协负责人姚时晓，这位在延安鲁迅艺术学院戏剧系担任支部书记的老同志，说松江那个会写戏的徐林祥，培养了一个年轻编剧叫陆军。我告诉他，陆军是我的同班同学，是我们的班长。

第二年，剧协组织上海的剧作家赴安徽凤阳地区采风，陆军作为上海市最年轻的编剧列入名单。剧协领导与陆军所在的单位打招呼，安排他和我两个人一起打前站，说他可以帮助我们安排哪些活动可以使剧作家们感到真正的满意。后来，随大部队同行的还有分在《新民晚报》当记者的俞亮鑫同学。

我和陆军到了安徽滁州，安排好整个活动的行程，利用大部队还没有到达的空隙，去了那个产生《醉翁亭记》的琅琊山。那时候的我，还不理解欧阳修醉在山水之间的难言之隐，与陆军在"林壑尤美，望之蔚然而深秀"的山道上大步行走，大声背诵。那时候的游人不多，我们没钱也无处买酒喝，就着欧阳老头的名文片段尽着兴趣，直游到夕阳在山，树林阴翳，鸣声喧闹，才匆匆下山，归去。

1982 年 5 月 16 日，我的工作手册上，简单地记了一笔：与陆军游琅琊山，乐在戏剧之间。

时隔一年，陆军再露锋芒，他的《瓜园曲》获得了第三届戏剧节大奖。之后，他年年有戏，获奖无数，成了戏剧奖项专业户。20 世纪 90 年代陆军作为重量级的编剧人才回到母校，进入戏剧教学领域。

出了上戏，又回上戏，一晃四十年，朝如青丝暮成雪，当年一个班十几个同学，就我们俩尚赖在戏剧的怀抱里。

美国有位教育专家说，中国有一些教授，到了一定的年龄，就没有了追求学问的热情。可惜他没有看到我们有的教授越战越勇，没有知悉我们有的学者到了一定年龄的爆发。陆军教授离开戏文系主任岗位的第一天，曾在微信群里发布过一个当天日程，满满的事务仿佛是秘书布置的时间安排表，精确到以分钟计算。

他仍然手机座机此息彼作，微信短信频频不断，子夜时分还叮叮地不休息。因为在同一处办公，有时候我和他一起出办公室到饭堂吃饭，短短的途中总会碰上一些老师或学生阻拦。遭遇这种情况，我通常不会停止脚步作稍等状的。保不准，等我吃了饭后，他还在路上与人谈着。

繁忙与静寂，这相反相隔的两个极端，能在陆军身上获取最大的平衡和统一。他的生活非常单调，他给自己起了个网名：简单生活。他四十年如一日，每天晨起六点多驱车进校，经常晚上十点看完戏回家，节假日、暑假寒假也常常如此。他不喜欢旅游，国外出访同样不喜欢；不喜欢跳舞，卡拉 OK 同样不喜欢；不喜欢炒股经商开公司，无聊应酬同样不喜欢。

大学之道，知止而后有定，定而后能静。陆军的忙与静，犹如"大隐隐于朝"，是在杂乱事务中保持着清净无瑕，以定位静的心境；他的安而后能虑，仿佛"空即是色、色即是空"，有着在万籁俱寂中细细过滤戏剧万相的心灵享受。对生活，他简单；对事业，20 世纪 80 年代他是全国劳模，21 世纪又评为上海劳模，始终充满激情与遐想。不过，他乐在其中的"中"有所膨胀，剑指的不仅是戏剧创作，而且有着教学和研究，及笼盖四野的编剧学。

编剧学，隶属戏剧与影视学，是一门新兴学科。2007 年，由当时担任上戏戏剧影视文学系主任的陆军教授第一次提出，至今已经有十个年头了。但是，陆军真正以全身心地投入，却是卸下戏文系主任之职以后的事。他无官一身轻，卸了戏文系主任，推了创作中心主任之职，也婉拒了社会上一切高薪的聘请，并大量删减了许多社会的活动。

他简单生活的本意，有一个目标，存一个念头：学生戏剧创作的诗，上戏学科建设的远方。

陆军主攻编剧学，有一个很好的切入点。

陆军在读书期间，热心攻读外国话剧，做了大量的读书笔记，大部分研究有着自己独到的读解。这一点从他发表的《不可忽略了萧伯纳》一文中可以看出些端倪。有趣的是，学院对编剧的考察以及对戏剧理论的研究，大多借鉴了欧美理论，对经典话剧理论和技巧相对重视。陆军则出自戏曲创作的偏爱，研究的重点迷恋在古典戏曲理论领域。他对学习古典剧籍有所偏爱，并由此闯进一片无垠的天地，潜心于中华古典文学艺术理论的学习。

有一次，他闻听到徐中玉先生出版了《中国古代文艺理论专题资料丛刊》，欣喜若狂，立即上网购买，连夜拜读。他说，早就耳闻著名文艺理论家徐中玉先生，博览群书取精用宏地亲做卡片，百岁的他能于2013年在一生心血收集的知识资料中精心挑选和梳理，出版了四卷本的丛刊，实是我辈学者的幸福。陆军对这种学术信息如数家珍。这种对传统文艺理论的关注，充分反映了陆军对中国戏剧理论的关注扩散到更为宽广的天地，不仅文论，还有画论、书论、乐论、曲论等。他经常对同学们说，从一个编剧的角度，那些古典文学理论的概念与范例，是戏剧创作必不可少的学习内容。由于专业的兴趣，他的视野不断开拓，涉及对戏剧创作有帮助的许多领域；由于长年的积累，他做到了创作与理论两翼展翅，做到了坐拥群书，网搜天下，有资格和资历进行编剧学科的驰骋。

陆军认为，上戏建设编剧学有一个很好的资源库。

上戏近七十年的教学，已经形成了一个有着完整系统的学科体系。上戏近几年的教学改革，雨后春笋的工作坊和实验室，也提供了许多具有强烈个人风格的新教学法。陆军本人在长期教学的基础上不断创新，如他运用了奥卡姆剃刀的原理，"如无必要，勿增实体"，以最简单简约的理论设计编剧教学框架，创设"百·千·万字剧"编剧工作坊，以戏核、戏眼、戏骼的三个关键知识点，开启学生对剧场大幕拉开的认知。此种具有强烈个性的教学方法一经实践，网络上便获得颇多点赞，点击量一周就有九十余万。

稳定的专业知识体系和灵活个性化的编剧工作坊，两者有所补充，相互促进，各有发展，较好地应对了对未来个性化编剧发展的培养需要。

近几年，陆军以编剧学学科负责人的身份，重新整理出版了顾仲彝、熊佛西等前辈教师的编剧教材，邀请了国内外许多编剧大师来学校作编剧经验讲座；编辑了各类型的影视、话剧、戏曲、舞剧、音乐剧、歌剧等的戏剧故事集；汇编了多卷本新文化运动后的戏剧创作理论资料；广泛收集了国内外大学编剧专业的教材、教程和论著。

陆军学术视野的开阔，出手是一套组合拳，出版是一套大丛书。百余部出版的教材和论著，勾勒出一个比较完整的关于编剧学的学术框架。这些需要花大量时间所做的琐碎工作，选定、审阅和校对，他说这是系统拜读、集体消化和列队致敬。

竞技类体育是争第一，除此之外的名次在冠军者的国歌面前总有那么一点点的尴尬。艺术创作的最高境界是创作"这一个"，其他合并同类项的成功未必出自艺术家的心甘情愿。努力表现出独特的自己的想象，创造出前不见古人后不见来者的艺术形象，这是艺术的价值。艺术的标新立异，需要有与他人不同的经历、见识，包括有站在时代前沿的思考，以及形象思维耸立下的扎实理论底座。

艺术学科的跑马圈地，雄心在于欣赏和吸收不同艺术观念、学术观点的冲突和碰撞，让后来者踏在巨人的吵架中成长。今天，艺术高校有不少教师不懈地寻求各自专业的新观念、新方法、新视角和新技术。今天，编剧的西方与东方，编剧的理论与实践，编剧的技巧训练与审美想象，有关编剧学问的争论已经充实于各个角落，呈现了强悍的生命力。如此这般，学科大家庭的建设，需要静下心来，花费大量的精力去梳理各种大小不同的理论丛林；需要宽容的心态、坐冷板凳的精神和营造百花齐放百家争鸣的环境。

上戏的编剧学尚在去咖啡馆的路上。19世纪中期，德国美术史专家海尔曼·海特纳第一次提出艺术学的概念。160年后，艺术学于2011年成为独立的学科门类，与文学、哲学、经济学等其他12个学科门类，构成了当代意义的中国学科构架。在知识爆炸的今天，一个新学科从无到有的孕育也许不需如此漫长，但要成长为新的生命也是路漫漫的求索，需要众多艺术学者付出极大的智慧、毅力和勇气。所喜的是，上戏依赖学科建设，初步营造了以艺术创作为天职，以学术研究为后盾的氛围。更令人高兴的是，陆军带领下的学科团队正越来越壮大，他们拿下了一些国家级和省市级的科研项目，也不断推出了一些成果，如《中国现当代编剧学史料长编》《编剧学刊》《编剧学词典》《编剧学导论》等。

又如，陆军这一本《编剧学论稿》的论文集即将付印出版。该书稿，汇集了他近几年对编剧学的思考，虽然看上去还没有构成一个严谨完整的学术体系，但都是他独特的思想和表达，其中文章涉及的各个方面多少表达了他接触到的学科思考之深之广。作为老友，和当年同学时代一样，我经常是他文章的第一阅读者，与他以文品茶，相与析过。为此，他热情相邀，要我写个序说点什么。我欣然从命，却不知道该说些什么。我清楚，这些文章在学术意义之外还有一些不能言说的价值，那里蕴藏着无意割爱的创作才华，和明白意义重大的义无反顾。

1982年的工作手册，怎么会写下"乐在戏剧之间"？

当年心向往之的，是一种醉同众乐、醒写戏文的洒脱；今日卧槽之志的，是一种站在时代前沿对艺术知识骤增与创新的好奇和兴奋。今天的陆军教授驰骋百科之林，浑身散发出强劲活力。我想，他的乐，应该还在戏剧之间。

2017 年 10 月于上海

（作者为文学博士，上海戏剧学院教授，博士生导师）

自　序

至少在一年以前，拙著《编剧学论稿》以这样一种方式面世是没有想到的。记得是在 2010 年前后，我曾很是花了一些时间来搜集资料，研读文献，探寻历史，观照现实，并在此基础上整理了一个自以为较为得体的《中国编剧学论稿》目录，不妨转录于后：

一、当行——本体论

二、象成——真实论

三、致新——创造论

四、平奇——题材论

五、角抵——冲突论

六、赋形——人物论

七、炼局——结构论

八、本色——语言论

九、主情——风格论

遗憾的是，这份大纲最终没有形成具体篇目的文字，如画中的饼，寄存于记忆的旧货架满是灰尘。其中的原因，最堂皇的理由是囿于忙碌（也的确忙碌）。曾考虑过在我从琐碎的行政事务中脱身以后再来做这件事，但令人难以置信的是，2015 年以后我比过去更忙（此说是否虚妄，可检阅本卷篇末一相关文字。一笑），当然，最根本的深层原因应该还是本人学养浅薄，能力有限，以致难以从容应对学术与事务的双重挤压，这一软肋是无论如何不应该回避的。

毫无疑问，现在的书稿内容与原先的学术构想相去甚远。聊以自慰的是，这么多年对编剧学的思考与表达一直没有停止过，虽然不成系统、时有偏颇，但所积累的文字拾掇在一起，倒也在一定程度上能契合我当年试图撰写《中国编剧学论稿》的初衷。那就是，希望有更多的同道认可：编剧不仅是一个十分重要的专业，更是一个不容忽视的学科；编剧学作为学科面世，既是时代前进的历史选择，同时更是编剧学自身发展的内在需求。

老规矩，先做些导读吧。

全书分为四编。

第一编，编剧学科论。本编收入的文章不多，但于我而言，都比较重要。首篇《编剧学的源流、现状与开创性探索》，就编剧学学科创立的历史背景、发展脉络、学理结构、现实需求等作了个人化的思考与表达。此文也是《编剧学刊》（上海书店出版社 2017 年版，陆军主编）创刊号的代发刊词，全文刊登于《上海师范大学学报》（哲学社会科学版）2017 年第 5 期。

《中国现当代编剧学史料长编搜集整理的学科意义》是本人策划主编的《中国现当代编剧学史料长编》（上、中、下）的序言。该书出版后受到学人们的鼓励，北京《新剧本》杂志约请著名学者朱恒夫教授撰文推介。现在已从三卷扩展至十卷本，将继续由中国戏剧出版社出版。作为一个学科的理论研究基础，史料长编的出版是一件比较有意义的事情，为此我投入了较多的精力。这篇文章既是对这项工作的一个理论小结，同时也希望借此对中国戏剧编剧观念百年流变作一检讨。该文的主要观点曾在《艺海》发表。

《编剧学与编剧教材》是我主编的十卷本《上海戏剧学院编剧学教材丛书》的总序。学科建设的目的之一是知识创新，知识创新的目的是作用于人才培养与行业引领（含价值引领），因此，编剧学作为一门有深厚学术背景的新学科，教材建设是极为重要的环节。在对上戏70年编剧教学传统作梳理、研究的基础上，我锁定了十种编剧学教材予以推介，逐一简析，这既是学科建设的题中之义，又能让更多的学子从中获得丰沛的营养，当然，也借此表达我对一代一代上戏编剧学的拓荒者建设者引领者的敬意。

《呼唤具有学院派气质与格局的戏剧作品》是我主编的《上戏新剧本丛编》（全50卷）的总序，刊载于《剧本》月刊2017年第4期。这篇文章所以从"编剧道法论"中抽出置于此编，一是考虑到编剧学是实践性很强的一门学科，对师生众多戏剧作品的梳理汇编与编剧学理论史料的搜集整理具有同等重要性。二是该文除了表达我对学院派戏剧作品所应该具有的学术品相的个人见解，还记载了我对上戏这所学校的定位的大胆概括，亦即提出上戏是一所"创作型教学研究类"戏剧院校的个人判断。拙以为，学科建设必须在学校办学目标定位的框架下进行。学科研究方向、学术梯队建设、人才培养、科学研究、学术交流等所需的一切软硬件配置，都会涉及学校管理制度和运行机制。因此，学校定位明确，学科建设特别是特色学科建设才能有序和高效地推进。而学校性质、类型的不同，其学科特色也必然不同。换句话说，一个学校，如果不清楚自己是什么，怎么能知道自己要干什么？所以，该文所述观点与编剧学学科建设密切有关。

同时，该文也引出我的另一个观点。在一些专业院校，明显存在着某种倾向，即搞理论研究的，轻艺术实践的；研究外国的，轻研究中国的；研究古代的，轻研究现代的；研究现代的，又轻研究当代的。其实，这是一种偏见。

从本质上说，从古到今，艺术实践与科学理念的交互作用一直相依相偎。特别是在今天，科学理论对于艺术实践的依存性和科学理论对于艺术实践的能动作用愈加明显。

从功能上说，如果历史上没有众多艺术家丰富而又生动的艺术实践，如果当时的理论家不作"在场性"表达，你今天的学术研究文出何"献"，考自何据？如果我的这一判断没有问题的话，那么你有什么理由轻看今天艺术家的实践活动与今天学者的"在场性"研究活动？

从效果上说，学术研究对象的价值并不等于学术研究的质量。我们司空见惯了铺天盖地的所谓的学术论文大都是研究者依据已有的一般的知识经验积累和现成的文献资料写成，重复别人与重复自己的比比皆是。由身处的研究领域来区别学术水平的高下既不科学也不应该。

当然，从事文献考据，涉及古典文献的阅读，对资料的辨伪与考证，需要良好的学术研究素养准备。但同样，从事当代艺术实践的"现场性"研究，也必须具有完备的学术素养、敏锐的学术嗅觉与学术思想力才能胜任。如果一个学者能做到融会中西、贯通古今，那当然是学界人幸。但倘若能专精于一处，做出成果，也值得我们敬重。厚古薄今，厚此薄彼，都应该摒弃。

《戏剧人学观及其他》刊载于《艺海》2015年第11期头条。文章是由两篇短论组合而成，虽然只有几千字，但我却很看重。说很看重是因为，前一篇谈"形而上"的观念。就学科建设而言，学科共同体的观念和个体学人的观念是否新进科学，将直接影响到学科建设的质量。后一篇谈一时代之戏剧需有一时代之戏剧理论。从一个侧面把编剧学的历史与现实需求、学科建设方向、学术目标构想作了回溯与展望。这些文字是我几十年从事戏剧教学、创作与研究的基本积累，也是我申报国家社科基金艺术学重大项目《戏曲剧本创作现状、问题及对策研究》的重要学术支撑。

最后一篇《学科建设：戏文系事业发展的生命线》，是我在 2009 年 12 月 3 日学院召开的院系发展规划会议上的发言。尽管这些年我在许多场合表达过有关编剧学学科建设的各种观点，但真正留下文字的仅此一例。我就不揣浅陋，维持原样，存放于此，算是对自己过往学习与思考的一个记录。所幸的是，当初规划中提出的目标大都已实现，而文中倡导的"一师一招"与"博士学术行动计划"工作理念，拙以为，至今仍值得在全校推广。

第二编，编剧道法论。有关编剧的道、法、术，我在十多年前出版的专著《编剧理论与技法》（曾获上海普通高校优秀教材一等奖）中有过较全面的阐述。本编入选的文章大都是这些年陆陆续续新写的。《戏曲观：历史内核与个性解读》一文，原载《戏剧艺术》2010 年第 3 期，中国人民大学报刊复印资料曾在头条全文转载。《编剧三功》《编剧三求》《编剧三技》曾在《戏剧文学》连载，是比较能代表我现在的有关戏剧创作想法的文字。《戏剧情节结构模式摭谈》是拙著《戏剧情节结构模式 16 种》（初稿，尚未出版）的导言，《命题剧作十法》则是我很个人化的应对命题创作的策略归纳。此外还有一些我去各地讲学的文字，因打算等稍微有些空时整理出版《编剧学九讲》，就放弃了入编的想法。

第三编，编剧教学论。本编入选文章分两类，一类是对教学观念的思考，还有一类是对教学方法的探索。《戏剧观：戏剧写作教学的灵魂》原载《戏剧》2014年第4期。此文是对上戏60年编剧教学的一个客观检讨,却发表在中戏学报上,这多少有些尴尬。《不能忽略了萧伯纳》一文,曾在2013年8月10日由《文汇报》整版刊发。《论现实主义表演方法在戏剧表演教学中的重要性》原载《戏剧艺术》2017年第1期,虽然讨论的是表演教学,但与编剧教学息息相关。文章发表后有一定社会影响,主要观点被《人民日报·海外版》刊登后曾引起热议。《新剧本创作"新"在哪里?》《指导哥伦比亚大学研究生剧本创作的有效性探索》是两篇教学总结。《百·千·万字剧编剧工作坊释义》则是一个粗线条的讲义,虽然有2万余字,但实际内容要丰富得多,已与上海人民出版社签约的《15天学会编剧》(又是一个"饼")将全面展示此编剧工作坊的教学理念、方法、步骤与案例。

第四编,编剧批评论。本编入选文章较多。《中国戏剧的"八有"与"八缺"》由《上海戏剧的"八有"与"八缺"》(原载东方网与《社会科学报》)一文演变而来,刊2015年第2期《剧作家》"戏剧大家"专栏;《创造的废墟》原载《戏曲艺术》,这两篇文章特别是《上海戏剧的"八有"与"八缺"》,曾得罪了不少业界"大咖",其负面成本至今还需要我买单(此处省去3000字),当然,我不会在乎。《青年编剧都去哪儿了?》《"代养制"能否解青年编剧荒?》曾在《解放日报》朝花评论版分上下两期连载。《当代戏剧现代性的障碍之我见》曾在2005年3月3日与3月24两次刊发于《文艺报》,《导向与平衡》原载《戏曲研究》第80期头条,《呼唤戏剧舞台上的国家形象》《建设"当家戏"是振兴戏曲的第一要务》等文章也都曾在《文汇报》刊出。还有两篇讨论群众戏剧与校园戏剧的文章,虽然无甚新见,但因涉及两个比较重要的戏剧领域,也不忍舍弃。还有一些文章就不一一介绍了。

需要说明的是,本书收录的文字,大都写于2005年《陆军文集》

（8卷）出版以后，仅《创造的废墟》《命题剧作十法》等几篇是2005年前的旧作。其中《命题剧作十法》作于1995年前后，此文写出后的二十多年间，本人又有较多的命题剧作实践，如婺剧《婺江歌谣》《我们的村庄》《清澈的梦想》；姚剧《女儿大了，桃花开了》；南词戏《山乡恋歌》；沪剧《石榴裙下》《好人一生平安》；粤剧《蝴蝶公主》；话剧《徐虎师傅》《徐阶》，以及眼前刚刚杀青的与我的学生们合作的沪剧《春申君外传》、话剧《生命驿站》《蔡龙云》等，就想对文章作比较大的修改补充。一位朋友建议我，论文的主要观点没有太大变异的话，还是保留文章原来的模样好。一篇写于20多年前的创作谈，如果到今天仍然有一定现实意义，是一件挺有意思的事。我想，朋友的话有一定道理，就放弃了修改的打算，一个字也没有动，让它继续以20世纪90年代初时有些幼稚、有些执着的姿态站在这里。

末了，要特别感谢我的老友姚扣根教授拨冗为拙著作序。我在有关编剧学建设的文章与会议发言中一再提及这样一个细节：2007年我调任戏文系主任，时任科研处长的姚教授建议我，创建编剧学。一语点醒梦中人。正是他的提议，促成了我的决策以及后来所做的一切与编剧学建设有关的事。换句话说，如果没有扣根兄当初的高瞻远瞩，上戏的编剧教学很有可能还停留在专业建设的路上。因此，除了亲兄弟般的情谊，姚扣根教授是本书作序的不二人选。感谢老友几十年的扶持与关怀。近年他在与我一起投入编剧学建设的同时，经常嘱我要学会慢下来，每一次叮咛都让我如坐春风，心存感激。的确，我有些焦虑，一直在赶，内心总是希望在我手上能初步完成编剧学学科建设的基本布局，包括创办《编剧学刊》，成立编剧学研究中心，组织编纂一系列研究丛书，培养一批又一批编剧学博硕士生。除了已出版的百来本著作，计划中的图书比这个数字还要多，我也常常担心自己有一天会倒下来，但想象中的编剧学学科建设的前景瑰丽无比，令我日日心驰神往。我不确定自己的心理是否还算健康，唯希望我的同事能戮力同心，更企盼我的学生们能早日成长。这样，仁兄让我"慢下来"的愿望才有可能成为可能。

　　不知不觉，话又有些多了，那么就此打住。这些文字，算自序还是算后记？随便吧，我想。

　　2017年9月7日匆匆于云间荷乡，10月18日增补一小节文字

目　　录

第二编　编剧道法论

第三编　编剧教学论

第四编　编剧批评论

附　录

第一编

编剧学科论

编剧学的源流、现状与开创性探索

——《编剧学刊》代发刊词

一

编剧学——顾名思义，是一门将编剧理论、实践及历史作为研究对象的学科。虽然"编剧"作为一种创造性活动、一类行当、一份职业、一个专业，早已为我们所熟悉、关注和研究，但作为学科概念的"编剧学"被提出并进行建设则是近十年的事。

回看编剧的历史，从古希腊三大悲剧家中最早的埃斯库罗斯算起，已有 2500 多年。编剧的相关研究，自亚里士多德的《诗学》算起，也超过 2300 年了。中国戏剧晚出，现存最早的戏曲剧本是南宋的《张协状元》；至于编剧的研究，直到清初李渔的《闲情偶寄》，才以结构、词采、音律、宾白、科诨、格局六方面论，对戏曲编剧的理论与技巧作了全面的概括与精当的阐述。而大学的编剧专业教学，较早的有美国乔治·贝克教授在哈佛大学主持的"第 47 号工作坊"系列课程，该课程培养出了尤金·奥尼尔等一批剧作家。

在以往的学科分类中，编剧原是戏剧戏曲学下的一个子系统，一直依附或混杂于文学、戏剧和电影之中。如今自立门户，逐步自我完善，并形成体系化，实在是经过了漫长的求索之路。编剧学的建立，既是编剧专业自身发展的内在需求，也是戏剧影视与文化创意产业等社会事业发展的自觉选择，更是这一人类创造性活动获得人们进一步重视后的必然结果。

二

编剧有两层含义，既指从事编剧职业的人，也指根据一定艺术规律创作剧本的行为。据此，编剧学的学科构架应从理论研究、实践研究和历史研究三个层面展开，即在编剧学科体系中建立编剧理论、编剧史论、剧作评论和编剧技能的研究。

根据学科定位，编剧学至少要具有这样几个功能：第一，对编剧学的一些基本问题从理论高度作出科学的阐明；第二，对编剧史和当前编剧实践中有争议的问题作出科学的分析和判断；第三，对编剧实践中碰到的重大理论问题作出科学的探索；第四，对编剧的未来发展问题作出科学的预测。概括起来，编剧学的功能是科学地回答编剧实践中提出的根本问题和科学地提供回答编剧实践中提出的根本问题的观点和方法。

历史上对编剧的研究，最初主要来自经验、实践，着重于技巧层面。随后的理论研究则依附于文学理论的范畴，较多地注意剧作的社会背景、剧作者的世界观、戏剧作品的社会意义等因素。20世纪20年代，随着文学理论转向形式主义，戏剧文本创作的研究也较多地偏重于剧本分析。而近年对剧本创作过程即创作行为的学术研究，逐渐成为主要研究重点。

具体来说，剧作史论、理论、评论与技论的研究，又可分为对编剧行为、编剧成果、编剧主体的研究。

编剧行为的研究，乃指对选材、运思、创作、成文等过程的研究，对影响该过程的诸多因素的研究。对于编剧特别是影视编剧而言，当下的研究还要考虑大数据的应用、商业化的创作背景，这意味着创作不再是埋头书斋的单打独斗，而与营销策略、观众喜好、国家战略等有着密切联系。

编剧成果的研究，即对创作成品的研究，是传统研究中的作品论。在新的时代背景下，对编剧成果的研究不仅限于对新创作作品的研究，还包括对以往作品的重新诠释与解读。

编剧主体的研究，主要是对剧作家命运经历、学术思想、文化人格和戏剧创作成就进行系统的学术考察和分析，并将其人格发展和创作成就置于历史发展的长河中进行评析。

当然，我国编剧学的研究还承担着一个重要使命，即旨在建立中国编剧的知识体系，契合中国文化的审美框架，在此基础上建构中国编剧学。要完成这一任务，一是要做到中华戏曲剧论与传统艺术创作理论的融合；二是要做到编剧理论与当代国内外戏剧实践经验的融合；三是要做到编剧的理论和实践问题研究与其他学科研究的融合。一句话，编剧学建设，不仅是历史的，更是现实的；不仅是理论的，更是实践的；不仅是戏剧的，更是多元的；不仅是中国的，更是世界的。由此可以断定，编剧学是一门有着广泛发展前景的新兴学科。

三

辨明编剧学的源流有助于我们更深入地认识这一学科。编剧学是以戏剧学为起源和母体的，"戏剧学是一门把戏剧作为研究对象的新兴学科，它的独立和体系化是从 20 世纪初开始的"。编剧学与戏曲史论作为戏剧学研究最古老的部分，其独立与体系化只有在戏剧学的独立与体系化完成之后。"对戏剧的研究，可以在不同的空间层次内进行。一是案头文学，二是舞台演出，三是剧场活动，四是社会现象。戏剧学研究的发展史正是研究领域不断拓宽的历史。"同样，编剧学的研究领域和层次也是在不断地变化着、发展着。有戏曲以来，有关剧本创作的见解与论述便相伴相生。汉代的"角抵成戏"，唐代的"美刺"原则，元代的《制曲十六观》，明代徐渭的"本色论"、李贽的"童心说"、汤显祖的"主情论"等，都曾风靡一时。特别是王骥德的《曲律》，视野开阔，承上启下，他对文本情感、事物描写、戏曲语言、故事结构等都有自己独到的见解，与之相关的风神论、虚实论、本色论、当行论，是对戏曲创作规律、创作方法全面的探索，对当时及后世的戏曲剧本创作都产生过重要影响。

历史地来看，中国编剧学在历史上主要经历了以下阶段。

古典研究阶段。以燕南芝庵的《唱论》、王骥德的《曲律》、李渔的《闲情偶寄》为代表。这部分研究以编剧学研究中的戏曲剧作本体研究为主，在重视案头文学时兼重场上演出。如"词采""宾白""当行""本色"等的论述等。其中，前二者与编剧学有关的研究重点是词采与文字，在对音乐的讨论中隐约包含了对文本创作的要求，但在当时"文本""故事"服务于"曲"的体制下，对剧本的结构和创作技巧并未有过多阐述。李渔的研究则把"结构"放在第一位，提出"一人一事"等针砭时弊、对剧坛颇有影响的观点，体现了对"剧"的自觉意识。

近代研究阶段则以王国维和吴梅的研究为代表。王氏的研究主要体现在戏曲史论和戏曲本体论的建树上。王氏论著中与编剧直接有关的观点是其对戏曲概念的界定："戏曲者，谓以歌舞演故事也。"在戏曲本体特色的论断以及作家作品论上，王氏有意识地注意到戏曲"歌舞演故事"的特色，而这一特色的提出对戏曲的编剧要求有着深远影响。可以说自此以降，戏曲的编剧技法及衡量标准都不脱此一定义。在作家作品论上，王氏对关汉卿作品大力揄扬，认为《窦娥冤》"列之于世界大悲剧中亦无愧色"，是中国古典悲剧的典范。其实关汉卿的喜剧轻松、风趣、幽默，无论在艺术构思、戏剧冲突、人物塑造、语言运用等方面都堪为后代喜剧创作的楷模。王国维擅长从作品的主题思想和人物形象出发进行评析，而且王氏深受叔本华"意志论"影响，故其对人物形象的看法，与对中国叙事散文、古典小说中的人物形象评价有着相似之处，或者这某种程度上说明了王氏对"故事"的重视。而"故事"这一要素在戏曲中的地位，在相当程度上决定着戏曲艺术特色的走向——"歌舞"是服务于"故事"，或者"故事"服务于"歌舞"。如果是前者，那么"歌舞"是欣赏重点，"故事"不妨简略；如果是后者，那么"歌舞"必须是叙事性的歌舞，而与歌剧和舞剧中的"歌舞"表演有所不同。或者说，在戏曲中事实上存在于两种歌舞，一种是纯为美观娱乐的歌与舞，如《长生殿》中的杨贵妃"玉盘"之舞，亦有致力于表现人物精神状态、性格身份之舞，这便是人物的一举一动、一笑一颦，《马伶传》中马伶毕肖即有赖于此。相比王氏直接涉及编剧学的作家作品论，其"歌舞演故事"的论断对中国后世编剧技法及文本批评影响更大。

第三个阶段便是今人研究阶段。19 世纪末西风东渐，西方戏剧演出开始影响中国，自 1907 年"春柳社"演剧之后，话剧正式登上中国戏剧舞台，话剧和戏曲遂并列于中国剧坛之上，二者互相影响。如果说前两个阶段的编剧学以戏曲编剧为本体进行讨论，那么此一时期便是戏曲编剧与话剧编剧并列研究的时期。在本阶段，无论是戏曲编剧抑或是话剧编剧，均受到"冲突""行动""发现""突转"等理论的影响。理论界以此为准绳衡量作品，并从前人剧作中发现相应的实例，创作界也以此为准绳结构剧本，如著名剧作家范钧宏的《猎虎记》就是一例。同时研究者注意到戏曲"写意""虚拟"的特色，并从表演扩展到剧本创作上，也发展出戏曲剧本创作要注重"内心冲突""抒情"的提法，并强调了对"背躬""独白"的重视，使编剧学研究上升到一个新的层次。2015年由中国戏剧出版社出版的三卷本《中国现当代编剧学史料长编》（陆军主编），较全面地记录了这一阶段的研究成果。

四

必须要看到，在前人的编剧学研究中，仍然存在着大量的空白和问题。以王骥德和李渔的研究为例。王骥德《曲律》对于创作实践的指引作用，极易随着创作体制的变化、音乐的更迭而失效。试想，若世人不再以元曲的四大套来创作，曲律还有何律可言呢？词采、宾白、当行本色，也只是泛泛而谈。且不论是戏曲创作，即便是小说、叙事诗歌，都会对人物的声形毕肖进行性格化的要求，其所论与戏曲编剧本体关联并不算大。李渔首创性地提出"结构"一说，"一人一事"的"立主脑"。鉴于明清传奇人物头绪众多、情节纷繁，李渔看出来当时剧作结构的要害。然而，究竟何为一人一事，李渔自己也语焉不详，是以后来深受其影响的金圣叹在评《西厢记》的"一人一事"时，时而说此人是"双文"，时而又说是"张生"，来回说颠倒话，并非内有什么大玄机，而是李渔"一人一事"的提法太过笼统和粗疏。"一人一事"是指只写一个人一件事，或者以"一人一事"为主？这"一人一事"是结构上的要求，还是对"主题思想"的要求？结合丰富的创作实践来看，两者皆有可能，甚至还有第三、第四、第五种可能。如《桃花扇》中，虽以侯、李二人串起全剧，但二人也仅仅是串联的线索，《桃花扇》的主题是反映南明的兴亡，而并非单纯二人故事。后世不解者只将"一人一事"解成"只写一个人、一件事"，又不对长篇的传奇篇幅进行克制，是以造成情节烦冗、人物单薄的弊端。其实在李渔自己的作品中，又何尝全是"一人一事"。再者李渔在实践中给出的解决冲突和矛盾、如何将纷繁的头绪有序地组织到剧本当中的药方，仅仅是强调了一下互相对应的穿插安排，使每一条线索每一个人物都有可能按照顺序排列出现在剧作中，而故事矛盾冲突的解决又常常不依赖于主线人物和主要冲突，而是通过另加一条支线、利用支线人物的影响来加以解决。王国维的"歌舞演故事"对后世创作和理论研究影响巨大。然而成也王、败也王。后人多注意到"歌舞演故事"之"真正戏剧"，却忽略了王氏关于"滑稽戏"等的论述，而这几种算不上"真正戏剧"的戏剧，恰恰是不以"歌舞"为主，以动作和念白为主的。事实上，这后几种戏剧，并没有消亡，有些仍以经典折子戏的形式保留至今。这或许可以说明，王氏当时所论之"真正戏剧"也好，非"真正戏剧"也罢，放到今天，在今人眼中看来，都是戏剧（或曰戏曲）。再加推究，戏曲作为综合艺术，其衡量标准也是综合、变动、因剧而宜的，不能尽以是否以"歌舞"演了"故事"而"一刀切"。对"歌舞"及"故事"及"念白"的重要性不分，导致后来的研究者在理论上将"歌舞"置于"故事"之前，却在实践评价中将"故事"置于"歌舞"之前，尽以西方的"冲突""行动"来衡量剧作，使剧坛上仅有"故事"一种戏剧，而其他戏曲罕有存身之处。此外，站在历史高度，王氏的作家作品论确实提出了中国戏曲的艺术价值，提醒了研究者的注意，但如前所论，王氏对戏曲人物形象、主题的评价，与他对小说的评价没有区别，换言之，王氏并未结合剧作本体中编剧技巧、情节设定、悬念设置等剧作法范畴的概念加以阐述。

今人的研究在王氏基础上无疑更进一步，"内心冲突""以线串珠"的观点也给予戏曲剧作以具体支撑，"冲突""行动"等西方剧作概念的引进，也使戏曲和话剧在"故事"上更加严密和完整。然而，今人研究的误区在于，没有注意到中国戏曲创作历史上的丰富多变。从宋元杂剧和明清传奇乃至花部的地方戏，在编剧体制和篇幅上均有所不同，明清传奇戏剧的剧本创作，既不同于元杂剧的规律，亦不同于单折杂剧，这种长篇连缀的体系受话本小说影响，本质上更接近于长篇电视剧的叙事而不是话剧舞台剧的叙事。所以，以话剧舞台剧的标准来衡量长篇电视剧，自然觉得其情节拖沓、叙事冗长，然而设若用长篇电视剧的创作规则去衡量，且其长度、节奏又在恰当范围之内。只是明清以降的花部戏剧中，继承了明清传统情节连缀的体制，但因篇幅不及、演出时间又有限，未能因地制宜去恰当选材，反而为了适应时间和篇幅强去删减，是以造成情节简陋、主题单薄、人物苍白的弊病。以洪升的《长生殿》为例，该剧虽然是以唐明皇与杨贵妃的故事为主，但按今日之观剧习惯，就是单单讲述李、杨二人的爱情故事都嫌来不及。今人写戏，大多以故事、情节、冲突来作架构，已罕见类似于《梧桐雨》的真正的心理式结构剧本，更无接近于《长生殿》的长篇戏曲。所以，编剧学研究亟须分源别派，才可旁通四达。

五

东方与西方在戏剧创作上有着迥然不同的审美路径和发展历史。

西方从一开始戏剧就以一种庄严、肃穆的姿态登上文化舞台，戏剧家受到举国的重视，而东方起码在中国，戏剧家是以优伶的娱乐姿态登上舞台的。由此决定了双方在剧作结构、舞台布景、主题意旨上的不同。在剧作结构上，从亚里士多德《诗学》对"悲剧"的重视，对"冲突""模仿"的重视，已经打造好了西方话剧写实的基础，而"三一律"则是对亚氏冲突、情节不可太长也不可太短的细化。不能否认，"三一律"至今对舞台发挥着重要影响，是戏剧创作同小说、诗歌区分开来的最佳方式，也是最能体现戏剧剧本对题材选择、裁剪方式独具匠心的一种方式。然而，"三一律"毕竟是创作路数之一种，对于旨在叙述"故事"的剧作行之有效，然而对于重在抒发情感、表达意象甚至一种感觉的戏剧就远远不够用了。仅以美国当代先锋戏剧对传统"文本"的反叛为例，其理论宣言和创作实践都主张减弱乃至取消有意义的语言，取代于无意义无差别的"音响"等元素，在未来主义、象征主义、达达主义等先驱的基础上，运用大量肢体语言、图像等手段，想方设法增强剧场性而取消文本，其指向重点是并不力求表达什么，而是给出一种情绪或者感觉。但拙以为，这仍然需要编剧之努力。这里用的是另外一套叙事规则和语汇，其语汇更多以联想、象征的方式并列组合，而不是情节的因果逻辑。编剧要把观众的反应和举动纳入到通篇考虑之中。虽然编写出来的剧本，主要内容不是对话而是舞台和动作提示，但我相信也并非没有规律，我们亟须的是对这样的剧本进行研究，发现其叙事或表达主题的规律。换句话说，主张取消文本或语言的先锋戏剧并非剧作理论的末日，而是将剧场活动纳入编剧的范畴中来，并在文本中给予适当体现。这也就是说，在固定的预设的文本之中，不仅要留下即兴的余地，也要留给肢体、声音、图像等特殊语言形式运用的空间。这也就是美国先锋戏剧中所要体现的内容。因此，如同"三一律"一样，先锋戏剧也只是创作路数之一种，是对积习日久、渐成泥垢的戏剧创作陈规陋习的反拨，是对戏剧故事性的摒斥，对戏剧思想性旗帜的高扬——作为一种姿态，反叛本身就是意义，无须再寻求更多意义。当先锋戏剧成为主流或者与其他戏剧形式一起被人关注后，其先锋性与反叛性就不复存在，因为已经没有可供其反叛的主流了，这也是先锋戏剧在 20 世纪 90 年代消失的原因所在。

先锋戏剧有其自成一派的语言系统或叙事系统，它们的规律固然可以寻见，但这种规律是否具有可模仿性、可借鉴性，仍然值得商榷。毕竟先锋戏剧所秉持的理念是个体化的创作，是基于创作者的个体经验而进行的表达。理念可以借鉴，技法可以效仿，但创作者的个体经验却是难以复制或学习的。所以，这也是先锋戏剧始终难以建构起理论体系的根本原因。如何去归纳先锋戏剧创作的普遍性规律，是编剧学研究的重要命题。但有时对先锋戏剧的过分关注，反而会影响到我们对西方戏剧的整体判断。因为纵观西方当代戏剧的整体格局，依旧是传统剧作理念支撑下的作品占据主流。这从近年我们翻译、引进至国内的许多作品即可看出。但也需注意，西方编剧理念的传统之所以有巨大的普适性，一方面是因为它的稳定性，另一方面是它的包容性、开放性。例如，随着现代技术手段进入戏剧舞台并引发演剧形式的革命，对戏剧文本创作提出了新的要求，但西方编剧体系的开放性使它可以容纳这种新的技术手段并化为新的表达手段，即使是近年来所谓"后戏剧剧场"（"后文本剧场"）概念的出现，其实也没有弱化文本的功能，反而促进了人们对戏剧文本的多义性理解。从这个角度讲，西方编剧理论体系的开放性是它可以不断适应新的时代、新的内容、新的形式的原因。另外，全球戏剧市场一体化的趋势已成必然，欧美优秀剧目可以"无时差"地引入中国，那些令人眼花缭乱的编剧方法、演剧形式随时都可以刷新我们对戏剧文本的认识，也随时可以影响到我们的文本创作，这些都在促使我们对西方当下最新鲜、最有影响力的创作予以理论上的回应。

总之，现如今，包括西方在内人类的戏剧创作之路正沿着越来越广阔的道路前进。在这样丰富而多样的实践尝试下，总结创作实践和理论，是编剧学学科的不二任务。

六

编剧学的研究版图不应该只局限于中国编剧学，也不应该把眼光局限在遥远的西方戏剧世界，日本、印度等亚洲具有代表性的戏剧创作理论与实践同样应该纳入我们的研究视野。印度浓郁的歌舞剧传统对其剧作结构有何影响？这与中国的"歌舞演故事"有何相同与相异？与其自说自话地在自家理论和史料中打转，不如看看同属东亚文化的理论阐释，在比较当中提醒我们更好地维护自身的传统，避免被同化。

当然，编剧学学科的范畴并非地理环境的推衍。从"剧"的内涵来看，它不仅包括最早产生的舞台剧，还应该包括随着科技进步、娱乐方式增加而应运而生的新型戏剧形式。如果编剧学学科仅仅将目光局限于舞台剧的创作理论与实践，那是不可能真正做到高屋建瓴、从具体规律上升到一般规律的。从编剧涉及的实践领域看，编剧早已突破原有的戏剧、电影的框架，有了广播剧、电视剧、纪录片及应运而生的新媒体戏剧。随着演艺艺术、图像艺术、视听艺术的普及，包括竞选、广告、婚宴、庆典等，也都需要编剧的策划和撰稿（甚至银行卡转账诈骗也需要剧本），将人类所有的仪式化的活动，化为"剧"的因素。诗意地栖居，行动即表演，戏剧的人生，成了现代人的某种生活方式的追求。在这样的态势下，传统的编剧理论与编剧方技法受到严峻挑战，现实需要更多的学术回应。

从学科的外延来看，编剧学与多个学科有着交叉与重叠。剧本创作本身就是容纳诗歌、小说乃至散文在内的综合创作。在创作手法上它与叙事学有着千丝万缕的密切关系，心理学学科也有助于它对创作者创作心理活动以及观众欣赏心理的把握；就演剧传播手段与方式来看，大众传播学、媒介学也不可不进行研究；就创作人才的培养、创作方法的习得来看，教育学也必须纳入研究视野；从编剧涉及理论研究看，编剧的理论早已突破原有的戏剧学、电影学的研究框架。今日的编剧专业作为核心，联结了几乎所有的社会和人文的前沿学科，甚至包括了一些自然学科的最新成果。如语言学、符号学、叙事学、美学、心理学、创意学、传播学、接受美学、人类学、教育学、策划学等，包括医学、运动学、生命学、数字技术、材料学等多学科与交叉学科。编剧涉及的新理论与技巧，如雨后春笋，早已拓展研究领域并收获鲜活成果，并呈现前所未有的蓬勃姿态。具体体现为：有关编剧的论著与论文、教材与译著，数量上升，质量提升；越来越多的高校面向本科生、研究生开设编剧课程；相关前沿理论的融合渗入，国内外频繁展开的学术交流与切磋，提供了良好的研究路径与发展平台。

七

编剧学学科的设立无论在国内还是在国外都是首创。因而，目前编剧学理论与学科基础尚显薄弱稚嫩，整体水准还处于不稳定的初级状态。有的研究取向单一，路径狭窄，自我封闭，亟须"破茧成蝶"；有的存在"分化不够"的问题，编剧专业的主要领域和一些次领域没有得到充分的衔接，没有建立一个独立而完善的学术体系；有的存在"融合不足"的问题，编剧专业在内与文学、戏剧学、电影学、传播学等内部各次领域的学术对话不够充分，在外与心理学、社会学、哲学等其他学科的跨学科研究交流不够积极。从本土文化研究的角度看，我们在吸收和消化西方编剧理论，创建具有东方美学特征与戏曲剧作思维的中国编剧理论和方法论，还没有形成成熟的体系与模式。

同时，我们也要看到，一个学科的建立与完善并非易事，它需要扎扎实实的研究、探索与实践。新学科起步时期最重要的是资料的收集与积累，没有资料佐证、支撑的研究是危险的。所以，当务之急依然是要继续推进基础性的研究工作。

一是中外戏剧创作理论的资料整理与研究。这部分的研究，属于中国部分的已比较完善，除了原有的积累，由本人主编的三卷本《中国现当代编剧学史料长编》（2015年由中国戏剧出版社出版，十卷本也将在年内出版）、十卷本《上海戏剧学院编剧学教材丛书》（第二辑十卷本也在筹划中）也是一个补充。西方经典编剧理论著作过去曾经有过许多重要的译介，不过近年则偏重于影视编剧技术书籍的引进，这类图书大多浅显，缺乏学术见解，所以亟须把西方最新出版的有学术价值的编剧理论著作纳入视野。而同属东亚文化圈的日本、印度、韩国等国家的编剧理论的推介一直是个软肋，必须集中人力甚至借助外援来挑选有代表性的著作并进行翻译。

二是优秀剧作的译介。剧作文本是剧作理论的感性体现，是编剧理论的灵感之源。我国曾经有一个时期非常重视国外剧作的翻译，如施蛰存主编的《外国独幕剧选》（上海文艺出版社），以及《外国当代剧作选》(中国戏剧出版社) 等，近年又有胡开奇、童道明等学者的新译剧作，集中起来看，也是蔚为大观，令人振奋。本人正在选编的《中外经典剧作 300 种》也已列入上海人民出版社出版重点书目。比较起来，对东亚文化圈的剧作译介较少，需要补上这一课。

三是当代戏剧家正在进行的编剧学理论研究成果的集中辑录(创办此刊的初衷即在于此)。

基础性的研究与开创性的任务当然还有很多。即使这三项，也需要有更多的同道鼎力相助，方可真正有所收获。

《编剧学刊》发刊之始，谨述拙见如上。尚祈戏剧界贤达不吝赐稿，惠予匡助。倘能以我们共同的付出，让更多的后来者沐浴因指见月的光泽，那么，本刊同人亦于愿足矣。

[原载《上海师范大学学报》(哲学社会科学版) 2017 年第 5 期]

中国现当代编剧学史料搜集整理的学科意义

——《中国现当代编剧学史料长编》总序

一

起意编纂《中国现当代编剧学史料长编》，是因为捧读《中国古代剧作学史》(陈竹著，武汉出版社 1999 年版) 一书所获得的启示。很多年以前，在研习这本含金量很高的学术著作以后，我就一直野心勃勃，希望有朝一日能狗尾续貂，尝试写一本《中国现当代剧作学史》。一度这个美好的愿望几乎天天在折腾着我，却终因限于自己的学识与能力，一直不敢坐到书桌前。但是，虽然有时连再看一眼《中国古代剧作学史》的勇气都没有，却也萌生了多个与此相关的主意：一是曾以"戏曲编剧观念百年流变之检讨"为题申报国家社科项目(未获批准)；二是让我的博士生梁思锶同学以此内容作为博士论文选题展开学术研究；三是决定编辑本史料长编(事实上也可为有意从事《中国现当代剧作学史》编撰的后来者提供研究基础)。

众所周知，中国现当代戏剧已经走过了百余年的历史，其道路之坎坷、教训之深刻、成绩之卓越，可谓悲欣交集。同时，这段戏剧史留给当代人的启示与思考也是百味杂陈。但是，长期以来，对中国现当代戏剧的梳理与评价，研究者通常仅从剧目生产的角度出发，包括剧本、导演、表演、舞台美术等多个方面，所以，当我们翻开研究中国现当代戏剧史的相关书稿时，看到的基本上是剧目生产史与戏剧思潮史，而那些与剧目生产与戏剧思潮息息相关的编剧学文献却被有意无意地忽略了。事实上，剧目生产与戏剧思潮固然能够反映某一时期的戏剧得失，但编剧学文献也绝不应被忽视，因为正是这些编剧学理论支撑着剧目生产的状态，所以说，只谈创作，不谈创作理论，便无法从整体上认识中国现当代戏剧的整体面貌。因为编剧理论最直观地呈现了隐藏在具体剧目背后的戏剧观念、戏剧理想与戏剧追求。但遗憾的是，至今为止，中国现当代戏剧编剧学方面史料的梳理工作却一直无人涉及，这不能不说是一个重大缺失。因此，编纂本书的初衷，正在于弥补这项空白，更重要的是，编剧学作为一门新创建的独立的二级学科，也需要这样一个系统化的史料作为学科建设的基础，毕竟，对于一个学科来说，无"史"便无"理论"。

说到创建编剧学，因为我已在十卷本《上海戏剧学院编剧学教材丛书》（上海人民出版社 2015 年版）序言中有过详细的介绍，这里就不赘述了，只说一层意思吧。

编剧，原来是戏剧戏曲学中的一个子系统，一直依附或混杂于文学、戏剧和电影的部分。如今逐渐步入独立自主、自我完善的体系化，最终成型并自立门户，实在是经过了漫长的求索之路。编剧学的建立，既是编剧专业自身发展的内在需求，也是戏剧影视与文化创意产业发展的自觉选择，更是编剧这一人类创造性活动获得人们进一步重视的必然结果。

具体说来，2008 年 3 月，将"筹建编剧学三级学科"写进上海戏剧学院行政工作报告；2009年12月，明确提出"争取在三五年内将编剧学建成上海市教委三级重点学科"的工作目标；2011年4月，经校学术委员会审定，编剧学正式列入上海戏剧学院学科建设计划。2015年，编剧学作为戏剧与影视学所属二级学科被列入上海市高峰学科建设计划。所以我在那篇序言中说，编剧，作为专业，有2500年的历史；编剧的相关研究，自亚里士多德的《诗学》算起，也有2300余年；但创建编剧学则是近几年的事。上述简单文字，想必已印证了我的这一描述。

由此可以看出，编纂《中国现当代编剧学史料长编》之举，也是我酝酿已久的编剧学学科建设的一个具体举措。

二

对中国现当代戏剧编剧学史料进行系统性的搜集整理之前，首先可能要做两件事。

第一，厘清编剧的边界。现代社会已然进入了"泛戏剧化"的时代，动漫、网络游戏甚至是商业推广，无不带有"剧"的色彩，这些带有表演性质的活动的撰稿人或策划人需要具备编剧的意识，以至于人们常常把他们称为编剧。事实显然不是如此，编剧作为一个职业，其工作有可能延伸至多个戏剧领域，但作为一个专业术语，它只能有一种解释，即：戏剧文本的作者。上述非戏剧文本的创作，固然需要编剧思维，本质上来讲却只是"泛戏剧化"时代的产物，与真正意义上的戏剧无关，与学术意义上的编剧也无关。建设编剧学的意义即在于，要在学科上确立编剧存在的学术价值，厘清编剧作为专业与职业的区别，尽管它也研究编剧在当下社会语境中的非戏剧行为，但研究的目的：一是说明编剧在今日之社会效应与发展前景，二是反证编剧的存在价值只能在戏剧本体中找寻。

第二，基本把握一百年间戏剧编剧理论的发展脉络与时代特征。

研究编剧学，首先自然不能回避它的母体，即戏剧学。然而，就今日之中国戏剧学来说，其学科边界似乎仍未完全清晰，问题诸多，乃至对中国戏剧学形成的具体时间仍存争议，更何况是其衍生出来的新学科编剧学。尽管早在1913年，王国维先生便发表了《宋元戏曲史》一书，为中国戏剧理论研究开启了一道新的大门，1917年吴梅先生应蔡元培之邀在北京大学教授戏曲，使戏剧首次进入中国高校的课堂，但从学科形成的角度来看，一本史料考证的书籍或者一门高校课程不可能支撑起中国戏剧学的建立，因为一门学科的形成除了研究对象的确认、历史资料的搜集之外，还必然要依赖于理论体系的建立，而不是仅凭一家之言。但是，中国戏剧自进入20世纪之后发生巨变却是不争的事实，因此，当我们回顾中国戏剧学和编剧学的起始节点时，似乎可以追溯到《宋元戏曲考》之前，也就是20世纪初叶那场轰轰烈烈的戏剧改良运动，应当说，正是在戏剧改良运动中，中国戏剧学和编剧学的萌芽开始出现。

不可否认，戏剧改良运动的确促进了中国戏剧从近代向现代的转型，但它有两个症结，一是这种转型并不彻底，二是它将戏剧纳入政治学、社会学的轨道，为后来中国戏剧的发展埋下了伏笔。造成这两个症结的原因，表面看来是因为这场运动的发起者，他们并非戏剧行当出身，而是以政治家、思想家、文化学者的身份跨入戏剧领域，试图以戏剧的方式传达他们的政治、社会、文化理想，进而实现他们"开民智""新民德"的抱负，这种主观上的理想和抱负显然是无法通过一场戏剧运动完全实现的，却在客观上给中国戏剧带来了深刻变化。但戏剧改良运动之所以无法真正使中国戏剧迈入现代的大门，实质原因是当时人们所秉持的戏剧观念，首当其冲的便是人们对戏剧功能的认知，在戏剧改良家眼中，戏剧只有作为改良社会的工具才具备存在的意义，于是，戏剧改良家更多倡导的是戏剧的宣传及教化功能，忽视了戏剧的审美功能，至于戏剧的本体特征就更不可能触及。所以，从戏剧观念的角度来看，戏剧改良运动的发起者与古典戏剧家并无差异，只不过是一层现代的外衣，然而这场运动对于处于转型之际的中国戏剧来说，带来的伤害是无法估量的。首先被伤害的就是处在萌芽期的中国戏剧学和编剧学，戏剧学科的存在价值在于它从不同角度去探寻戏剧艺术的本体特征，揭示戏剧艺术的奥秘所在，可是一场戏剧改良运动将原本属于文学、艺术领域内的问题掺杂进了政治和社会因素，使中国戏剧学和编剧学从萌芽阶段就偏离了它的轨道。也正是带着这种历史胎记，中国戏剧学踏上了它通往现代的漫长旅程。

　　戏剧改良运动之后，再次改变中国戏剧命运的是五四新文化运动，与前一场运动相同的是，这场运动的发起者同样是文化界、思想界的精英人士，其用意也是借助戏剧的力量去实现自己的社会理想，只不过与"现代"相伴的还有"启蒙"，这是前一场运动所未涉及的。但在处理现代戏剧与古典戏剧的关系问题上，二者的态度截然不同，戏剧改良家尚且怀着较为温和的态度，试图用"旧瓶装新酒"的方式将古典戏曲引入现代，新文化运动者则是要与古典戏曲做彻底的决裂，进而将代表现代文明的西方话剧推向中国戏剧舞台的中心。诚然，新文化运动者由于认识到古典戏曲与现代精神的脱节而采取的严厉批判态度，在今日看来未免有矫枉过正之嫌，但当时他们推崇西方话剧的做法却极大地改变了中国戏剧的整体格局，也极大地促进了中国戏剧向现代阶段的迈进，因为西方话剧自20世纪初叶经春柳社引入中国以来，其原本的艺术形态遭到了严重扭曲，新文化运动者强调戏剧严肃的社会意义和文学价值，一定程度上使话剧艺术在中国走上了一条正确的道路。所以，自新文化运动开始，中国戏剧发生了重要转向，其根本变化是戏剧观念完成了从近代向现代的转型，这是戏剧改良运动未完成的历史使命。与新文化运动之后中国戏剧文学创作发生转向相对应的，便是戏剧理论的转向及兴盛，在20世纪20年代至30年代，中国戏剧理论研究进入高峰时期，仅现存史料就有200余种之多，这是此前任何一个戏剧史阶段都未曾有过的局面。除数量之外，我们可以发现戏剧理论研究的重点已经由对戏剧与社会、政治的关系研究，转变为对戏剧艺术本体的研究，这种转变的重要结果之一，就是为中国戏剧学的形成做好了理论上的储备。当然，这一时期也并不是中国戏剧学确立存在的阶段，尽管此时已经有人提出将戏剧作为一门学科来看待，如今人在1936年12月《戏剧周报》上发表的《戏为专门科学》的文章，就是最早提出的关于戏剧作为一个学科的学术主张，但此处所谓的"学科"实际上是指学问，与今天所说的"学科"概念大相径庭。而作为戏剧学重要组成部分的编剧学，在这一时期也有重要斩获。可以看到，与戏剧改良运动时期相比，新文化运动以后的戏剧理论开始侧重于对戏剧文本创作的研究，涌现出了一批专门探讨编剧技法的著述，如蔡慕晖的《独幕剧ABC》、陈治策的《编剧的程序》等，这些有些类似于戏剧编剧工具书性质的小册子的出版，表明随着中国戏剧生态环境及整体格局的变化，戏剧家开始加强对戏剧创作基本技法，尤其是剧本编写技术的重视，这为编剧学的出现和发展奠定了一定的基础。

中国戏剧从古典向现代的转型之路是异常艰难的，这不仅体现在它既要传承古典戏曲，使之适应新的时代和社会需求，又要完成话剧本土化的任务，还体现在它的生存环境具有激烈的动荡性。按理说，任何一门艺术的生存和发展，都需要一个相对稳定的社会局势和政治环境，而中国戏剧进入现代阶段以后却面临一个最大的难题，从1937年至1949年，发生了持续十几年的抗日战争和解放战争，然而，中国戏剧，尤其是话剧，却在这十几年内迎来了黄金时期，无论是剧目生产方面，还是理论建设方面，成绩卓著。除了戏曲现代化，在这一时期，戏剧界还围绕着"话剧民族化"的问题展开过热烈讨论，这一问题在此之前虽然有过讨论，但未成气候，在此时成为戏剧研究的热点，标志着中国戏剧家已经有意识地从中国本土文化出发，来确认中国戏剧的民族属性及其独有的美学特征，毫无疑问，这正是中国戏剧学和编剧学的核心命题之一，如果不触及这一话题，那么中国戏剧学和编剧学断然不会得以确立，也只有解决了话剧民族化和戏曲现代化这两大命题，中国戏剧的现代化转型才能够彻底完成。戏剧民族化这一问题的探讨与深化，原本可以成为中国戏剧学得以确立的良好契机，但不幸的是，中国戏剧学却由于种种因素错过了这样的机遇。

20世纪40年代末期，中国政治局势趋于明朗，中国戏剧终于迎来了祈盼已久的稳定的生态环境，但长期以来将戏剧视为宣传和教化工具的戏剧观念并未发生转变，恰恰相反，这种观念随着新政权的登台而得以强化，在这种情况下，编剧技法问题再次退居其次，对戏剧艺术本体的讨论声音也再次被淹没了。在此时期，有一个特殊文献，即1948年11月23日华北解放区《人民日报》刊登的《有计划有步骤地进行旧剧改革工作》，其特殊性在于它原本是报纸上的一篇社论，却明确指明了未来中国戏剧的改革目标及走向，对中国戏剧的编剧理念及技法也提出了"纲领性"的要求，而此后十数年中国戏剧的发展及编剧观念的演变，也确实与这篇社论不无关系。

新中国成立之初，戏剧界首先要解决的问题是如何使戏剧表现新的社会生活，以及如何使其更好地为新政权宣传和服务，为此，戏剧界又掀起了"戏改"运动。同前两次戏剧运动相比较，由于"戏改"运动的发起者是政府，所以它的影响力就更为广泛，执行力更为彻底，同时，它给中国戏剧带来的变化也更为深刻，至此，中国戏剧已然成为新政权的工具和武器，从文本创作到理论研究，都受到了严格规范。这种规范反映在编剧方面，就是从内容到形式、从题材选择到主题表达、从故事情节到人物形象塑造，都受到一点的限制。比如在题材方面，很难见到除工农兵生活之外的剧本；再比如人物形象塑造方面，往往是分为思想上先进的和落后的两种人物，与之相适应的便是故事情节，通过先进人物与落后人物在某一问题上的斗争来激化矛盾，最终以先进人物的胜利为结局。在这种"写政策""写思想"的编剧理念中，产生了许多模式化的剧本和公式化的人物形象。虽然也有曹禺、老舍、范钧宏等剧作家从结构、语言、情节等方面谈论戏剧编剧技法，但总体上仍无法改变这一时期中国戏剧编剧理论的总体走向。然而，也正是在这一历史时期，由政府成立的中国戏曲研究院等专门戏剧研究机构的出现，以及中央戏剧学院、上海戏剧学院等高等戏剧院校的成立，标志着中国戏剧学作为一个独立的学科获得了学术界的普遍认同，从此之后，这些研究机构和戏剧院校成为中国戏剧学学科建设和发展的重要基地，而中国戏剧研究作为一门学科的基本格局也在此时形成。

但是，自1966年开始的"文化大革命"迅速打破了这种格局，在极"左"政治路线和文艺思潮的影响下，中国戏剧彻底变为了政治的傀儡，并产生了"样板戏"及与其相配套的编剧理论。在这种局面下，不可能存在纯粹的戏剧创作和研究，所谓的编剧理论，其实质是探讨如何创作出更能贴合极"左"政治路线的剧目，以至于"根本任务"论和"三突出"原则这种违背戏剧创作规律的"编剧法"在当时成了戏剧创作的金科玉律。但"样板戏"及其编剧理论的出现绝不是偶然现象，而是中国戏剧长期与政治、革命等保持亲密关系的必然结果，也是落后的戏剧观念的必然产物。更可怕的是，由"样板戏"的"编剧法"而形成的戏剧观念，在"文革"之后的戏剧创作中仍然可以寻见其踪迹，这也说明，一种戏剧思潮或方法有可能会随着某个运动的结束而被淘汰，但戏剧观念的更新却需要更为漫长的历史时期。

20 世纪 80 年代以来，中国戏剧迎来了再次革新的机遇，经历过十年黑暗时期的中国戏剧家痛定思痛，重新将研究的重心放在戏剧艺术的本体特征上，围绕戏剧观念展开了激烈讨论。虽然一场旷日持久的"戏剧观大讨论"不可能产生具体的结论，因为戏剧观念本来就是一个开放的概念，不同时代、不同民族对它都有不同的认知，但这种讨论或者争辩对中国戏剧学与编剧学的发展具有非常积极的作用，同时它也带动了戏剧创作的繁荣，以及编剧理念的革新。我们可以清晰地发现，自"戏剧观大讨论"之后，中国戏剧编剧理念开始转向对"人"的探讨，进入对人性的揭示、心灵的开掘这一层面，从而为中国戏剧注入了真正意义上的现代精神。

令人惋惜的是，经历了 80 年代短暂的繁荣时期之后，中国戏剧在90 年代遭遇了危机，中国戏剧的市场进入一个逐渐萎缩的时期，而在生存危机的背后，则是中国戏剧的生产力已经到了岌岌可危的边缘，其根源依旧是戏剧观念的落后。为了解决危机，中国戏剧一方面重新回到政治的怀抱，另一方面在商业的裹挟之下迎合市场，如此一来它便陷入了真正意义上的困境。所以，80 年代借助"戏剧观大讨论"之势重新建构的中国戏剧整体格局，在 90 年代再次被打破，戏剧编剧理念更新的步伐缓慢了下来，但它进入一个相对缓慢的转型期已经是不争的事实，只是相对于此前戏剧编剧理念从近代向现代的转型，从现代到当代的转型可能更漫长也更痛苦，毕竟，对于长期掺杂着诸多非艺术因素的中国戏剧来说，任何一次转向都不是其自身能够决定的，这是百余年中国戏剧史留给我们的经验，也是中国戏剧学建设过程中一直面临的尴尬和困境，至于新兴的戏剧编剧学，自然也不能幸免。

总而言之，中国现当代编剧学在过去百余年间，走过了一条异常坎坷的道路，在戏剧编剧技法流变的背后，是戏剧观念的嬗变过程，而这种观念的更迭并非源于戏剧艺术的内部需求，而是戏剧为了适应种种"运动"而被迫做出的调整，从改良运动、新文化运动到"戏改"运动、"文革"运动再到改革开放及后来的商业化运作，中国戏剧编剧学始终未能彻底进入戏剧本体的研究，这也导致了它始终未能获得真正意义上的独立与成熟。所幸，种种关于编剧的理论著述得以留存，使我们可以总结中国戏剧在现代化、民族化这两个方面的收获与遗憾，并进一步思考编剧作为戏剧创作的核心环节，究竟存有哪些问题，以及作为一门新创建的二级学科，我们将如何继续将其建设得更为成熟和完善，《中国现当代编剧学史料长编》一书的意义，也正在于此。

明确了上述定位，我想，我们就可以开工了。

三

平心而论，将一百年间中国现当代戏剧编剧学史料做一个系统的搜集整理，实在是一项十分繁杂的任务。虽然正式入编的，也不过区区一百余万字，但参与者阅读的文字量则至少达千万，而编选过程中的酸甜苦辣也是一言难尽。乘此机会，不妨将此项工作刚启动时我写给同学们的一封公开信转录于后：

致同学们的一封信

亲爱的同学们：

你们好！

这几天我认真阅读了你们搜集的《中国现当代编剧学史料长编》课题资料篇目，心中既有欣喜，更有焦虑。欣喜的是，通过你们两个多月辛苦的劳动，搜集到的资料已粗略地勾勒出了过去一百年中国现当代编剧学的演变轨迹，这些有价值的资料为我们将来的《史料长编》编撰工作开了一个好头。为此，我要对你们已经付出的辛勤努力表示感谢。焦虑的是，按照课题的要求，现有的资料不管是量，还是质，都与我预定的目标还有较大的距离，换句话说，我们还有许多工作要做。

同学们，搜集课题相关资料是件很烦琐的工作，需要扎实的专业知识和科学的工作方法，你们中间有的同学可能还是第一次参与这样的工作，经验不足，或者精力投入不够，都会影响工作的进程与质量。为此，针对我在翻阅资料过程中发现的一些问题，同时为了解决某些同学可能存在的疑惑，我想我还是以文字的方式给大家再做一些必要的说明与解释。

我创意策划编撰《中国现当代编剧学史料长编》，目的是想将过去一百年关于中国戏剧编剧学的资料做一个完整的梳理。编剧学包括编剧观念、编剧史论、编剧技法等内容。我们需要完整地搜集这段历史时期内关于戏剧编剧学的代表性论述，如重要论著、论文、编剧教科书，剧评，剧作家创作谈，等等。在此基础上，通过对资料的整理和研究，梳理出不同历史时期的戏剧创作观念，以学术的眼光审视或者鉴定这些观念的特征，从而客观上达到完成中国现当代戏剧创作观念史描摹这样一种学术要求。这一课题尚未有人做过系统的研究，我觉得我与我的学生们有能力、也有责任做好这件事。我想，在没有历史经验和前人资料可以借鉴的前提下去做这样的工作虽有难度却极具意义，如果能以我们的力量将这些资料汇编成书，把过去一百年中国戏剧创作观念的发展脉络清晰地描绘给后人，为中国戏剧留下有价值的资料，这既是《史料长编》的终极意义，也是同学们在上戏学习、生活的一个珍贵记忆。所以，我很看重这一项研究工作。

当然，面对浩如烟海的历史资料，要想从中选取符合课题标准的资料非常困难，这就要求大家在认真投入精力的同时，还要掌握科学的工作方法。为此，我建议同学们可分四个步骤来进行。

第一步，理论准备。

在搜集资料前，同学们应充分了解现当代中国戏剧史的概貌，特别要充分了解各自负责年代的戏剧在现当代戏剧史上的地位，包括当时重要的文艺（戏剧）政策，文艺思潮，重要的剧作家与戏剧作品，甚至还应该了解当时产生的重要的文史哲代表性论著。当然，对中外历代编剧学的了解与把握更是必需的。有的同学的教育背景如果不是戏剧学的，那就要尽快补上。

第二步，资料海选。

一切与编剧学有关的专著、论文、编剧教科书、剧评、剧作家创作谈、导演阐述、书信录等等，都应纳入你的视野。虽然并非所有搜集到手的书目和论文都可以纳入《史料长编》，而且很多书目、论文中关于创作理念的论述是重复的，有的甚至是倒退的、错误的，但也要"宁滥毋缺"，以利下一步的筛选。

第三步，重点确定。

在有了充分的理论准备与原始资料的基础上，建立起对你负责的这段历史时期戏剧创作观念的基本判断。你要了解这一时期戏剧创作观念的总体特征，它的进步性或落后性是什么，它的普遍性和特殊性是什么。一切与创作相关的论述都隶属于当时的整体戏剧观，因此也要清楚这些创作论述形成的历史背景和文化背景。尽管有一些观念在今天看来是错误的，但考虑到它在当时的影响和它承载的特定的时代特色，我们也应予以采用。只有拥有了这样的准备，再去筛选相关资料，工作才有针对性、有效性；才会用学术的眼光去鉴定哪些材料最能代表当时的创作观念，哪些材料可以被舍弃。比如，五四运动前后由戏剧争论引起的创作观念上的变化，是整个中国戏剧史上观念对抗最激烈的时期，可以围绕当时争论的焦点去确定书目、论文。最后呈交的材料不一定要追求数量的多少，关键是要筛选出你负责的这段历史时期中有关编剧学的学术价值最高的那部分内容。

在具体方法上，我建议可分两类：一类为重点篇目，另一类为备选篇目。

第四步，内容摘编。

重点篇目与备选篇目确定以后，就要将相关内容采集起来，或扫描，或复印，或提供原版内容。

第五步，遴选理由。

在前面工作的基础上，撰写 1000 字左右的推荐你选定的内容入选《史料长编》的理由。推荐文字写好了，可以发展成论文，正式发表，也有可能作为《史料长编》附件保留下来。

亲爱的同学们，你们的前期工作已经取得了很好的成果，相信每位同学在这个过程中也收获颇丰。我很高兴看到你们通过搜集课题资料打开了学术视野，提升了科研能力。因为《史料长编》计划尽快出版，时间比较紧张，我希望大家能够再接再厉，各小组明确分工，将责任落实到每个成员身上，保障我们的课题工作能按时按质按量完成。如果哪个同学因为有其他重要的任务要去投入，暂时不准备继续这项工作，那也不要紧，可以提出来，我会愉快地接受你的选择，并依然会感谢你的前期参与。但一旦承诺继续这项研究的同学，则必须负起责任来，任何懈怠与敷衍，都会对《史料长编》的完满诞生留下遗憾，相信你也不忍心这样做，我说得对吗？

最后，祝每位同学度过一个愉快而且充实的假期！

你们的好朋友　陆　军

2012 年 7 月 2 日

上面那封给同学们的信，从一个侧面反映了本书编纂过程中的一些周折与思考。所幸的是，参加本书工作的在读硕士研究生和博士研究生们都很努力，特别是我的博士生李世涛起了很好的作用。一方面，世涛在校期间见证了我酝酿创建编剧学的全过程，对我的所思所求十分的了解；另一方面他对编剧学也时有令人眼睛一亮的独到见解，如本序中有关戏剧编剧的边界问题我就采用了他的观点。几年来他代我为本书编纂做了全面的协调工作，既负责许多具体的编务，又为师弟师妹们解疑释惑，适时进行专业性探讨，为全书的顺利完成作出了可贵的努力。

需要特别说明的是，参与本长编搜集整理的除了编剧学、戏剧学专业的学生，我还郑重邀请了本校张福海教授担任全书文字整理与校勘工作。我知道，长编卷帙浩繁，校对工作极为繁重，一是20世纪20年代之前的部分，有很多是影印件，而且是竖排版，校对起来十分花工夫；二是文中有很多是不易辨识、当时流行、现在已经弃用的繁体字，要逐字校勘，颇费周折；三是文中有许多字舛误，有的字现在已不通行，有的当时也有问题。如"而此蠢蠢躯　"的"　"，应该规范作躯"壳"。"坟典索邱"，是三坟五典八索九丘的省文，一般写做坟典索丘，文中这个"邱"要改成"丘"。又如："新戏萌芽初苗，即遭蹂躏，目下如腐草败业，不堪过问。"这个"业"，应是"叶"。还有文字繁简的统一问题，英文标点和汉语半角标点都得改为汉语全角标点的问题，等等，诸如此类，不一而足。可见，这个工作如没有一点训诂学基础的人是难以胜任的，好在福海教授有良好的学术功底与专业素养，才帮我妥帖地解决了这个难题。

当然，尽管参与本书的编纂者都很努力，但由于学务繁重，加上经验不足，呈现在读者诸君面前的这部长编还是有许多不尽人意的地方，如史料的收集，遴选入编的篇章，还未能做到竭泽而渔，甚至一定还有一些重要戏剧家的编剧理论未能入编，挂一漏万，遗珠之恨，只能成为我与同人们共同的遗憾了。不过，聊以自慰的是，这毕竟还是一项初步的、拓荒性的工作，我们就把诸多的不足当作后续工作的动力吧。在此编正式出版之际，真诚地求教于戏剧界的专家、学者，能给予我们指导。假以时日，如有机会重版，我们一定会朝着尽善的方向去努力，以

中国现当代编剧学史料搜集整理的学科意义

031

不辜负能有雅量与勇气翻阅本书的编剧学同行或戏剧研究者，不辜负前程无可限量、我愿望为之付出一生的编剧学。

　　是为序。

2015 年 12 月 6 日

　　（本文刊载于《艺海》2016 年第 7 期时易题为《中国现当代编剧学百年流变》）

编剧学与编剧教材
——《上海戏剧学院编剧学教材丛书》总序

编剧，原是戏剧戏曲学中的一个子系统，经过漫长的求索之路，最终自立门户，成为编剧学。

编剧教材是编剧学建设的重要内容。10卷本《上海戏剧学院编剧学教材丛书》是国内第一部在编剧领域比较全面科学地总结探讨话剧、戏曲、戏剧小品、电视剧编剧理论与技巧的教材丛书，著者在努力揭示编剧观念、创新思维、写作规范、本质特征和剧作法则等方面作出了可贵的努力，它是编剧学建设的重要成果。

如果从1946年创办编导研究班算起，上海戏剧学院（以下简称上戏）的编剧教学已有70年历史。从70年间积累的有关编剧教学的教材、专著、论文、参考资料、案例汇编中遴选出一批可供教学与研究的编剧教材，以《上海戏剧学院编剧学教材丛书》（10卷）为题整理出版，是我多年的愿望。如今，丛书印制在即，谨此不揣浅陋，说一些有关编剧、编剧教材、编剧学的想法，以问于同道，求教方家。

一

细心的读者一眼就看出，编剧教材怎么成了"编剧学"教材，多了一个"学"字，应作何解？那就先聊聊编剧学吧。

编剧，作为专业，有2500年的历史，应该是比较客观的论断。现存的古希腊戏剧，如索福克勒斯的《俄狄浦斯王》剧本也有2400来年了。编剧的相关研究，自亚里士多德的《诗学》算起，也有2300余年。中国戏剧晚出，现存最早的戏曲剧本是南宋的《张协状元》；至于编剧的研究，一直到明末清初李渔的《闲情偶寄》，才以结构、词采、音律、宾白、科诨、格局六方面论，对戏曲编剧的理论与技巧有全面的概括与精当的阐述。若论大学的编剧专业教学，有案可稽的是美国的乔治·贝克教授于1887年在哈佛大学担任戏剧文学和戏剧史等课教学，并主持总名为"课程第47号的实习工场"的系列戏剧课程。

创建编剧学则是近几年的事。

2007年5月，我调任戏剧文学系主任，时任科研处长的姚扣根教授提议，我们是否建一个戏剧创作学。我听了眼睛一亮。虽然一个新学科的建立，需要具备各种重要条件，如要有社会需求与发展前景；要有深厚的学术积累；要有明确的研究对象；要有稳定的研究队伍；要有学术共同体与学术刊物；要有卓越的研究成果；要有学术派别；要有高等教育；要有学科带头人，等等。而这些条件，未来的编剧学新学科都已具备。加上上戏有悠久的编剧教学历史，有许多老教授的研究成果，有新一代教师和学者的求索精神，如果乘势而上，顺势而为，坚持数年，相信必有成果。经反复考虑，觉得时机成熟，决定试试。征询系里同人意见，也都很支持。正好有个由我执笔修改学校公文的机会，便试探性地将"筹建戏剧创作学三级学科"写进文件，获得认定后我们便围绕筹建新学科开始运思并做了一些基础性的工作。2009年12月3日，在学校中层干部会议上，我以"学科建设：戏文系事业可持续发展的生命线"为题作交流发言，明确提出"争取在三五年内将编剧学建成上海市教委三级重点学科"的工作目标。至2011年4月，学校在江苏木渎召开学科建设会议时，在校学术委员会主任叶长海教授及学术委员会同人与校领导的支持下，该项目被列入学校三级学科建设计划，正式命名为"编剧学"（需要说明的是，编剧学应运而生，是中国戏剧教育、戏剧研究、戏剧实践的必然结果，姚扣根教授与我，仅仅是在一个恰当的历史时段顺手轻轻推开了那扇迟早要被人推开的编剧学之门）。

众所周知，编剧，原来是戏剧戏曲学中的一个子系统，一直依附或混杂于文学、戏剧和电影的部分。如今逐渐步入独立自主、自我完善的体系化，最终成型并自立门户，实在是经过了漫长的求索之路。编剧学的建立，既是编剧专业自身发展的内在需求，也是戏剧影视与文化创意产业等社会事业与产业发展的自觉选择，更是编剧这一人类创造性活动获得人们进一步重视的必然结果。

何以见得？

第一，从编剧涉及的实践领域看，编剧早已突破原有的戏剧、电影的框架，有了广播剧、电视剧、纪录片及应运而生的新媒体戏剧，如手机剧、网络剧、游戏动漫、环境艺术、场景艺术等众多的人文活动新领域。随着演艺艺术、图像艺术、视听艺术的普及，包括竞选、广告、婚宴、庆典等，也都需要编剧的策划和撰稿，将人类所有的仪式化的活动，化为"剧"的因素。诗意地栖居，行动即表演，戏剧的人生，成了现代人的某种生活方式的追求。在这样的态势下，传统的编剧理论与编剧方技法受到严峻挑战，现实需要更多的学术回应。

第二，从编剧涉及理论研究看，编剧的理论早已突破原有的戏剧学、电影学的研究框架。今日的编剧专业作为核心，连接了几乎所有的社会和人文的前沿学科，甚至包括了一些自然学科的最新成果。如语言学、符号学、叙事学、美学、心理学、创意学、传播学、接受美学、人类学、教育学、策划学等，包括医学、运动学、生命学、数字技术、材料学等多学科与交叉学科。编剧涉及的新理论与技巧，如雨后春笋，早已拓展研究领域并收获鲜活成果，并呈现前所未有的蓬勃姿态。具体体现为：有关编剧的论著与论文、教材与译著，数量上升，质量提升；越来越多的高校面向本科生、研究生开设编剧课程；相关前沿理论的融合渗入，国内外频繁展开的学术交流与切磋，提供了良好的研究路径与发展平台。

编剧，作为戏剧、影视、游戏、新媒体等诸多艺术创作链上的一环，既是"无中生有"的第一环，更是决定作品成败的最重要一环，一方面具有最悠久的历史传统与最稳定的经久不衰的运行系统，另一方面无论是实践还是研究，又是一个充满无限活力、富有蓬勃生机的新领域。

对照社会的发展和需求，我国目前编剧理论与学科基础尚显薄弱稚嫩，整体水准还处于不稳定的初级状态。有的研究取向单一，路径狭窄，自我封闭，亟须"破茧成蝶"；有的存在"分化不够"问题，编剧专业的主要领域和一些次领域没有得到充分的衔接，没有建立一个独立而完善的学术体系；有的存在"融合不足"的问题，编剧专业在内与文学、戏剧学、电影学、传播学等内部各次领域的学术对话不够充分，在外与心理学、社会学、哲学等其他学科的跨学科研究交流不够积极。从本土文化研究的角度看，我们在吸收和消化西方编剧理论，创建具有东方美学特征与戏曲剧作思维的中国编剧理论和方法论，还远远没有形成成熟的体系与模式。

鉴于此，为实现编剧专业在学科领域的进一步发展，适应实践和理论的现实需求，创立编剧学就成了我们这代人不可回避的学术使命。由于天时地利人和，我们终于迈出了重要的一步：凝聚各方资源，创建编剧学独立学科，在学科层面上推进专业知识之间合理的分化和融合，从而借此提升整个专业、行业、事业的学术水准。幸运的是 2011 年，国务院学位办通过了艺术学升为门类的决议，我校的戏剧与影视学由此上升为一级学科，编剧学也随之升格为二级学科。最近，有关部门在全市所有高校学科中遴选出 21 个学科列为上海高峰学科建设计划，上戏的戏剧与影视学有幸入选，编剧学也躬逢其盛，忝列其中的建设，乃是幸事。

提出创建一个新学科也许还容易，关键是如何实施，如何一步一个脚印地去推进。换句话说，编剧学要做什么？概言之，主要有两件事：一是编剧理论研究，二是编剧实践研究。如果再具体一点，那就是：编剧史论，即编剧学史研究；编剧理论，即编剧本体研究；编剧评论，即剧作家作品研究；编剧技论，即剧作方法技巧研究。

首先，要梳理传统的编剧理论，从中国演剧艺术的实际出发，在中国与西方学术传统的基础上，在现代向传统继承发展的前提下，探索创造适应现实发展的新的知识体系、研究方法和教育方法；其次，要加强学科基础建设，创建以创作为核心的科研、创作、教学的新学术框架；再次，要对商业文化的冲击和现代技术的影响等社会环境变化作出及时反应，一方面不断拓展适应前沿领域实践发展的学术研究，另一方面不断拓展相关的边缘学科，以多学发展一学，实现整个学科体系的开放和活跃，并在这种开放性、活跃性中厘清编剧教学的结构体系，创建中西融合的编剧课程，梳理编剧特色的学术框架，创建具有中国特色的编剧学。

因为学科建设的成果最后总是要作用于教学，作用于社会服务，编剧学又是实践性很强的学科，所以，在上戏，习惯的说法是，学科建设要注重科研、创作、教学与社会服务的"四轮并进"。依照这一思路，这些年，我们以上戏编剧学研究中心为载体，为编剧学新学科做了一些奠基性的实事，而整理出版10卷本《上海戏剧学院编剧学教材丛书》，自然是编剧学建设的题中应有之义了。

一个"学"字，作此解释，自觉有些啰唆了。

二

教材建设是学科建设的一项重要内容，这应该不会有异议。问题是，整理出版旧教材，有意义吗？毕竟是存量，不是增量，有价值吗？朝花夕拾，未栽新株，有必要吗？一句话，为什么要整理出版这套教材丛书呢？

首先，我以为，这是编剧学学科建设的需要。

学科建设主要承担知识的传承与创新，学科人才梯队的构建与培育。但是，如前所述，最终的成果都要作用于教学，作用于社会服务。而体现这个功能的一个重要载体就是教材。换一个角度说，一个学科，没有完整的、科学的、有说服力的教材系列是无论如何也说不过去的。

事实上，每个历史时段问世的编剧学教材，都会融入特定时期的学科、专业与教学改革的最新成果。所以，系统地整理出版已有较成熟的教材，既可以从中窥见学科与专业建设前行的足迹，揣摩先驱者筚路蓝缕、既开其先的进取精神，更可以为编剧学学科建设成果的受众反馈提供真实信息。

其次，也是编剧学新教材建设的需要。

上戏建校70周年，编剧教学贯穿始终，有教学，必有教材。包括基本教材，即基本知识的传授；实践教材，即学生能力培养的指导；参考教材，即学生外延能力培养的辅助。应该说，这三类教材的储备我们都有。但是，无论是质还是量，与建设一流艺术大学的目标要求还有距离。特别是，随着社会的发展，知识更新周期越来越短。有资料说，联合国教科文组织对此曾经做过一项研究，结论是：在18世纪时，知识更新周期为80—90年，19世纪到20世纪初，缩短为30年，20世纪60—70年代，一般学科的知识更新周期为5—10年，而到了20世纪80—90年代，许多学科的知识更新周期缩短为5年，而进入21世纪时，许多学科的知识更新周期已缩短至2—3年。编剧学的知识更新周期当然不可能如此短暂，由于其实践性很强的专业特点，许多编剧技术与方法具有较强的稳定性。但知识更新终究是永远不可能绕开的学术话题。如何将编剧学最新的研究成果转化为教学内容，就成了一门十分重要的功课。而做好这一功课的前提是，必须摸清现有家底，盘点已有积累，再看看有哪些缺失需要补上，哪些软肋需要强化，哪些谬误需要订正，哪些新知识、新观点、新方法、新理论需要整合，从而为编剧学新教材建设提供重要参照。

最后，当然也是培养创新型编剧人才的需要。

培养合格的创新型编剧人才，离不开教学内容与教学方法的改革，在有限的时间和空间内给学生有用的知识，都亟须科学性、实践性、先进性兼备的教材。而鼓励学生系统地研读已有的较成熟的教材，一方面可以强化学生的专业基础，另一方面可以昭示后学以前辈为例，养成努力探索学术真谛、把握科学规律的治学习惯，培育跟踪学科前沿、贴近创作实际的良好学风。

因为有了上述理由，至少让我为原初也曾经有过的犹豫找到了释怀的依据。

三

最后，谈谈这 10 本教材的特点。

是否可以这样说，这是国内第一部在编剧学领域比较全面科学地总结探讨话剧、戏曲、戏剧小品、电视剧编剧理论与技巧的教材丛书。著者注意吸收国内外编剧研究的理论成果，结合中国当代编剧实践，内容涉及编剧学、剧作法、编剧艺术、剧作分析、中外编剧理论史、编剧辞典、国外剧作理论与教材翻译等，在努力揭示编剧观念、创新思维、写作规范、本质特征和剧作法则等方面作出了可贵的努力。毫无疑问，这 10 本教材各有各的特点，限于篇幅，我只能挑主要的感受来表达，一本一本来（以初版时间为序）。

1.《编剧原理》

著者洪深（1894—1955）、余上沅（1897—1970）、田汉（1898—1968）、熊佛西（1900—1965）、李健吾（1906—1982）、陈白尘（1908—1994）。此著为六位中国现当代话剧史上重要的理论家、剧作家、教育家的主要编剧理论著作、文章的汇编，书名借用熊佛西老院长的专著。这六位先贤为上戏草创时期的名师。此次选取的文字，既是重要的学术论文，又具有教材意义。先贤们围绕"戏剧是什么""怎样写剧""怎样评剧"等问题展开阐述，娓娓道来。反复咀嚼几位著者的论述颇有醍醐灌顶、引导统率的作用。学习戏剧，同时还需要理解戏剧与文学、戏剧与社会、写意与写实、话剧与戏曲等多重关系，书中对此都有翔实的分析。同时，有关历史剧、诗剧、哑剧、小剧场等戏剧类型的论述，也颇能体现作者从实践经验中摸索出的编剧规律，对于从事编剧创作和研究的学生而言，则是一笔宝贵的理论财富。

2.《编剧理论与技巧》

著者顾仲彝（1903—1965）。这本编撰于1963年的教材，材料丰富，旁征博引，论点精辟，案例得当，通过对古今中外优秀剧作和戏剧理论的研究，系统探索了编剧艺术的规律。其中关于戏剧创作基本特性的论述尤为精彩。著者在对西方戏剧理论作系统梳理的基础上，作出"冲突说"的归纳，简明而又有力量。在戏剧结构章节中，著者依据欧洲戏剧史上对于结构类型比较科学的分类方法，把戏剧结构分为"开放式结构""锁闭式结构"和"人像展览式结构"三种类型，并对不同结构的特点作精当分析，同时又选择"重点突出""悬念设置""吃惊""突转与发现"四种主要的结构手法作介绍，可谓鞭辟入里。稍嫌不足的是，书中难免留有那个时代所特有的政治痕迹。但这怎么能去苛求前辈呢？而且我一直以为，此著为中国编剧教材的奠基之作，在顾先生之后，几乎所有编剧教材都程度不同地受惠于此著。再说一句可能会有些偏颇的话，就教材的整体质量而言，这也是至今难以超越的经典之作。

3.《戏曲编剧理论与技巧》

著者田雨澍。本书强调戏曲的独特性，以廓清与话剧、电影等艺术类型的区别。歌舞表演是戏曲的外在表现形式，戏曲的本质是"传神"，即不断地深化、剖析人物的精神面貌、内心世界和灵魂图谱，而实现"传神"的有效方式便是虚实结合原则。以此为基础，著者较为全面地透析了戏曲人物、情节、冲突、场景和语言特色，又调度经典戏曲剧本案例辅证论点，挖掘出戏曲审美特质。全书尽可能地吸收古典论著、序跋、注释当中的散论，又广纳民间艺人从实践中总结的口诀谚语，为教学和创作提供了生动而鲜活的理论依据。

4.《戏剧结构论》

著者周端木(1932—2012)。原书名为《一座迷宫的探索》，易用此名的缘由当然是为了体例的规整，倘若周先生有知，想来是可以理解的。此书围绕"戏剧结构"展开。戏剧，可以是冲突结构，可以是人物意识流程结构，可以是佯谬结构，可以是理念结构，可以是立体复合式结构。此著特别强调戏剧动作是组织结构的首要特性，并以此统领全著。作者还有意打破流派的分歧和界限，就情节的提炼，悬念、惊奇的运用，情节的内向化发展，独幕剧的结构特点等话题进行深入阐述，同时将不同的戏剧流派纳入讨论范围，包括《罗生门》《三姐妹》《万尼亚舅舅》《推销员之死》《野草莓》等剧作的细致分析，无疑具有生动体贴的借鉴意义。

5.《戏曲写作教程》

著者宋光祖(1939—2013)。本书是专以戏曲写作为中心撰写的教材，入编时我将宋教授另著《戏曲写作论》中的"戏曲写作的理论与技巧研究"部分内容也纳入本教材。此著致力于探讨戏曲写作的历史传统和写作方法，条分缕析，深刻细致，系统完整，切实起到强化戏曲思维、答疑解惑之作用。作者也未局限于戏曲的特性，而是注重向话剧理论学习，以人物的性格描写、感情揭示和心理分析为主，事件或者情节为从，由浅入深、体贴入微。由于该著是作者长达20余年的教学实践摸索而建构起一整套独立的戏曲写作理论，格外遵从教学需求，以指导学生的写作训练为轴心，推崇从读剧看戏中总结戏曲写作理论，因此全书涉及众多中国现当代戏曲范例，还汲取了古典戏曲理论和剧作的精华，对于从事戏曲编剧的教师和学生而言具有很强的应用性。

6.《戏剧的结构与解构》

著者孙惠柱。戏剧作为一种满足人类心理需求的"体验业"，不仅有赖于故事的叙事性结构，也需要剧场性结构的支撑。此著致力于探讨艺术家对于"第四堵墙"的态度、用法，进而分析戏剧结构的不同特点。他首先溯源穷流、归纳整理，将2500年以来戏剧的叙事性结构类型进行分类，力图展现各个时期、各种流派提倡的戏剧结构特色。其次，与相对成熟的叙事性结构相比，有关剧场结构的论著还相对匮乏。作者以编导演模式为视点，横向比较世界戏剧美学体系，纵向挖掘中国的戏剧美学脉络，中西参照、点面结合、归类清晰。全书涉及的案例从历史到当下、从传统到后现代、从经典到热点，博采众长、配图精美，乃编剧学教学的重要参考著作。作者以宽容的姿态审视不同的戏剧流派，作为编纂者，我揣测大概对于当下话剧的弊端分析也是直面戏剧乱象的必经之途。另外，就叙事性结构与剧场结构的关系研究，也颇具启发，这也是未来编剧学所要努力研究的重要方向之一。

7.《电视剧写作概论》

著者姚扣根，该著列为教育部"十一五"规划的国家级教材。此著区别于以往的电视剧写作教材，动态地对电视剧这一特定对象进行考察研究，将电视剧作为一门交叉边缘学科，既与戏剧、电影和大众传播等学科有关，又涉及其他人文学科，如文艺学、叙事学、心理学、伦理学、社会学等。另一方面，该著在阐述电视剧传承戏剧、电影及文学元素的同时，更注意站在电视媒介上，努力找出它们之间存在的不同点。换句话说，相对戏剧、电影理论的借鉴和传承而言，该著更注意符合电视媒介的需求，更注意电视剧是一种新兴的叙事艺术门类。同时，该著注意写作理论和文艺理论的相互渗透、交织，从教学方面充分注意了可操作性和示范性，提供了中外经典案例，提供一种科学的、系统的序列性训练。一方面训练学生掌握围绕具体文本写作的材料、主题、语言、结构和类型等主要内容，同时着重阐述那种得之于心，应之于手，只可意会不可言传的写作经验和技巧，并使之明朗化、系统化，并根据初学者的写作状态，循序渐进，有助于激发学生的学习兴趣，以理论推动实践训练，以实践提升理论素养。对电视剧写作的教学、研究者而言，该书可谓是一本难得的写作指南。

8.《编剧理论与技法》

该书为笔者所撰，曾获上海普通高校优秀教材一等奖。与他著相比，自知简陋。倘硬要找些特色，似乎也有。一是全书融入自己大量的创作感受，可能比较"贴肉"，具有一定的操作性；二是章末附有针对教材讲解内容的"思考与练习"，计有20道思考题，部分要求写成文章，另有20道练习题，要求编写7个小型剧本提纲、6个剧本片段与7个小型戏剧剧本。希望通过这样的"多思考、多实践"，领会课程内容并掌握从剧本提纲到剧本片段再到完整的剧本写作的整个流程，虽然浅显，但可能较为实用。

9.《戏剧小品剧作教程》

著者孙祖平。本书系统地论述了戏剧小品作为一种独立的艺术样式，有着属于自己的创作特征。著者首先从戏剧小品的起源入手，详细介绍了古代小戏和现代小戏的发展历程。然后从戏剧小品的构造特征、情境张力、情节过程、结构模式、形象造型、意蕴内涵、审美途径、语境语言及样式类别等九个方面入手，对戏剧小品的创作特征进行了详尽的阐述。此著一大特色是发现了戏剧创造系统中"片段"的位置存在和价值取向，清晰地指出"场面并不直接构成一场戏或是一幕戏，在场面和幕（场）之间，还存在着一个构造组织——片段"，从而提出了"戏剧小品是一个片段的戏剧"的定义，并论述了相应的特点。由此进入，戏剧小品研究的种种难题，皆能迎刃而解。同时，这一发现也使戏剧构造的理论更加科学客观合理。

10.《世界名剧导读》

著者刘明厚。该书遴选各个世界戏剧历史阶段中具有代表性的优秀剧目，如《俄狄浦斯王》《李尔王》《海鸥》《萨勒姆的女巫》《一个无政府主义者的意外死亡》等进行评析，涵盖了从古希腊悲剧以来西方戏剧的发展历史，以及戏剧观念、艺术表现手法的革新与变迁。在这些脍炙人口的名剧里，我们能感受到人类共同的价值观念和人文理想。此著不仅从艺术分析的角度切入，还结合社会学、接受美学等理论去审视这些西方作家作品。全书评析中肯，见解独特，显示出作者具有开阔的学术视野和严谨的治学态度。

综合起来看，这 10 本教材，既备自成一体、各有千秋之特色，也具相互补充、相得益彰之功能。《编剧原理》虽然问世最早，文字简要，但所述概念、知识、要旨均属提纲挈领，为编剧学开山之作。《编剧理论与技巧》是前著的拓展与深化，集中外编剧专业知识之大成，可引领习剧者登高望远，总揽全局，按图索骥，成竹在胸；而与此著仅一字之差的《编剧理论与技法》则可看作对顾著学习的心得集成，倘仔细揣摩，便可登堂入室，舞枪弄棍。《戏曲编剧理论与技巧》紧扣戏曲写作特点，阐述基本要领，给习剧者提供描红图谱；而属同类型研究性质的《戏曲写作教程》，则抓住关键要点，深入展开，时现真知灼见，令人茅塞顿开。《戏剧结构论》为著者倾情之作，所述要点，枚举案例，均融入情感色彩，既有感染力，也具说服力；《戏剧的结构与解构》虽与周著同题，但中西交融，视野开阔，观念新进，脉络清晰。两著比照着读，获得的不仅仅是对戏剧结构的融会贯通。《电视剧写作概论》与《戏剧小品剧作教程》则提供了两种不同艺术样式的写作指南，概念清晰，案例生动，特别是对写作环节的引领性提示，因为融入著者数十年创作经验，令读者释卷即跃跃欲试，如入无人之境。《世界名剧导读》既悉心介绍经典剧作，又给后学提供阅剧、评剧、品剧经验，可谓有的放矢，体贴入微。

这10本教材织就编剧学知识经纬，也在一定程度上体现了编剧学之所以成为一门系统学科的实力。

末了，要郑重感谢上戏70年间一代一代的学子们！正是他们求知若渴的目光、如切如磋的声波、进取奔放的心律所构成的温暖的"学巢"，才孵化催生了这一本本饱含著者心血、印有时代胎记、留下几多遗憾的编剧教材。毫无疑问，有关编剧学所具有的一切的丰润与一切的留白，都属于他们，属于未来！

2015 年 10 月 30 日

呼唤具有学院派气质与
格局的戏剧作品
——序《上戏新剧本丛编》（全50卷）

陆 军

"最近在忙什么？"

"在做一件小事，准备出《上戏新剧本丛编》。"

"丛编，几本？"

"50卷。"

"啊，这可是个伟大的工程啊！"

"哈哈，上戏有的是剧本。"

"也是。这件事，别的学校一时还做不出来。"

上面这段对话，是一个多月前的某个周末在食堂午餐时与一位名教授的聊天。名教授对丛编创意的肯定，令我欣慰。当然，这第一句话是亲切的鼓励，第二句话则是在鼓励中道出了实情。

上戏有的是剧本，这并非夸大其词。剧本，不仅戏文系学生在写，导演系、表演系、舞美系、戏曲学院、影视学院、创意学院、舞蹈学院、继续教育学院学生也在写；不仅教创作的老师在写，教史论的、教美学的、教公共课的老师也在写；不仅本科生、硕士生、博士

生、博士后以及留学生、各类进修班学员在写，教职工甚至院领导也在写。

上戏有的是剧本，也不是一句广告语，而是由上戏这样一所学校的属性所决定的。

那么，上戏是一所什么样的学校呢？记得70周年校庆前夕，学校曾在师生中广泛征集校训，我也去凑了热闹，奉上八个字，谓"问学达道，妙艺劝世"。"问学"，即学校区别于剧团与其他艺术机构的根本所在；"达道"，一是达艺术之道，二是达为人之道。"妙艺"，便是师生倚仗才华与勤奋所获取的成果，即出人出戏；"劝世"，是戏剧人肩负的社会担当。这八个字虽然浅显，但我想也已大致概括了上戏的基本特征。

如果觉得这样说过于空泛，那就容我不揣浅陋，再饶舌几句。去年5月间，学院党委书记楼巍同志为制定"十三五"规划，就学校定位、发展思路与办学目标等问题专门征询党内外专家意见，我在那个座谈会上有个发言，其中有一段话与此有关，不妨转述于此：

在我看来，上戏不是研究型大学，也不是教学型大学，也不仅仅是教学研究型或研究教学型大学，比较符合客观的定位是，上戏是一所创作型教学研究类大学。

历史上，一代代上戏人如洪深、余上沅、田汉、熊佛西、李健吾、陈白尘、顾仲彝、朱端钧、胡伢之、胡导等，要么是创作型、要么是创作研究型、要么是创作与研究兼举型的大家。就算是新中国成立之后，陈耘、陈恭敏、胡妙胜、余秋雨、叶长海、丁罗男、孙惠柱、孙祖平、陈明正、徐企平、张应湘、张仲年、李山、陈钧德、周本义、金长烈、王邦雄等等名家的影响力，也都集中在创作、创作研究等领域里，不少专家还能做到创作与理论兼收并重。包括现任各院系的掌门人如卢昂、伊天夫等，也是在创作或创作研究方面术业有专攻。中戏也是同样的情况，历史上有欧阳予倩、曹禺、张庚、金山、李伯钊，现在有徐晓钟、谭霈生、黄维若等。而我们培养的一大批活跃在全国文化艺术各个领域的艺术家们，更是以他们杰出的创造性才华与丰硕的艺术成果为学校创作型属性的定位作出了最有力的证明。

什么是创作型？打个比方，如果把生活比作米，艺术比作酒的话，那么，创作型要做的事，就是把米变成酒。

创作研究型，则是要讨论米是怎么变成酒的？如何在这个"变"的过程中规避风险，寻求路径，把酒做得更好。

研究型，就是要考虑酒的起源，酒的演变，酒的属性，酒的分类，酒的功能，酒与米的区别等等。

创作，创作研究，对创作研究的研究，一代一代师生的辛勤积累构成了上戏作为一所著名艺术大学的学术底盘，而学校的教学、学科、人才，也都生于斯，长于斯，立于斯，强于斯。一句话，要培养一流人才，要创建一流大学，这三个方面的学问都不容偏废。

想清楚，说清楚，让别人认清楚这一点非常重要。现在搞学科评估，教学评估，人才评估，用综合性大学的标杆衡量我们学校，就很不恰当。举个例子，我们的戏剧与影视学是全院最强的学科，但据不完全统计，近五年也只发了不到 100 篇论文，每个教授平均每年才半篇多一点。如果以现有的评估指标论，我们可能连三流学校都不如。但如果算上创作，那就是另一本账目了，有的老师一个人就拿了国家级奖项十来个，这么一算，优势就十分明显。所以，重视创作，鼓励创作，抓好创作，是上戏这所学校的属性所决定的，而长于创作，强于创意，擅于创造，是上戏这一生命体的元基因。

我想，上述这番话，应该已经说明了上戏是一所什么样的学校，同时也大致说明了"上戏有的是剧本"的基础与缘由。

上戏有的是剧本，但好剧本不多，这一点是必须要特别说明的。

还有，上戏有的是剧本，但搬上舞台的不多，发表或出版的不多，交流与探讨的不多，这几点也是必须要看清楚的。

基于上述认识，为了试图改善这一局面，这些年来，在我有限的能力范围内，尝试着做了这样几个方面的努力。

第一，2004年我向院领导提议创办院创作中心并毛遂自荐去任职，获准上岗后，即着手做两件事，一件是，每年的5月中下旬举行全校性的新剧本朗读会，每次朗读会都要推出一批剧本，这一活动一直坚持到现在，已十年有余；另一件，编辑《上戏新剧本》，每年四期，至今也有十多年了。

第二，2007年5月我兼任戏剧文学系主任，当年10月就组织举办了全国高级编剧进修班。自此以后，坚持每年举办1—2期，至今也已历时十年。

第三，先后策划、组织并主持了多个原创剧本征稿比赛活动，其中有两个是我在学院宣传部长任内举办的。这些比赛活动分别是：上海"海湾杯"抗击"非典"题材全国戏曲剧作征稿比赛，"上戏杯"全国原创剧本征稿比赛，第一、二届全国校园戏剧文本征稿比赛，第三届"兴全杯"全国校园戏剧文本征稿比赛，首届上海校园戏剧文本征稿比赛等。这几个活动，也前后历时十年有余了。

第四，利用上海校园戏剧文本孵化中心这个平台，先后组织或参与组织创作了《钱学森》《潘序伦》《王振义》《钱宝钧》《熊佛西》《刘湛恩》《裘沛然》等一批大师剧（今年又有五部大师剧将先后问世）。

第五，作为与哥伦比亚大学合作培养编剧专业 MFA 交流生的中方导师，力推三部外籍研究生的习作搬上舞台，分别为:《家庭教师》(编剧凯特·穆雷)、《外滩群岛》(编剧史蒂夫·弗里亚)、《在漫漫青草下》(编剧亚里克丝·维泰莉)。

第六，作为编剧专业资深教师，努力探索编剧人才培养模式的创新。在学科建设上，创建中国编剧学；在编剧教学方法改革上，创立"百·千·万字剧编剧工作坊"，建立一批编剧学教学基地。在创作、创作研究、对创作研究的研究上，努力推出了一些有学术意义与应用价值的作品、项目与研究成果。

所有上述这些努力，本意都是希望为催生更多的上戏好剧本助力，至于是否有些许作用，我实在是没有一点点自信，但因此而为学校、为师生们保留下来近千个剧本倒是看得见摸得着的实实在在的收获。

上戏有的是剧本，但是缺少好剧本，那么，所谓的"好剧本"有没有标准呢？我想是有的，或者我希望是有的。当然，标准是什么也一定会见仁见智。在我看来，可用一句话概括：具有学院派的气质与格局。何谓学院派？我认为，重点就体现在一个"学"字上。

一是学术性。

还是用案例来说话吧。比如对经典的解读，如朱端钧执导的《桃花扇》，陈明正执导的《家》，徐企平执导的《罗密欧与朱丽叶》，张应湘执导的《物理学家》等。

对主旋律作品的理解与表达，如龙俊杰、孙祖平的《徐虎师傅》

《天堂的风铃》等。

对传统戏曲的体悟与传承，如卢昂、王仁杰的《董生与李氏》等。

对反映现代生活的话剧的演绎，如黄佐临、陈体江、胡雪桦、孙惠柱的《中国梦》等。

总之，不管是历史剧还是现代剧，不管是话剧还是戏曲，都应该有学术上的思考与追求。中央戏剧学院的《桑树坪纪事》，解放军艺术学院的《我在天堂等你》，就是因为具有鲜明的学术性才被人称道。即使我们面对的是时尚的、商业化的戏剧，也应该有自己独到的学术见解。一句话，上戏的好剧本必须具有学院派的气质与格局。

二是学习性。

这原本是我杜撰的一个词，包含两层意思：第一，在剧目创作的运行与操作上适宜与教学相结合；第二，在创作理念和戏剧观念上具有示范性。比如对生活的看法、对戏剧的看法、对表现与再现的看法等等，都要对学生具备一定的示范意义。

鉴于上述思考，在编辑《上戏新剧本》时，我一直比较关注三类作品：一是反映时代、关照民生，有"人间烟火味"的剧作；二是具有深刻人文精神和鲜明艺术特色的剧作；三是在内容与形式上富有创新，甚至能够拓展戏剧版图的剧作。当然，实际效果如何，又该是另一个话题了。比较踏实的是，在这50卷丛编中，至少有近一半的剧本都出自学生之手，这一点还是很可以令人欣慰的。

上戏有的是剧本。那么，无论是作为《上戏新剧本》的主编，还是《上戏新剧本丛编》的主编，最后总有一个话题是绕不开的，那就是，如何评价这批入选的剧本呢？我想，还是采用本文开头的方式吧，试着引用前几天我与学生的一段对话，既可以回应自设的问题，也可以作为本文的结语：

"老师，为什么要出 50 卷？"

"你希望出几卷？"

"我更希望您能从这么多剧本中精选一部分，出 5 本或 10 本，这不是更有意义吗？"

"这正是我要你们做的工作啊！"

"啊？老师要我们研究这些剧本？"

"上戏新剧本研究，难道不是一个很好的题目？"

"嗯，我好像有些感觉了！"

"其实，在我看来，这也是个'矿'，所能发掘的还不仅仅只是一二篇论文。"

"我们的国家社科基金艺术学重大项目《戏曲剧本创作现状、问题及对策研究》课题组的成员也会关注这个'矿'……"

"哦，老师，我明白了……"

当然，再怎么说，你也都能看出来，无论是编此书，还是作此序，我都属于十二万分的偷懒了。不过，还是忍不住要说一句真不是狡辩的话，这年头大家都忙，谁手头没有一大堆事在等着做呢？！虽然我能干的，也许只是个烧炉工的活儿，但心中的愿望却与同人们一样的美丽而又崇高，那就是，在实现变"上戏有的是剧本"为"上戏有的是好剧本"的路上，也能留下自己一两行浅浅的足迹。

哦，差点忘了，本丛书编得以顺利出版，与一群朋友提供的支持与帮助是分不开的，他们是：叶长海先生，黄昌勇先生，宫宝荣先生，张佳春女士，吴爱丽女士，沈亮先生，蔡纪万先生，郏宗培先生，徐如麒先生，朱恒夫先生，袁银昌先生，李静女士，朱小珍女士，古韵小姐，殷鸿芳女士，章建江先生。当然，百无一用是书生，我感谢的方法也只

呼唤具有学院派气质与格局的戏剧作品

能是，拱手给大家拜个早年，愿各位健健康康，平平安安！还有，家和万事兴，子贤世泽长！

这份祝福，是百分之百的诚挚，我可没有半点偷懒啊！

2017 年 1 月 23 日，农历十二月廿六

（原载《剧本》月刊 2017 年第 4 期）

戏剧人学观及其他（外一篇）

序《建国以来戏剧舞台上农民人物形象演变轨迹研究》

　　世涛要出书了，他几次诚恳请序，我却屡屡婉拒，主要是忙。但每次搁下电话，内心总会有一些怅然与纠结。这些年，承蒙朋友们高看，断断续续写了不少序，怎么轮到自己的学生，反而要推辞呢？情感上可以理解，如俗话所说"自己人好商量"，道理上却总是说不过去啊。犹豫再三，我与世涛说，那就随便写一点文字，聊表心意吧。

　　世涛是个诚恳、懂事而又有才华的年轻人。记得在准备博士学位论文开题时，他曾有多个选题的想法，我建议他，还是搞现在这个题目，他答应了。他很聪慧，也很勤勉，较早就把纲目拉了出来。论文草稿完成后，基础很好，我们交流了几次，他改了几稿，终于成文，答辩获得全优，并获上海戏剧学院优秀博士论文之称誉，我也很为他高兴。

　　拙以为，研究中国当代戏剧创作，农村题材剧作是个很不错的"矿"，而从农民形象着手，可谓抓住了"牛鼻子"。何以见得？还是那句老话，写戏写人嘛！盘点农村题材剧作成就，检讨剧本创作经验教训，启迪后来者少走弯路，不妨以"人"为镜，做些功课，想来是走在正道上的。

众所周知，无论圈内圈外，对我国的戏剧创作现状都不满意，其中最重要的原因是，多少年来，剧作家写戏没有真正写人，而是写事件，写政策，写概念，或者是写"套子"，写"噱头"，写"桥段"。没有写出人真正的"痛"与真正的"思"，真正的"灵"与真正的"神"，这样的戏剧怎么可能直抵人的心灵呢？

文学是人学，写戏要写人，包括人对自我的认识，人的本质，人的个性，人的价值，人的自由，人的权利，人的地位以及人性观，人生观，人道观，人的未来与发展观等等。现在看来可能是一个浅显的常识。但事实上，在漫长的戏剧历史长河中，获得这一常识的时间成本是巨大的。而中国又比西方晚了一千多年。

在欧洲，亚里士多德较早注意到人物塑造，他在《诗学》第十五章中提出写人"四点论"，即性格必须善良，性格必须相称，性格必须逼真，性格必须一贯。但他在论述悲剧六要素时还是主张情节第一，人物第二。他认为，"悲剧是行动的模仿"，"最重要的是情节"，"悲剧中没有行动，则不成为悲剧，但没有性格，仍不失为悲剧"。之后的戏剧理论家虽然对亚氏理论有不断修正，但总是口将言而嗫嚅。一直到莱辛那里，才旗帜鲜明地将人物描写置于首要地位。他在《汉堡剧评》中强硬地提出："对于一切与性格无关的事实，他愿意离开多远就离开多远。只有性格对他来说是神圣不可侵犯的；他的职责就是加强这些性格，以最明确地表现这些性格。"到了狄德罗，在重视人物塑造上又有了新的表述，他提出了剧作要揭示人与环境的关系的主张，至今具有强有力的指导意义。不过，毋庸置疑，只有到了黑格尔，重视人物性格塑造的理论才得到了真正的发展与突破。他第一次提出了"性格就是理想艺术表现的真正中心"的观点，他认为情境还是外在的东西,"只有把这种外在的起点刻画成为动作和性格,才能见出真正的艺术本领"。他提出理想的人物性格应符合三个要求,即丰富性、特殊性与坚定性。并且还指明了刻画人物的方法与路径,如通过动作表现性格;要揭示人物的心灵;性格描写必须生动具体;提炼特殊的生活细节;重视肖像描写等等,无不有理论意义与实践意义。

中国的人学观,即使是较戏曲早了千年的古典小说也是步履蹒跚。战国时期的《山海经》《穆天子传》中的人物,大都是意志坚强,无惧无畏,展现先民类型化性格。到了两汉时期,出现正反面人物,要么重义、坦荡、先知,要么自私、好色、负恩,也全是类型化人物。魏晋六朝时小说以神鬼仙怪为载体,题材有所拓展,但人物依然单一。正面的,勤劳朴实,知恩图报;反面的,豪奢残忍,自私贪婪。到了唐代,才开始有了较丰富的人物性格,比如《霍小玉》中的李玉,就有一定的复杂性了。而宋元时期的人物形象,因受理学影响,反不如唐人洒脱。及至明清时期,出现了资本主义萌芽,人们有了人性解放、个性自由的诉求,于是出现了潘金莲的"淫",贾宝玉的"泛爱"。

比起中国古典小说来,中国古典戏曲对人学的发现与重视自然要晚得多。明初朱有　在谈到元代水浒戏时曾有"形容模写,曲尽其态"的论述,大概说是最早的人学观了吧。到了明中叶,对人物塑造的关注才逐渐多起来。比如金圣叹在评《赖婚》一折时提出以"心、体、地"(心即愿望,体即人物的身份,地即环境)的一致性来阐述刻画人物的要领,应该是比较精辟的见解了,王骥德、李渔也从不同角度呼应了这一主张。至于创作实践,倒是要稍稍超前些,比如《西厢记》,比如《牡丹亭》,还是很让我们捡回来一些自信。当然,总体上说,还是类型化的人物居多。究其原因,除了理论的滞后,主要是先贤们将戏曲视作高台教化的工具，同时也受戏曲角色行当定位之限制吧。

绕了那么大一个圈子，无非是想说，作为以人为对象、以人为中心、以人为目的的戏剧，任何时候都应该关注人，研究人，表现人。因此，世涛的研究虽然是初步的，却是有意义的，甚至我希望他不妨沿着这条路走下去，譬如以《戏剧人学观》为总题，一个一个专题去揣摩，日积月累，融会贯通，可以有专著，可以编教材，可以开新课，岂不是一件有意义的好事?!

至于对本书论述内容的评价，我想就不在此饶舌了，请读者诸君评头品足吧。作为世涛的导师，我当然也在受审者之列。好在世涛年轻，学术上还刚起步，前程未可限量，所以，所有的批评与建议我都视为对他的器重与关爱。我想，世涛也一定是这样想的。

在新疆讲学间隙，断断续续写下了这些文字，算是对世涛、也是对自己的一个交代吧。

2015 年 8 月 30 日匆匆于新疆文化艺术培训中心

一时代之戏曲剧作有一时代之戏曲剧作理论

戏曲，蕴含着中华民族的情感密码、审美需求与生存寄托，她既是历代民众安居乐业的自然份额，也是我国优秀传统文化的精神标识。

戏曲的继承发展创新，历来得益于戏曲的体内与体外两个层面的"给力"。体外，即政令、法规、体制、机制等；体内，即形式、内容、主旨、意趣等。而无论是体内还是体外，都首先作用于戏曲剧本。这是因为，一方面，通常认为，戏曲的成熟是以剧本的诞生为标志,《张协状元》《俄狄浦斯王》,中西同理。另一方面,剧本,乃一剧之本。剧本弱,也许戏曲未必弱,但剧本兴,则戏曲必兴,亦为历代梨园之共识。

有戏曲以来,有关剧本创作的见解与论述便相伴相生。汉代的"角抵成戏",唐代的"美刺"原则,元代的《制曲十六观》,明代徐渭的"本色论",李贽的"童心说",汤显祖的"主情论",吕天成的《曲品》等等,都曾风靡一时。特别是王骥德的《曲律》,视野开阔,承上启下,他对文本情感、事物描写、戏曲语言、故事结构等都有自己独到的见解,与之相关的风神论、虚实论、本色论、当行论,是对戏曲创作规律、创作方法全面的探索,对当时及后世的戏曲剧本创作都产生过重要影响。

如果再进一步作一个大胆的概括,在《曲律》之后,迄今为止,戏曲剧作理论大致经历过五个重要历史阶段,概述如下。

第一阶段,李渔《闲情偶寄》。

李渔剧作论所述:戒讽刺、立主脑、脱窠臼、密针线、减头绪、戒荒唐、审虚实、贵显浅、重机趣、求肖似、正音律等,这些关于戏曲结构、戏曲语言的见解,一方面承接王骥德的曲论,另一方面又能发前人所未发,组织周密,条理清楚,为古代戏曲剧本创作理论做出了非凡的贡献。

第二阶段,戏曲改良运动。

晚清民初,以梁启超《论小说与群治之关系》为嚆矢,戏曲改良运动蓬勃开展,陈独秀、陈去病、汪笑侬、柳亚子等有识之士纷纷响应,他们明确提出戏曲为改良主义服务,以启迪民智、改造社会作为戏曲创作的最终目的。与之相呼应,当时先后产生了诸如《狸猫换太子》《三门街》《铁公鸡》《黑籍冤魂》《新茶花》《一缕麻》等许多古装新戏和时装新戏，这一时期的创作理论与创作实践可谓相辅相成，互为表里。

第三阶段，"三并举"方针。

20世纪50年代初，"三并举"方针的提出，对当时戏曲剧本创作产生了深远的影响。其间创作的新编历史剧有京剧《谢瑶环》《海瑞罢官》、昆曲《李慧娘》、莆仙戏《团圆之后》、越剧《红楼梦》、彩调《刘三姐》、吕剧《姊妹易嫁》、绍剧《孙悟空三打白骨精》等。戏曲现代戏有豫剧《朝阳沟》、沪剧《芦荡火种》、花鼓戏《打铜锣》、昆曲《红霞》等。这些剧作无不是实践"三并举"方针的结果。

第四阶段，"三突出"创作原则。

"文革"期间以"三突出"为核心的一套样板戏创作模式长期掌控了戏曲剧本创作的话语权。在它的指导下产生的京剧《智取威虎山》《奇袭白虎团》《海港》《红灯记》《沙家浜》等作品亦是那个时代文艺创作政治化的集中体现。"三突出"可视作戏曲创作理论对于创作实践控制的极端化范例。

第五阶段，主旋律与多样化。

新时期以来，突出主旋律，坚持多样化，是文学艺术创作的主调，戏曲也不例外。

新时期发端的戏曲小剧场运动是多样化的一个突出标志。戏曲小剧场运动虽无纲领性的理论指导，却以实践的方式来高扬它的理论主张，即从观念的突破、形式的创新、内容的探索等方面来实现戏曲的脱胎换骨，其方式大多是对传统故事的现代演绎，新的解读和一贯以来对家喻户晓的人物、故事的传统评价形成对照甚至对立，这种"离经叛道"虽然一度给人以新鲜感，但长久地采用"故事新读"这样的方式，难免会让观众逐渐生厌。事实上小剧场戏曲在本质上仍然是写人的艺术，与传统大剧场戏曲并没有什么不同，如果忘记了这一条，再花哨的标新立异也总难逃昙花一现的命运。

历史走到今天，要审慎地评判戏曲剧本创作的现状，分析存在的问题，思考创新发展的对策时，我们会发现，一时代之戏曲剧作需有一时代之戏曲剧作理论。那么，在党和政府对戏曲的重视已达到无法企及的高度（包括习近平同志在文艺工作座谈会上的讲话，国务院办公厅印发《关于支持戏曲传承发展的若干政策》）的情况下，戏曲剧本创作自身的理论创新与实践创新的支点又在哪里呢？这正是本课题思考的重点所在。

我们也许无力在前人积累的基础上提出具说服力，有普适性，富时代感的新的戏曲剧作理论，但有几个关键词却一直萦绕于我的心间。

一是人学观。即戏曲剧本要写人心，说人话，做人事，表人理。

二是传奇性。即戏曲剧本讲究一个"奇"字，选材，既推崇奇人奇事，更崇尚平中出奇；须知天下奇事总有限，平中出奇日日新。叙事，则尤其重视奇特奇妙奇异的表达方式。

三是戏曲化。戏曲剧本，既是戏，更是曲，万变不离其宗，这个辨识不容含糊。在我看来，现在有一些被专家学者称道的所谓深刻的戏曲名作，实际上是话剧化思维在戏曲肉身上显灵的胜利，是职业化的专家用学养备胎与理性想象补充了剧作中的缺失后所获得的成功，它并不是戏曲发展的真正方向。不认清这一点，葬送戏曲应有的大好河山就绝不是危言耸听。

以上三条，实际上说的是一层意思，即戏曲剧本创作推崇的是她的民间特质，即民间题材，民间构筑，民间叙事，民间心埋，民间思考，民间想象，民间情怀，民间意趣，民间立场。如果用一句话来概括，那就是：松绑减负，"还戏于民"。这是一句老话，却自忖可指摘当下。

学科建设：戏文系事业可持续
发展的生命线

（2009 年 12 月 3 日）

　　戏剧文学系现有戏剧（影视）文学、公共事业管理、艺术教育三个专业。共有本科生 187 人，研究生 100 人，成教生 150 人，高编班学员 35 人，共计近 500 人。

　　现有教师 25 人，其中教授 7 人，副教授 4 人，副文化专员 1 人；拥有博士学位 8 人，在读博士 4 人。有国家级专家 2 人，部级专家 1 人；担任全国级学会会长 1 人，副会长 1 人；担任市级学会会长 2 人，副会长 2 人。

　　现有国家级精品课程 1 门，市级重点课程 3 门，上海市教学成果奖 2 项，上海普通高校优秀教材一、二等奖 2 项。

　　问题：什么是大学二级院系工作的重中之重？回答是：学科建设，特别是重点学科的可持续发展。

　　理由：虽然不能说院系的一切工作都是学科建设，但院系的一切工作都与学科建设有关。

　　观点：学科建设是戏文系事业可持续发展的生命线。

　　学科建设具有多种功能，如知识创新、人才培养、科学研究、社会服务等等。而院系学科建设虽然也包括发展科学、服务社会，但最主要目的是培养人才。

院系学科建设的内容包括：确定学科方向，选拔学科带头人，组建学科梯队，建设学科基地，创造学科学术成果，营造学科环境，建立人才培养体系（包括专业建设、课程建设、校园文化建设等）。

下面要汇报的，是戏文系围绕学科建设打算要做的几件事。有的是 2010 年要做的，有的是 2010 年以后要做的，还有的是要做到 2020 年的，甚至更长。

一 学科方向建设

紧紧依托国家级重点学科——戏剧戏曲学，以国家级特色专业—戏剧文学专业建设为契机，筹建编剧学。

时间：2010 年启动。

举措：论证，规划，争取政策支持，部署，落实。

目标：争取在三五年内将编剧学建成上海市教委三级重点学科。

二 学科带头人建设

拿破仑有一句名言：一群由一只狮子率领的绵羊能够打败一群由一只绵羊率领的狮子。带头人对一支队伍的战斗力具有决定作用。

学科带头人在学科队伍建设中具有定向作用、管理作用和整合作用。

时间：2010 年至 2020 年。

举措：培养与引进并举。

目标：争取在三、五年内有新的学科带头人脱颖而出。

三　学科梯队建设

除了高水平的重点学科带头人，每个学科方向应有一位学术带头人，同时还要有一两位在本学科方向上学术地位比较高的教授、副教授为学科骨干；每个学科骨干下面，还要配备职务、学历、年龄等结构合理的若干名助手。只有这样，才能拥有合理的学科梯队结构。这方面的任务尤其艰巨。

时间：2010 年至 2020 年。

举措：继续推进"博士行动计划""一师一招"，配合有关部门做好教师职称评聘工作。

目标：提升学术队伍水平，完善学科梯队结构。

四　学科基地建设

与社会合作，建立各类教学实践与创作基地。

时间：2010 年继续推进。

举措：落实多个戏剧影视教学基地。

目标：有选择地将校外基地优质教学资源融入本科与研究生教学，让学生亲近社会，注重实践，培养情怀，增强能力。

五　学术成果建设

学科建设的重要内容是学术研究，戏文系必须拥有标志性的学术成果。

时间：2010 年至 2020 年。

举措：论证，争取政策支持，部署，合作，落实。

目标：建设一批有分量的学术成果。内容包括：《中国戏曲史》系列学术专著，《20 世纪中国戏剧研究》《中国戏曲故事及研究》《中外经典短剧鉴赏文库》《编剧学研究丛书》《编剧学创作丛书》《编剧学教材丛书》等。

六　学术环境建设

学科建设高层次要求应是良好的学术环境和学术氛围的建设。一是需要本学科积极开展与相关学科、国内外科研机构联合攻关，强固学科生命力。二是积极开展国际国内学术交流，创办学术刊物，形成浓郁学术氛围，提升学科科研水平。

时间：2010 年继续推进。

举措：继续举行"戏文双周学术讲座""长三角研究生论坛"；办好《上戏评论》；加强系际学术交流，拓展国际合作渠道；与专业学会联合开展学术活动；争取政策支持，组织教师赴韩国、日本等考察戏剧教育现状。

目标：形成尊重知识、尊重人才的良好氛围，让学者们享有充分的学术自由，在自由探索和碰撞中产生新的思想"舍利子"，形成新的理论成果。

七　人才培养体系建设

建构高水平的人才培养体系是学科建设的主要任务之一。学科建设要根据学校人才培养计划，结合本学科的培养能力，在培养不同层次、规格、类型的人才方面发挥自己的作用，并积极促进教育教学改革。重点学科主要是研究生培养的基地。人才培养体系建设包括专业建设、课程建设、教材建设和校园文化建设等。

时间：2010 年至 2020 年。

举措：调研，论证，争取政策支持，部署，合作，落实。

目标：

1. 建设一批重点教材。

2. 建设若干门重点课程。

国家级重点课程《中国戏曲史》要按国家标准来建设，使之成为国家级示范课；《中国话剧史》《编剧理论与技巧》《编剧概论》要按市级重点课程标准来建设，使之成为市级精品课程。

3. 建立故事数据库（目前已有 1000 万字故事资料），如果经费能落实，争取连续出版《故事——戏文系写作教学参考资料》。

4. 巩固戏剧学专业与艺术教育专业建设成果，进一步完善培养计划、教学大纲、课程结构与教材建设。

5. 重视研究生教育，培养更多的戏剧影视编剧与理论研究人才；提高高编班学员与成人教育学生的成材率。

6. 进一步发挥教授工作室作用，加快"出人、出戏、出论"步伐。

7. 利用校庆、系庆契机，提炼精神，凝聚力量，进一步优化全系的系风、教风、学风。

希望全系干部教师能形成以下几点共识，并为之努力奋斗。

1. 全系学科建设的关键是学术研究，2010 年要有新成果，2020 年前必须有重大成果；

2. 全系学科建设的重要目标是人才培养模式创新，2010 年要有新举措，2020年前必须创立更科学、更具有示范性的人才培养模式；

3. 全系学科建设的重点是梯队建设，特别是学科带头人与学术骨干的培养，2010年要有新思路，2020年前必须形成完备的梯队结构。

[附1：

关于"一师一招" 奖励的暂行办法

2007年10月，我系正式向全系教师提出"一师一招"的建设目标。所谓"一师一招"，即每个教师应在教学、科研或创作上具有"过人之招"；通过不断研究、总结、提高，在本专业领域内，对某一学术专题的研究达到或接近全国领先水平，并能够独立承担该专题的高水平教学、实践和研究工作。

现将《关于"一师一招"奖励的暂行办法》评选与奖励的有关事项再次周知如下。

一、建设目标

一篇论文，一个讲座，一门课，一本教材（或专著），一个奖项。

上述"五个一"，应在同一领域、同一主题、同一框架里进行。

举例：

1. 论文：《莎士比亚剧作结构研究》；

2. 讲座：《莎士比亚剧作中的女性形象》；

3. 课程：《莎士比亚剧作研究》；

4. 教材：《莎士比亚剧作研究》；

5. 奖项：与莎士比亚研究有关的论文、教材、专著、课程。

二、奖励办法

1. 一篇论文。

要求：具有一定的创见，篇幅 1 万字左右，在中文核心期刊发表。

奖额：3000 元。

2. 一个讲座。

要求：有新意，有深度，信息量大。

奖额：3000 元。

3. 一门课。

要求：授课内容符合教学大纲要求，注意思想性、科学性、前瞻性、启发性、和适用性。

奖额：8000 元。

4. 一本教材（专著）。

要求：具有与本学科发展相适应的学术水平，吸取了本学科、专业发展的新成果，有较强的理论性、系统性和适用性，能够正确贯彻理论联系实际的原则；内容阐述循序渐进，富有启发性，便于自学，使学生能够掌握基本理论、基本知识和基本技能；文字准确，语言流畅、精练，符合规范化要求。由省级以上出版社正式出版。

奖额：10000 元。

5. 一个奖项。

国家级奖项：10000 元。

省部级奖项：5000 元。

三、申报程序

本系教师只要符合"五个一"中前两个"一"（即一篇论文，一个讲座，一门课）的要求即可申报。

四、评选方法

根据申报者的学科内容，由系里组织院内外三名以上相关专业的专家进行评审。一经通过，即兑现奖额。

上海戏剧学院戏剧文学系

2009 年 11 月 1 日

[**附 2：**

关于实施"博士学术建设行动计划"的
一点想法

到系里工作以后，我一直在思考一个问题，戏文系有优厚的学术资源，有全国顶尖的品牌教授，但是，岁月不饶人，若干年以后，当老一辈学者、专家、教授退下来后，戏文系能否依然保持自己在全国的学术优势？换一句话说，在学术高度、学术成果、学术影响力上，我们年轻的一代能否赶上甚至超过前辈？这既是一个检验戏文系核心竞争力的现实问题，又是一个关乎戏文系未来发展的战略问题。因此，我在提出以"一师一招"的方式调动全系老师重视学术建设积极性的同时，再提出"博士学术建设行动计划"的工作思路，请大家支持与配合。根据全系有 8 位博士，4 位在读博士生这一有利条件，企图进一步努力挖掘这一笔宝贵的优质学术储备资源，通过整合、聚焦，力求有序、有为，以打造戏文系明天的学术高地，反过来又为教学服务，加快"出人，出戏，出论"的步伐，这既是系领导的分内之事，也是全系教师共同的责任担当。

我希望，全系所有博士应该做到"四个明晰"，即明晰自己的学术形象，明晰自己的学术定位，明晰自己的学术责任，明晰自己的学术目标。

在此基础上，"博士学术建设行动计划"拟分三步走，即"一年定位，三年计划，五年目标"。只有真正沉下心来，潜心做学问，耐得住寂寞，才能出得了成果。实施重点在于：第一，争取学校支持，设法组织和创造全系博士在公众以及媒体视野亮相的机会，以打造全系博士群体的学术形象和品牌；第二，系里组织力量，与博士们一起商讨找准自己的专业定位以及学术方向，以改变部分博士目前学术形象模糊、研究方向不明的现状，使其"术业有专攻"，能获得在某一学术领域长足的竞争力；第三，每位博士制订相应的学术研究方向以及发展计划和步骤，以期在三五年内能拿出有分量的学术成果。同时，系里也将为博士的学术建设提供一定的资金支持与机制保障。

2008 年 12 月 13 日

第二编

编剧道法论

戏曲观：历史内核与个性解读

一　戏曲观的四个比喻

所谓戏曲观，是指人们对有关戏曲的一系列根本问题，如戏曲与政治、舞台与生活、内容与形式、演员与观众等等的总的看法。

我的戏曲观比较感性，概括地说，可以用"四个比喻"来表达。

比喻之一：戏曲是一个爱唠叨的慈祥老人。

首先，中国戏曲剧目的丰富性可以令世界上任何一个国家的戏剧工作者叹为观止，自愧弗如。据不完全统计，仅福建省内17个剧种就有17000多个剧目，而全国有三百多个剧种，依此类推，那该有多少的剧目啊。有趣的是，戏曲老人这种喋喋不休地诉说的习惯至今还保持着，尽管戏曲不景气，但全国每年的戏剧创作数量最多的还是戏曲剧本，如笔者曾主持过两届戏曲征稿比赛，每届来稿数均在300以上，圈内人士都知道，这实在是个不小的数字。

其次，从宏观上看，中国戏曲剧目虽有百万，可作品的主题似乎永远只有一个，那就是善有善报，恶有恶报；不是不报，时候未到；时候一到，马上就报。

而且剧本的结构、情节、艺术处理的手法也大同小异。并且戏曲老人这种主题单一、情节单一、手法单一的叙述模式至今还在延续着，哪怕是反映现代题材的作品也摆脱不了这样的思维惯性。比如写小官爱民的戏，近年来得各类大奖的就有十几部，如《八品官》《六斤县长》《木乡长》《十品村官》《抓阄村长》《女村长》《来顺组长》《村官李天成》《鸡毛蒜皮》《三醉酒》《乡里警察》等。这些戏无疑都是深受观众、特别是农民观众欢迎的好戏，但在人文意蕴的开掘上、艺术创新版图的拓展上、艺术情节的设置上，是否过于雷同了呢？一雷同就难免有唠叨之嫌了。

再次，从微观上看，戏曲这种艺术样式的演出场所在过去是极其开放的，田头场角，庙宇戏台，观众进出自如，来去随意。而且一般来说受众的文化程度又相对较低，所以当时的演出习惯是，每一重要人物一上场就要自报家门，且将前面演过的情节不厌其烦地再复述一遍。如果说这样的"唠叨"在当时还带有一定的人文关怀的意义的话，那么到了今天这种叙述方式就成了忍无可忍的"唠叨"了。遗憾的是，这种生怕观众不明白的"唠叨"情结至今还活在剧作家的作品里，当代戏曲作品中最常见的"直、露、浅"的痼疾便是这种"唠叨"情结不断延续的具体表现。

比喻之二：戏曲是一个爱打扮的天真女孩。

戏曲像一个永远长不大的天真女孩，喜欢以单纯的目光打量世界，把复杂的事情简单化，再把简单的事情复杂化。如写夫妻离婚，只要一句"一纸休书将你弃"就可以万事大吉了。这种天真自有她的可爱之处，但却承担不了厚重的人生思考，也经不大起历史的推敲。至于爱打扮这倒不是件坏事情，但因为她太注重演出形态的装饰性，少了许多生活的毛边，与观众的心理距离的隔阂也就在所难免了。

比喻之三：戏曲是一个爱喝酒的粗犷农夫。

说戏曲是一个农夫，那是因为戏曲一线到底的叙事方式与农民春耕、夏种、秋收、冬管的耕种方式十分相近，四季更迭、因果链接，天灾人祸，风霜雨雪，外在的情节推进形态与内在的生命律动互为照应，两者极为神似。说他粗犷、爱喝酒，那是因为戏曲人物的喜怒哀乐总是溢于言表；由于冲突的需要，脸红脖子粗是最基本的情绪表达方式，而"一哭二闹三上吊"，动不动就跪地不起的情节更是比比皆是；所谓赋子板，重场戏，大段唱，唱不够念，念不够做，做不够打，则是屡见不鲜又屡试不爽的"拿手活"。戏曲这种粗犷的表达方式的好处是爱憎分明，疾恶如仇，光明磊落，坦坦荡荡。缺陷是一览无余，过于直白，如分寸感把握得不准确，就会损害人物的真实性，还有可能良莠难辨，误伤无辜。

比喻之四：戏曲是一个爱恶作剧的顽皮儿童。

剧情的游戏性是戏曲剧作构成的一个最基本的手段。一个简单的误会就可以折腾得死去活来，一句笑话就可能赔上几条人命……真假互换，主仆颠倒，生死错位，人鬼相恋，男扮女装，姐妹易嫁，李代桃僵，移花接木，冒名顶替，偷梁换柱，等等，不一而足。强调游戏性的好处是让观众和演员很快就进入戏剧的规定情境，也容易出戏，出情，出彩。它的不利因素是，由于不少戏的剧情发展的逻辑性往往被编剧技艺的程式化所替代，人物性格的"犟性"也常常屈从于"套子"的规范，导致观众一看戏开头便知戏结尾，人物一出场就能预料到其命运的大致走向。

至此，我突然冒出一个很唐突的想法，是不是可以这么说：戏曲是匠人的活儿，戏曲没有艺术家，只有能工巧匠。你看，表演有程式，剧情有"套子"，填词有曲牌，老祖宗早就给你安排好了。当然，做一个杰出的匠人也没有什么不好。

二 四个比喻的历史内核

用四个比喻表达我对戏曲观的个人读解可能过于随意，相关的特征描述也会有一些牵强，但无论如何，有一条可以肯定，这些比喻，可以从传统戏曲的发生、发展的经脉上找到与其相应的蕴含历史内核的鲜明"胎记"。

比如我说戏曲是一个爱唠叨的慈祥老人，其实讨论的是戏曲的功能。

所谓戏曲的唠叨，就是传统戏曲"高台教化"的准则，即"戏教"。戏教者，以戏为教也。陈竹认为，中国戏曲最早的"戏教"观念起源于元代。经过元、明、清这样一个较长的历史过程才逐步趋向完备，以致最后形成体系。

元代剧论家对于戏曲的功能有十分明晰的要求，夏庭芝在《青楼集志》中说："'院本'大率不过谑浪调笑，'杂剧'则不然。君臣如：伊尹扶汤、比干剖腹，母子如：伯瑜泣杖、剪发待宾；夫妇如：杀狗劝夫、磨刀谏妇；兄弟如：田真泣树、赵礼让肥；朋友如：管鲍分金、范张鸡黍，皆可以厚人伦，美风化。"强调戏曲的审美教育作用，强调戏曲题材的思想性和主题的严肃性，一切要以"厚人伦，美风化"为宗旨，而不以"谑浪调笑"为目的。剧作家高明也在其《琵琶记》的第一出开场曲牌《水调歌头》中，以唱词的形式道出自己的戏曲创作主张，"不关风化体，纵好也徒然"。

把戏剧的教化作用强调到至高的地位，并给予理论说明的，是元代中后期文学家杨维桢（1296—1370），他认为，戏剧"非徒为一时耳目之玩"。戏剧的主要作用在于"敦励薄俗"，推动社会风气的转变。

杨维桢甚至认为，优伶之作实在是出于"感世道者深矣"。以"一言之微，有回天倒日之动"，是从政的台官们所远远不及的；故而"台官不如伶官"《东维子文集》卷十一《优戏录序》)。因此，陈竹指出："对戏曲的教化作用强调到如此高度，在古代戏剧理论发展史上，杨维桢可谓第一人也。"

明代的"戏教"，首先体现在明初皇室的功利主义剧作观。明皇室成员不仅热心"戏教"，而且还身体力行。

朱元璋十七子宁献王朱权论剧，以"治世"为最高标准，以"安以乐"与"心之和"为最高艺术境界。他认为："盖杂剧者，太平之胜事，非太平则无以出。"公然要求剧作家"乐雍熙之治，欲返古感今，以饰太平"。

朱元璋嫡孙(五子朱棣之长男)周宪王朱有　的戏曲观同乃叔如出一辙，主张编写剧本必须"使人歌咏搬演，亦可少补于世教"(《〈掏搜判官乔断鬼〉引》)。申言他自己的剧作便是"为太平之美事，藩府之嘉庆也"(《〈洛阳风月牡丹仙〉引》)。他指责《西厢记》《黑旋风》等剧是"戏谑亵狎之编"(《万花集·〈秋景〉序》)，强调剧作家要写"劝善之词"(《〈贞姬身后团圆梦〉引》)，提倡剧作应以"三纲五常"为主题。他在《刘盼春志守香囊怨》序文中说："三纲五常之理，在天地间未尝泯绝，惟人之物欲交蔽，昧夫天理，故不能咸守此道也。"他以灭物欲、存天理、复"此道"为己任，故而"予因为制传奇，名之曰《香囊怨》，以表其节操"。这段话，可以看作是朱有　从事戏剧创作的根本政治原则。

稍后的邱　(1402或1418—1495)，官居礼部尚书，专治理学，却也涉足戏曲，创作《五伦全备记》。在邱　看来，剧本不仅要写伦理，而且必须是"五般伦理件件全"，所谓父子有亲、君臣有义、夫妇有别、长幼有叙、朋友有信等五伦一应俱全，以"时世曲"，寓"圣贤言"，使人观（阅）后"心忽惕然"："使世上为子的看了便孝，为臣的看了便忠，为弟的看了敬其兄，为兄的看了友其弟，为夫妇的看了相和顺，为朋友的看了相敬信，为继母的看了必管前子，为徒弟的看了必念其师，妻妾看了不相嫉妒，奴婢看了不相忌害。善者可以感发人之善心，恶者可以惩创人之逸志，劝化世人，使他有则改之，无则加勉……"

清代的"戏教"，强调文艺作品不能只写"私为一人之怨愤"，应抒发"出于穷恶愁思一身之外"的情感和悲天悯人的怀抱。

由于过于强调戏剧的教化作用，戏曲创作的题材、主题受到种种限制，重复单调，唠唠叨叨也就成了必然。

又比如我说戏曲是一个爱打扮的天真女孩，其实描述的是戏曲的写意性与技艺性。

戏曲的写意性无须赘言，引中外两位戏剧大家的话便可一清二楚。一位是德国的布莱希特，他在《论中国戏曲和间离效果》一文中，谈观看梅兰芳表演的《打渔杀家》时产生的感受，说："一个年轻女子，渔夫的女儿，在舞台上站立着划动一艘想象中的小船。为了操纵它，她用一把长不过膝的木桨。水流湍急时，她极为艰难地保持身体平衡。接着小船进入一个小湾，她便比较平稳地划着。就是这样的划船，但这一情景却富有诗情画意，仿佛是许多民谣所吟咏过、众所周知的事。这个女子的每一动作都宛如一幅画那样令人熟悉；河流的每一转弯处都是一处已知的险境；连下一次的转弯处在临近之前就使观众觉察到了。观众的这种感觉是通过演员的表演而产生的；看来正是演员使这种情景叫人难以忘怀。"

另一位是中国的焦菊隐，他在《中国戏曲艺术特征的探索》一文中，拿话剧与戏曲作比较，指出："话剧要把主观世界、客观世界都放在那儿，看主观世界与客观世界的关系。而戏曲呢？单单表现人的主观世界，从这儿看出客观世界。看人的表演，人对事物的态度，顺便就能看出周围是什么东西。"

戏曲这种写意性的美学特征，又决定了戏曲表演必须拥有高度的技艺性。

叶长海指出，明万历间文人潘之恒在《技尚》中有专门描述良好的戏班演出："其为技也，不科不诨，不涂不秾，不伞不锣，不越不和，不疾不徐，不掰不掉，不复不联，不停不续。拜趋必简，舞蹈必扬，献笑不排，宾白有节。必得其意，必得其情。升于风雅之坛，合于雍熙之度。"潘之恒在《与杨超超评剧五则》一文中，还把表演技巧集中概括为"度、思、步、呼、叹"五个方面，"度"是一种舞台感觉；"思"是主观情思、精神，表演的内心依据；"步"指形体动作，要"合规矩应节奏"；"呼"和"叹"指说白，要求凝聚感情，自然而发。

清代署名黄　绰著的《明心鉴》基本上是一部有关表演技术的专著。其中《身段八要》着重提出一套舞台形体动作的基本要点，其中"辨八形"写出了"贵、富、贫、贱、痴、疯、病、醉"八种角色类型的全身形体表演的程式。"分四状"则写出了"喜、怒、哀、惊"四种感情类型在面部表情中的程式。而《宝山集六则》指定了声、曲、白、势、观相、难易等六项的具体要求。《艺病十种》则批评了十种表演上常见的弊病，并从正面提出克服艺病的训练要求。李渔《闲情偶寄》的《演习部》《声容部》中甚至还仔细阐述了有关训练演员的方法。

戏曲技艺性不仅体现在表演上，剧本创作也同样讲究技艺性，李笠翁把"打本子"的图纸都画好了，何处安窗，何处开门，何处砌砖，何处垒墙，按部就班，仔仔细细，比古典主义戏剧"三一律"的准则

戏曲观：历史内核与个性解读

还严谨。难怪胡适在《〈缀白裘〉序》中曾说："明、清两代的传奇，都是八股文人用八股文体做的。每一部的副末开场，用一支曲子总括全个故事，那是破题。第二出以下，把戏中人物一个一个引出来，那是承题。下面戏情开始，那是起讲。从此下去，一男一女，一忠一佞，面面都顾到，红的进，绿的出，那是八股正文。最后大团圆，那是大结。"

再比如我说戏曲是一个爱喝酒的粗犷农夫，其实表达的是戏曲表情达意的特殊方式。

戏曲注重浓烈的情感表达，这在作为戏曲雏形出现的隋唐时代的歌舞小戏中便已表现出来。如《拨头》（或称《钵头》）写："昔有人父，为虎所伤，遂上山寻其父尸：山有八折，故曲八迭。戏者被发素衣，面作啼，盖遭丧之状也。"寻父者是一个悲剧形象，不仅其"被发素衣"的遭丧之状的外在形象，表现着突出的情感，其主要表演爬山八折及相应的八迭哭父之曲，更抒发了浓郁的情感。

又如《踏摇娘》（后又称《谈容娘》），据崔令钦《教坊记》载："北齐有人，姓苏，鼻包鼻，实不仕，自号为'郎中'。嗜饮、酗酒；每醉，辄殴其妻。妻衔悲，诉于邻里。时人弄之：丈夫著妇人衣，徐步入场，行歌。每一叠，旁人齐声和之云：'踏摇，和来！踏摇娘苦，和来！'以其且步且歌，故谓之'踏摇'，以称其冤，故言'苦'。及其夫至，则作殴斗之状，以为笑乐。"这一剧情构思，不仅较好地描写了踏摇娘的悲愤心情，而且还通过行歌、和声与形体动作将人物内心情感予以激化与放大，令观者无不动容。戏曲这一情感表达的特殊方式一直延续至今天，不仅没有改变，而且还在不断强化。

又比如我说戏曲是一个爱恶作剧的顽皮儿童，其实反映的是戏曲的戏谑精神。

按照陈竹的观点，除了秦汉以前在各种祭祀礼仪式中呈现的具有戏剧性与戏剧行动的歌舞，作为民族最初的戏曲观可称为"戏礼"观以外，之后秦汉的"戏谑"观、唐代的"戏弄"观、宋代的"戏玩"观，都在表达戏曲的戏谑精神。

我国最早的一部解释词义的典籍《尔雅·释诂》云："戏，谑也。"《史记·滑稽列传》也称优人"谈笑讽谏"是其基本的表演特征。唐人之"戏弄"，冯沅君在《中国文学史简编》中称其是"随便耍玩而已"，任半塘在《唐戏弄》中也认为"戏弄"属"充分恣意顽耍"，对人作讽刺、调笑，甚至窘辱，或自嘲、自讽、自弄。宋时的"戏玩"观，较唐之"戏弄"，如出一辙。吕本中在《吕氏童蒙训》中指出的"如作杂剧，打猛诨入却打猛诨出也"的观点，便是描述宋杂剧戏谑精神的一个例证。而耐得翁在《都城纪胜》中说得更明了："杂剧……大抵全以故事世务为滑稽，本是鉴戒，或隐为谏诤也，故从此跣露，谓之无过从。"意思是，即便滑稽的表演过了头，也可以看作是被小虫咬了一口罢了，是可以得到谅解的，因为杂剧的表演本来就是推崇戏谑，允许夸张。

三　四个比喻的现代解读

我一直以为，衡量一部戏剧作品质量的高下，关键看三条，即观念、想象力、技法。其中，观念的力量是第一位的。所以，建立先进的戏曲观，对于戏曲写作教学来说就显得格外的重要。

戏曲写作，对于大多数学生来讲，是个完全陌生的领域，未接触之前甚至会给人以莫测高深之感。所以在教学上，过去我们一般都把主要精力放在帮助学生学好戏曲写作技法，从技法上先将学生领进门来，让他们对戏曲写作形成一个初步的认识，这也没错。况且技法在戏曲写作中的确占有相当重要的地位，让学生首先掌握基本要领也是戏曲写作学习的主要内容。问题是，常识告诉我们，只有在先进的观念引导下的戏曲创作，才有可能创造出不同凡响的作品，反之，往往花费再多功夫，也只能收到事倍功半的效果。因此，如果我们轻视指导学生建立先进的戏曲观，其实是一种失误。换句话说，如果技法的学习运用，不是在先进的戏曲观念直接引导下进入艺术创造过程，那么，创作出来的作品更多的可能是只具"形"而缺少"神"的复制品。

众所周知，不同的戏曲观一定会引致不同的创作、演剧观念和与之相应的舞台手段、处理方法、演出样式。我们有许多戏，故事完整，情节曲折，人物也有一定性格，但输在观念上，且一输就是十年、二十年、三十年。换句话说，在当下戏剧审美语境中创作的新戏，更像十年前、三十年前甚至更遥远的年代创作的作品，所讨论的话题还局限于"好人坏人""清官昏官""大公小私"等一类问题，所谓"人性的拷问"之类藐视深邃的编导自我阐述，也大都是贴在说明书或海报上的标签，与真正的剧作内涵无关。

甚至还有这样的例子，有些编导由于观念较为陈旧，在整理改编传统戏曲时竟将原剧本中闪烁着人性光辉的"亮点"剔除，以实用主义的态度去对原本作近乎随心所欲的颠覆，让历史与现实迅速链接，输入今人的血脉，其结果当然会令人扼腕。肖复兴在《戏曲变革创新思考》一文中，以 2009 年进京演出的昆曲《红泥关》为例作分析。他认为：这出戏原本写东方氏生擒了杀夫仇人王伯当，萌生爱意之后，没有杀王伯当，反而和他结了婚，在新婚的洞房之中，王伯当怒斥东方氏见色忘义，将东方氏杀死。原作虽然出于晚清，却颇具现代意味。如今新版《红泥关》的改编已经彻底颠覆了原来的《虹霓关》，生生的让两位出身、经历、爱情价值观完全不同的人冰释前嫌，杀夫之仇冰消雪化，而使得他们结为连理，共同杀退以杨林为代表的官兵，将霓虹关收入瓦岗阵营。原来一出惨烈的悲剧，轻松地化了红绡帐里和乱阵军前的双喜临门。为使得这样改编具有合理性，该剧特意强化了瓦岗农民起义军对东方氏的攻心术，赋予爱情以政治附加物，让杀夫之仇成为正义之师的一种注解，从而为这一对仇人变情人的爱情增值。如此的戏剧逻辑，遵照的是现代农民起义是历史动力的英雄史观，和原剧实在背离得太远。肖复兴认为：改本不仅将原本王伯当在红绡帐里杀死东方氏的从心理跌宕起伏到外部动作惊心动魄的戏彻底抹去，而且将一个情欲女子轻而易举地翻案成向正义投诚者，为之脸上廉价涂抹了一点明亮耀眼的腮红，不惜牺牲原剧中人性深刻的揭示，将一部悲剧变为大团圆的戏剧，实在得不偿失。

对《红泥关》的批评可能过于苛刻，但由此给人的启示却颇有意义。结合我之戏曲观中的四个比喻，对戏曲写作教学来说，至少有这样几点提示：

如果我们认识到，因为戏曲老人的唠叨过于直白，有时还会令年轻人忍无可忍，那末，我们就应该指导学生在创作戏曲文本时必须学会节制与含蓄。并且特别要鼓励学生善于学习、吸收外国戏剧多元的戏剧观，从而在题材处理、立意开掘、情节构思上能有新的突破。

如果我们认识到，因为女孩的爱打扮近乎"洁癖"，程式化的"把戏"限制了包容丰富多彩的现实生活，那末，我们就必须鼓励学生在戏曲的表现手段上学会"扩容"，即不要拘泥于程式，更要力求创造新的程式。

如果我们认识到，因为农夫的大嗓门过于粗犷、直率，与现代人迷恋精巧新奇的艺术美餐的需求相去甚远，那末，我们就努力引导学生在戏曲的表情达意上学会收放自如，张弛有度。

如果我们认识到，因为儿童的游戏方式过于单调，与多元立体的新兴艺术手段无法抗衡，那末，我们就理应要求学生在剧作构思上突破"套子"的局限，展开想象的翅膀，全力去拓展新的更加辽阔的艺术版图。

总之，在我看来，戏曲观的准备是戏曲写作教学最重要的准备，因为观念的力量是巨大的；先进的戏曲观就是戏曲艺术的先进生产力。当然，戏曲观的培养、建设与维护是一个不断吸纳、不断扬弃、不断升华的过程，只有通过一代一代戏剧人长期不懈的努力，才有可能达到理想的境界。

（原载《戏剧艺术》2010 年第 3 期，中国人民大学《复印报刊资料》2010 年第 9 期头条全文转载）

延长剧作寿命的九种可能
（一）

编剧三功

古希腊卓越的喜剧家阿里斯托芬的一出构思奇特的喜剧《蛙》，说的是两位希腊悲剧家在阴曹地府论战的故事：老悲剧家埃斯库罗斯到了阴间，仍然像生前那样，占据着悲剧的首座。小悲剧家欧里庇得斯不服气，想抢第一把交椅。这就要看谁的成就大，于是一场比赛开始了。充当裁判员的是酒神。酒神出了绝招：他搬来一架大天平，两位悲剧诗人站在天平两边，然后各自把悲剧中的诗句吐到秤盘。这一称，出现了奇迹，小悲剧家这边反倒分量重，秤盘一直下降。对此老悲剧诗人并没有惊讶，他说："因为我的诗没有随我而死，他的诗却随他而死了，可以由他拿出来念……"

这个有趣的故事告诉我们：有的作家死了，却把作品留在人间，也有的作家带着作品一起进了阴曹地府，当然，还有最常见的一种，作家依然健在，而作品却早就死了。

按照任继愈的观点，"《诗经》《楚辞》都是不朽的作品，说它们不朽，无非是说它们比一般文学作品享有更长的寿命，而并不真具有哲学上'永恒存在'的意思"。他以《红楼梦》为例，说五四前后青年男女知识分子没有读过《红楼梦》的占少数，现在青年读《红楼梦》的比例显然要少得多。但任老先生可能忽略了一个现象，在当代社会，《红楼梦》以政治的、经济的、文化的、贵族化的、世俗化的方式"活"在我们的生活中，则是任何一个年代所无法比拟的。

说到戏剧，相对来说，地盘更小一点，情况也就更特殊些。比如莎士比亚的四大悲剧，中国古典戏剧作品《牡丹亭》《西厢记》等等，则真是历久弥新，随着时代的变迁，愈显其深，愈显其美，愈显其灼。

无论如何，任何一个有追求的剧作家，都会思考这样一个问题：如何使自己剧作的寿命长一点？为此，读书、思考、实践、传承、探索、创新，不少人为之付出了毕生的努力，但不可否认的是，中华人民共和国成立以来，或者说是新时期以来，真正称得上传世之作的剧作，实在乏善可陈。

那么，如何才能延缓戏剧作品的寿命呢？卑之无甚高论，但初初想来，作为一个剧作家，或者是一个编剧，必要的准备还是不能忽视的。而第一个准备就是，编剧必须具备三个基本功（简称"三功"），即戏剧观、想象力、技法。

第一功，拥有先进的戏剧观

这是剧作家最重要的艺术准备。我们有许多、或者说大量的作品所以不能留下来，演过了就没有了，像墙上的标语一样，一淋雨就消失了，主要的问题就是输在观念落后上。

所谓戏剧观，应包含对于戏剧的内部本质和外部功能这两个方面的内容。戏剧本质，就是关于戏剧之所以成为戏剧的质的规定性，即戏剧是什么；戏剧功能，就是戏剧与其外部环境（文化、社会等）的关系，即戏剧干什么。某种意义上说，戏剧观是决定戏剧作品艺术质量最为重要的因素，观念就是艺术生产力。

比如，我们常说，中国的戏剧作品远不如西方，即使是当代戏剧，我们也与人家差距甚大。这里有艺术想象力的问题，有技法的问题，但最本质的差距还是在观念上。

众所周知，外国戏剧史实际上是一部反叛与反动的历史。新的戏剧观向旧观念挑战，催生新的戏剧流派与新的作家与作品，从而推动戏剧发展。是戴欧尼斯剧场观催生了古希腊戏剧，是中古欧洲的宗教观影响了中世纪戏剧，是人文主义精神缔造了文艺复兴时期戏剧，是理性回归的思潮孕育了古典主义戏剧，是自由想象与浪漫气息创造了浪漫主义戏剧，是实证主义成就了写实主义戏剧。进入19世纪，现代戏剧应运而生。但由于观念的差异，现代戏剧也是千姿百态，各具特色。写实主义戏剧、自然主义戏剧、象征主义戏剧、表现主义戏剧、怪诞剧、超现实主义戏剧、存在主义戏剧、史诗剧场、荒诞派戏剧等，真可谓此起彼伏，各领风骚；洋洋洒洒，气象万千。正是观念决定着外国戏剧的发展进程。

反观中国戏剧，观念的滞后令人扼腕。以中国古典戏曲观念为例，千百年来，几乎可用如下二句话就能概括戏剧观流变的进程，即以"歌舞演故事"凸显其本质特征；以"厚人伦，美风化"突出其核心功能；以"一人一事"显示其叙事方式。即使当历史进入了现代，戏曲编剧观念的变化也十分有限：1919年以来的"改良戏曲"，强调以"小说"（含戏曲）推动"群治"；1949年至1976年的"改人、改制、改戏"政策，力举"现代剧目和政治结合，和生产结合"；"文革"期间的"三突出"创作原则，必须捧出"英雄人物"；这些变化，大都局限在戏剧功能的趋时应景上。而进入新时期以后的"探索戏曲"虽然有了进步，但因 20 世纪 80 年代的"戏剧观"大讨论只偏重于戏剧的形式探索，戏剧内容或戏剧功能方面并没有太深入的展开，从而导致中国戏剧整体上至今还是"形式大于内容"，在"缺钙、失血、丢脸"的窘迫怪圈中打转转。

戏曲如此，话剧也一样。以理应最能体现戏剧观革新成果的小剧场话剧为例，两年前，在"全国小剧场优秀剧目展演座谈会"上，著名导演艺术家王晓鹰曾痛心疾首地指出："在当下娱乐之风大行其道的文化消费时代，小剧场戏剧的精神根本：实验性、先锋性和思想价值几乎已难觅踪影。取而代之的是一些实用主义蔓延、泛娱乐化的'三低剧目'泛滥，这类制作成本投入低、艺术质量低、道德水准低的小剧场话剧，刻意低俗，追求无聊，并美其名曰'为紧张生活减压'。"对此，王晓鹰指出，戏剧可以具有娱乐作用，但戏剧的第一属性肯定不是逗观众发笑。

一句话，在戏剧观的版图上，戏曲"千年一叹"，话剧"百年一式"，早已成了不争的事实。

在这样的戏剧观生态中，剧作家如果没有清醒的自省意识，在尊重人、发现人、研究人、描写人、创造人上下功夫，那么，再辛勤的付出，再可贵的产量，都有可能是低层次的重复。

举个例子，寡妇命运的跌宕起伏，是戏曲作家十分喜好的题材。20 世纪 50 年代初期，一部《李二嫂改嫁》风靡全国，这个戏写 1947年鲁中南解放区农村年轻寡妇李二嫂，爱上了本村农民张小六，受到旧的习惯势力的嘲讽和婆婆的阻挠。经妇女会主任等人的支持，李二嫂终于改嫁，与小六结为终身伴侣。剧本揭示了传统礼教给妇女带来的深重苦难，特别是生动细致地塑造了李二嫂这一鲜活的艺术形象，使这个戏取得成功，由此也成就了吕剧这一个新兴剧种的脱颖而出。到了20世纪80年代，有一部评剧《风流寡妇》，影响也很大。剧本写农村女子吴秋香，16年前为半麻袋黄豆被父亲用绳子绑着把她"嫁"给了又老又丑的齐老蔫。齐老蔫趁她生病占有了她，生了一个女儿。几经波折后，二人还是离了婚。吴秋香后来成了养鸡专业户，但物质生活的富裕未能使她获得精神上的满足，决心找一个与自己心心相印的丈夫，结果事与愿违，世俗观念给予她一连串的打击。最后，她把家产给了前夫齐老蔫，自己带着女儿离别了生她养她的万柳镇。客观地说，这个戏无论是在人生意蕴的开掘上，还是在艺术形象的塑造上，都没有超过30年前的《李二嫂改嫁》。进入新世纪以后，又有多部描写寡妇命运纠葛的戏，但很遗憾，无论是影响力，还是创新程度，也都没有超过前面两部戏曲。究其原因，最根本的问题还是戏剧观滞后。剧作家靠表层的生活感受与习见的编剧套路去完成作品，其结果只能是萧规曹随，陈陈相因。

第二功，具备丰富的想象力

何谓艺术想象力？概言之，一是"无"中生"有"，即以生活为基础，通过再造、创造（组接、化合、反对、夸张、变形），孕育艺术生命，形成形象体系，诞生艺术作品。二是"有"中见"无"，即在人们司空见惯的生存经验中，发现被人们忽略或无法感知的那些独特的、闪光的、有意义东西。

爱因斯坦曾说过，想象力比知识更重要，因为知识是有限的，而想象力概括着世界的一切，推动着进步，并且是知识进化的源泉。而黑格尔则认为，如果谈到本领，最杰出的本领就是想象。雨果说得更形象，诗人有两只眼睛，一只叫作观察，另一只称为想象。文艺家的知觉形象皆为观察与想象的结晶。

强调艺术想象力的重要是因为艺术并非单纯重复"第一自然"，它的任务是要创造气象宏伟、情絮细腻的"第二自然"，剧作家生活中自己没有经历过的，需要用过去相似的经验加以虚构想象；即使自己确实经历过的生活事件，也需要用想象来加以丰富补充。

从某种意义上说，在戏剧观准备完成以后，一部戏剧作品质量的优劣与高下，主要取决于剧作家的想象力丰富还是贫乏。

比如，全世界每年都有无数个剧团在上演莎士比亚的剧目，每个戏也一定会有每个戏的个性特征，但如果你去看澳洲 IMG 剧团演出的浓缩版《莎士比亚全集》，你一定会惊叹这个戏的与众不同。在我看来，这个戏的创作与演出是挑战人类想象力极限的范例。该剧并非节录莎翁 37 部戏剧精华的袖珍版，也不是对原剧进行删改后的再创造，它实际上是一种通过融歌唱、说表、舞蹈、杂技于一身的独特的舞台表演形式，它以极简主义手法，将莎翁 37 部戏剧作品中的人物最重要的特征创造出来，让观众在一个晚上看遍莎翁笔下的人生百态，像卑劣的恶棍、狡诈的操纵者、笨拙的仆人、还魂的死鬼、狂热的恋人、睿智的英雄等。除了使观众了解到莎翁创造的人物形象之性格特征外，更可看到艺术家在演绎这些不同角色时的立场、态度与技法。

尤其令人匪夷所思的是全部演出仅有三名演员承担，他们要在 97 分钟内穿梭于 37 出莎剧，闪电般地演绎百余个角色，平均用 2 分半钟塑造一个人物，还要男扮女装，例如罗密欧与茱丽叶的对手戏，茱丽叶由一个雄赳赳的男人扮演，用饶舌唱《奥塞罗》，用厨艺表演《泰特斯·安德洛尼克斯》，用足球赛的形式讲说《亨利四世》等等。另外，他们还要迅速地更换无数套服装，随时运用200多件道具，还要不断地切换音响等等。面对这样精彩纷呈的演出，使你不由自主地对这些拥有足以让人叹为观止的艺术才华与无与伦比的想象力的艺术家们表示出无比的敬意。

又比如，我们所熟知的国内儿童剧，大都故作深沉，摆出一副忧国忧民的样子，实在引不起小朋友兴趣，即便是以动物为主角的寓言剧，编导也硬要去挖掘所谓深刻的主题，弄得不伦不类，实在教训多多。但一部由纽约依玛高剧团幽默诙谐的五位戏剧舞蹈演员演出的名为《蛙娃哇乐趣园》的儿童类剧目，却是令人过目不忘。整个演出由多个作品组合而成，可贵的是每一个作品在舞台上都是变化无穷，想象力之丰富一再出人意料。作品的创意都来自日常生活中的点点滴滴。纸袋、绳子、手风琴、皮球、青蛙、鳄鱼、企鹅、手风琴和毛毛虫等，一个又一个令人意想不到的"物体"被搬上舞台成"主角"。包括《爬得快好世界》《绳子》《一张纸》《慢半拍马戏团》和《手风琴》等。其中最精彩的要数《蛙蛙跳》《笨企鹅》与《西部牛仔》，编导试图通过动物或昆虫的风趣表现，让观众从中引发对生活的思考和感受，发挥想象力和创新意念，与其他假面戏剧不同的是，他们不但是蒙着脸，而且演员全身都穿上戏服，一个一个奇特的扮相出现在人们面前，不论是什么种类的物体，只要成为依玛高剧团所表现的对象，都会变得活起来。看"笨企鹅"怎样玩耍、"调皮纸袋"有多鬼、"手风琴"有多情趣……实在是"棋高一着"。

再比如，全国每个城市几乎每年都有几部舞蹈作品问世，却很少有留下来的精品力作。而我看过的一部澳大利亚舞蹈作品《踏踏狗》，至今令我无法忘怀。该作品由六名澳洲青年人进行表演。虽然我对舞蹈绝对是外行，但也看得兴致勃勃，至少有三点令我大开眼界。

第一是它的创意。该节目源于20世纪三四十年代国外社交圈中的一种前卫娱乐活动—踢踏舞。时至今日，这种过时的舞蹈居然被艺术家改头换面，通过用脚尖、脚跟踢板、踢铁、踢架、玩火花、玩水、玩观众，加上动感澎湃的声响效果，准确的舞台节奏处理，简约而巧妙的布景设计，炮制出这样一台狂放、奇丽、独特的综合艺术表演，实在是一个难得的创意奇迹。

第二是它的结构。《踏踏狗》也许称不上舞剧，但它也有一些"剧"的因素，最明显的是体现在它的内在结构，几乎每一个完整的段落都有起承转合，都有小高潮呈现，都有首尾呼应的处理。比如序幕中有一段落，观众先是只看到大屏风后显露出两只脚踝，后来剩一只脚踝，再后来又是两只脚踝，然后两脚渐渐分开至舞台两端，尔后又有多只脚踝逐渐加入，一直增到有12只脚踝。此时导演设置了一个细节，让一股涓细的水流从上而下直射脚背，少顷水流时断时续，其形其声分明在告诉观众这是一个男人在解手。此时全场观众笑得前仰后合，我也忍俊不禁，但私下里不免嘀咕，这一细节不免有些庸俗。及至临近剧终时才发现，后面有一大段踢水舞，如此前后连贯，开始时心存的那一点芥蒂此刻早就烟消云散了，足见导演的匠心所在。

第三是它的情趣。《踏踏狗》的演出自始至终充满了生活情趣。仅举一例，剧团给第一排的观众都发了一件雨衣（我们坐在后排，事后才知道），开始观众不解其意，演到高潮处乃知剧中有一段与观众互动的踢水舞，如不配合，定会全身湿透。到后来，六个演员调皮地将台上大铁盘中的积水不断踢至观众席，整个剧场成了欢乐的海洋。台上台下，如此水乳交融，实属罕见。及至谢幕时观众欲罢不能，掌声持续了十多分钟，六位演员几上几下，最后竟又加演了十几分钟的节目，才算画上了个圆满的句号。

至于经典戏剧作品中如莎士比亚《威尼斯商人》，迪伦马特的《贵妇还乡》，迈克·弗莱恩《哥本哈根》，阿瑟·米勒的《萨拉姆的女巫》，雅丝米娜·雷札《艺术》，汤显祖的《牡丹亭》，关汉卿的《窦娥冤》等等，更是在先进戏剧观观照之下体现剧作家丰富想象力的范例，值得我们一而再，再而三地去仔细揣摩其中三昧。

当然，想象力是受观念制约的。在一个开放的、先进的、科学的戏剧观的指导下所体现出来的想象力肯定要比在封闭的、落后的戏剧观主导下产生的想象力要丰富得多。

还有一个问题，在我看来，展开想象的翅膀，不是天马行空，不是漫无边际，而是要学会"控制"。控制的总开关、总调度、总导演就是"想法"。

"想法"即创作者的立场、态度，或者是说创作者通过作品对社会、对人生发出的真正属于自己的声音。

可以说，"想象"是外延，"想法"是内涵；"想象"是躯壳，"想法"是灵魂；"想象"创造作品生命；"想法"决定作品寿命。而以"想法"引领"想象"的思路、情节走向与立意，则是想象力的关键。举一个我自己设计的例子：关于素材"种树模范"的三种"想象"与"想法"。

素材：一位懒汉想发财，为了寻找传说中金元宝把小山坡挖得坑坑洼洼……

构思：编剧开始想象……

"想象"与"想法"构思方案之一：讽刺官僚主义、形式主义。

一位懒汉想发财，为了找金元宝把小山坡挖得坑坑洼洼。

来了一位犯官僚主义的乡长，正要抓一位植树造林的典型，以为懒汉在植树，懒汉一下成了"种树模范"。

于是，开会，表彰，发奖金，学习参观者纷至沓来。

上级领导来视察，北京记者来采访，要懒汉介绍经验，懒汉醉后吐真言，乡长出尽了洋相……

"想象"与"想法"构思方案之二：揭示弄虚作假危害性。

一位懒汉想发财，为了找金元宝把小山坡挖得坑坑洼洼。

来了一位犯官僚主义的乡长，正要抓一位植树造林的典型，以为懒汉在植树，懒汉一下成了"种树模范"。

于是，开会，表彰，发奖金，学习参观者纷至沓来。

一个偶然的机会，乡长发现自己搞错了，但因其抓典型有方已被提升为副县长，自然不敢再站出来修正自己的错误了。

懒汉慢慢发现自己的价值，开始向新县长漫天要价，并以公布弄虚作假之真相来要挟。

副县长有苦难言，只得被一个无赖牵着鼻子走……

"想象"与"想法"构思方案之三：揭示环境改变人。

一位懒汉想发财，为了找金元宝把小山坡挖得坑坑洼洼。

来了一位犯官僚主义的乡长，正要抓一位植树造林的典型，以为懒汉在植树，懒汉一下成了"种树模范"。

于是，开会，表彰，发奖金，学习参观者纷至沓来。

在获得各种荣誉、受到各方尊重后，懒汉第一次感受到做人的尊严，他决心改变自己，从此真的起早摸黑去植树，最后，竟成了真正的模范……

上述所设计的案例，虽然过于简单，但也大体上已说明了我对剧本构思过程中"想象"与"想法"之间的关系的一些认识。

第三功，掌握娴熟的技法

面对着同样的大理石，米开朗琪罗塑造出"拉奥孔"，那些平庸的石匠们却将雄狮变成守门的"巴狗"。差异为何如此之巨大？这一方面是艺术家与工匠的艺术观念不同，艺术想象力不同，艺术才华不同；另一方面也不可否认，艺术家技法的差异也必定会影响到艺术作品质量的高下。而戏剧对技术的要求又有一定的特殊性。高尔基曾有一段很著名的话，他说："剧本（悲剧与喜剧）是最难运用的一种文学形式，其所以难，是因为剧本要求每个剧中人物用自己的语言和行动来表现自己的特征，而不用作者提示……"他甚至这样检讨自己的剧本创作："我写过将近二十个剧本，它们只是一些联系得不够紧凑的场景，其中的故事线索完全是不连贯的，性格也是不完整、不明朗的、失败的。"当然，作为为世界剧坛贡献了《小市民》（1902年）、《底层》（1902年）等重要剧作的伟大作家，高尔基对自己剧作的批评显然是过于苛求了，但也从一个方面印证了剧本创作有其特殊的规律与别样的难度。正因为如此，国内戏剧院校编剧专业的本科教学，整整四年的主要注意力是在编剧技法的传授上。即便如此，编剧专业学生的成材率也一直不尽如人意。

事实上，我们现在的戏剧创作，特别是戏曲创作，基本上还是沿用古典主义的创作方法。古典主义崇尚理性，强调国家、民族的利益，人物都较亢奋，这一点没有错，特别是在当时的时代，有它的合理性。但是我们现在的大量作品却无视当代观众审美情趣的变化，都过分强调了古典主义绝对理性的部分，结果，古典主义的一些精华却被我们疏忽了，比如古典主义对技术的重视我们就没有学到。其实戏剧特别是戏曲是个技术性很强的活儿，我们的古典戏剧，比如元杂剧中的一些精品，即使拿到世界名剧的长廊里去也毫不逊色，这里很重要的一个原因就是对编剧技术的重视。

编剧技法也是一个系统工程，涉及题材的选择，素材的提炼，立意的开掘，戏核的寻觅，情境的构筑，故事的编织，结构的创设，情节的铺陈，冲突的组织，动作的安排，细节的表达，场面的营造，脉络的梳理，节奏的把握，人物的刻画，语言的锤炼，形式的探索，风格的定位，等等。而其中最主要的，我将其概括为"编剧三技"，具体的阐述拟在下一篇文章中展开，就此打住。

（原载《戏剧文学》2013 年第 10 期）

延长剧作寿命的九种可能

（二）

编剧三技

如前文所述，编剧技法是一个系统工程，涉及题材的选择，素材的提炼，立意的开掘，戏核的寻觅，情境的构筑，故事的编织，结构的创设，情节的铺陈，冲突的组织，动作的安排，细节的表达，场面的营造，脉络的梳理，节奏的把握，人物的刻画，语言的锤炼，形式的探索，风格的定位，等等。而其中最主要的，我将其概括为"编剧三技"。

第一技，选好戏核

什么是戏核？百度的解释是："戏核，顾名思义，即一个戏曲中最核心的部分，用于表现整部戏的核心思想，突出最重要人物性格。一部戏中戏核也是最好看的部分。"著名戏曲作家范钧宏的表述则更聚焦一些，他认为："所谓'戏核'，就是剧情发展中的矛盾核心，关键所在，没有它，就不可能出现高潮。"

综上所述，我们可以看到戏核的重要性主要体现在以下几方面：

1. 表现核心思想；

2. 突出人物性格；

3. 矛盾核心，高潮之源；

4. 最好看。

这样的概括当然没有错，但也许还是让人摸不着头脑。戏核到底是什么呢？是否要符合上述四条才称得上戏核？它是一个场面，还是一对矛盾冲突？是一个情节，还是一个细节？是一组人物关系，还是一种戏剧情境？

我尝试表达我对戏核的看法，有以下几层意思。

（1）所谓核，便是有生长点、有生命力的东西。一颗桃核，埋在泥土里，会长出一棵桃树来。一个戏核也要具备这样的能力，即在情节上要有延伸、派生、扩展的生命力，在冲突上要有抗衡、对峙、激化的爆发力，在反映生活的内涵上要有深邃、强悍、独特的穿透力。

（2）如果用一句话来概括，那就是，戏核是支撑一部戏剧作品最重要的情节核，没有它，构不成一个戏。

（3）但是，对于创作者来说，还有一句更重要的话，那就是：戏核是区别此作品与彼作品的最重要的标志，没有它，就成不了"这一个"戏。

（4）以上几句话中，第三句话更重要，当然，难度也最高。

也许，这样的表述仍然不能在操作层面上让人获得清晰的认知，那么我不妨讲得再极端、再单纯一些：所谓戏核，就是（或绝大部分情况下是）人物的一个独特的动作。

举几个例子。

不久前在京沪两地演出的当代戏剧大师彼得·布鲁克的戏剧新作

《情人的衣服》，写发生在种族冲突不断的南非的一个情感故事。丈夫在上班路上听朋友说，妻子有外遇。他半信半疑赶回家，不料捉奸捉双，逮个正着。那个来偷情的男人破窗而逃，只留下一套西装。丈夫从此要求妻子善待这套西装。于是，吃饭时妻子被迫给西装喂食，逛街时妻子被迫手挽西装一起行路，睡觉时妻子被迫与西装一起入睡。在一次女主人费尽心机组织、试图扭转夫妻关系的家庭派对上，妻子又被迫与西装一起跳舞，妻子忍无可忍，最后只能选择离开这个世界，那套西装也静静地躺在她身边……

　　毫无疑问，这个惊心动魄、发人深省的故事的戏核就是丈夫逼迫妻子要"善待情人的西装"这一戏剧动作。

　　迪伦马特的《贵妇还乡》，写贵妇克莱尔携巨款还乡，她愿意为陷入经济危机中的家乡投资 10 亿美元，但是有一个要求，必须处死自己的初恋情人伊尔，于是一座城市陷入了物欲与良知的冲突之中，连伊尔最亲的妻子和孩子也未能幸免……

　　毋庸置疑，克莱尔用巨款换人头的动作是这个戏的戏核。

　　戏剧小品《童心无忌》，写小学教师张老师扎根孤岛从事教育，但年过三十尚不能成家，心灰意冷之下准备忍痛离开海岛。但意外发现的一封"求爱信"改变了这一切，一直默默爱着他的乡村播音员秀娟大胆袒露心意，使张老师欣喜不已。两人相遇，张老师决定不走了，秀娟对他照顾得无微不至，使张老师感动之余，大胆吐露对秀娟的爱，但出乎他意料的是被秀娟目为逾越之举动。张老师追问之下，才发现秀娟根本没写这封信，而是秀娟妹妹，他的学生秀梅所写。几个小学生的真情打动了张老师，张老师决定不再离开海岛，这个举动也感动了秀娟，张老师在奉献自己的同时也收获了醉人的爱情……

　　无须赘言，三个小孩子写"求爱信"这一动作，就是这个戏的戏核。

我的经验是，编剧在创作之初就要极度重视"戏核"的选择与提炼。从某种意义上说，一部戏的"戏核"质量的高下，会直接决定一部戏的格局与气象，即使是影视作品，也不例外。比如，与"二战"纳粹有关的作品有无数，但影片《生死朗读》与《美丽人生》无疑是最出色的。一个重要原因是，这两部影片的"核"都称得上惊世骇俗。先看《生死朗读》，女主角汉娜是个文盲，她完全可以对一份与纳粹有关的文件上她的签名提出异议，"我不识字，怎么可能签字?"仅凭这一条，她就可以洗去罪名，实际上她也是无罪的。但她为了自己的尊严，即使承受莫须有的罪名锒铛入狱，最终被判无期徒刑也没有说出这个秘密。再看《美丽人生》，意大利一对犹太父子被送进纳粹集中营，父亲圭多不忍仅五岁的儿子饱受惊恐，利用自己丰富的想象力扯谎说他们正身处一个游戏当中，必须接受集中营中种种规矩以换得分数赢取一辆坦克的大奖。然后，儿子真的把一个残忍的杀戮过程当成了游戏。这就是戏核。由此可见，一个别致的"戏核"，往往能成就一部作品的辉煌。这一经验，已被无数成功的作品所证明，值得我们去反复咀嚼，认真揣摩。

必须提醒的是，艺术贵在独创，无论如何，千万不能重复别人的戏核。否则，你的作品再精彩，再动人，也会大打折扣。

举个例子。有一部秦腔现代戏名《柳河湾的新娘》，获得过多项国家级大奖，专家评价高，观众口碑也不错，但突出的问题是，戏核有重复之嫌。该剧写抗战时期，新娘柳叶在新婚之日送丈夫瑞轩奔赴前线。半年后，临漪失陷，陕西军八百名将士投入黄河，瑞轩生死不明。内战爆发，柳河湾党组织遭到破坏，瑞轩某夜归家，将地下党组织反围剿计划的传送任务交给拜过天地未及圆房的柳叶替他完成，柳叶答应并承诺保守秘密。父母听见声响，至媳妇房门口关切地询问，儿子以重任在身之由不让媳妇开门，媳妇找了个理由搪塞过去。父母转身回房之际，瑞轩双膝着地，隔门跪送父母。事后，柳叶怀孕，公婆、族长与乡邻探问究竟，柳叶均不说原委，公婆以为她有奸情，族长七爷要将她投入河中，柳叶被打得奄奄一息。反围剿成功的瑞轩及时赶到，柳叶在说出真相、道出委屈后，闭上了双眼。瑞轩怀抱婴儿含泪与隔世的妻子庄严地拜天地。

这个戏的戏核是，柳叶怀了丈夫的孩子却顶着与人偷情的罪名，至死都不能与任何人说出真情。且不论其真实性如何，这一戏核令我想起20世纪70年代读到的一部苏联中篇小说《活下去，并且要记住》，那部小说讲述了卫国战争最后一年发生在西伯利亚安加拉河畔的故事。当兵的丈夫安德烈因眷恋妻子、家庭及和平的乡村生活，在伤愈重返前线途中从医院逃回故乡，藏匿于离村子不远的荒山野岭，冒着随时都可能受到国家法律制裁的危险，与妻子纳斯焦娜频频相会，终于使多年不育的妻子怀了孕，时间一久便被村里人看出了破绽，但她为了保护当逃兵的丈夫的生命，宁死不愿说出真相……显而易见，《柳河湾的新娘》的戏核与那部小说的情节核是雷同的。

所以，只有当你在构思过程中找到一个非常独特的戏核，这个戏核是别人所没有的，你才有可能取得成功。

谈"戏核"，必然避不开"戏眼"。那么什么是"戏眼"呢？百度的解释是："戏眼是指剧情发展中的令人过目难忘的独特场面，最精彩的点。戏之有眼，如棋之有眼，有眼则活，无眼则死。"

还是举例说明吧。我想先通过近期看到的一个学生改编的一部戏曲短剧来回答这个问题。这部短剧题为《麻婶的两只母鸡》，改编自只有一千多个字的一篇同名微型小说。故事大致是说，麻婶养了两只母鸡，一只叫阿黄，一只叫阿花。这两只母鸡每天为麻婶生蛋。麻婶为什么要养母鸡呢？因为她的儿子孙子都在城里，她觉得城里的蛋都有问题，而自家母鸡生的蛋没有污染——一个小作品也注意到了社会性因素。但是母鸡有一个生命规律，到了一定时间要抱窝、孵小鸡。麻婶就不高兴了，两只母鸡抱窝的时候她就把它们赶出来，说"抱窝有什么好抱的，还不如给我生蛋呢"。一次、两次、三次，两只母鸡只好不抱窝了，这个事情就扔在了一边。但是有一天，麻婶起来发现阿花不见了，她就骂："我对你这么好，你这个没良心的，跑到哪里去了，是不是私奔了？"过了一段时间，阿花带着一群小鸡回来了。麻婶很开心，原来阿花到外面去抱窝了，家里多了一群小鸡，真好。转眼就要到秋天了，没想到阿花带回小鸡以后，阿黄也不见了。麻婶想，说不定阿黄也是去外面抱窝了，于是就等待，等着阿黄过段时间带回一群新的小鸡。没想到，阿黄再也没有回来，当然也不可能有小鸡。临近冬天，麻婶到山上打柴，她在山洞里发现了阿黄的尸体——在一个杂草堆里，有一堆干枯的鸡毛，打开一看，瘦得只剩下一个骨架的阿黄怀里抱着一堆鹅卵石。麻婶的眼泪掉了下来。

这样一部短剧，它的戏核、戏眼在哪里？这个"核"就是麻婶不让母鸡抱窝。因为抽掉了这一动作，这部作品就无法成立。而"眼"有两个，一是阿花带了一群小鸡回来；二是最后阿黄怀里抱着一堆鹅卵石"孵小鸡"。特别是后面这一个"眼"，可谓"四两拨千斤"，令人拍案叫绝。一个小作品有一个独特的"核"、两个精彩的"眼"支撑，它在艺术性上的独创性也就不言而喻了。

从上面这个小例子中可以获得的启示是，编剧在重视戏核的同时，千万不能忽略了戏眼的选择与提炼。有时候，戏核也许算不上特别出彩，却由于戏眼十分别致生动，作品的艺术性照样可以达到令人满意的高度。

总之，在创作时，一定要牢记，如果你未来作品的"核"没有选择好，那么，就千万别动笔。如果"眼"没有准备好，那么，也不忙动笔。因为没有独特的戏核与别致的戏眼，是不可能写出大作品的。

第二技，编好故事

对故事的要求，一位外国作家曾用三句话进行概括，十分精辟：第一句，我有了一个好故事；第二句，我有热情把这个故事说完；第三，这个故事只有我能说，别人谁也说不了。

那么，什么是好故事呢？我认为，至少有三个标准，一是真实，二是新颖，三是生动。当然，这三条标准中，第一条最重要。理由很简单，因为真实是戏剧作品最基本、最重要也是最起码的要求。

必须明白，真实的故事情节不一定都是真正在生活中发生过的事情，而真正发生过的事情，也不一定都可以成为故事情节。艺术要真，还要美，又要善，它是真、善、美的统一。所以我们先要分清两个概念：什么是生活真实？什么是艺术的真实？两者之间的关系是什么？

所谓生活真实——"就是在历史上、现实生活中，曾经发生、正在发生或普遍认为可能发生的事实，或者与这种事实十分相似的事件"。

所谓艺术真实——是指"在艺术作品中所反映的过去、现在或未来的生活（人物、事件、情节或细节）确实是真实的，即与上面所说的生活的真实是一致的；或者，由于艺术家的艺术创造，读者或观众，认为是可信的，或者是可以接受的，由于他们知道艺术的特点，

延长剧作寿命的九种可能（二）

103

所以不追究或者忽略在实际上不会出现的那些事件、情节或细节的真实性"。

真实，实际上是说要把故事编圆。这个要求似乎太低了，其实不然。许多有经验的剧作家或者是许多有一定影响的作品都没有很好地迈过这一个"坎"。前面提到的《柳河湾的新娘》，应该算是一个比较好的戏了，但突出的问题是，不仅戏核有重复之嫌，而且故事也没有编圆，情节有硬伤。瑞轩外出多年，某夜归家，为何不愿见父母？难道父母会出卖自己的儿子？柳叶怀孕，即使她不愿与外人说出孩子的父亲就是自己的丈夫，她总可以跟自己的公婆说吧（当然，如果与公婆说了，后面的戏就要另起炉灶了）。作者的用意或许是为了突出女主人公柳叶一诺千金的高尚品格，但这有悖于常情常理的情节设置的后果是，柳叶成了一个傻大姐。

真实与虚假有时候仅一步之遥。在剧作构思时要特别注意，越是有戏剧性的地方，越是要小心翼翼，因为一不留神，虚假、矫情、"无厘头"的隐患已经潜伏在其中了。如果在核心情节上失误，它的成本就是会直接毁掉了一个戏。有这方面教训的案例举不胜举，这里就说一个我经历过的例子。我认识一位陕西的剧作家，他是个创作经验十分丰富、写过不少优秀戏曲的老编剧。几年前，他带给我一个题为《名誉妻子》的戏曲剧本，剧本写了这样一个故事：

年轻漂亮的城市姑娘肖云霞嫁给了从某重大工程建设现场转业回来的铁道兵战士应虎，新婚之夜，应虎突然出走，一直到第三天才回来，且不愿圆房。肖云霞无比痛苦，无意间发现了应虎有一本女性签名的笔记本，误以为应虎另有所爱，苦苦追问，应虎才告知真相。原来，应虎在边远山区施工作业时，曾有一名年轻的女歌手独身前来慰问战士，那天，七八个男兵因喝了点酒，看到水灵灵的女歌手，本能战胜了理智，居然不顾一切地扑上去亲吻、抚摸她，适逢首长视察工地，获知此事，当即下令军法处决这几名战士，女歌手苦苦请求，才得以大赦。战士们长跪不起，女歌手一一签名相赠笔记本，鼓励他们戴罪立功。工程进展中，战士们流血流汗，将功赎罪。后来在山洞中，几个战士因洞内见不到太阳，阴沉潮湿，且有毒虫叮咬，全身溃烂。到后来，连下身也保不住了。工程结束了，应虎失去了男人应有的东西，痛不欲生。本来准备终身不娶，经不住母亲与舅舅的劝说，才答应成亲。如今愧对妻子，无颜直面人生。肖云霞知道这一切后，又怜又恨，又怒又怨，又悲又气，但为了不伤应虎的心，强装欢颜，苦度光阴，而应虎的母亲与舅舅明知自己亏待肖云霞，但为了应虎，也心安理得。不久，肖云霞与应虎的好友乐雨有了感情，一个雨夜，两人幽会，恰巧应虎出差提前归家，闻听房内男人声音，知是乐雨，便转身去小酒馆喝酒解闷，而此时肖云霞正欲与乐雨交合，忽见枕头底下的那本日记本，忙悬崖勒马，理智地推开了乐雨，而此时，醉醺醺的应虎归来痛斥肖云霞，且扇了她两记耳光。肖云霞伤透了心，想提出离婚，又考虑到应虎十分可怜，婆婆和舅舅也待她不错，终于没有勇气拿出离婚协议书，在乐雨的鼓励下，肖云霞犹豫再三，才决定离婚，正欲跟应虎提出，岂知应虎患癌症住院，不久人世。临终之际，应虎再三嘱托，要肖云霞与乐雨成家，否则他死不瞑目，肖云霞难以答应，应虎果然没有闭上眼睛，直至肖云霞点头应诺。另外，剧本中还有两个内容，一是肖云霞的妹妹肖云妹，追求实惠，性观念开放，与肖云霞正好是个对比。肖云妹谈一个吹一个，最后去香港替大富翁代养儿子，获得巨款，挥金如土，生活十分奢侈。二是剧中穿插"天女散花"的民间传说，每至戏的关键时候，天女飘然而至，取其"无有私情，善洒甘露"之意，从而鞭策肖云霞恪守女贞，为人尽忠。

从上面简略的叙述中，我们可以想见，这是个颇为好看的剧本，情节比较生动，有些场面也挺抓人，且唱词写得十分老练。倘搬上舞台，想来上座率是不会低的。但如果你停神一想，就会发现，这里的人物都不可爱，原因是故事虚假，冲突人为。从应虎这个人物看，他自知不能过夫妻生活，怎能轻易答应母亲、舅舅与肖云霞成婚（虽然婚礼上出走了，但这并不说明问题），他明知乐雨与肖云霞有感情，又为何要羞辱甚至痛打肖云霞呢？特别是最后一场戏，写应虎临终托妻，表面上看起来很高尚，实际上十分虚假，因为他如果真的爱肖云霞，便不会在临死前才作这样的表示。从肖云霞这个人物看，她被"骗"到这个家中，明知应虎"无能"，明知婆婆与舅舅在知道应虎有病的情况下操办了这个残酷的婚事，她怎么可能在稍有越轨之念时就会想到对不起应虎，对不起婆婆与舅舅这些长辈的一片苦心？她对乐雨有情感，在一个特殊的场合即将献身于心上人时，就因为看到一本笔记本而痛心自责，收敛情欲，显然，这样的情感也不真实。她想离婚，但在应虎临终托妻时，她却不能接受这本来早就应该属于她自己的那份感情，自然使观众有理由怀疑她的虚情假意。从婆婆和舅舅这两个人物看，他们将肖云霞"骗"进这个家来，在肖云霞有离婚念头时又苦苦相劝，说是"过几年习惯了也会好的"，这就更不近人情了。他俩坑害了肖云霞，所以，即使在生活上经常给肖云霞以关心，观众也会觉得这样的感情也是假的。还有，那个"天女散花"的故事尽管很美，但带有浓重的封建色彩，她劝诫女人守节，克制情欲，是一种极其不道德的禁欲主义理论，也减弱了这个剧本的思想性。因此，要使剧本能站住脚，首要的任务是把故事编圆，让人物真实起来，而人物是否经得起推敲，关键是要把人物的思想情感整理好。为之，我建议作者作如下几个方面的修改。

第一，把成婚的理由搞充分。因为这一个情节影响了应虎、应虎妈妈及舅舅三个人物的基调，可以改成，应虎转业回来，应虎妈病在床上奄奄一息，唯一的希望是能活着看到儿子成婚，于是舅舅负责操办此事，花钱从乡下"买"来一个穷姑娘配给应虎，他们只知道应虎有伤，但不知是那个致命伤，所以，这一个行为也就不应受到指责。而应虎出差回来，对这件婚事猝不及防，尽管一再推辞，但看在舅舅求他的面上，看在临死的母亲的面上，勉强答允。成婚之夜，他应该如实相告自己的情况，他求肖云霞暂时忍一忍，等母亲故世以后，即可离婚，而肖云霞对这样真诚的恳求是没有理由拒绝的。没有想到，母亲因为儿子找了个贤惠、漂亮的乡下姑娘而病情好转了，戏就可以向前推进了。

第二，肖云霞在乡下可以有一个相爱的但家境十分贫困的意中人，因为她父亲长期卧病在床，弟弟上不起学，所以，急需找一个有钱的男人成家。在这样的情况下，她为了家庭而答应了那门亲事，临别之夜，她把自己的一切献给了那个相爱的男青年，没有想到成婚以后，丈夫是个废人，而她却怀孕了。她也陷入痛苦之中，而母亲与舅舅不知道儿子无生育能力，还以为是添小孩子了，自然十分高兴。而应虎则当然十分痛苦，但他理解肖云霞。此后，那个男青年来城里打工，来找肖云霞幽会，但肖云霞心绪不宁，十分矛盾，一方面与心上人相爱，另一方面又十分同情应虎，且为应虎的人度与婆婆的爱抚所动，她左右为难。

第三，应虎知道了肖云霞与其恋人的事情，劝肖云霞跟自己离婚，而应虎妈与舅舅大惑不解，云霞有了孩子，怎么可以无端分手？应虎不能告知内情，更加痛苦。

第四，应虎病倒了，他希望自己就此死去，肖云霞更觉得对不起应虎，倾心照料，应虎服药自尽，临死托妻，应虎妈与舅舅乃知真相，肖云霞愿意守着应虎妈继续撑起这个家庭……

这样一调整，一修改，也许算不上是个好戏，但人物变得可爱了，那场悲剧的根源也是社会性的，且戏的观赏性有所增强，当然，最重要的是把故事编圆了，情节比原来的要真实可信。

至于要求故事的新颖与生动，限于篇幅，这里就不展开了。

第三技，写好场面

场面是戏剧结构的基本单位。指在一幕戏或一场戏内由人物的动作构成的具有戏剧性的生活片断。我在戏剧写作教学中一直强调，要重视独幕剧写作的训练。实际上就是重视场面的训练。在一个受限制的舞台时空内，通过几个人物的纠葛，把简单的事情复杂化，折腾上半个小时或四五十分钟，让观众津津有味地看下去。只有当你具备了这样一种组织场面的能力，你才有可能成为一个称职的编剧。我们经常看到一些所谓的无场次的戏，一部一个小时左右的戏竟有数十个甚至近百个场面，根本建立不起完整的重场戏，缺乏一种审美的累积，观众觉得像拉洋片一样，怎么可能会留下深刻的印象呢？经验告诉我们，所有成功的、经典的戏剧作品中必定有几场好戏，优秀的传统折子戏就是这么留下来的。

写好场面，最关键的是善于将简单的事情复杂化。曹禺名作《雷雨》中有一场"喝药"的戏，不妨转录于下：

　　　　　　[四凤由饭厅门入，端了碗普洱茶。

周　　冲　　（犹豫地）爸爸。

周朴园 （知道他又有新花样）嗯，你？

周　冲 我现在想跟爸爸商量一件很重要的事。

周朴园 什么？

周　冲 （低下头）我想把我的学费的一部分拿出来。

周朴园 哦。

周　冲 （鼓起勇气）把我的学费拿出一部分送给——

周朴园 （四凤端茶，放朴面前）四凤，——（向周冲）你先等
　　　　一等。（向四凤）叫你跟太太煎的药呢？

四　凤 煎好了。

周朴园 为什么不拿来？

四　凤 （看繁漪，不说话）

繁　漪 （觉出四周的征兆有些恶相）她刚才跟我倒来了，我没
　　　　有喝。

周朴园 为什么？（停，向四凤）药呢？

繁　漪 （快说）倒了。我叫四凤倒了。

周朴园 （慢）倒了？哦？（更慢）倒了！——（向四凤）药还
　　　　有么？

四　凤 药罐里还有一点。

周朴园 （低而缓地）倒了来。

繁　漪 （反抗地）我不愿意喝这种苦东西。

周朴园 （向四凤，高声）倒了来。

　　　　[四凤走到左面倒药。

周　冲 爸，妈不愿意，你何必这样强迫呢？

周朴园 你同你妈都不知道自己的病在那儿。（向繁漪低声）你

109

喝了，就会完全好的。（见四凤犹豫，指药）送到太太那里去。

繁　漪　（顺忍地）好，先放在这儿。

周朴园　（不高兴地）不。你最好现在喝了它吧。

繁　漪　（忽然）四凤，你把它拿走。

周朴园　（忽然严厉地）喝了药，不要任性，当着这么大的孩子。

繁　漪　（声颤）我不想喝。

周朴园　冲儿，你把药端到母亲面前去。

周　冲　（反抗地）爸！

周朴园　（怒视）去！

　　　　[周冲只好把药端到繁漪面前。

周朴园　说，请母亲喝。

周　冲　（拿着药碗，手发颤，回头，高声）爸，您不要这样。

周朴园　（高声地）我要你说。

周　萍　（低头，至周冲前，低声）听父亲的话吧，父亲的脾气你是知道的。

周　冲　（无法，含着泪，向着母亲）您喝吧，为我喝一点吧，要不然，父亲的气是不会消的。

繁　漪　（恳求地）哦，留着我晚上喝不成么？

周朴园　（冷峻地）繁漪，当了母亲的人，处处应当替子女着想，就是自己不保重身体，也应当替孩子做个服从的榜样。

繁　漪　（四面看一看，望望朴园又望望萍。拿起药，落下眼泪，忽而又放下）哦！不！我喝不下！

周朴园　萍儿，劝你母亲喝下去。

周　萍　爸！我——

周朴园　去，走到母亲面前！跪下，劝你的母亲。

　　　　　[萍走至繁漪面前。

周　萍　（求恕地）哦，爸爸！

周朴园　（高声）跪下！（萍望着繁漪和周冲；繁漪泪痕满面，周
　　　　冲全身发抖）叫你跪下！（萍正向下跪）

繁　漪　（望着萍，不等萍跪下，急促地）我喝，我现在喝！（拿
　　　　碗，喝了两口，气得眼泪又涌出来，她望一望朴园的峻
　　　　厉的眼和苦恼着的萍，咽下愤恨，一气喝下！）哦……
　　　　（哭着，由右边饭厅跑下）

　　　　[半晌。

周朴园　（看表）还有三分钟。（向周冲）你刚才说的事呢？

周　冲　（抬头，慢慢地）什么？

周朴园　你说把你的学费分出一部分？——嗯，是怎么样？

周　冲　（低声）我现在没有什么事情啦。

周朴园　真没有什么新鲜的问题啦么？

周　冲　（哭声）没有什么，没有什么，——妈的话是对的。（跑
　　　　向饭厅）

周朴园　冲儿，上那儿去？

周　冲　到楼上去看看妈。

周朴园　就这么跑么？

周　冲　（抑制着自己，走回去）是，爸，我要走了，您有事吩
　　　　咐么？

周朴园　去吧。（周冲向饭厅走了两步）回来。

周　冲　爸爸。

周朴园　你告诉你的母亲，说我已经请德国的克大夫来，跟她

看病。

周　冲　妈不是已经吃了您的药了么？

周朴园　我看你的母亲，精神有点失常，病象是不轻。（回头向萍）我看，你也是一样。

周　萍　爸，我想下去，歇一回。

周朴园　不，你不要走。我有话跟你说。（向周冲）你告诉她，说克大夫是个有名的脑病专家，我在德国认识的。来了，叫她一定看一看，听见了没有？

周　冲　听见了。（走上两步）爸，没有事啦？

周朴园　上去吧。

　　　　〔周冲由饭厅下。

周朴园　（回头向四凤）四凤，我记得我告诉过你，这个房子你们没有事就得走的。

四　凤　是，老爷。（也由饭厅下）

应该说，这场戏的动作十分简单，就是周朴园逼繁漪喝药，但曹禺大师却写得丝丝入扣，惊心动魄。

首先是戏剧性强。

虽然只有千余字的篇幅，却展示了多个人物丰富的心理变化与冲突层次。从周朴园角度看，他先让四凤送上药，遭繁漪拒绝；再让周冲送上药，又被繁漪拒绝；最后让周萍送上药，并要他跪求繁漪喝药，使繁漪只得忍辱忍痛忍悲喝下这一杯人生苦药。他以骄横、专制、独断的性格横扫一切，最终粗暴地胜出。从繁漪角度看，她从反抗地说"我不愿意喝这种苦东西"，到顺忍地应付"好，先放在这儿"，到本能地反应"四凤，你把它拿走"，再到声颤地回应"我不想喝"，又到恳求地说"哦，留着我晚上喝不成么"，再到又一次挣扎"哦！不！我喝不下"，最后到不等周萍跪下，急促地表态"我喝，我现在喝"。作者将一个倔强女人的自尊被一层层剥落的过程展示得淋漓尽致，可谓声声血泪，步步惊心。从周冲角度看，先是不脱稚气地责备父亲"爸，妈不愿意，你何必这样强迫呢"，到不满地反抗"爸，您不要这样"，再到无法坚持，含着泪请求母亲"您喝吧，为我喝一点吧"，人物从反抗走向屈从、无奈、叹息、悲愤的心路历程尽收眼底。从周萍角度看，他从提心吊胆地旁观事态变化发展，到低声劝阻周冲"听父亲的话吧，父亲的脾气你是知道的"，再到欲言又止地婉拒父亲，又到求恕地恳望父亲开恩，最后到绝望地要当众跪求繁漪喝药，这一人物所经受的心理考验较剧中的其他人要尖锐得多，也残忍得多，因之，其内心的煎熬与伤痛也更令人印象深刻。

其次是结构精妙。

从这一场戏的构造看，自开端至结局，作者从两个方面完成了形态构建，一是从繁漪拒绝喝药到无奈地把药喝下去；二是从周冲一开始要跟父亲谈学费的事，到父亲主动问他"你刚才说的事呢"时周冲回答"我现在没有什么事情啦"，这两个戏剧情势与人物心理上的变化，圆满地完成了整个冲突过程的显性表达。

从一场戏与全剧的关系看，它为后面的戏剧冲突埋下了多重伏笔。因为一场戏的功能不仅仅是完成当下一个戏剧动作的生动表达，还有更重要的任务，那就是为后面剧中戏剧冲突的推进、戏剧情节的演绎、戏剧人物性格的发展打下基础。在这场戏中，周朴园的举动，加剧了繁漪复仇心理的滋生，推进了周冲叛逆性格的形成，也促成了周萍诅咒父亲逃避家庭的一系列举动的产生。

尤其令人叹为观止的是，在繁漪喝下药以后，曹禺大师用极其简略的文字又完成了几乎无人能想到的刻画人物与预伏冲突的几个十分重要的任务：一是通过"喝药"事件教训周冲，从而轻而易举地扑灭了周冲要帮助四凤的善念；二是两次喝住周冲，让他明白，不管是在什么样的情况下，父亲的权威与尊严容不得有丝毫的忽略；三是周朴园又预设下了让繁漪陷入更痛苦樊篱的一只棋子——请德国的克大夫来看脑病；四是不让已喘不过气来的周萍离开，要他留下谈事；五是教训四凤要更严格地执行他制定的任何规则。这样的铺排与揭示，既是这一场戏的余音，也可视为这一场戏的又一个高潮，其精妙之处，值得我们反复玩味。

最后是人物性格鲜明，这当然也是剧作最重要的艺术成就。短短一场戏，写出了周朴园的专制，繁漪的孤傲，周萍的懦弱，周冲的稚嫩，而且一个个都入木三分，力透纸背。

由此可见，至少在中国话剧创作的历史上，这一场戏堪称前无古人，后也难有来者的经典绝作了。而我们要学会写好场面，就不妨先从学习曹禺大师笔下的"喝药"这一场戏开始。

概括起来说，寻觅到一个独特的戏核，由戏核衍生出一个真实、新颖、生动的故事，将故事转化为一个个扎实的戏剧场面，在戏剧场面中塑造出鲜明的人物形象，这大概就是编剧必须掌握的最主要的技术了。当然，事实上戏剧创作是精神领域里的一项创造性劳动，这里所说的技术绝不是单纯的匠人手艺，支配它的一定是编剧所拥有的思想力，这一点，我们在任何时候都不应该忽视。

（原载《戏剧文学》2013 年第 11 期）

延长剧作寿命的九种可能

（三）

编剧三求

任何一个编剧，都有自己的追求，都有自己的好恶，但至少有三条是共同的，即一是希望作品传世，二是期待比赛获奖，三是企盼自我超越。毫无疑问，作品传世是非常困难的一件事情，是一种美好的理想，是一个奢望。而比赛获奖则经常会有，有的人甚至每年获好几个奖，因为我们国家赛事很多，机会也多。我觉得最重要、最实际、最有意义的是要力求做到不断地自我超越，有了这条才有可能让自己的作品获奖，渐渐走向成熟，甚至于传世。而要自我超越，就要不断地否定自己，就要不断地给自己提出新的要求。求什么呢？

第一求，求"魂"

这里说的"魂"，就是思想力，也就是我们通常所说的深刻的立意、丰富的人生底蕴等等。你的作品要有思想力，要给人们提供你对时代、对社会、对人生包括对戏剧的一种独特的判断和认知，你的作品才有价值，否则，你写得再勤奋、获奖再多，也很有可能是在一次次地重复别人的劳动。举个例子，刚刚落下帷幕的第九届央视全国电视小品大赛中有一部获奖小品名《非诚"误"扰》，写女儿领回的对象名叫"李叔"（实为李书），因长得老相而让单身妈妈马怡误以为是给自己找的对象。单身妈妈见"李叔"是个教授级的知识分子，又是初婚，条件特别好，一方面大喜过望，一方面又缺乏自信，结果闹出了许多笑话。及至后来女儿发现自己的母亲有天大的误会，慌忙说出真相，才制止了闹剧的延续。包袱抖开，母亲一时无地自容。这样一部作品，结构好，语言好，演员表演也好，剧场效果更是特别好，但是，有一致命伤，缺"魂"，笑过以后就过去了，不免令人感到有些遗憾（当然，艺术有分工，像这样健康而又有趣的为老百姓所喜闻乐见的作品也很需要）。

那么，如何在一部剧作中体现好编剧最在乎的"魂"呢？

一是要善于将你的人物与故事置于社会历史大环境中去。左拉说过这样一段话："一个动物学家谈到一种特定的昆虫时，开始总是长时间地研究这昆虫所寄生的植物，他从中知道昆虫的本体以至它的形态与颜色……"同样的道理，剧作家在刻画人物时，非常重要的一条就是要研究人物所处的历史环境。大家都知道恩格斯讲过一句很有名的话："现实主义除细节的真实外，还要真实地再现典型环境中的典型人物。"说的就是这个意思。

巴尔扎克曾用两位作家的创作成果做比较，也谈到了这个问题，他说："贝特洛纳讲罗马人私生活的片断，只能激起我们的好奇心，没有使好奇心得到满足。巴特吕米神甫注意到了历史方面这个巨大的缺陷之后，用毕生的精力在《小阿那卡尔西示希腊游记》里面缕述希腊的人情风俗。"两部作品艺术的高下就在于一个只是讲了私生活的片断，一个则是把希腊的人情风俗融入了他的人物命运和故事。所以巴尔扎克在《〈人间喜剧〉前言》中给自己的创作定位是："法国社会将要作历史家，我只能当它的书记，编制恶习和德行的清单、搜集情欲的主要事实、刻画性格、选择社会上主要事件、结合几个性质相同的性格的特点揉成典型人物，这样我也许可以写出许多历史家忘记了写的那部历史，就是说风俗史。"茅盾也认为："一般说来，找到合适的因而也就不是多余的布景或道具，还不是费力的事。……但是要布置作品的大环境，就需要付出更多的劳力，需要高度的思想性和组织力。"

上面这些经典作家的话都很有道理。我举一些例子，很熟悉的戏比如像《长生殿》《桃花扇》这样经典的作品我就不讲了。

国家舞台艺术精品工程入选剧目中有一个话剧名为《郭双印连他的乡党》，我非常喜欢。理由是什么呢？因为中华人民共和国成立以来写农村题材的作品，一般都是这样写的：一个贫困的村庄，派来或者选出了一个村干部，这个村干部一上任必然会遇到了各种各样的矛盾，其中有三类矛盾是一定会有的，一是亲情之间的矛盾，家里老婆、岳父母或者大姑小姨，要他利用手中权力谋利，他怎么办？二是肯定还会碰到村里一个无赖给他制造各种各样的矛盾，他如何面对？三是他肯定会在工作中积劳成疾，还要瞒着家人继续拼命工作。最后还是这个村干部用自己的智慧、自己的能力克服种种障碍，把这个贫困的小村带向富裕。致富手段可能是种树，可能是养殖，可能是修路，也可能是引进一个项目等等。不管怎么样，作者所表达的基本观点几十年一贯制：中国农村的贫困是因为没有一个好的干部，有了好干部，农村就能富起来。几乎所有的戏都是这样写的。

但是如果你去看话剧《郭双印连他的乡党》，你就会发现这个戏不一样。它以陕西农村一个真实的故事为背景，写一个村穷得账面上只有七毛几分钱，村里人如果想要吃一碗面条的话，就必须期待村庄里死掉一个人，因为死了人可以吃到长寿面。村子太穷，村干部没人肯当，上面只能强迫村里所有的党员通过抓阄来决定村干部人选。这回轮到兽医郭双印，他带领村民拼命奋斗，干了五年，最后得了肝癌累死了。这个戏好在哪里呢？写村干部，表面看，和过去一样，他把家里钱拿出来，把命也搭上了，带领村民种树、修路，想了各种各样的办法，但是他直到累死，这个村庄还是没有改变面貌。这个结局的把握很重要，一下子提升了作品的水准。因为作品想要表达这样一个主题，在现有的农村体制与历史条件下，一个农民、一个村干部再有智慧，再有能力，靠个人的力量是无法改变农民贫穷、农村艰辛、农业落后的面貌的。你要改变，就必须冲破体制的束缚，这里面当然还包括农民的素质问题，而这些问题绝不是靠一个村干部的能力所能解决的。这就和中华人民共和国成立以来所有农村题材的剧作有了本质的区别，这也是把人物与故事放到历史的环境下去考察、去描摹的结果。

云南的《打工棚》是国家舞台艺术精品工程资助剧目，这部话剧写一个村支部书记带领一个村庄搞了几十年经济都搞不上去，就想去城里打工寻求致富的方法。这一点很好，戏的起点很高。到了城里，他在一个建筑工地被人收留下来，没想到包工头就是多年前被他开除的村里的"二流子"，现在已成了成功人士。接下来他们之间应该有非常有意思的情感纠葛与观念冲突，但是戏却没有朝这个方向发展，拖出一条线索是，支部书记的老婆因为不满足村里穷困的现状，也不满意自己丈夫的作为，她一个人早几年就出去打工了，现在已成了包工头的情人，最后故事就变成了两个男人和一个女人之间的争斗。当然戏里面还有村支书帮民工维权、讨工资等事件，但这和主线已没有多大关系。一个本来挺有潜力的戏就被世俗情节所左右，缺失了应有的深度与高度，而它比《郭双印连他的乡党》稍逊一筹的主要原因就是，作者忽略了对历史环境的深刻把握与时代精神的生动传达，不免令人惋惜。

所以，揭示历史环境，是我们在剧作运思时首先要考虑的。因为"近代文学中的人物不再是抽象心理的体现，而像一株植物一样，是空气和土壤的产物；这便是科学的观念"。当你有了人物与故事以后，如果你把人物与故事放到历史环境中去考察，在人物身上赋予时代的胎记，那么，人物就有了力量；而找到故事的时代依据，故事也就更具社会意义。

二是要善于配置人物图谱，就是设置好人物与人物关系。写戏时，第一件工作就是配置好人物，包括人物关系，人物思想与性格的差异，职业的分布，人物在情节意义上的分工，等等。这个大家都懂。但对于人物图谱的内在意义就容易忽略了。这是我看了一部话剧以后受到的启发：一部优秀的剧作，人物设置不仅仅是完成情节意义上的表达，张三和李四、王五的组合，张三与赵六、周七的组合同样可以完成一个故事的叙述，但是如果你的戏剧观、思想力与出发点不一样，你选择的人物组合就不一样，它所产生的艺术效果也就不一样。诚如巴尔扎克在《〈人间喜剧〉前言》中说："我的作品有它的地理，正如它的事件一样；正如它有它的盾徽，有它的贵族和市民，有它的手艺者和农民，有它的政治家和花花公子，有它的军队一样，总之，有它的整个社会就是。"所以，配置图谱，也就是设计作品的"地理"。

还是举例来说吧。根据霍达小说改编的话剧《红尘》，故事本身很精彩，但是因为编剧设置了一个独特的人物图谱，最后的效果是，剧作衍生出了非常大的思想力，它比一般意义上的完成一个故事要有价值得多，这样的作品的生命力也必然会得到延长。

《红尘》的故事是，北京南城一条简陋的小巷里，有一天一个名叫德子的黄包车夫突然拉回来一个年轻、美丽、优雅的女人，她就是黄包车夫的媳妇，"要样有样、要派有派"。因为她的到来，小巷一下子改变了面貌。男人不再光着膀子，不再随地吐痰。因为他们觉得世间竟然有这样美妙的女人，我作为一个男人在她面前很丢脸。我要装扮得斯文一点，优雅一点，文明一点。女人没想到还有这样的同类，言谈举止都非常有修养，觉得自己枉为女人。所以也不再像以前一样打孩子，和老公吵架，随地吐痰，穿衣服从来不讲究，赤着脚跑来跑去。她们也懂得了一些必要的礼仪。"四清"开始了，在诉苦会上，德子媳妇上台哭诉了自己的身世，在旧社会，她曾沦落风尘18个月。从说出这句话后开始，她的命运彻底改变了，所有人都对她改变了看法。男人认为你是个"破鞋"，就千方百计要占她的便宜；女人觉得你是个"臭窑姐儿"，都开始鄙视她、欺负她；任何一个龌龊和自卑的人都自以为比她"高尚"，她最后在"文革"中死掉了。整个故事就是这样令人揪心，但最精彩的是，你去看演出的时候，你会发觉这样一个弱女子的对立面是谁呢？是基层组织里方方面面的头儿，其中有民兵连长、妇女干部、居委会主任，有支部书记、老干部，这个基层组织的代表人物构成了社会性的力量和她角力。这么一个弱女子，就是一般男人和女人之间的较量她都缺乏抗衡力量，更不要说让她去面对一种政治的、政权的力量，而且这些头面人物都是利用自己的职务以及单位所赋予的权力与手段去与她较量，她怎么经得起这样的折腾？最后的结果当然是她只能在这个世界上消失。由此可见，注意角色图谱的配置，就把一个通俗女人的命运故事提升到更高社会学意义的层面，剧作的价值也就大得多了。

苏联有部话剧名《青春禁忌游戏》，写几个学生因考试考得不好，在老师生日的前一天晚上跑到她家里，软硬兼施，逼老师交出保险箱钥匙来，要改卷子上的分数。整个戏看得人惊心动魄。如果留意一下人物配置，就非常有意思，戏里面有大官的孩子，有工程师的孩子，有普通工人的小孩。它的好处是每个孩子都带进来一片属于他那个阶层的信息，由此反映了广阔的社会面貌，戏的容量也就大大地拓展开了。这样的角色图谱，就不仅仅从结构上完成了戏剧冲突、情节推进、矛盾展开的需要，更重要的是有利于作品立意的开掘。

再举一个我特别欣赏的小品《张三其人》为例。这个小品的编剧与《郭双印连他的乡党》的编剧是同一个人，叫王真，几年前我到陕西去招生，想请他来给学生上课，结果陕西剧协的同志告诉我，他在一个月前就去世了，只有五十多岁。因为那个地方很苦，他只有通过拼命"爬格子"来改善家庭生活质量，结果积劳成疾，英年早逝。他为中国戏剧贡献了两个可以留下来的作品，他的离去，是中国剧坛的一大损失。当然，这是我的评价。

《张三其人》作为一个小品，值得我们学习的地方很多，其中有一条，就是角色图谱的配置也很有特点。可能编剧在创作时不一定意识到这一点，但我们去分析这部作品的时候就可以看出它的与众不同。

剧中有这样几个人物：张三，老领导，新领导，送鸡蛋的女孩，男同事，女同事。这些人物构成了一个完整的单位以及与社会的联系，同时每个人都承担着除戏剧结构需要以外的思想表达任务。故事发生在一个小城的机关里。为什么说是一个小城呢？因为那边的报纸是临下班的时候送到的。张三在单位里是个小办事员，那个单位管理很糟糕，张三上班的时候用热得快煮鸡蛋，女同事在单位洗衣服、晾衣服，居然都没人管。新领导定出新规矩——上班不许买菜。结果女同事我行我素，被张三无意中发现，正好新领导过来了，明明是他定的新规，但当他看到张三和女同事在为一把韭黄纠结时，明眼人一看就知道肯定是女同事买的菜，张三是在为她掩饰，但是这个领导却不敢说女同事，而是批评张三，说你一个老同志了，干嘛还要这样？由此可见，这个领导也是做做样子的，这里的风气也是改不了的。这个新领导的表现，让我们想到了老领导，也由此想到了整个社会。可见，即使在一个小品里，只要你注意角色图谱的设置，也会收到意外的效果。都说创作没有捷径，如果真有捷径的话，那么，注重角色图谱配置，也许算得上是一条事半功倍的捷径吧。

第二求，求"式"

求"式"，即追求形式。当然，追求形式的创造不是一件简单的事情，但我们必须在创作时不断提醒自己，有没有可能采用一种与众不同地叙事方式，能不能创造一种新的艺术形式？

十多年前，2008年吧，我在上戏剧院看过一个由加拿大卡泊·提姆剧团和德国切米尼兹剧院分别用英语和德语演出的小剧场话剧《崩溃》，这个戏最大的价值是它创造了一种属于这个戏独有的叙事形式。大幕一打开，舞台中间有一条长椅，长椅上坐着一个女人，大概60岁，穿着很简朴的病人衣服，也没有化妆。边上有一个三折简易屏风。开场三分多钟，女人没有任何动作。过了一会儿，她简单地动了一下手里的毛线球，又是几分钟纹丝不动，然后又动一下。整个上半场一共半个小时，就这样反复几次，都是很简单的日常动作。后来有一组大动作，就是女人把毛线球扔到屏风后面，一会儿毛线球又被扔了出来。再接下来女人自残，随之又尖叫一声，场上终于有变化，一个护士走出来，给她打了一针后即下去了，女人安静了一会儿，幕渐渐闭，上半场戏也就此结束。

那个时候剧场里大概只剩下十几个人，其中还包括工作人员。下半场开始了。我坐在那里没走，没有走的理由很简单，我想，两个国家的艺术家带来一部作品，肯定有它的道理。所以，尽管缺乏观赏性，我还是耐着性子要看完全剧。

下半场戏是表现屏风后面女护士的生活，时间的起点与终点与女病人在台上的过程是一致的。大幕打开，女护士坐着发呆，几分钟后，翻翻电话本，然后她似乎拨了几回电话，没打通，就搁下了。接下来又没什么事可做，一副百无聊赖的样子，打打瞌睡。也是三分钟一次，两分钟一次，重复几个简单的动作。再接下来就是与上半场相衔接的一个动作：一个毛线球扔进来了，她把它扔出去。听到外面尖叫一声，她端起针筒，走出去，然后又回来了。然后，就又坐在那里发呆。然后，光渐暗，幕闭。

整个戏时长一小时，两个人物的动作加起来也没几个。这样一部作品，能如此自信地来参加国际小剧场戏剧节，一定有两国艺术家独特的思考。节目单上这样写着："剧中的特色是对于同一剧情截然不同的映射，同样的事情发生两次，前半部是通过女人的眼睛，后半部是通过护士的眼睛。"事实上，我当时看完戏后，感觉很受震撼。我在思考一个问题，现代社会人与人之间的关系，基本上就是这样一个冷漠的格局。按道理说，除了家人以外，医护人员与病人之间的关系是最紧密的。医护人员可以了解你的一切，甚至可以看你的身体；病人更是对医护人员充满了信赖。但是，这个女病人为了获得别人的关注，她扔毛线，她尖叫，她甚至自残，但医护人员只是机械性地履行职业行为——给她打了一针，把球扔回来，丝毫没有一点人的情感，在病人与社会之间无形间筑起了一堵难以逾越的墙，这大致就是现代人的人际关系了。这么一想，这个戏的形式本身就成了内容，就有点惊心动魄了。我后来专门写了剧评，题目就是《形式即内容》，我希望我是看懂了这个戏，作者创造了这样的形式很了不起，可能没有太多的观赏性，但它的思想力可以超过我们无数个平庸的戏。

需要说明一下，所谓创造形式，不是要求你一定去创造一种让后人不断效仿的如锁闭式结构、人像展览式结构、开放式结构等的标准型的叙事形式，而是要求你去努力选择一种属于你的独特的叙事形式。有两条标准可以参考：第一，你这个形式是我们很少见到的，或者是没有想到的；第二，你"这一个"叙事形式能更好地表达你"这一个"作品的主旨与意趣，换句话说，这个形式本身就是这个戏的一部分。比较起来，第二条更重要，举个例子也许更可以说明问题。前些年我看过一个德国的小剧场戏剧《股市反弹》，上戏新空间被布置成一个小小股市，几张办公桌，一个讲台，两个大屏幕投映着股市波动的曲线和对股市人物的采访。为了在网上和欧洲股市连线，演出在晚上九点半欧洲股市开盘的时候开始。内容就是用出售门票的钱和观众当场投入的钱炒股。一个女演员持续地播报各支股的涨幅跌幅，另几个演员处理参与的观众选择股和买入、卖出的事务，也有些即兴的交流与互动。最后戏结束的时候看今晚炒股是赚了还是亏了。不用说，这样的形式很新奇，但我认为它远不如《崩溃》，原因是，这个戏缺乏思想力的支配，形式与内容的关系不大，因此形式的意义也就大打折扣了。

另外，创造形式也有规则。"自由不是混乱；独创性在任何情况下都不能当作荒谬的借口。在文学作品里，构思越是大胆，创作愈应无懈可击。如果你要有与众不同的理由，你的理由就应该十倍于人。作家愈是不以修辞学为意，就愈要尊重文法规则。"雨果的这一提醒尤其不能忘记。

第三求，求"人"

求"人"，就是求人物。检验一个剧本是否成功，非常重要的一条标准是，看你有没有留下"人物"。如果对中国戏剧作一个梳理，你会发现，古典戏曲中有许多很成功的人物形象，让我们引以为豪。但1902年以来，或者是新中国成立以后的戏剧，情况就不太乐观。我的一个博士生在做学位论文，题目是"从李二嫂到狗儿爷"，对新中国成立以来戏剧舞台上农民形象做一个系统梳理。梳理了以后你就会感到心很虚。我们讲戏曲繁荣也好、危机也好，无论什么观点，你盘一下家底，一看，我们并不富有，主要是我们没有创造出可以留下来的独特的人物形象。因为优秀的戏（现代派戏剧例外）总是通过人物来传递思想，人物来叙述故事，甚至人物会创造一种形式，所以，人物是最重要的。

老舍说："创作的中心是人物，凭空给世界增加了几个不朽的人物，如武松、黛玉等，才叫做创作……此所以十续《施公案》，反不如一个武松的价值也。"老舍的话在提醒我们，作为一个剧作家，你的任务是什么？就是要凭空给世界增加几个不朽的人物。可以说，这个任务是我们一生的追求。

我们有很多剧作家每天都在重复别人的劳动，重复自己的劳动，创作了很多作品，实际上是在做十续《施公案》的事，没有创造性，当然也谈不上留下一个人物了。

在我看来，人物形象也有各种各样，如果区分得细一些，大致有五种类型。

第一类是龙套，功能性的人物，几乎每部传统戏曲中都有，古希腊戏剧中的歌队，也一样。虽然称不上是活生生的人物，但又是必需的。

第二类是脸谱化的人物，这个脸谱，不是戏曲中的脸谱，是泛指我们在剧作中经常看到的缺乏个性的公式化、概念化的人物。

第三类是有独特个性的人物，比如《西厢记》中的红娘，《白蛇传》中的许仙，《原野》中的金子，等等。你要拿出一部像样的作品，要超越自己，要获奖，甚至你希望自己的作品要传世的话，第一个要求就是你必须以创造出这样的人物为标准，尽可能地在你的剧作中走出一二个具有独特个性的人物。

第四类是具有"时代胎记"的典型人物。巴尔扎克的《〈人间喜剧〉前言》中有一个具体的建议："描写一个时代的主要人物以绘写出这个时代的广阔的面貌。"而莫里哀说得更直接，一位作家所塑造的形象，"要是认不出是本世纪的人来，你就白干啦"。这就是说你笔下的这个人物的所思所行是可以代表某一个时代的，"典型是一种时代现象"，"它不能不是时代愿望的体现者，不能不是时代思想的表达者"。就像《哈姆雷特》《玩偶之家》等等。我国过去有个歌剧《江姐》，影响很大，当然写得不是太好，但是我认为江姐这个人物是带有鲜明的"时代胎记"的。我到重庆渣滓洞参观，感触很深，在当时这样残酷的生死考验面前，一个共产党员的信念会这么坚定，令人肃然起敬。但她并不是个个案，那个时代很多共产党员都会这样做，所以江姐代

126

表了一个时代的价值观选择，它保留着时代的胎记。一百年以后有人要研究共产党人这段历史，江姐这个人物是避不开的，这就是一部优秀剧作的价值所在。

第五类是"国家形象"。所谓"国家形象"，是指人物形象的生动性、深刻性与概括性，以及由"这一个"人物形象所阐发的思想的穿透力、震撼力与影响力，能足以体现这个民族的思想、情感和审美的深度。在"这一个"人物身上，既有民族文化基因、精神密码的生动传承，又当下时代特征的深刻表达。我有一篇题为《呼唤戏剧舞台上的"国家形象"》（见 2012 年 3 月 3 日《文汇报》）的文章，曾专门对这个问题作过专门阐述。

以上分类不一定科学，也可以把第四、第五类并入第三类，因为"时代胎记"也好，"国家形象"也好，首先必须是一个具有独特个性的人物。做不到这一条，"时代胎记"就有可能变成"时代传声筒"，而"国家形象"则有可能成为国家宣传的广告。

那么，如何去创造具有独特个性的人物呢？从大处说，法国小说家乔治·桑的一段话特别有用，她说："人首先是人，我们希望在一切历史和一切事件里头找到人……放出人来和事件斗争。你注意一下，他们好也罢，坏也罢，永远战胜事件。在他的笔底下，他们击败了事件。"我觉得这句话对创作非常有帮助，放出人来和事件斗争，就是要你记住，人物永远是第一位的。

从小处说，"戏法人人会变，巧妙各有不同"，我在这里重点讲两条：

第一，要善于捕捉并生动地刻画人物独特、微妙的心理变化。

我们来举一些例子，先以大家很熟悉的小品为例吧。在我看来，中国写得最好的小品有两个，第一个是《张三其人》，第二就是《警察与小偷》。这里就说陈佩斯的《警察与小偷》。我欣赏它的理由是，在非常短的篇幅中，大概不到两分钟吧，它生动地、令人信服地完成了一个小偷从犯罪嫌疑人到正常人的心理变化过程。小品的情节大致是，一个小偷穿了警察制服，扮作假警察为同伙放风，在放风的过程中他做了三件事情：一是搀扶一个盲人女孩过马路；二是模拟交通警指挥交通；三是主动关心一个路人问他是否需要帮助。他在完成一个警察低层次的职业行为的过程中，受到了在他成为小偷以后第一次来自人们的尊重、信任与赞许的目光，他感受到了做人的尊严。一时间竟忘记了自己小偷的身份，当他的同伙偷了东西拉他一起逃脱现场，有人喊"抓小偷"的时候，他本能地冲上前去一把抓住了小偷，并把他踢倒在地。通过几个动作，圆满地完成了这个人物微妙的心理变化过程，既写出了人物，又富有人文意义。

再举一个例子，小品《奶奶的幸福》，也是写了独特的人物心理，给我留下了深刻印象。

奶奶有两个儿子，大儿子很成功，妻贤子孝；小儿子不争气，虽然在城里过日子，但一天到晚要问奶奶要钱。奶奶每天一早起来就去街上叫卖鸡蛋，家里其实不缺钱，儿子媳妇也反对她这样做，但她还是坚持以这样的方式来挣钱接济小儿子。有一天，她的媳妇和孙子觉得，奶奶年纪越来越大了，不能让奶奶再这样下去了，就想了一个办法，模仿叔叔的口气编了一封信，说："妈，告诉你一个好消息，我买彩票中了 100 万元钱，从今以后你就不要再给我寄钱了，我现在的生活过得很好。"信读给奶奶听，奶奶开心得不得了，说这个小畜生总算有了今天，她也可以松口气了。但是从这天开始，奶奶变了，因为她无事可干了，每天早上搬个椅子坐在家门口的树下晒太阳，打瞌睡，人越来越苍老，精神越来越不好，还经常无端地发脾气。媳妇与小孙子看着奶奶这样下去不行，就又编了一封信读给奶奶听，信上说："妈，真是不幸，我弄错了彩票号码，100万元钱泡汤了，你快给我寄点钱吧。"奶奶听了信一下子跳起来，拎起卖鸡蛋的竹篮子，骂骂咧咧，却又精神抖擞地走上了街头。作者写出了奶奶这个人物独特的心理变化，令人唏嘘，令人感慨。

梨园戏《董生与李氏》是国家舞台艺术精品工程入选剧目中实至名归的一部难得的好作品，这个戏讲穷塾师董生受彭员外临终嘱托，监视彭之寡妻李氏，以防其再嫁，不料却因此与李氏产生爱情，进而"监守自盗"。故事有趣，人物更独特，比如有一场戏，写董生在月下隔墙偷窥探李氏，有一连串心理活动，进而衍生出十来个独特的戏剧动作，细腻地表达，生动地揭示，构成了绚丽多彩的戏剧场面，戏好看得不得了，更重要的是，董生这个人物好玩得不得了。这种揭示人物独特心理的功力一般人是不具备的，所以我很钦佩王仁杰出众的才华和他对戏曲的娴熟的掌控能力。

多年前我读到过一部业余作者的剧作《远离这座城市》，人物心理描写也很有特点。剧本写一个农村青年获知自己的父亲因矿难被压在井下，随时有可能死去。他写这个男孩子一个晚上的心理挣扎：既怕父亲在矿难中死去，又非常希望父亲不要活着回来。不是因为他恨父亲，他和父亲的感情很好。那为什么要这么想？因为他小时候一起长大的同伴阿胖的父亲在一年前的矿难中死去以后，政府给了阿胖一个机会，使他成为小镇上的合同警察。本来阿胖书读得比他少，智商不如他高，形象也不如他好，但是因为这套合同警察的制服，使阿胖神气起来，还夺走了他的女友。所以他非常希望自己的父亲也死于矿难，因为这样说不定他也有可能成为一个合同警察，并有可能重新夺回自己心爱的女孩。当然，他同时又有深深的负罪感，所以，纠结了一个晚上。戏算不上精彩，但人物的心理描写有特点。试想，一个农村青年要过上体面的、有尊严的生活，居然要以失去亲生父亲的生命为代价，这样的成本实在太匪夷所思了，但这又是绝对真实的。

在我看来，捕捉、发掘人物深层心理，在此基础上衍生戏剧情节，远比组织强烈的戏剧冲突更有价值，也更有趣。人物深层心理是一个矿藏，里面蕴涵着无限可能性。比如说两个人在一起，观念、性格发生针锋相对的冲突，可以搞得很热闹，但是你如果换一种写法，从人物心理出发，抛开表层的动作，去剖析、研究人物的深层心理的话，你就会发现，冲突的内容、形式、情节、细节要丰富得多。因为一般的冲突我们都能想得到的，但是研究人物心理的时候，变数就多得多了，就看你能不能准确捕捉和生动传达这种微妙的人物心理，而且又是真正从人物性格出发。

当然，像《西厢记》中的"赖柬"以及京剧《空城计》之类的戏，大家太熟悉了，我就不说了罢。

第二，要写人物独特的行动。

两千多年来，从亚里士多德开始，行动，或称为动作，便是戏剧的一个最基本特征。一直到19世纪末20世纪初，随着超现实主义、"后现代"戏剧的兴起，这一定义才受到挑战。但即使在今天，以行动为特征的戏剧依然在世界范围内的剧坛上占主导地位。所以，写人物独特的行动，也依然是延长剧作寿命的一条有效途径。事实上，中外戏剧史上有很多作品往往是靠人物的一个独特行动，便成就了一部经典名著。比如《玩偶之家》《程婴救孤》等等。

所谓独特的行动，至少有两个要求：第一个要求是，这个动作必须是符合"这一个"人物性格的，或者反过来说，因为这一个行动，让我们看到了"这一个"人物的性格特征。比如哈姆雷特复仇，终于逮到一个绝好的机会，在他叔父祷告的时候可以下手，但他却在犹豫徘徊，杀还是不杀，这是一个问题。这个"犹豫徘徊"，就是人物的一个行动，而且是至关重要的行动。这个行动既符合哈姆雷特的性格，通过这一行动，又有效地塑造了哈姆雷特这一独特的艺术形象。

第二个要求是，这个行动必须是在其他戏剧创作品中所看不到的，或者是较少看到的。比如丁西林的《三块钱国币》中，女仆李嫂不慎打碎了主人吴太太的一只花瓶，吴太太强迫她按原价赔偿三块钱国币。住在同院的大学生杨长雄极为愤慨，与吴太太发生口角。杨气急之下摔碎另一只花瓶，并送上三块钱国币。这一"摔"一"送"的戏剧动作便是既符合"这一个"人物，又是新颖的，别致的，富有创造性的，因而也就特别有力量。

关于戏剧行动，我还有一条基本经验，那就是重视人物动作的质量。我系有个学生叫范莎侠，得过两次曹禺戏剧奖，很不容易。前两年来学校演出她创作的《东吴郡主》，我为她主持召开了一个剧本研讨会。记得当时我曾对她的剧本进行了认真梳理，戏里的女主角孙尚香有五个大的戏剧动作，而且所有的戏都是围绕她展开的，而戏里的国太前后出场不过十几分钟，一共只有两个动作，但看完戏后，所有人都认为戏里写的最生动的人物是国太。为什么呢？因为国太的戏剧动作虽然不多，但非常有质量，这个人物的性格特征通过一二个动作一下子就出彩了，观众认同了。所以说，设置人物的动作一定要讲究质量。有些戏好像矛盾冲突很激烈，给主人公设置了很多事情，一会儿杀人一会儿放火，实际上动作数量虽多，但质量不高，观众又觉得似曾相识，结果，着墨再多，人物还是站不起来。

建议写戏时不妨列一个图表，大戏的话，至少有三场重场戏，看看里面的主要人物有什么动作？动作是不是很"绝"，很有质量，如果不够"绝"，或者质量不够高，那么你就再下功夫去寻找，去提炼，否则你永远成不了一个真正的编剧。

（原载《戏剧文学》2013 年第 12 期）

戏剧情节结构模式摭谈

一　戏剧情节与模式

什么是模式？模式，即 pattern。是指解决某一类问题的方法。简而言之，人们在自己的环境中不断发现问题和找寻问题的解决方案的时候，发现有一些问题及其解决方案以不断变换面孔的方式重复出现，在这些不同的面孔后面却具有共同的本质；这些共同的本质就是模式。

模式存在的理由和价值就是可以重复应用。

模式是一种思想，是人脑把握和认识外界的关键。人脑对模式的认知能力非常高超，人可以在几千张面孔中一下子辨认出所熟悉的脸来，就是一个例子。模式化的过程就是把问题抽象化，在忽略掉不重要的细节后，发现问题的本质，并找到普遍适用的解决方式的过程。

模式也是一种指导，在一个良好的模式指导下，有助于你作出一个优良的构思方案，达到事半功倍的效果。而且会得到解决问题的最佳办法。

模式的基本特征是："完整，情节与情节之间有派生、隶属、演进等关系，是一个完备而圆满的体系。"①

什么是戏剧情节？通常有两种说法，一是情节是"事件的安排"。二是情节是"安排的事件"。

持第一种观点的是亚里士多德。他认为，在戏剧必须具备的情节结构、性格、言词、思想、形象与歌曲"六个成分"中，"最重要的是情节"。情节"乃是悲剧的基础"，"有似悲剧的灵魂"。他对情节的定义是："情节，即事件的安排"②。这一定义表明情节并非"事件"（内容）自身；而是对"事件"（内容）的"安排"（即"展现的方式"），它包含着"内容与形式"两层意思，这就十分明确地揭示出了情节的"形式"本质。

持第二种观点的人有许许多多，最著名的可能就是高尔基了。他认为情节："即人物之间的联系，矛盾，同情，反感和一般的相互关系——某种性格、典型的成长和构成的历史。"③（高尔基在这里说的情节，应泛指所有叙事性文学的情节，当然也包括戏剧。）这一说法，就从亚里士多德对情节概念内涵的理解所揭示的"形式"本质转变成了"内容"本质。而事实上，在高尔基之前的浪漫主义时期，"情节"这个术语在理论上早已降为仅仅是叙事作品内容的一个轮廓。这种轮廓可以离开任何具体而存在，而且能重复使用和相互交换；可以用具体的作者通过对人物、对话或其他因素的发展而获得生命。如19世纪下半叶颇有影响的德国美学家古斯塔夫·弗莱塔克，他就把情节定义为："根据主题安排的事件，其内容由人物来表现。它由许多细节合

---

① 曹文轩：《小说门》，作家出版社2002年版，第397页。

② ［古希腊］亚里士多德：《诗学》，陈中梅译，商务印书馆1999年版。

③ 以群主编：《文学的基本原理》下册，第323页。

并而成。它必须组成一个完整的统一体。"①他不说情节是"事件的安排"，而说成是"安排的事件"，显然也是根据"内容"来规定情节内涵。

到了 20 世纪，许多人对情节的解释才又回到了亚里士多德"形式"本质思路上。俄国形式主义者率先提出了"本事"和"情节"的二分法，重新"发现"并刻意强调了情节有别于事件、内容的"形式"本质；创立了情节理论的成就卓著的形式——结构学派。该学派从整体上把情节阐释为读者或观众了解发生在作品中的事件的方式；或作者有意地挑选和安排的相互有关的事件的结构。

显然，我在这里取的是第一种观点。即情节含有结构的含义。而情节结构即是指根据作家对生活的理解，按照塑造人物、表现思想内涵的需要，将生活材料、人物、事件按照某种法则进行排列，使整个作品更加合理、匀称、生动的一种编剧技术。情节结构最重要的一个目的是要使作品中的主题更显丰富和突出。不妨以托尔斯泰的《复活》为例来看看结构在创作中的作用。

托尔斯泰写作《复活》的初稿时，采用纵式的结构，顺序的方式，即按照年代次序，"照它的原样"，以"主人公口述"的形式来写的。托尔斯泰从聂赫留朵夫到达他的姑妈家写起。描写了他诱奸了玛丝洛娃带来可悲的后果。描写了聂赫留朵夫的归来和他的悔恨。这个草稿写到聂赫留朵夫被传到法庭为止。这样的结构方式不能突破原来的故事原型，中心是表现一个忏悔的人的，一个赎罪的人，主题仅仅停留在道德问题上，不能揭示重大的社会问题。以后，随着作者对社会的认识的深化，所以在改写的《复活》中，在结构和内容上都有了突破。

---

① 参见 ［德］ 古斯塔夫·弗莱塔克《论戏剧情节》，张玉书译，上海译文出版社 1981 年版。

戏剧情节结构模式摭谈

因此，作者在结构上采取中途倒叙的方式，展开情节，从法庭场景写起，把小说的主题开始从道德方面，从个人悲剧的范围转向社会方面：批判与暴露了专制制度的罪恶。很显然，托尔斯泰在表现新的主题时，同时也是跟他探索小说的结构方式同时进行的。

毫无疑问，在这里，情节结构已不仅仅是形式的因素了，它对深化作品的主题也起到了积极的作用。

什么是戏剧情节结构模式？戏剧情节结构模式就是剧作者在剧本创作过程中，运用人们约定俗成的结构类型对戏剧情节的布局安排。人们通常愿意将戏剧情节结构比喻盖房子，李笠翁便有此高论："基址初平，间架未立，先筹何处建厅，何方开户，栋需何木，梁用何材；必俟成局了然，始可挥斥运斧。倘造成一架而后再筹一架，则便于前者不便于后，势必改而就之，未成先毁；犹之筑舍道旁，兼数宅之匠资。不足供一厅一堂之用矣！故作传奇者不宜卒急拈毫，袖手于前，始能疾书于后。"[1] 既然戏剧情节结构如房屋建筑，那么必然会有高楼与茅舍的形态之分，钢混与砖木的结构之别。而不同的房屋结构就需要不同的建筑材料与不同的结构元素，并借此来体现房屋结构的个性，戏剧情节结构模式的要义也应与此同理。

二 戏剧情节结构模式分类

关于戏剧情节结构模式的分类，比较常见的观点有两类，一类认为戏剧情节结构模式大致有三种，如亚却、顾仲彝、顾乃春等。

英国戏剧理论家亚却对戏剧情节结构的模式曾有过三个形象的比

---

[1] 引自《李笠翁曲话》。

喻:"粗略说来,共有三种不同的一致:葡萄干布丁式的一致,绳子或链条式的一致,以及巴特农神殿式的一致。让我们分别称它们为调和的一致,衔接的一致,结构或组织的一致。"① 这三种一致可视为亚却对戏剧情节结构的模式分类的基本界定。

顾仲彝先生在《编剧理论与技巧》一书中也将戏剧情节结构的模式概括为三种,一种为开放式结构,意即把戏剧情节从头至尾原原本本表现在舞台上,如《梁山伯与祝英台》,从祝英台要求父母准许到杭州读书起,中途会见梁山伯,结拜金兰,在杭同窗三年,十八相送,英台被逼订婚,梁祝楼台相会,山伯病死,英台殉难,化为蝴蝶止,原原本本,一丝不漏。这种结构的特点是广度较大,深度较浅。另一种是锁闭式结构,往往只写高潮至结局,集中表现戏剧性危机,而对于过去的事件和人物关系则用回头和内省方式随着剧情发展逐步交代出来,如《玩偶之家》《群鬼》等。这种戏剧情节结构的特点是广度较小,深度较大。另一种是"人物展览式"的结构,比如《日出》《茶馆》等,这类戏的特点是,人物比较多,情节比较少,展示社会一角的横断面,接近生活真实。这类戏结构难度大,一般不易掌握。

最近又读到台湾艺术大学戏剧系顾乃春教授的一篇文章,他也认为戏剧情节结构一般只有三种模式。顾先生认为:戏剧传达的意念,需要一些方法,其中最重要的是"故事"寻找与"故事"表达。故事的来源归纳起来可从六个方面去找,即:可从生活层面去寻找,如家居生活及亲情的呈现;叫从社会层面去寻找,如社会事件及问题之发生等;可从历史层面去寻找,如历史人物故事;可从宗教及神话传说层面去寻找,如佛祖、妈祖等传说故事;可从幻想层面去寻找,如英雄

① [英] 威廉·阿契尔:《剧作法》,吴钧燮、聂文杞译,中国戏剧出版社1964年版,第111页。

戏剧情节结构模式摭谈

人物，自我幻化成超人等；可从小说及传统戏剧中去找。故事一旦有了，下一步骤就是如何表现这个故事，通常有三个结构模式，即叙事型、高潮型、综合型。所谓叙事型结构，是依时间的序列表呈现的，如《麦克白》从三个巫婆预言开始，引发麦克白谋杀国王的动机，及登上王位，内心罪恶重重，终被杀死，了结一生。这个发展序列依时间顺序一幕一幕展开呈现出来。叙事型结构另一种表现方式就是设一个"叙事者"，如说故事的人，分场分段讲出事件发展的过程，此在中国戏剧中不乏其例，在西方系由布莱希特所倡导的，运用这种模式，叙事者时而置于纯叙事角色，或时而转化入"事件"之中，可自由选择运用。叙事型结构戏剧建立在观众"期待"的心理上。而高潮型的戏剧情节结构则系建立在观众"悬疑"的心理上，过去曾发生什么？这种戏剧系以回溯或倒叙的手法来呈现，过去事件一场一场倒叙出来，戏剧的高潮设定在最后，让观众了解真相。第三种综合型结构，故事呈现技巧系"叙事者"与"高潮型"戏剧情节结构交互运用，时而回到过去发生的事件，时而拉回来再叙述往后的事件发展，观众的心理介于"期待"与"悬疑"之间，或可称之为"中间型"戏剧。

另一类认为戏剧情节结构模式可以归纳为五种，如孙惠柱、洪忠煌、叶志良与赖勤芳等，但他们对五种具体的戏剧情节结构模式又各有自己的见解。

孙惠柱先生在《戏剧情节结构初探》一书中指出，戏剧情节结构模式大致有五种，即纯戏剧式结构，如《雷雨》《费加罗的婚礼》《奥赛罗》等；史诗式结构，如《李尔王》《雅典的泰门》《伽利略传》等；散文式结构，如《海鸥》《樱桃园》等；诗式结构，如《秃头歌女》《骑马下海的人》《等待戈多》等；电影式结构，如《青鸟》《琼斯皇》《推销员之死》等。

叶志良与赖勤芳也将戏剧情节结构模式归纳为五种，分别为："冰糖葫芦式"结构、散文体结构、电影式结构、马戏晚会式拼盘结构、"多声部与复调结构"。并一一举例说明：①

所谓"冰糖葫芦式"结构，如沙叶新的话剧《陈毅市长》。

1980年5月，沙叶新运用"绳子或链条式"、借鉴布莱希特的《第三帝国的恐惧与痛苦》的戏剧情节结构模式，创作了轰动一时的段落体话剧《陈毅市长》。佐临先生别出心裁地冠以此剧为"冰糖葫芦式"结构。此剧选取了10段生活的横切面，由陈毅这一中心人物贯串始终，表现改造"冒险家乐园"的大上海的一系列纷繁复杂的斗争场景。因为如要表现解放初期改造上海的全景式社会图景，传统的一人一事显然很难适应。所以沙叶新让戏剧的各个场景独立成篇，"表现为一系列的事件，彼此多少有着密切的交织或者联系关系，但却并没有形成任何匀称的相互依赖"，看不出什么埋伏照应，也不讲什么起承转合，在开拓表现广阔的生活面上做了有益的尝试。这种结构，近似于布莱希特的"叙事式"戏剧情节结构，它从注重线式情节线描述，转到注重生活场面的描绘上来。其好处在于，可以更好地反映生活的繁富性和复杂性，有利于通过丰富的生活画面，多方面地刻画人物的性格。

所谓马戏晚会式拼盘结构，如话剧《魔方》。

20世纪70年代中期，东德戏剧家海纳·米勒创作了一系列的"组合式戏剧"，如《战斗》《哈姆雷特机器》《巩德林的生平普鲁士的弗里德利希莱辛的睡眠梦幻喊叫》等。这些以组合的样式结构的剧作与1985年由上海师范大学政干班学员陶骏、王执东等集体编导的《魔方》有异曲同工之妙。《魔方》共有九个互不连贯、各自独立的片断，

---

① 参见叶志良、赖勤芳《二十年来当代戏剧的结构类型》，《浙江大学学报》（社会科学版）1999年第5期。

由担任节目主持人的导演或演员穿梭其间，跳进跳出，自由地加以连缀。这九个体裁、样式、思想、情趣不同又彼此独立的段落，包括《黑洞》《流行色》《女大学生圆舞曲》《广告》《雨中曲》《绕道而行》《和解》《无声的幸福》《宇宙对话》等九个独立的片断单元。它像由不同凉菜组合成的大拼盘，像马戏杂耍晚会的节目组合，没有整一的动作和形而上层面的统一，犹如互不关涉的折子戏。然而，它表现的是更深一层的内在联系。

所谓"散文式"结构，如话剧《五（二）班日志》。

沈虹光的儿童剧《五（二）班日志》以一个物体细节（"日志"）作为媒介，把众多人物和情节、分散不相连贯的生活场面连接在一起，突破了表现一个封闭自足的微型世界的框范，展现了一个家庭、学校、社会场景时空频繁交错、寓多样性于统一之中的复杂世界。剧作家不讲述一个有头有尾、扣人心弦的紧张故事，也不提供和谐地导向结局的完整情节，而只是展开一系列精心选择的戏剧短景，一系列发人深思的生活断片。全剧开始时，五（二）班在校运会拔河比赛中一度失利，吴勇、郎军力气使不到一起，明明的瞎指挥，引起了片刻的混乱。然而，剧作毫无过渡地跳接一系列形态不同、情趣名异的学生家庭生活的琐事，并放到复杂的社会生活背景上去加以透视，彼此毫无关联、毫无纠葛的并列着的五个学生的家庭琐碎的生活场面，情趣各异的学生生活的戏剧短景，松散得几乎难以找到它们共同的凝聚点。但众多人的系列不同的家庭经历，正是编导者用以展现学校生活的广阔社会生活背景的有机内容。

所谓"电影式"结构，如话剧《灵与肉》。

刘树纲根据美国影片《出卖灵肉的人》改编而成的多场景舞台剧《灵与肉》，在两个多小时的演出中，场景多达 29 个。有些场景像电影镜头一般短促，时空之变换几乎是随心所欲的轻巧灵便。刘树纲在剧作说明中称:"除了此剧在思想上有较强的现实意义之外,对演出形式进行探索的兴趣,促使萌动改编的念头。"因此,改编本"试图打破传统的分幕分场和时空观念,在场景的变幻上要求有更大的跳动的自由。结构上是多场次的。场次的变换用灯光控制,场次之间的组接变换,应当达到电影上'淡出''淡入''溶''化''划''甩''渐隐''渐现',甚至无技巧剪辑的直接切入,以图能达到一种特殊的蒙太奇效果。"

所谓"多声部与复调结构",如高行健的《野人》。

戏剧中的复调结构概念,借助的是苏联巴赫金的小说理论。在对陀思妥耶夫斯基的艺术世界进行考察时,巴赫金认为"复调结构"是陀氏构筑小说的语言整体的原则。巴赫金认为:复调小说没有作者的统一意识,不是根据某一种统一的意识展开情节、人物性格和命运,而是由多种不相混合的独立意识,各具完整价值的声音构成的。而不同人物意识之间的对立,人物与显形或隐形的叙述者意识的不相融合,它们形成对列、对应、对峙等复杂关系而不发生直接的情节关联,这是复调理论的重要贡献。

巴赫金的复调理论,无疑给当代戏剧以有力的启示,它提供了一种审视世界、表现世界的崭新的艺术方法和结构方法。高行健的《野人》便是这种结构模式的产物。作者在演出说明中明确指出:"本剧将几个不同的主题交织在一起,构成一种复调,又时而和谐或不和谐地重迭在一起,形成某种对立。不仅语言有时是多声部的,甚至于用画面造成对立。正如交响乐追求的是一个总体的音乐形象,本剧也企图追求一种总体的演出效果,而剧中所要表达的思想也通过复调的、多声部的对比与反复再现来体现。"这段文字,说明了《野人》的总体艺术构思。在接受《文汇报》记者采访时,高行健又说:他对现实和人生的复杂、重叠、丰富的感受,在一个传统的封闭式结构里是容不下

戏剧情节结构模式摭谈

的。说《野人》一剧借鉴交响乐的结构，以多主题、多层次对比的框架为结构。这种以两种或两种以上的不同声音、不同意识，以不同元素、不同媒介的重叠、错位，交织、对立；造成总体形象的内在复杂性，既是一种与线式因果关联的叙事模式不同的叙事结构，也是一种崭新的戏剧思维。

将戏剧情节结构模式概括为五种类型的还有浙江传媒学院的洪忠煌教授，他在《现代戏剧的情节模式》一文中认为，戏剧叙事模式分别以以下五种方式呈现。

一是自我冲突的梦幻场景。他认为，如果说戏剧是一种最善于表现矛盾冲突的艺术，那么现代戏剧则致力于表现人的内心冲突，而且是主体自我的精神历程中的冲突。如斯特林堡的《通往大马士革之路》，该剧的情节突破了传统模式中的情境与动作之间的因果链，剧中所有的人物和场面都是从主人公无名氏的视角来安排的，此剧的戏剧冲突完全是作为展示自我精神历程的场景的连缀，从各个角度展示的因自我分裂而引起的冲突场景就如同梦境一样依次闪过。奥尼尔的《毛猿》也与斯特林堡的梦幻剧有相似之处。

二是内外生活二重奏。与传统戏剧的情节模式以表现外在世界中人的命运为主不同的是，现代戏剧不满足于以人的外在实际生活境遇悲欢离合之类来构成情节，而是着重表现人的内心情感生活并把这种表现视为真正的命运模式。因此，在现代戏剧中就呈现了内外生活二重奏，即在表现外在生活的情节框架中含有一股真正被赋予活力的潜流，这就是表现主人公自我的内心情感生活的意象。正是它才构成了一部戏的真正的主线，贯穿行动线。如梅特林克的戏剧。

三是戏中戏的双层结构。这种情节模式是剧作家通过戏中戏的双层结构以不加掩饰的戏谑态度来解剖自我，把内心激情引导到形而上的哲理观念上去。如皮兰德娄的《六个寻找剧作家的角色》等。

四是虚拟悬念的变形发展。如斯特林堡的《鬼魂奏鸣曲》、法国荒诞派剧作家让·日奈的《女仆》等。

五是社会反讽的惊奇展示。如布莱希特式的理性戏剧《伽利略传》等，其情节模式的要点在于社会性主题和喜剧性反讽的有机结合。

胡润森先生所持的戏剧情节结构模式分类方法则比较独特，既有"三种说"，又有"五种说"。他在《戏剧情节论》一文中，先用情节分布的前景与背景为标准来对情节结构模式进行分类。他认为，前景情节分布指直接展示在舞台上的客观外在事件的构成方式，背景情节分布指舞台上所叙述的背景事件（看不见的、隐秘的、内心的与实质的事件）构成方式。每个戏剧在这两方面有不同的配合比例。大体上可区分为如下三种不同的类型。

第一种可称为前景类型。该类型似乎差不多只有前景情节分布。属于这种类型的有闹剧、活报剧、忏悔剧的戏剧等等，这类几乎纯粹的前景事件的戏剧，常常为那种所谓"线索技巧"服务，即情节分布依照发展中的前景事件所构成的线索来安排。

第二种可称为前景与背景相配合模式。这类型又被人称为"古典的类型"。从古希腊到今天的许多戏剧都属于这类型。如《俄狄浦斯王》《群鬼》《雷雨》等。在该类型里前景情节分布经常提示着"看不见"的背景；后者赋予前者以深度、复杂性与神秘感。这是一种既有表面又有纵深的建筑式结构。

第三种中，"看不见"的背景取得真正的主导地位，前景却属于依赖的配合。在该类型中，情节分布程序须依照情绪的活动，依照内心的经验弧线来安排，外在事件的表现却如大海面上的泡沫般虚渺飘浮。这是一种所谓的"波浪技巧"。事实上我们常能在浪漫主义、象征主义、表现主义和荒诞派戏剧中发现这样的例证，如斯特林堡《一出梦的戏剧》、凯瑟《从清晨到午夜》、贝克特《哦，美好的日子》等。

在同一篇文章中，胡润森先生还以情节分布的完形程序进行分类。所谓完形程序，意指运动着的情节分布一经停止即完成后所"画"出的"图式"。它已经完成，因而是静态的、定型的。俄国形式主义者什克洛夫斯基曾从文学形式角度分析过艺术作品情节分布程序的不同类型。他把后者概括为"阶梯式""环形构造""对比法""框架式"和"穿针引线式"……同我们所谓"情节分布的完形程序"颇有一致之处。

情节分布的完形程序大致有如下类型。

第一种是对称式程序：以《雷雨》为例，该剧展示了发生在某教堂附属医院客厅里的一件怪事。两个天真的小孩碰见一位衰颓的老人前来探视两位女疯子，还听说这里曾在一天内惨死过三人！接着，第一、二、三、四幕，层层揭开了序幕所示的那场悲剧的详情，即十年前某天，周朴园（即老人）、鲁侍萍（即"女疯子"之一）两家性爱血缘纠结与恩怨冲突猛然爆发所酿成的惨祸。尾声再承接序幕。续写其迁延至今的可怖可悯的后果。这样《雷雨》在主体情节分布即"身"的两端分别缀以"头"与"尾"，使该剧构成了典型的对称式程序。

第二种是对比式程序：该类型可以《日出》为代表。《日出》同《雷雨》相反，没有从头到尾的贯穿情节，只有横断面的剖示。从表面上看，剧中场面东鳞西爪，漫无依归；人物上下来去，缺乏中心。但是，正如作者所说，该剧"结构的统一"藏在"人之道损不足以奉有余"这句话里，全凭它所高度概括的那一系列意象、情境、细节、场面、人物的对比而成戏。离开了这层对比的命意，该剧便会破碎为一大堆散乱的珠子。对比是该剧强有力的黏合剂，使之凝聚完形。

第三种是阶梯式程序：可以《原野》为代表。该剧情节分布从头到尾，一个一个"梯级"地逐级上升。这一阶梯，主要凭借仇虎复仇动作和焦母反复仇动作铺设而成。其重要"梯级"有仇虎杀焦大星的决定。仇虎对焦大星的凶杀，仇虎的犹豫，仇虎杀焦后的悔惧，仇虎、金子在黑林子里的逃奔，仇虎的幻觉和自杀。以上情绪、动作在时序上大致次第排列，偶尔也相互交错或跨越，构成了典型的阶梯式。从某种意义上说，修改本《雷雨》也可划归这类程序。

第四种是交换式程序：可以《北京人》为代表。该情节分布程序显现在贯穿全剧的"两只鸽子"的构思中。作为象征，留下的鸽子——"孤独"贯穿起愫芳决意留下的众多细节；飞走的鸽子则贯串起文清打算离家，几经磨蹭总算出走了的众多细节；但接近剧末，出走的文清归来了，留下的愫芳反而毅然地出走了。这便在最后一刻出人意料地实现了上述两条情节分布线索的大交换，建构成该剧的交换式情节分布程序。

第五种是曲径式程序：可以《家》为例，该剧至少有三条不同的情节分布线索，最重要的是觉新—端珏—梅所构成的"三角"，其次是觉慧与冯乐山之间的矛盾冲突，再次是高家男女之间的钩心斗角，还可以加上高家小字辈及丫鬟所受的虐待等。全剧众多细节分别归入这些情节分布线索，其具体分布方式是你来我往，此起彼伏；时隐时现，忽上忽下，相互穿插，像大自然中一条小径，盘旋、蜿蜒、弯转，有时甚至显得芜杂，缓缓地通向远方，构成了曲径式程序。①

上面列举了关于情节结构模式的多种分类法，其实早在古希腊时代，就有学者在为艺术、叙事以及戏剧情节结构模式做着分类学的研究。亚里士多德曾将戏剧分为简单悲剧、简单喜剧、复杂悲剧、复杂喜

---

① 参见《戏剧情节论》，《海南师院学报》1998年第3期。

戏剧情节结构模式摭谈

剧四种基本类型，对于将情节看作悲剧第一要素的亚里士多德来说，这一判断既可看作是亚里士多德对戏剧体裁的界定，也可看作是人类对戏剧情节结构模式的第一次分类。此后，歌德根据题材将剧情分为爱情、复仇等七种类型；18世纪末期，意大利戏剧家卡洛·柯齐查阅了大量古代戏剧作品，得出结论：世界上的一切戏剧剧情，都可以归纳为36种模式。遗憾的是，他没有一一指出这36种剧情模式。20世纪初期，法国戏剧家乔治·普罗第又作了一次有益的尝试，他研究了1200余部古今戏剧作品，找到并列出了36种戏剧情节结构模式，分别是：

1. 机遇。2. 求助。3. 救援。4. 竞争。5. 反叛。6. 复仇。7. 追逐。8. 绑劫。9. 奸杀。10. 诈骗。11. 冒险。12. 不幸。13. 灾祸。14. 壮举。15. 革命。16. 恋爱。17. 不成功的爱情。18. 恋爱被阻。19. 偷情。20. 寻找。21. 发现。22. 释谜。23. 取求。24. 野心。25. 牺牲。26. 丧失。27. 误会。28. 过失。29. 重逢。30. 磨合。31. 疯狂。32. 鲁莽。33. 嫉妒。34. 悔恨。35. 恐惧。36. 滑稽。①

① 参见姚扣根《电视剧创作手册》。姚译文与《洪深文集》所载的30种模式译文有较大差异，原译文的细目如下："1. 求告。2. 援救。3. 复仇。4. 骨肉间的报复。5. 捕逃。6. 灾祸。7. 不幸。8. 革命。9. 壮举。10. 绑劫。11. 释谜。12. 取求。13. 骨肉间的仇视。14. 骨肉间的竞争。15. 奸杀。16. 疯狂。17. 鲁莽。18. 意中的恋爱罪恶。19. 无意中伤残骨肉。20. 为了主义而牺牲自己。21. 为了骨肉而牺牲自己。22. 为了情欲的冲动而不顾一切。23. 必须牺牲所爱的人。24. 两个不同势力的竞争。25. 奸淫。26. 恋爱的罪恶。27. 发现了所爱的人的不荣誉。28. 恋爱被阻碍。29. 爱恋一个仇敌。30. 野心。31. 人与神的斗争。32. 因为错误而生的嫉妒。33. 错误的判断。34. 悔恨。35. 骨肉重逢。36. 丧失所爱的人。"比较起来，姚的译文更准确、明了，更具有操作性。但为了便于学生进一步了解36种模式的具体内容，在本讲稿末尾附有细目供参阅。

对此，德国的大作家席勒不相信只有这 36 种剧情模式，他想多寻出几种，但费了很多时间，还寻不到 30 种。后来法国的乔治·普尔梯引证了一百部戏剧、两百部诗歌小说，也说只能这么多了。他说，人生的滋味尽在这里了，它像海水一样潮起潮落，编织了历史的永恒，构建了人生的终极。

乔治·普罗第的 36 剧情模式与卡洛·柯齐所说的 36 剧情模式显然有不尽相同之处，但他依然自信地认为，古今所有的戏剧剧情都不会超出这 36 种模式。近一个世纪过去了，普罗第由戏剧作品归纳出来的 36 种剧情模式，依旧在西方广为流传。20 世纪 70 年代，美国剧作家 L. 赫尔曼结合又将 36 种剧情模式概括为九大剧情模式：

1. 爱情；2. 飞黄腾达；3. 灰姑娘式；4. 三角恋爱；5. 归来；6. 复仇；7. 转变；8. 牺牲；9. 家庭。

赫尔曼认为自己的九种剧情模式同样可以"包罗人类的全部感情和戏剧动作"。全球知名的编剧大师罗伯特·麦基又将剧情和类型概括为 25 种模式。在中国，早在 20 世纪上半叶，洪深先生就向国人翻译介绍了 36 种剧情模式，并在其一系列剧本创作中予以实践。

三 模式与创新

有一种说法，认为运用模式进行戏剧创作的人如同按照已有模式复制产品的加工厂，是一种缺乏原创性的简单劳动，是匠人的活儿；而真正的艺术家却只会突破模式，不断创新。然而我们必须看到，首先，艺术家必须充分了解和掌握模式之后才有可能突破模式。其次，

戏剧情节结构模式摭谈

当他们创造出全新的形式，成为艺术的范例之后又有可能被人争相模仿而形成新的模式。再次，最最重要的是，戏剧情节结构的模式并不是可以无限制创造的。

事实上，几乎所有有成就的剧作家一直在苦苦追求着对传统情节模式的突破，但是真正突破模式却并不像人们想象的那样容易。诚如刘一兵先生在《电影剧作模式论》一文中所说：那些被标榜作"新"的一次次电影运动都是以反叛模式为前提的。例如作为法国"新浪潮"电影主将的戈达尔，几乎终生都在干着反情节剧的事情，但直到最后他也不得不自叹未能逃出情节剧的圈子。他的作品《精疲力尽》和《疯狂的比埃罗》依然是 36 种情节模式中的第五种，显然继承了警匪式的道路片。作为"新德国电影"主将的法斯宾德在这个问题上似乎更聪明一点，他非常痛快地说自己追求的是拍摄"德国式的情节剧电影"。他的代表作《玛丽娅·布劳恩的婚姻》一开始就使用了一个被人们千百次使用过了的情节模式："误以为丈夫已死而改嫁，其实未死之类。"这属于 36 种情节模式的第 18 种。

艺术家们可以鄙视模式化生产的电影，但是他们却无法回避模式化生产带来的奇迹。好莱坞用模式化生产的方式统治着世界电影市场，创造着一个又一个令人目瞪口呆的票房神话。好莱坞最古老的叙事传统来自戏剧的"情节剧"模式，那是一种被称作西方感伤戏剧的一个种类。剧中所讲的通常是一个弱女子爱情和婚姻生活的不幸，而造成这种不幸的就常常是门第观念的障碍。这种情节模式属于 36 种中的第 28 种"因为门第或地位不同而不能结为婚姻"。这样的模式创造出了一部部赚取观众眼泪的影片，不久前在全球创造出票房奇迹的《泰坦尼克号》便是这种模式的最新翻版。

刘先生说的是电影剧本创作，但也同样适用于戏剧文本创作。

当然，诚如姚扣根先生在《电视剧创作手册》所指出的那样，剧作家还可以有另外一种办法，即在创作时"采用'复合原则'，一个套一个，一个接一个或者数案并发，让主人公处于一种多变的状态中。……同时在一个情节中运用了许多公式，人们熟悉的类型和场面由此会有更多启发，更少束缚。编剧展开的想象也会更丰富、更可信，从而更会创造出无穷的令人惊异和产生巧妙变化的想象天地"①。

　　所有上述关于戏剧情节结构模式的发现，我们都应该把它看作是对戏剧理论建设的有价值的贡献。因为戏剧从诞生之初就有人将情节放在第一重要的位置，许多观众看戏实质是看情节、看故事。古希腊时期，亚里士多德强调情节的"完整"性，西方古典主义时期，强调戏剧创作的"三一律"原则，这些都制约着戏剧情节的发展。直到欧洲浪漫主义的出现，开始冲破"三一律"的陈规旧俗，在时间和空间上不再受到限制，才使得戏剧情节有了较大的发展空间。西方 19 世纪末期开始出现的现代派戏剧，以及 20 世纪 50 年代在西方盛行的荒诞派戏剧，严重动摇了自古希腊以来的戏剧情节观念，模式的种类与形态也在不断地变化着。正因为模式具有很强的衍生力，给一个模式添枝加叶就可以得到千变万化的故事，所以人们总是在不断地探索、寻觅、验证。可以想见，对戏剧情节结构模式的探索与创新将是戏剧人永远的追求，但有一条似乎可以肯定，只有真正学会尊重模式、研究模式的人才有可能创造新的模式。

（原载《艺海》2011 年第 4 期）

---

① 姚扣根:《电视剧创作手册》，云南人民出版社 2002 年版，第 44 页。

命题剧作十法

艺术创作是作家的个体劳动，通常发轫于作家的创作冲动。作家在对生活进行反复的观察体验、分析研究的过程中，为某些人物或事件所吸引、所触动，受到启发，从中领悟到生活的某种意义，产生强烈的创作欲望与激情，并将自己对生活的这种认识、评价、愿望和理想用艺术形象表现出来，便产生了作品。而事实上，作家经常遇到的一个麻烦是，一些宣传、文化主管部门或文艺团体的领导以及政府有关方面的官员有时会十分热情而友好地找上门来，给你指定题材，并限时限刻让你拿出作品，用以配合各类社会宣传，如计划生育，环境保护，交通安全，安全用电，节约用水，土地管理，法制教育，职业道德，劳动保护，青少年保护，城乡储蓄，依法纳税，社会保险，市容卫生，二禁三保，五讲四美，扫除"六害"，禁赌戒毒以及党史、军史、地方史、伟人、英雄、新鲜事，等等。而这类"命题文学"的美差又绝大部分落到戏剧工作者的肩上，因为虽然谁都在说戏剧危机，可谁都不想否认"戏剧是最具人民性的一种艺术形式"这样一个事实，因此，要做好一个编剧，就必须接受"命题剧作"的考验。

"命题"始于"创作发动"，与创作冲动虽是一字之差，但其间的况味则是大相径庭，前者是主动的，后者是被动的，前者是被生活之火点燃作家的灵感，而后者则是用作家的理智之石去寻觅与生活之垒碰撞的机遇，从而获得火种。显而易见，创作发动与创作冲动是一对矛盾，如何在被动中求主动，如何在"发动"之后及早进入冲动，达到既能满足命题方的要求，又不放弃自己的艺术追求这一目的，实在是一门值得研究的学问。

几十年来，我在繁忙的工作、教学之余，坚持业余创作，先后上演了 26 部大戏，一批短剧，其中一部分是属于"命题剧作"。因此，在这方面也积累了一定的经验与教训，概括起来说，如何作好"命题剧作"？可否总结为十种方法，即审题法，咬题法，借题法，问题法，破题法，点题法，藏题法，逗题法，离题法，无题法。

当然，有两点必须说明：第一，所谓十种方法其实并不科学，其间的界限更难十分精确区别，只是为了叙述方便才作这样的切割。第二，"命题剧作"重在努力学会"戴着镣铐跳舞"，追求的是艺术地表现生活的真实，而不是工艺性的宣传品，这一点尤其要注意。

一　审题法

所谓审题是指审察题材。有关部门找上门来，委托你写某个生活领域的题材，有些可能是你熟悉的，但更多的则是你所不熟悉的。因此，不忙轻易答应人家，先要在脑子里完成一个审题的过程，然后再决定是否把活儿接下来。当然，有的任务是属于指令性的，你不接也得接，那也无妨，先接下来，再审题。

审题的第一个要求是听，听命题方的情况介绍，以便摸清命题方的要求与意图。一般说，上门来洽谈的同志都是他那个生活领域里的权威，十分明了自己的工作在社会生活中的作用、意义与地位，只要你愿意，他会恨不得把单位里的所有的文书档案都搬到你面前，因此，多听听命题方的介绍是不会错的。但也不能太迷信命题方的叙述，因为首先，作为一种职业习惯，他们往往会夸大自己所从事的这一工作的社会功能，有时候还会提到不恰当的高度来让你就范，让你肃然起敬，让你激动起来。当然，对方的出发点是好的，但如果你缺乏理智的判断，就有可能在未来的作品中有失分寸。我就接触到一个描写酒后开车危害性的作品，作者让剧中的主人公说了一段令人目瞪口呆的话，大意是：酒后开车，不仅害人害己害家庭，而且还影响社会的安定团结，影响国家的长治久安，更重要的是还会影响祖国的国际声誉。结果，一个蛮有意义的生活小剧就在观众善意的讽笑声中变得很难堪了。其次，或许是偏居一隅的缘故，命题方往往会带有片面性，顾此失彼，或者厚此薄彼，以致造成立意上的失误。比如有个作者根据乡里领导的命题，写了一个批评拖拉机不事耕田、专跑运输的剧作，意在呼唤人们对农业的重视，但显而易见，如果把这个作品放到大的社会背景上来考察，毛病就出来了，因为谁都知道，拖拉机跑运输，对活跃农村经济、开拓商品市场、增加农民收入起着不可低估的作用。我们的作者不加分析，不予思考，便匆匆忙忙地把领导不成熟的认识用不成熟的方法表现出来，其效果是可想而知的。再次，虽然命题方一般都熟悉本行，但有时也有例外。如有的是新调到这个领域里来工作的，有的是内行里的外行，还有的是本身对自己的工作缺乏感情、存有偏见的。因此，要听，但不迷信，应该是一条重要原则。

审题的第二个要求是问，问命题方有关的情况。掌握对方对自己未来作品的处置情况，以便作出相适应的创作方案。通常的情况是，命题方找上门来请你写戏，不外乎三种需要，一是参加会演。各行各业抓精神文明，增加社会知名度，会演大概是一种好方法。因此，从中央到地方，人们乐此不疲、常演常新，会演一般都设奖次，参加者以获奖为目的，对作者的要求也较接近于创作规律，即不强调作者非要表现什么，只要是大的题材范围适合于本部门，那么，艺术上任你去自由发挥。要求是艺术性高，适应专家、领导胃口。二是本部门的文娱活动，如厂庆、节日聚会、接待重要宾客、纪念活动等等。要求真人真事的居多，讲究娱乐性与思想性相结合，以有趣而不庸俗为标准。三是配合宣传，组织巡回演出。要求作者弄通法规，熟悉政策，了解"行"情，寓教于乐。这三种需要，对作者提出了三种不同的要求。知彼知己，方能百战不殆。由此可以制订出不同的应战方案。不过，顺便说一下，我的经验有点特别，不管哪一种需要，只要我答应去创作某个作品，则绝对以我为主，以艺术为主。因而我的"命题剧作"大都成活，发表、获奖，被改编、移植，乃至"一鸡多吃"的景况时有所见。

审题的第三个要求是看。看命题方的言行举止，职业习惯，气质性格，以便在入戏时有生活原型的依托。文学是人学，戏剧也然。作为某个生活领域里的重要一员，来访者大都具备本行业人士的风韵习俗。同样给对方递上一杯茶，不同行业的对象会做出不同的反应。计划生育干部接过茶杯，往往会捧在手中，左右抚摸，然后与你娓娓道来，苦口婆心，和风细雨，有亲热、亲近、亲切之感；商界人士接过茶杯，即置于几上，且两手平摊，以示不染；公、检、法官员不大接茶杯，端坐面前，不苟言笑，令人肃然起敬。写戏是写人的，作者不应该放弃对来访者整体形象的初次感觉，因为站在你面前的那个朋友很可能会成为你未来作品中的人物形象的生活原型。

审题的第四个要求是想题方所提供的一切能你带来多少方便与多少麻烦，以便在暗中作出对题材处理方法的选择，做到成竹在

命题剧作十法

胸，蓝图在脑，胜券在握。如1993年8月15日晚，计划生育办公室赵女士、朱大姐来找我，希望创作一个反映计划生育干部为不育夫妇分忧解愁内容的戏曲，准备巡回演出，以扭转群众认为计划生育干部缺乏人情味这一误解。我暗中考虑，一、计划生育的戏写滥了，但几乎没有成功的记录；二、表现计划生育干部帮助不育夫妇求医问药、早生贵子，倒是没有人涉及过的新事物，有点意思，但是缺乏冲突，比较难写；三、这个戏只能写成一个以误会法作为情节构架的生活喜剧。在欢悦的笑声中塑造一两个小人物。就这样，经过暗中盘算，决定把任务接下来。对方十分满意。

审题的第五个要求是讲。讲文艺创作的一般规律，讲生活真实与艺术真实的差异，讲歌颂与暴露有异曲同工之妙的道理，讲喜剧与悲剧有殊途同归的效能，讲对号入座的无知与拔苗助长的危害，以便使命题方对自己未来作品可能接触到的有关问题有足够的心理准备，不至于走弯路、闹误会、生枝节、惹是非。这方面的教训是非常多的，如有个作者根据上级领导的意见写了一部批评乡干部以权谋私盖房子的戏，正好这个地方的一位党委副书记有类似的经历，那位副书记看了戏后跑到作者所在单位的办公室大发雷霆，拍桌子骂娘，还勒令此戏不准上演，弄得作者焦头烂额，发誓从此不再写戏。可见，跟有关部门讲讲，有言在先，也是十分有必要的。

完成了上述五个步骤，审题这一基础工程也就可以告一段落了。

二　咬题法

咬题法(亦可称为"释题法""扣题法")是最令命题方满意的一种方法。因为所谓咬题，是指咬着题材不放，按照主题需要，编织故事，设置人物，展开情节，安排冲突，选择细节，组织场面，酝酿纠葛，算计高潮，修饰词句，等等。

咬题法也是最容易作茧自缚、最有可能导致公式化，概念化作品出笼的一种方法，弄不好便会成为某种政策的图解，某种思想的符号，某种职业的口号，作品如同墙上的标语，一场大雨过后，便烟消云散，毫无艺术生命力可言；因此，它又是最危险的一种方法。

正因为如此，选择咬题法进行创作，必须谨而慎之，在我看来，至少具备三个条件，才可投入。

第一，所指定的题材正好是自己所熟悉的，或者是比较熟悉的，自信有能力把它搞好。比如1979年，上海地区的联产承包责任制的推行阻力重重，徘徊不前。市有关部门组织了一些戏曲工作者从事这方面的创作，为大面积推行农村新的经济政策做舆论准备。但是，交上来的作品不少，令人满意的几乎没有，大约是8月中旬的某一天上午，市里来了两位上了年纪的同志给我布置任务，要求在一两个星期内拿出剧本，且只许成功，不许失败。我很乐观地接受了这一使命。因为这一题材我很熟悉，且十分了解责任制推行不力的真实原因是农村基层干部的既得利益受到冲击，也十分清楚责任制打烂了"大锅饭"，将会对农民带来多大的"实惠"、多大的好处、多大的希望。结果，经过努力，我如期完成了任务，写了一出《定心丸》，获得首届上海戏剧节剧本奖，《解放日报》破例予以连载，全国各地不少文艺团体移植、改编上演，自此以后，"定心丸"一词也成了责任制的代名词散见于全国各大报刊，沿用至今。

第二，所指定的题材是自己不熟悉的，或者是不太熟悉的。但这个题材十分重要，非常有意义，那么，就应该接受下来，花力气、下功夫把它搞好。1989年春节刚过，我接到一个任务，与一位朋友合作写一部反映新时期共产党员在建设地铁过程中经受生死考验的剧作，要求在一个月内完成，而我长期生活在农村，对大都市的生活，特别是工人建设者的形象所知不多，显而易见，写这个戏比一般的农村题材难度要高。但考虑到这个戏有很重要的现实意义，我还是欣然受命。结果，苦战半月，第一稿就获得高度评价。此剧由上海沪剧院演出二百多场，被誉为"新时期共产党员的形象化教材"，全国十多个省市二十余家剧团移植上演，受到中共上海市委的特别嘉奖。

第三，所指定的题材是自己不熟悉的，且题材的价值也未必多重要，但对方情切意真，令你推托不得的，也只好接下来，作为一次练兵的机会，认真对待，力争成功。1990年，上海消防文工团的几位领导找上门来，约我为他们写一部反映消防工作重要性的戏剧。对于消防事业，我绝对不熟悉，这类题材的作品实在难以引起创作冲动，我很想推托，但最后还是被对方的盛情所感动，终于又接下了任务。我想，光他们那种办事认真、热爱本职工作的精神就值得宣传。于是，我以文工团几位朋友为蓝本，创作了《蚕乡女》一剧。设置了这样一个故事：某市消防艺术团招文艺兵，报考截止之日，忽然从乡下来了一位盲姑娘要求从军，本来就对消防文艺宣传缺乏热情，正在要求调动工作的杨干事对此大惑不解，艺术团罗团长则婉言相拒："你的眼睛……不太合适。"可盲姑娘却认为自己的眼睛最适宜搞消防宣传的。问及缘故，盲姑娘用亮丽的嗓音唱出了一个凄惨的故事：一年前，姑娘有一双明亮的大眼，一个秋夜，她所在的乡办厂由于消防工作不力，一场大火烧死了十八个工友、几千万资产，由于县消防队的同志赶到，姑娘才免于遇难，却落了个双目失明。自此以后，姑娘痛定思痛，将自身的遭遇、本厂的灾祸编成演唱节目，串村走户作宣传，警钟长鸣为消防，团长听后，很为感动。但部队有部队的规定，消防艺术团不是残疾人艺术团。姑娘猛然取下墨镜，原来盲姑娘并不是盲人，罗团长哑然。杨干事则认为这个参赛小品演得好，力荐入选。谁知姑娘回答说，这不是小品，而是一个真实的故事，那个盲姑娘是她的同胞姐姐，几个月前，为宣传消防四处奔走，不幸被车撞倒，临终前托付妹妹两件事：一、要想办法找到救过她的那位消防队恩人；二、继承其未竟的事业，为消防宣传作贡献，姑娘含泪答允。结果是可想而知的：那位救命恩人即是罗团长，一年前在县消防队任教导员。杨干事放弃了调动工作的想法，安心消防宣传事业，而那姑娘也自然了却了夙愿。这个戏搬上舞台后，颇得各方人士好评，北京群众出版社还出版了这个剧本。

选择咬题法进行创作，有几个问题必须特别注意。

第一，不能说主题。你咬住了这个题目，要咬得有分寸，不能咬出牙痕来，更不能咬出血来。打个比方，这个咬就像老猫咬住小猫那样，轻轻衔住，不伤皮肉；如果咬得太紧，一不小心就会流于直白、浅显、粗疏。写消防工作重要性，戏里面不应该有任何一句话这么去讲，而应该通过场面和情节自然而然地流露出来，写其他内容的戏也是如此。通常的情况是，你不讲人家已经感到够满了，要再一讲，必然会有厌烦情绪弥漫开来。

第二，不能太行业化。观众走进剧场，对行业的技术性问题缺乏兴趣，因而你必须将人们所共有的乐于接受的东西表现出来，如巧妙的人物关系，有趣的感情纠葛，别致的生活细节，生动的群众语言等等。必须牢记，作品中的内容只有在与观众的普遍生活经验取得一致的时候，寓教于乐的目的才有希望达到。

第三，不能陷得太深，对一个题材作全身心的投入，是作品有可能取得成功的先决条件，但如果陷得太深，就不利于作品的社会概括力。聪明的办法是，陷进去，再跳出来，观照生活，反察社会，有宏观的把握，放达的思路，又有微观的审视，精巧的描绘，只有这样，才能获得理想的效果。

三　借题法

借题法是作者最易于接受，最喜欢采用的一种方法。因为借题可以发挥，至于发挥什么，怎么发挥，发挥到什么程度，那都是作者自己的事了。当然，先要善于借，借什么，怎么借，借到什么程度，也是大有文章可做的。我的办法是假借真发挥，小借大发挥，少借多发挥。

借什么？

一是借故事。1987 年，一场特大龙卷风袭击上海郊区，屋坍人毁，田荒堤决，郊区人民在灾害面前不低头，演绎出一幕幕可歌可泣的活剧来。其中最普遍的故事是，一些农村基层干部，家毁了，妻儿受伤了，但他们却全然不顾，一心扑在带领乡亲重建家园、恢复生产上。不少人家新房盖起来了，可他们还住在简易棚里，乡亲们将建筑材料送上门去，但他们又将它让给最困难的受灾户。为之，有关部门的领导希望我能写一部反映这一先进事迹的戏。我很爽快地答应了下来。显而易见，生活中的这一类的故事是生动的，然而，如果照搬到舞台上，就显得十分一般了。同时，这个故事的"先进性"虽然具有教育意义，但这样的主题即便在 50 年代，也算不上新鲜的，因此，必须彻底改造，重新开掘，获得新的意义，才能具有艺术力量。于是，我们将这个故事的框架借来，进行分析、比较、研究，借题发挥，创作了《兰竹吟》一剧，塑造了一个坚韧不拔、负重致远、富有牺牲精神的当代农村新女性形象，在她的身上焕发出百折不挠的民族精神与任劳任怨的道德力量，给人以境界、品质、人格的整体参照，从而获得了较好的艺术效果。

二是借人物。实际上是借人物职业或身份。因为有些题材很难构成戏剧冲突，甚至找不到合适的戏剧事件，只好用借人物的方法来实现对方的愿望。比如，有次市里组织民兵文艺会演，一位与我稔熟且交情颇深的领导希望我能写一个歌颂民兵精神风貌的戏剧，我欣然承诺。但怎么来表现这个题材，倒是一件蛮为难的事。思虑再三，决定用借人物的方法来达到目的。正好那天我有事下乡，遇到在乡政府机关工作的老友，闲聊之中得知他最近碰到一件不愉快的事：家里一头临产的老母猪因邻居放爆竹受了惊吓而流产了，损失惨重，他后悔自己忙于工作，忘了在猪圈里倒挂一个用来吸音的空酒坛子。得此素材，我喜不自禁，立即将它移植到那个反映民兵生活的剧本中来，经过改造，故事换了个模样，大意是：老班长带领女子民兵班在后山举行实弹射击，命小胖去通知家有临产老母猪的村民，从速挂起空酒坛子用以防震吸音，去老班长家时正巧胡大婶不在，小胖便自己动手在猪栏里挂上空酒坛子，可就是赶不动那头死睡的老母猪，急中生智，取出一只新买的小闹钟，置于酒坛子中，五分钟后钟闹，必醒无疑，又虑及心爱的小闹钟被人窃去，便在酒坛子上写上"小心、危险"几个大字，然后回靶场交差。胡大婶回到家里，发现酒坛子上面的警告，又听见里面有"嚓嚓嚓"的声音，以为这是定时炸弹，有人要炸掉他们家的"小金库"，便抱怨丈夫一年四季忙于抓治安、搞训练，把人给得罪了。如今落到这个可怕的下场，情急之中，想起电影里的排雷英雄，便勇敢地冲上去将酒坛子扔于窗外，与此同时，枪声响起，胡大婶认为中弹，应声倒地。小胖赶来取钟，见胡大婶状，大惊失色，问及缘由，方知误会一场。但其时老母猪已受惊吓而流产，小闹钟也被甩坏了。小胖表示，今天打靶满堂彩，多亏老班长教练有方，胡大婶的损失可由大家凑起来赔偿。胡大婶恼火了："老头子干了这么多年的民兵工作，什么样的亏没有吃过，你赔得起吗？"小胖此时出示一请假条，原来由于女民兵班射击成绩突出，马上要去市里参加比赛，老班长请当家的支持，胡大婶二话没说，就在请假条上画一圆圈，算是圈阅同意了。小胖很感动，正要离去，胡大婶叫住他说："老母猪流产的事不要告诉老头子，让他安安心心地去比赛，还有，你那只钟，我会赔的！"小胖连忙回答："不不，你千万别这么说！我不会要你一分钱的！"胡大婶又说："不要也得要！谁让我是民兵班长的老太婆啦。不过，大婶现在没钱，等下一次老母猪怀仔时再给你！"说罢，擦干眼泪，吃力地拎起猪食桶向猪栏走去。这个戏演出后，反应很好，得了个一等奖。无须说明，这里的民兵老班长和小胖是借了人物的身份。当然，借要借得贴切，借得恰到好处，借得不露痕迹，才是上乘。

三是借主题，这个借法比较麻烦一些。因为艺术创作是作家长期感知生活的艺术结晶，凝聚着创造者的生命与血液，如果作家没有自己的"发现"，缺乏对生活的感悟，而只能去批发一个主题，然后像小学生做算术那样去演绎、图解、说明，那么，作品就成了毫无生命力的某种文字程序。所以，我这里说的借主题，实际上是指借主要的题意，而不是单纯地指借作品的主题思想。

借主题往往有两种情况，一种是比较宽泛的主题。比如，农村掀起社会主义教育的热潮，有关部门决定组织文艺演出，并指定我写一出歌颂社会主义好的戏剧，显然，这是个大主题，自由度较高，我十分乐意地接受了任务。在短时间内创作了一部仅五个人物的大型戏剧，通过一个家庭两代人的矛盾，揭示了商品经济越是发达，社会主义的传统美德越是不应该丢弃这样一个主题，戏演到哪里，观众笑到哪里，不久，又在市文艺会演中得了最佳奖。达到了预期的目的——领导满意、专家满意、群众也满意。

另一种是比较狭窄的主题。比如，计划生育是国策、交通安全很重要、食品卫生是根本等等，这就要求我们的作者谨而慎之，在艺术构思上动脑筋，使未来的作品以精致、独到、新颖的艺术特点来弥补立意的简陋。我就写过一个戏，叫《梅花糕》，所要表达的意思连小朋友都知道，那就是，食品卫生很重要。这类戏怎么写？艺术构思取胜是唯一的出路，于是，我决定用一个人物一台戏的结构方法来表现某食品店个体户老板的种种心态。当然，内容还涉及世态风俗、人生哲学之类的命题。因而被评论家认为，小题材做出大文章，旧内容翻出新套路，也有一定的艺术价值。

一般说来，借故事框架的，应在开掘立意上多下功夫，借人物职业的，应在性格塑造、细节选择上多花力气，而借主题的，则应在整体艺术构思上多动脑筋，总之，借是基础，发挥是主体；借是表象，发挥是本质；借是虚的，发挥是实的。只有这样，才能借出艺术新天地来。

四　问题法

问题法无疑是一种鼓励作者对所要表现的题材保持独立思考的创作方法。对常规的主题有疑问，对习以为常的世态有想法，这是一种可贵的艺术眼光。当然，还有另外一种情况，作者对纷繁复杂的世象缺乏严谨的把握与科学的洞察，因而在作品中只能留下疑惑、不解、犹豫、试探的问号，这也不能说是一件坏事，这样的情况我也碰到过。

　　1992年，我应一位官居检察长的文友之邀，去检察院深入生活，以创作一部反映检察官风采的戏剧作品。在那儿待了半个月，了解了一些情况，然后闭门造车，苦战六天，完成了一部大型剧作。我向观众叙述了这样一个故事：子夜，年轻的龙城检察官周良接到一个神秘女郎打来的电话，举报中外合资东江有限公司总经理乔子东贪污巨款，导致公司人心涣散、企业岌岌可危的犯罪行为……乔子东是周良妻子苏小玲插队时的老房东，曾在一次苏小玲被毒蛇咬伤的关键时刻救过她，而今苏小玲又被聘为报酬丰厚、地位显赫的公司驻沪办事处主任。面对这样一位对周家有救命之德、济困之恩的罪犯，周良的心海里激起了巨大的风暴，情与法的较量、恶与善的搏斗、正与邪的厮杀、公与私的考验，交织成一幅幅斑斓多彩的生活画卷，演绎出一段段耐人寻味的人生故事……当然，最后，正义终于战胜了邪恶，乔子东锒铛入狱，而周良的面前也出现了一片废墟。更严峻的是，乔子东吐出了一张令人齿寒的"关系网"，犹豫、彷徨之间，那个曾在周良侦破过程中给予一次次支持与鼓励的神秘电话又响了起来，一个甜甜的声音告诉他："小城南端有一片桦树林，那高大挺拔的白桦树上长满了树眼，我就是那树眼，只要小城在，我就在……"周良获得了新的智慧和力量，向小城辉煌而又艰辛的明天走去……

　　剧本出笼之际，正值"胆子再大一点，步子再快一点"之时，检察部门掀起为经济建设保驾护航的热潮，倡导"不因小过而斩大将""放虎归山、戴罪立功"之法。因此，有关部门对剧本审查以后，提出能否进一步体现目前的新形势、新思路、新观念，于是，剧本有了三种结尾，以期引起人们的思索。

第一个结尾即是初稿的结尾①，乔子东被抓走了，苏小玲又回到了家里，这时，儿子围围放学回来了。剧本是这样写的：

[周围上。

周　围　爸爸、妈妈、邓老师！

邓　怡　喔，围围回来了！

苏小玲（去抱儿子）围围！

周　围　爸爸，刚才在门口，一个戴大口罩的男人给了我这个！
　　　　（递上一盒磁带）

周　良　（接过察看）磁带？

[邓怡与苏小玲交换一下目光，周围入内。

[周良慢慢地走到桌旁，将磁带插入录音机内，须臾，发出一个男人阴森森的声音："周科长，我乔子东输了，可是你也没有赢！两天以后你夫人的那张玉照，将以"一个中共检察官妻子的风采"为题目出现在港台的几家小报上！当然，你可以去申请版权，也可以去领取稿酬！……"

[周良大怒，猛烈地抽烟。

[苏小玲昏昏欲倒，邓怡搀扶着她。

[录音机中的声音在继续："……还有一件小事好像应该提醒你，在你夫人的那只小提包里有一张红纸，那上面记载着这几年我乔子东捐献给社会福利事业的一笔笔款子。你不会想到，这张纸的背后，是另一张清单，它记

---

① 上海《大世界》 1993年2月号。

命题剧作十法

载的是这几年乔子东以公司的名义'捐献'给比我大得多的头儿们一笔笔款子，时间、地点、证明人都在上面，你只要把这张纸放到显影液里就一清二楚了！……"

[苏小玲忙从包里取出那张纸交给周良。

[录音机声继续："……周科长，对付一个乔子东，你是一个好汉，可是，对付那些人，你恐怕还没有足够的勇气和胆量吗？哈哈哈！哈哈……"

周　良　（猛一下关掉录音机，怒吼一声）卑鄙！（将纸条放到显液中）

苏小玲　（小心地凑上去）良良……

周　良　（轻轻地一挥手）……

[苏小玲看看邓怡，邓怡摇摇头，她俩慢慢地入内室。

[周良踱到窗前，默然无语。

[风雨声大作。

[忽然，桌上的电话铃响了，周良忙去接，电话里传出那个神秘女郎的声音："周科长吗？我知道，你的心里并不轻松，因为，更严峻的考验在等待着你！你，挺得住吗？"

周　良　谢谢！请问，现在能告诉我，你是谁吗？

[神秘女郎声："在我们这座小城的南端，有一大片桦树林，那高大挺拔的白桦树上，长满了一只只眼睛，我就是那双眼，只要这座小城在，我就也在！"

周　良　（激动地）我……明白了！

[神秘女郎声继续："周科长，祝你生日快乐！……多保重哪！"

[电话挂断了。

[周良呆呆地望着电话机出神，他又点燃了一支烟，然后走到窗前，注视着小城的南端……

对于这个结尾，有关部门比较明确的意见有两条。一是那张清单上供出更高层次的领导似有不妥，这样写不利于党在群众中的形象定位；二是把乔子东抓起来有点老套子，建议可以再放开手脚一些。于是，又有了第二个结尾①。

乔子东被抓走了，苏小玲又回到了家里，一家人在庆祝苏小玲的生日，忽然，周良身上的"大哥大"叫了起来。剧本是这样写的：

周　良　喂！

[“大哥大”中传出方检察长沉重有力的声音："周良吗？我是方明！"

周　良　方检察长，有什么事，请吩咐！

[方检察长声："我要告诉你一个也许使你十分意外的消息，经检察委员会集体讨论，郑重决定，对乔子东改变强制措施，取保候审，暂缓起诉。"

周　良　啊？这是为什么？

[方检察长声："因为乔子东这几天认罪态度较好，有揭发立功表现，又考虑到国外有个财团愿意投资八千万美元在龙城办一个大型现代化企业，点名要乔子东出任技术顾问，所以，决定放他出来戴罪立功！"

---

① 《上海艺术家》杂志 1 9 9 2 年第 6 期。

命题剧作十法

165

周　良　（木然）……

[方检察长声："……周良，你听见我的话了吗？"

周　良　（恍然）啊？检察长……

[方检察长声："我知道你很痛苦，我的心里也有说不出的滋味。是啊，搞了这么多年的检察工作，这样的事还是第一次碰到！可是，在我们国家，不改革就没有希望，要改革就会遇到新问题，让我们一起来学习，一起来适应，一起来投入吧！……"

周　良　检察长，我……

[静场片刻，苏小玲忽然捂着脸奔进内室。邓怡看了看周良，忙随苏小玲入内。

[周良踱到窗前，默然无语。

[风雨声大作。

[桌上的电话铃响了起来，周良忙去接，电话里传出那个神秘女郎的声音："周科长吗？我知道，你的心里一定很不好受，这是一个检察官的无奈，同时也是整个人生的无奈！这是一个检察官的悲壮，同时又是整个人生的悲壮。你，挺得住吗？"

周　良　谢谢！请问，现在能告诉我，你是谁吗？

[神秘女郎声："在我们这座小城的南端，有一片桦树林，那高大挺拔的白桦树上，长满了一只只眼睛，我就是那树眼，只要这座小城在，我就也在！"

周　良　（激动地）我……明白了！

[神秘女郎声继续："周科长，祝你夫人生日快乐！……多珍重！"

[电话挂断了，周良呆呆地望着电话机出神，他又点燃了一支烟，然后走到窗前，注视着小城的南端……

按照这个结尾演出后，不同的意见又来了，投赞成票的认为，这样处理好，不落俗套，不同凡响，有新意，有诗意，情意。投反对票的则表示，这样的结局欠妥，疏于法纪，疏于党风，不科学、不合理、不严谨。可谓针锋相对，难以统一，连导演、演员、舞美、作曲等人员的意见也不一致，检察机关高层领导的想法也有分歧。于是，人们希望作者对修改后的结尾发表一点见解。当然，一般说来，作为编剧，他要说的话已经在作品里体现了，但"命题剧作"因为有时候渗入长官意志的因素，所以，希望作者谈一点自己的想法也不应该看成是强人所难的事。于是，我写了下面这样一段话来参加讨论：

商品经济的大潮冲击着每一个家庭，拍打着每一颗心灵，沉沦者有之，奋起者有之，迷茫者更有之。当某一天那面黄肌瘦的小城的上空突然出现金光灿烂的诱惑时，芸芸众生谁不心旌摇曳，谁不蠢蠢欲动？于是，正义与邪恶的较量，法律与情感的矛盾，责任与欲望的抵牾，道德法则与历史进程的差异，这些古老的话题便以新的形式走入街头巷尾……

周良作为一个检察官，他历尽千辛万苦，尝遍酸甜苦辣，将一个良莠并存，功过参差的经济罪犯押上审判台，而尖锐的社会现实却又要让这么一个人去承担一个大规模的现代化企业的管理，这是历史的进步呢？抑或是穷怕了的小城急功近利的选择？苏小玲曾经是中国检察官家庭中最规范的贤妻良母，而当新生活向她投来多情的目光时，她却毫不犹豫地扑进霓虹灯的怀抱，这合乎情又悖于理的选择是现代女性心理挣扎过程的必然呢还是传统美德失落的悲哀?

剧作显然无意逻辑有序地图解这些问题,却心平气和地为人们提供了一种崭新的思索轨迹。因为,无论如何、生活毕竟前进了……

我的意见显然也不想排斥第二个结尾,尽管在感情上更倾向于第一个结尾。戏演出了一段时间,有关部门又带来了新的意见,希望我既不采纳第一个方案,又抛掉第二种处理,而重新设计新的结局。于是,该剧又有了第三个结尾,大意是,周良回到家里,忽然接到检察长的电话,要他去参加检察委员会紧急会议,讨论对乔子东是否改变强制措施的问题。理由是,乔子东有悔改表现,检举揭发有功,且国外一大财团愿意投资八千万美元在龙城兴建一个大型现代化企业,条件是让乔子东出任外方代理等等。面对新的考验,周良在代表人民力量的神秘女郎的电话鼓励下,又走向新的战场。这样一改,就把如何处理乔子东的案件推到幕后了,演出后,领导与观众都表示认可。

上述三种结尾,究竟哪一种更艺术,更接近生活的本质,更能体现人民的意志,只好让时间与实践来证明了。不过,无论如何,因为一时形势的需要去折腾某种意图,实在是一件很劳累又很简陋的活儿。

五　破题法

破题法是一种最容易挨骂又最容易叫好、最容易成功又最容易失败的创作方法。所谓破题,是指打破原来的题意,翻出新的立意。如有关部门抛给你一堆素材，一个故事，要求你表达某种意图、歌颂某种精神，鞭挞某种现象，而你能从历史的视角，从生活本质的视角，发现新的东西，要反其道而言之，反其道而行之，这就是"破题"了。

破题法有两个重要的前提，一是这个题必须是可以破的，也就是说，你对生活的认识、反刍、思考是深思熟虑，经得起历史检验的，而不是一知半解、心血来潮、标新立异、故作深沉。二是这个题你是有能力破的。这主要指，你对题材的把握、立意的开掘、艺术处理的能力有充分的自信。换句话说，你对生活的发现可以不通过空洞的说教、干巴巴的概念而是从场面和情节中自然而然地流露出来的。这两个条件中，少了任何一条，都不可能获得成功。

我曾经碰到过这样一件事。有年春天，市郊某乡遭暴雨袭击，乡长访贫问苦，到农民家里嘘寒问暖，农民感激涕零。有关部门希望我写一个戏，歌颂党群关系好转，高唱一曲"党的优良传统回来了"。但据我了解，那个乡长在该地任职多年，山河依旧，面貌未改，缺乏带领农民脱贫致富的勇气、魄力和办法。在这样的年头，农民需要一个改革家比需要一个慈善者的愿意更强烈。为之，我决定要用破题的方法来处理这个题材，但因为考虑到有关部门的要求，心理承受能力以及这个戏有三种不同的需要，我采取了三种处理办法。

第一种处理方法，用于巡回演出，剧本叙述了这样一个故事：雨夜，"老土改"守在破茅屋里等待着乡长来访贫问苦，他在细细地擦一把早已擦得油光发亮的椅子，因为这把椅子土改时区长坐过，以后乡长、县长都来坐过。他相信，逢上这么大的风，这么大的雨，乡长是一定会来看望他这个"老土改"的。所以，尽管孙女一再劝他搬到新楼房去住，他就是不听，即使茅屋坍下来压死了也不愿离开这里。从某种意义上说，"老土改"期望的就是这样的雨夜，这样的茅草屋，因为只有这样的条件，才有可能把乡长或者其他的领导干部吸引过来，重温干群促膝谈心、上下亲密无间的旧情旧景。然而，孙女不能理解爷爷的苦心，一针见血地告诉他："爷爷，过去那些当领导的来看你，是因为那时候他们住的房子也在漏雨，他们家的粮食也不多。可现在，他们住的、吃的，都跟我们不一样了，所以，不会再有人来坐这把椅子了！"于是，祖孙俩发生了冲突。就在这时，一个过路的陌生人来躲雨，孙女便恳求她扮一个乡长的角色来安慰她爷爷，以便使爷爷早早离开这危险的旧茅屋。陌生人答应了。爷爷与乡长交心，沉浸在喜悦之中，陌生人走了，爷爷依依不舍，无意中发现这是位假乡长。爷爷一下子苍老了许多，他老泪纵横，近乎绝望了。孙女无论怎样安慰也不起作用。此刻，风雨更烈，忽然，爷爷的旧茅屋不漏雨了，正在纳闷，听见屋顶上有喧哗声，仔细一辨，原来是那个陌生人带了乡长、村长来替爷爷加固茅屋、堵漏防雨，而那个陌生人是新来的县长，爷爷心中的太阳又升了起来。

这是一个政治童话般的故事，演出后赢得了有关部门的好评，作为一种良好的愿望，作为对党的优良传统的真诚呼唤，这个戏是可以的，但我不满足，希望有机会把自己对这个题材的新的想法吐出来，于是为参加市里文艺会演，就有了第二种处理方法。

第二种处理方法有两种考虑，一种是，雨夜，爷爷盼乡长来访贫问苦，闯进来一个陌生人，孙女请她扮假乡长，对方同意了，爷爷得到了安慰，陌生人走了，爷爷心脏病突发而去。孙女感到唯一的宽慰是，爷爷是带着某种满足而走的。没想到，孙女又突然发现，其实爷爷也知道假乡长的真相，于是她从中明白了这样一个道理，人们的某种政治愿望是可以用假话来安抚的。显而易见，这种写法太尖锐了，且一个短剧也难以说明这样一个主题。

另一种考虑是，故事跟第一种方法有点类似，只是结尾变了，陌生人离开了旧茅屋，爷爷知道了假乡长的真相，他不怪孙女骗了他，只是自己的的确确已经老了，已经不中用了。就在绝望之际，茅屋突然不漏雨了，是谁在帮爷爷整修破屋，剧本没有表示，戏就此结束了。

参加市里会演的本子就用了后一种处理方法。后来，又有了一次参加跨省市的戏剧调演的机会，于是，第三种处理应运而生。

雨夜，爷爷在盼乡长来访贫问苦，有个穿雨衣的少妇来借铁锹，因为她的车卡在公路上，孙女求她装乡长来安慰爷爷，少妇答应了。一段感人肺腑的心灵交往以后，少妇要走了。爷爷偶然发现了假乡长的真相，少妇只得如实相告，自己是本乡的砖瓦大王，而爷爷望眼欲穿的乡长正坐在她的车上，因为暴风雨的袭击，她的砖瓦厂受到威胁，所以用车把乡长接去，以尽快解决砖瓦厂的抗灾问题，并告诉爷爷说："爷爷，请原谅我的直率。我认为，不管谁来当乡长，如果他眼睛只盯着自己所管辖地区的那几个贫困户，心里老想着谁家的房子会漏雨，谁家的责任田正需要肥料，谁家的碗里太缺少油水，那么，我敢说，这样的领导就不能算是高明的领导！有这份精力，有这点心思，应该去考虑如何使更多的人富起来！这要比那些廉价的同情，空洞的问候，虚浮的许诺，浅薄的安慰实用得多，有意思得多！"砖瓦大王还指出："共产党的乡长不能只懂得访贫问苦，也不仅仅永远是一个模式！希望爷爷早日搬出这个小屋！"爷爷恼火了，他要砖瓦大王转告乡长，我这个"老土改"有话要跟她说。砖瓦大王走了，戏的结尾是这样写的：

　　孙　女　爷爷，你说，乡长会来吗？

爷　爷　亏你问得出口，车就在路边，就这几步路，能不来吗?! 乡长，是一乡之长，是为人民服务的！你懂吗？等会乡长来了，爷爷要跟他好好聊聊，要问问他，这共产党还管不管 80 年代的困难户?! 还有——

　　　　　[汽车引擎声响。

孙　女　爷爷，汽车发动了，我去看看！

爷　爷　当心滑着！

孙　女　哎！(燕子钻天似地奔下)

爷　爷　(不无得意地) 哼！我知道他会来的嘛！

孙　女　(在窗外欢呼) 爷爷看，开过来了！开过来了！

爷　爷　(竭力掩饰内心的激动，故作平静地) 来就来吧，闹啥呀！

　　　　　[车灯冲开夜幕，引擎声铺天盖地而来。忽然，一道白光从窗口掠过，传来一阵长长的喇叭声，是致意，抑或是致哀?! 你怎么理解都可以。反正，车是毫不犹豫地扔下小屋，呼啸而去了。

孙　女　啊?! 停一停！停一停 (追下)

爷　爷　(猝不及防，跳将起来) 这、这、这……怎么开过去了！不来了！啊?! 不来了?!

　　　　　[静场。

　　　　　[孙女拖着沉重的步伐，慢慢上。

孙　女　(哽咽) 爷爷，车开走了！

爷　爷　(苍老地) 就这么走了？

孙　女　噢，丢下一张纸条！

爷　爷　啊?! 快念念！

孙　女　（展纸欲读，忽然愣住）爷爷，纸条被雨打湿了，上面的字一个也看不清楚！

爷　爷　啊?!（绝望，神情木然）……

　　　　［风雨声如泣如诉。

　　　　［光，恋恋不舍地暗下来，爷爷和孙女的剪影渐渐地模糊了……

　　不敢说这样的处理就一定好到哪儿去，但至少表达了对这个题材的真实想法。虽然与第一个方案的题旨相去甚远，却依然获得了人们的认同，包括起先找我写这个戏的领导，他也对我这样的处理表示赞赏。可见，破题法只要破得严谨、破得合乎情理，那么，也是可以赢得人们的理解和支持的，当然，破题法也有可能有失偏颇，甚至出现错误，这些都不可怕，可怕的是我们的作者磨灭了探索新生活的勇气，陷入人云亦云的窠臼。

六　点题法

　　点题法是一种王顾左右而言他、身在曹营心在汉的创作方法，这里指的点题，是指通篇作品即将完成。

　　在结尾部分故意点明某种概念、某种意思、某种观点，以博得命题方的认可。点题法也可称为"画龙点清"法，不是"点睛"，因为点睛是指"点之则飞去矣"，使龙能活起来，点明要旨，全篇精警得神，而"点清"则不同，是指一条龙画好了，在上面做上标记，点清这龙的主人是属于谁的。有些"命题文学"难以入戏，或者题材陈旧，缺乏艺术冲击力，那么只好用"点题法"来对付了。

我曾经接到一个任务，为配合社会综合治理，写一个帮助失足青年走上正道的戏。其时描写这类题材的成功作品已有不少，如《民警家的贼》《野马》《救救她》《姑娘，跟我走》等。我如硬着头皮去编织一个故事，必然会老调重弹，无甚新意，考虑再三，决定狡猾一下，采用"点题法"来完成任务，情节大致如下：

农民阿毛与蓝花婶夫妇，养兔致富，生活陶陶然。一日，隔壁玉林劳动教养回来，阿毛意欲赠良种兔一对，助其自食其力、洗心革面。可蓝花婶不同意，上镇卖兔毛，怕玉林偷兔，又怕阿毛赠兔，特地配一新锁将院门锁住。蓝花婶刚走，阿毛从院子的井里探出头来，窃得良种兔一对，提兔笼欲出门，发现被锁，只得爬墙。蓝花婶有事复归，发现围墙上伸出一只兔笼，忙随手拿起一篱笆桩，正欲当头一棒击去，忽见是阿毛，慌忙收棒。于是，一个在墙上，一个在墙下，两人闹起了矛盾。阿毛足智多谋，将蓝花婶也骗上墙，两人在墙头上诉说家事，展望未来，阿毛趁机溜下墙，蓝花婶知己中计，急中生智，也变着法儿骗阿毛再度上墙。阿毛飘飘然，失去警惕，中了圈套，蓝花婶趁机脱身，痛斥阿毛，阿毛孤立无援，束手待毙，忽生一计，佯朝院中跳去，作投井状。蓝花婶不可不信，不可全信，开门探望，但见井内浮起阿毛的草帽一顶，不由大惊失色，痛哭流涕、顿足呼号，求邻居相救，阿毛躲于一隅，变着嗓子装邻居作答，均以各种理由推托，蓝花婶叫天天不应，呼地地不灵，一气之下，也欲投井，阿毛忙急步上前，拦腰抱住，一场虚惊，啼笑皆非，蓝花婶骂阿毛不该开这种玩笑，继而怒斥邻居见死不救，不仁不义，可恶之至，阿毛说明真相，邻居均下田上班，不在家中，刚才是他所为，并因势利导，说明一人有难，众人相助，方是美德，如大家各归各，有朝一日，真的跳井了，又有谁肯挺身而出？蓝花婶似有所动，阿毛趁势打铁，晓之以理，动之以情，剧本安排了一唱段，起到了"画龙点睛"的作用。虽然整个戏建筑在夫妻矛盾、生活情趣的基础上，与如何综合治理，帮助失足青年自新关系不大，但命题方还是很乐意接受这样的处理方式，认为这要比正面写如何治病救人更有意思，更能获得观众的喜爱。

我还碰到过这样一件事情，有关部门有感于社会离婚率上升，希望我用文艺形式来反映这一题材，劝诫人们要珍惜家庭，严肃生活，恪守道德，净化社会。于是，我写了一个剧本，名叫《雪妈妈》，在那个剧本中，我不正面涉及离婚这一社会问题，自然也无须作离婚率上升的道德评判、社会评判与历史评判，只是通过两个孩子的命运，来唤醒一些人的良知，来呼唤至高无上的母爱。据朋友们说，有几对即将离婚的夫妇读了这个剧本以后，重新反思了自己的行为，最终重归于好。这是我所意想不到的收获。剧本中的点题只有一个地方，那就是借孩子们的口说出父母的去向，但也很含糊。我想，我的目的已经达到了，这个戏发表在《剧本》月刊上，并在一次全国性的剧本评奖获得了二等奖(一等奖空缺)。

当然，选择点题法并不是随心所欲，为所欲为的。有两点必须时时注意，第一，所要点出的意思必须与剧本中的内容有联系，而不是张冠李戴，移花接木。如前面所举的两个例子，虽然把改造失足青年与抨击草率离婚都推在幕后，但戏的核心依然是"背靠大树好乘凉"，将台上发生的事放在命题方所提出的社会背景上来展开，因而，点出题来，不会使人感到突然。如果这两个戏点出诸如"环境保护很重要""热爱祖国为人民"之类的题意，则就成了天方夜谭了。第二，点题也要含蓄，也要恰到好处，不能像卖狗皮膏药那样，哇哇乱叫，生怕别人不知道，要水到渠成，顺理成章。

七　藏题法

　　藏题法是一种最合作者迷醉的创作方法。藏题法作品一般含有两个以上的主题，即既有表层故事，所阐述的主题能满足命题方的要求，又有内在的情节链，以表达作者的艺术追求与对生活的真实感悟。内在主题可以是表层主题的深化，也可以是表层主题的反拨，不必有一定之规。

　　大约是1987年，在一个社交场合，一位领导很婉转地启发我能用戏剧形式来反映农村精神文明建设，歌颂雨后春笋般出现的文明村。于是，根据我的生活感受，先后写了一大一小两个戏。

　　先说大戏《竹园曲》，剧本的表层故事是展示竹园村老村长三公公狠抓精神文明，把一个只有18户人家的小村整治得"一无偷鸡摸狗，二无男女失伦，三无离婚退亲"。而内在的情节链却是，在这种"小农文明"的背后，人们正当的欲望被扼杀，纯洁的爱情被摧残，善良的人性被扭曲……一个绿色盈盈的季节，回乡知识青年春哥闯进了这片生活，他领着一群青年人办文化室，普及科学，闹自由恋爱。于是，竹园村固有的尊严被冲击，公认的权威被嘲弄，刻板的秩序被打乱，小村开始浮现新生活的红晕，连村前那条老气横秋的小河也受到感染，大度地吸纳着爱情的琼浆，生命的暖流，青春的乳汁，呼啸、奔腾，吟唱起鲜灵灵的歌……

　　剧本搬上舞台后，演出获得了成功，不仅群众喜爱、领导肯定，还得到专家高度评价，并获得1989年上海文化艺术节优秀成果奖。

　　另一个小型戏剧名叫《乡村里的月亮》，后来收入《陆军短剧选》一书时易名《还你半个月亮》。这个戏的表层故事也是写农村文化建设的，一个先富起来的青年农民自己掏钱办了个村文化室，由此引起另一个编织藤篮的专业户的家庭风波，而可爱的现实又使那个专业户渐渐认识了文化建设与劳动致富相得益彰的意义。内在的情节链却是试图表现中国传统意义上的末代农民形象及其小农意识时代的结束。故事大致情节简述如下：

田老大家。月色溶溶，庭院如洗。粉墙外，一群青年男女富有感染力的嬉笑声、交谈声、脚步声汇集一起，向小河的尽头涌去。不知谁家的姑娘喊了一声："喂，小花，春哥办的文化室今晚开放了，快来呀！"小花边穿衣服边慌慌张张欲出门，穿衣、扣鞋、梳头、心跳、耳热、手抖……小花的哥哥小龙出现在门口，小花劝哥哥不要像机器人那样地生活，一起去文化室开开眼界，小龙不为所动，执着于手中的柳藤花篮编织，因为"一个晚上好赚四五元钱哪"。小花只得单独行动，正要离家，田老大手里捧着一只廉价的收音机从城里送货回来了。他阻止了女儿的夜生活，又痛斥春哥办文化室的行为，父女争执。父亲要女儿多学哥哥的样，做一个老实本分的庄稼人，小花自然难以接受。有一段戏是这样写的：

　　　　……

小　花　爹爹，你老是把我们关在这小院里干啥呀！

田老大　老规矩，每人每个晚上编二只花篮！

小　花　真要把人憋死了！

田老大　这个嘛，爹爹早已想到了，今朝到镇上联系业务，特地带回来一只收音机，听听越剧，听听"阿富根谈生产"，依我看呀，种田人有了这个，就够精神文明的了！（开收音机）

小　花　爹爹！

田老大　好啦，干活吧！

　　　　［小花无奈，进屋。

田老大　哎，小龙，爹差点忘了，你丈母娘昨天病了，你对象芳芳也在家，快去看看！

小　龙　爹，你、你陪我去！

田老大　哪能每次要我陪呢？都是一个村里的人，再讲，明年要给你们办婚事了，还这么怕难为情，像啥？

小　龙　爹，人家现在是国家户口了。

田老大　国家户口怎么了？当初订婚时，她家穷得像坏了的水龙头——嗒嗒嘀嘀！这次征地招工，要不是我到书记那里说了话，也不一定轮得上，哼！

小　龙　那……

田老大　那什么？去去去！噢，对了！（向内喊）小花，箱子里取一百元钱出来，给你哥哥去望丈母娘！

　　　　［小花持钱上。她已换了一身灰色的劳动衣服，满脸忧郁，方才那种少女特有的青春活力已荡然无存。

小　花　（递钱）给！

田老大　拿去吧！（言在意外）有钱花在刀口上，懂吗？

　　　　［小龙似懂非懂地点头，然后朝外走去。

田老大　等等！到里房去换件体面点的衣服，不要让人家笑话我们！

小　龙　嗯！（进屋）

田老大　（开收音机）小花，你干活吧！（进屋）

　　　　［收音机里传来节奏缓慢的乐曲，小花一步上前关掉，

音乐戛然而止。

……

[小花痛苦、矛盾、忧愁、思索，忽然心生一计，将收音机背面打开，把两节电池倒装过来，又匆匆书一纸条，塞在机内，要哥哥去拜望丈母娘时顺便到文化室找春哥修收音机，想不到这一计谋被田老大识破，小龙一出门，父女俩就针锋相对地吵起来，田老大一气之下，告诉女儿，今天他特地去乡政府告春哥的状，办文化室，男男女女搂搂抱抱，嘻嘻哈哈，伤风败俗。小花忍无可忍，骂父亲是老糊涂，父亲大怒，要女儿滚出去，小花勇敢地抬起头来："你当我不敢?"大胆地向门口走去，"砰"的一声，门关上了，田老大愕然，痛苦地坐下来。

……

田老大 （自语）唉——都怪我家教不严，宠坏了她，去吧、滚吧！好在我靠儿子不靠女儿。儿子并不像她。儿子是好样的！儿子像我，儿子像我！哈哈哈！

[小龙神情沮丧地上。

田老大 （似遇救星）小龙，回来了！快过来，快过来！

小　龙 ……

田老大 你丈母娘好吗? 芳芳待你热情吗?

小　龙 （闷头坐下）……

田老大 你怎么了? 谁欺侮你了?

小　龙 别问我！

田老大 啊? 怎么回事?

小　龙 你知道我丈母娘是怎么病的?

田老大　不是说扭伤了腰吗？

小　龙　不，是伤了心！

田老大　伤心？

小　龙　哎！

　　　　（唱）小龙我去望丈母，

　　　　　　　才知她家闹风波，

　　　　　　　芳芳吵着要退亲——

田老大　啊?!

　　　　（唱）究竟为的啥缘故？

小　龙　（唱）啥缘故，啥缘故，

　　　　　　　芳芳说出一淘箩，

　　　　　　　他说我，不像 80 年代年轻人。

　　　　　　　倒像旧式农民阿 Q。

田老大　"阿看伍"是啥人？

小　龙　我也搞不清！她还说——

　　　　（唱）说我四肢发达头脑空，

　　　　　　　鼠目寸光理想无。

　　　　　　　金钱不能除愚昧，

　　　　　　　劝我多多学春哥。

田老大　啊？又是春哥！

小　龙　还有了！

田老大　还有啥？

小　龙　（唱）她说是小农经济旧思想，

　　　　　　　弄得我家像坟墓；

　　　　　　　说你是推行封建家长制，

就像那——

田老大　像啥？

小　龙　（接唱）像出土文物浑身土。

田老大　混账！（气得直喘粗气）

　　　　（唱）她想做女式陈世美。

　　　　　　　血口喷人寻退路。

小　龙　不！

　　　　（唱）听说你今朝去告状。

　　　　　　　她才敲响退亲锣。

田老大　告状。告什么状？

小　龙　（唱）你去乡里告春哥。

　　　　　　　村里村外笑话多。

田老大　噢?!（意想不到）。这——小龙！

　　　　（唱）芳芳既然要退亲。

　　　　　　　此事只当风吹过。

　　　　　　　爹爹有的是钞票。

　　　　　　　再定一个不在乎。

小　龙　（唱）爹爹说话欠思忖，

　　　　　　　莫非真是老糊涂？

田老大　什么？（"啪"地一记耳光）你也这样骂我？

小　龙　（捂着脸）爹爹……

田老大　……

小　龙　爹爹，你打吧，你骂吧！我知道你很痛苦，可我心里也
　　　　不好受。反正，从今天起，我不能像过去那样去生活
　　　　了，芳芳说了，只要我改，她还是喜欢我的。现在，我

要去春哥那里学文化了，我要去春哥那里学文化了，我
要一切从头开始！（走出门，"砰"的一声，下）

田老大　小龙！（一下子仿佛老了许多，跌坐在椅子上，老泪
纵横）

……

就这样，生活毫不留情地将田老大根据中国几千年传统模式刻意
塑造的农耕文明的精英形象给摧毁了，如同我在另一个大型剧作《瓜
园曲》的创作手记中所说的那样：与曾经是美好的东西告别不是一件
轻松的事，然而，新事物不正是在这美妙的阵痛中孕育、诞生的吗？
应该说，小龙这样的农村青年，朴实、勤劳、肯吃苦，然而，像他那
样年轻力壮的小伙子只能靠力气和技能使摆着腌咸菜和五香豆的农家
餐桌上新添一碗炖咸肉，或使置满小农具的客堂间里添一辆"永久牌"
自行车，而只有像春哥这样的一代新农民才有可能用智慧的力量推出
一个充满生机的新农村，这是生活使然，时代发展使然，把这种生活
行进的划痕展示出来，将这些新旧交替的生命节律传递开去，便是我
选择藏题法处理这个题材的真正动因。

我还写过另一个戏曲剧作，大概也可纳入藏题法的行列，故事的
表层叙述的是重视环境保护这样一个宏大的主题，而内在的情节链却
试图诉说另一种想法，即人在某种被污染的社会环境、人文环境及心
灵环境里生活，其机能、智能、创造力日渐萎缩、日渐退化，这种近
乎麻木的生存状态自然是与现代化建设进程格格不入的，剧本一开
头，我就在舞台提示中描绘了这样一个环境：

[怎么了，怎么了？是繁花如锦的季节，癫花村居然看不到

一片绿叶、一朵小花、一棵桃树？光秃秃像上甘岭，灰溜溜似乱山岗。惟有一棵上了年纪的银杏，老态龙钟地屹立在河边，它盘根错节、伤痕累累，已经没有一点生机。树下有一张石桌和几条歪歪斜斜的石凳，陌生人不一定敢坐上去，因为它随时有倾倒的危险。没有了桃红、柳绿、梨白，听不见牛唱、鸭歌、鸟鸣。一条本来挺有诗意的小河如今也弄得萎靡不振地在阳光照射下发出蓝兮兮的光。在这方天地里，很难令人一眼就分辨如今是春天、夏天，抑或是冬天、秋天；也很难设想这里的爱情是玫瑰色的还是土黄色的；当然，更很难推测村上十八岁的女孩喜欢唱什么样的歌。癞花村，是谁掠夺了你原始的生命激情，是谁淹没了你辉煌的自然景观？哦，难道是你——村边那座标志着庄稼人不再仅仅拥有五谷、六畜的大工厂？那粗黑的烟囱像大炮似的直挺挺昂首苍穹，一股股浓烟铺天盖地而来。唉！现代乡村工业给了庄稼人富有和自信，就一定要搭配苦涩和隐患吗?!

显而易见，在这样的情景里生活，再鲜活的生命也会黯然。与环境、立意相衬的处理是，我在剧本中安排了四个身穿黑衣黑裤，谁也不知道他们姓名的男性——甲、乙、丙、丁，以变形的神态加入戏剧矛盾，从而表露了某种象征，相信聪明的观众是能领会到其中的苦心的。

八　逗题法

逗题法是一种近乎游戏般的创作方法，因为有一种比较开明的说法是，戏剧本质上带有"游戏性"，所以，选择逗题法来处理有关题材，自然也不妨事，这种创作方法特别适用于下列状况：命题方指定题材，指定立意，指定故事，甚至指定人物的思想觉悟。大框框已定、小自由随意。于是，我们只能借助"逗"这一艺术手法，以逗出情趣，逗出新意，逗出艺术。需要指出的是，逗题法应力戒油滑、媚俗、以鲜活的语言与鲜活的细节来取胜，唯其如此，才有可能使自己的这一类作品不至于如糊在墙上的宣传标语一样很快被人遗忘。

比较起来，借助细节的艺术力量来逗活一个个缺乏激情的题材可能是最有效的方法。不妨说说我的实践。

我曾写过一个保护专业户利益的小型戏剧曲，题为《瓜熟时节》①。这个戏倘按一般的艺术处理，必然是十分乏味的，因而我便在细节选择上动脑筋，编织了这样一个故事：瓜熟时节，懒汉阿福去瓜大王那里讨西瓜吃。瓜大王不在，被其女儿甜姑拒之门外，阿福云：年初曾将一百棵瓜秧交与瓜大王代种，如今要瓜乃蜻蜓吃尾巴而已。甜姑愤然，以代养苗猪一事反唇相讥，两人僵持不下。阿福见硬的不行便来软的，求甜姑开恩，满田西瓜，能赐百分之一即可。甜姑将计就计，请阿福下田数瓜，阿福平日好吃懒做，那堪烈日炎炎，数了几圈，便气喘吁吁，汗流浃背、难以为继。甜姑趁势诉说种瓜人的辛劳，不劳而获的可耻。阿福只得洗耳恭听，无意中嗑起甜姑给他的傻子瓜子，临行时忽觉窝囊，生出恶计，要讨还那一百棵瓜秧，否则一棵瓜秧罚三只大西瓜。甜姑泰然作答：你嗑了一百零一颗傻了瓜子，一百颗算是还你的瓜秧，另一颗算是孝敬你的。阿福哑然，只得败下阵来。

如上所述，这个戏所要表现的主题也许人们走出剧场就会遗忘，但戏里的几个细节来自生活，又高于生活。相信我的观众是会记住

① 载《剧本》月刊 1 9 8 8 年第 6 期。

它的。

我还写过另一个戏曲剧作《看女婿》①，那是因为推行责任制以后，农民全身心投入自己的责任田，以求勤劳致富，而对一些公益事业，则表示少有的冷漠，如每年选举农村最基层的生产队长一职，不少地方竟鲜有人问津。有感于此种社会现象，命题方要我搞一个歌颂新一代农民带领大家共同致富的戏曲剧作，自然，这类作品还是以逗题法来处理较为妥当，情节设置如下：

青年农民田小春人称"鸭司令"，致富有方，被村民们推选为生产队长，其未婚妻秀芹的母亲闻之不悦，策动来做毛脚女婿的思想工作，秀芹推托有事不能前往，要母亲给小春带去一封信，而秀芹爹则借口忙碌无暇顾及，请老婆捎去一"经济领"，秀芹爷爷也备了一串"百响"（鞭炮）托秀芹娘转交小春，秀芹娘自恃王牌有好几张，便亲自出马，认定会稳操胜券，马到成功，到了小春家，先打开那封信，见上面只有一个士兵的"士"字，秀芹娘借题发挥，说"士"就是战士、士兵，"小八拉子"，不要去当官的意思。又取出那个"经济领"，说一件衣服最容易磨损的是领头，当队长是出头椽子先要烂，最后拿出一串"百响"，说百响百响，名气是响了，但自己也完了。而聪明的田小春却是另一种解释，那个"士"，倒过来就读"干"，那个衣领是指"群龙无首不像样，渔网无纲不能张，衣裳无领不像样"，而那"百响"指的是百家响，家家响，将这三件礼物连接起来看，意思就是，领头干，百家响。秀芹娘一听傻了眼，就使出退亲绝招，企图吓倒田小春，不想小春将计就计，同意退亲，秀芹娘倒慌了，小春因势利导，终于做通了丈母娘的工作。

---

① 载《新剧作》1984年第2期。

就这样，一个挺闷气的题材由于找到了比较有趣的细节，逗起来也蛮有兴味。

还有一种方法是用戏剧情势来逗。采用夸张、变形的手法来增强喜剧性，效果也不坏。

前不久，计划生育办公室的同志找上门来，嘱我为他们写一个反映计划生育干部替不育夫妇分忧解愁内容的戏曲，显而易见，这个戏缺乏矛盾冲突，因为计生干部与育龄夫妇及其家属的利益是一致的，很难构成针锋相对的局面，唯一的办法是制造喜剧情势，表现人物在特殊情景下的种种心态，于是，我设计了这一个喜剧框架：

春耕时分，冬瓜婶将多年不育的儿子毛豆、媳妇芹菜关在家里，让他们加班加点生孩子，冬瓜婶一出场的唱段便把这一情势带了出来：

冬瓜婶 （喂鸡）哆哆哆，哆哆哆！

（唱）大鸡三十八，

小鸡九十六。

公鸡喔喔喔，

母鸡咯咯咯。

真像那三斤糯米烧一锅粥，

鸡丁兴旺不要忒热络。

一锅粥，忒热络，

我冬瓜婶命比鸡要薄。

儿子是三苗竹园一只芽，

媳妇像十里桃园花一朵。

哪晓得，青藤虽好不结果，

成婚三年无生育。

急得我扫地错拿淘米箩，

擀面杖误作甜芦粟。

正月半，面对祖宗立军令状，

年内定要香火续。

眼下正值春耕期，

抓紧播种才能有收获。

我将儿子媳妇锁进门，

让他们、乎乎热热、蜜蜜甜甜。

我我卿卿，亲呀亲呀亲出一块心头肉。

求送子观音多保佑，

南无阿弥陀佛，哎嗨唷。

小两口前方作贡献，

我后勤工作劲也足。

白切童子鸡，

红烧山羊肉，

桂花莲心汤，

枸杞血糯粥。

还有那甜的、苦的、酸的、辣的、咸的、淡的果脯蜜饯糖山楂。

上下一致、同心同德、团结奋斗。

箩里田鸡一起捉，

哈哈哈，有把握。

毫无疑问，在这样的戏剧情势里，人物的一言一行、一举一动都有可能带有喜剧性，因而也不必担忧没有观众。

总之，逗题法应以趣制胜、激活题材，令观众在愉悦的娱乐中忘却故事的陈旧、题材的老化、立意的贫困，也不失为人民群众所喜闻乐见。同时，逗趣法虽然出不了非常有震撼力的作品，但很有可能创造出精致、独到的佳构，且也易于被命题方所认同、所称道、所赞许，有时候，何乐而不为呢？

九 离题法

离题法是一种无可奈何、离经叛道同时又挺有诱惑力的创作方法。在中小学作文里，离题万里是一种不可饶恕的失误，但对于"命题文学"创作，有时候倒不妨一试。比如遇到一些忍无可忍的命题，却之不恭，拒之不当。那么就只好借助离题法来抵挡一阵了，当然，用离题法炮制出来的作品极有可能遭到命题方的抵制，因而，下笔之前要有足够的思想准备。同时，要力争"东边不亮西边亮"，寻找到比较有特色的艺术构思，那么，此地不留人，自有留人处。作品的出路问题也就迎刃而解了。

说出来连我自己也难以置信，我曾经受人之托，写有关"二禁三保"题材的戏，且一写就是两个，均是批评随地吐痰这一坏习惯的。第一个戏叫《十八只痰盂》，是个小品，一听题目恐怕就使人倒胃口，但我不想真的去在这个毫无艺术性可言的题材上呼风唤雨，调兵遣将，从而完成一个连孩子都懂得的小道理——禁止随地吐痰，因而决定离题。剧本设计了阿毛爹与阿毛娘两个人物的冲突，重在写情趣，写老年人的心态，也颇有戏剧性。

这是我创作的三十来个大、中、小型剧本中几乎是唯一的一个没有变为铅字的作品。但它参加了上海话剧年的展演，而命题方对这个剧作不置可否，通过其他渠道才获悉，他们在私下里议论有两层意思：一是认为写吐痰能写出这么多花样，到底有点功夫；二是觉得这故事好像说的不是我们的想法，但究竟表达了什么，倒也难以看得清楚。我听到这议论后笑笑，也不置可否。

另一个写反对随地吐痰的剧作名叫《避雨》。故事说的是在某小城的十字街口，大雨如注。一臂佩"纠察"袖章的老头，左手举一大号油布雨伞，右手持一电声喇叭，在街口公共汽车站旁执勤，他熟练地吆喝着："喂！过往公民请注意，二禁三保，人人有责，爱护城市，美化生活，不准随地吐痰，不准乱丢果壳纸屑！"这时候，一少女肩挎玲珑小包，头顶一用来遮雨的红色丝巾，急步过来，她恳求与老头合伞避雨，老头答允了，少女钻到伞下，老头被少女身上的青春气息所提醒，便劝少女到那边大楼里去避雨，少女说要等车，车就要来了，老头严肃起来："我在执行任务，这雨伞就是我的岗亭，你躲在里面还像什么话！"少女无奈，只得离伞，老头又吆喝起来，少女眉头一皱，计上心来，故意把喉咙弄得山响，老头警觉："注意，请勿随地吐痰。"少女点头，却夸张地作飞痰状。于是，老头执法，要少女罚款，少女辩护，说并没有吐痰，两人在一把伞下争得面红耳赤，不分高下。车终于来了，老头劝少女快上车，少女惊讶："你不罚款了?"老头温和地笑了：聪明的姑娘，我知道你并没有吐痰，只是为了有一个恰当的理由钻到我的伞下才这么做的。少女挺感动，表示谢意，老头则说，应该谢你，也为我提供了一个恰当的理由为你打伞。两人会心地笑了，但并不轻松。因为，他们忽然发现，在生活中，有时候人与人之间一个十分正常合理的要求却常常要通过不正常的手段才能达到。这实在要比随地吐痰可怕得多。随地吐痰可以用罚款来处理，那么，这不正常的生活现象该罚什么呢？……

毫无疑问，这个戏与"二禁三保"的题旨相去甚远，如此离题，已经达到了无视命题方威严的地步了。结果无非是两种，一种是勉强宽容你，另一种是否定你。然而，如果我们在一部微小的剧作中有一点微小的发现，那么，功利的因素是可以在所不计的了。

十　无题法

无题法是一种在说不清、道不尽的思绪纠葛下才会选择的创作方法，无题其实是有题，而且是多题。

无题法作品大都是愤世嫉俗，揭露社会的某种冷淡、展示人生的某种无奈、抨击世态的某种陋习。因而，无论是从内容还是到形式，均与提倡以正面宣传为主的"命题文学"相悖，但"命题文学"既然也是文学，就当然不能排斥作品风格、样式、体裁、视角、手法的多样化。因此，在比较审慎的前提下，对有些题材采用无题法进行创作，我想不仅是可能的，而且还是可行的。

我当然还是举自己的例子比较顺手，多年以前，曾受一位在交通管理部门工作的朋友之邀，创作一部反映发生在大街上的新人新事新气象的组剧，试图从各个侧面展示诸如拾金不昧、助人为乐、治病救人、解囊济困、礼让三先、见义勇为、代人受过、扶老携幼等等的社会新风尚，鬼使神差，我下笔写出的第一个短剧便是有火药味的短剧作品。说的是滨海市电视台新闻透视专题节目的记者上街采访社会新风尚，恰遇上班时分，一辆无主的自行车倒在路中央，遗憾的是，据记者目击统计，在不到 22 分钟的时间里，共有 98 个路人绕过这辆车走过去，当第 99 个过路人上来时，记者开始进行了现场采访，一共采访了 4 个人，居然没有一个对那辆车产生兴趣，第 5 个人来了，剧本是这样写的：

> [边上，一个捡垃圾的老人。他慢慢地走到自行车旁，放下箩筐，用力去扶那辆车。
>
> 记　者　（大喜）亲爱的观众朋友们，奇迹终于发生了！一个花甲老人迈着坚定的步伐来到自行车旁，他将用自己的行动为我们的"新闻透视"节目画上一个圆满的句号，大家看——
>
> [老人挪动自行车，将压在车轮下的一张棒冰纸抽出来，放到箩筐里，然后，将车原封不动地放好，慢慢地走了！
>
> 记　者　（看傻了，失望地）非常遗憾！那是一个捡垃圾的老人，他的任务是把废物装进筐里，对那辆倒下的车毫无兴趣。很抱歉，我们这栏节目的时间就要到了，今天的现场采访就到这里。谢谢大家的收看！（欲行，忽然想起什么，忙上前将那辆车扶了起来，然后，慢慢地稳步下）……

这样，街头新风变成了街头陋习，一张张冷漠的面孔令人不寒而栗，写完第一集，马上又涌出另几则街口即景的短剧构思来，一检查，又是属于这类性质的作品，我知道，我不能再信马由缰了，便将那则写好的短剧交给我的朋友去看，等待着他的批判。有趣的是，朋友的答复令人非常满意，认为虽然是正面文章反面做，但可以看出作者的一片爱心。我自然很感激他的宽容，正准备新的工程，以完成组合剧的整体构想，同样有趣的是，朋友打来电话，认为像这种类型的剧作写一个就够了，搞成组剧便显得太那个了。我郑重地接受了他的意见。当然，那些萦绕于我脑际的短剧迟早会倾泻到我的稿纸上的，这是题外话。

无论如何，选择无题法进行"命题文学"的创作，是一件值得欣慰的事，因为，第一，作者具备了某种勇气，敢于表达自己对生活的某种看法，即便是不成熟的，那也无妨。流淌真情，便是可贵。第二，"命题方"能接纳以无题法方式创作的作品也具备了某种勇气，某种眼力，体现了我们的文化环境正在适应各种自然规律，这是一种时代的进步。我们有理由为之兴高采烈。当然，由于种种原因，一些作品难以被命题方认可，那也不要紧，只要是严肃认真之作，就必定会拥有读者或观众，只是时间长短的问题罢了。

说"命题剧作"创作是一种比较独特的文学现象大概是恰如其分的，说我国目前对"命题剧作"的研究几乎是一片空白也是实事求是的。基于这样的认识，我才有勇气将自己这十几年从事这方面实践的初步体会整理出来，奉献给大家。

必须指出，社会上不少自视清高的人往往看不起"命题剧作"。以为那样的创作大都会沦为工具性的赝品，其实这是一种误解。可以肯定地说，只要我们的作者加强修炼，具备发现生活本质的睿智与胆识，真正拥有属于自己的那个广阔世界。那么，即便是"命题剧作"创作，也完全可以出大作品，出大作家。应该承认，进行"命题剧作"创作比一般的艺术创作难度要高、限制要多、要求要严，这就需要我们的作者"有思想、有生活、有技巧"。

（原载《陆军文集》第 7 卷，江苏文艺出版社 2005 年版；《艺海》2017 年第 10 期）

第三编

编剧教学论

戏剧观：戏剧写作教学的灵魂
——上戏 60 年编剧教学之检讨

上海戏剧学院（以下简称上戏）的编剧教学，已经有 60 多年历史了。60 多年来，一代一代上戏人辛勤耕耘，孜孜以求，在教与学的互动中，积累经验，创建模式，形成特色，积淀传统，从某种意义上说，上戏的编剧教学，就是一部具有鲜明上戏印记的"经典作品"。

对经典作品的态度，著名学者任继愈有个很好的观点，那就是通过"接力"来延缓经典作品的寿命。他以孔子学说为例，进一步阐述，儒家影响长久不衰，完全是凭借两次接力站的补充，得到增益的结果。第一次增益是西汉的董仲舒，建立了宗教神学；第二次增益是宋朝的朱熹，把儒家学说变成儒教，形成了儒教经学。

上戏的编剧教学当然不能与儒学相提并论，但任老先生"接力"的观点却具有指导意义，勉励后学去学习、揣摩、反思、检讨前人的精神遗产，在此基础上不断传承、探索与创新，使"经典作品"在新的历史条件下依然保持强悍的生命力。鉴于此，笔者才敢斗胆尝试对上戏 60 余年编剧教学作一些初步的检讨，虽然我知道，以我现有浅显的学力与见识，显然不是做这项工作的合适人选，那就先滥竽充数、抛砖引玉吧。

一

如果从 1959 年 3 月正式建立戏剧文学系设编剧专业开始，上戏的编剧教学迄今已达半个多世纪，如果从 1946 年创办的编导研究班算起，则至少已有 67 年的历史了。

67 年来，上戏的师资换了一茬又一茬，教材印了一次又一次，学生走了一批又一批，但编剧教学的主体框架变化并不大，大致经历了三个历史阶段。

第一阶段，"众星拱月式"教学（1946 年始）。

所谓"众星拱月式"教学，就是围绕专业人才培养方向，设置专业主导课程，在此基础上配置相关课程。

请看 1946 年编导研究班第一张《课程表》：

剧本写作指导（第一学期曹禺，第二、三、四学期陈白尘）

综合研究（顾仲彝）

导演基础（第一学期熊佛西，第二学期吴天）

导演术（第一学期洪深）

欧美名剧研究（李健吾）

中国戏曲研究（赵景深）

中国文学研究（文怀沙）

中国话剧运动史（欧阳予倩）

西洋戏剧史（第二学期董每戡）

文艺思潮（章靳以）

文学概论（章靳以）

国语研究（严工上）

艺术欣赏（范纪曼）

西洋名著选读（尤炳圻）

电影讲座（阳翰笙、史东山、应云卫、张骏祥、陈鲤庭等）

　　毫无疑问，作为编导研究班，编剧的专业主课是剧本写作指导，综合研究，包括欧美名剧研究；而导演的专业主课是导演基础，导演术。其他课程都是为专业主课配套设置的。

　　据袁化甘先生介绍，当时顾仲彝先生的《综合研究》，内容就是编剧理论，他主要是以贝克的《戏剧技巧》和威廉·亚却的《剧作法》为蓝本进行教学。而《剧本写作指导》课程，原有曹禺先生担任，但后来因忙于拍摄自编自导的电影《艳阳天》，因此第二学期改由陈白尘先生上课。陈先生的行课方式按计划　隔一周由一位同学交出一个独幕剧本，在上课前几天让全班同学传阅，然后交给老师。上课时，先由剧本作者说明创作意图、过程与体会，接着同学轮流发言，有不同意见，则展开讨论，最后由陈先生作总结性的讲评，从剧本主题思想谈到情节结构、人物塑造、语言等等，肯定成绩，指出缺点与不足之处，并提出进一步修改的意见。这样座谈会方式的上课，无论对作者，还是对其他同学，都能学到不少东西，特别是陈先生结合他丰富的创作经验进行讲评，他的意见总是能抓住要害，深入剖析，令人信服。

　　还有一门李健吾先生的《欧美名剧研究》，有如现在的剧本分析课。他第一学期分析了两个剧本：莎士比亚的《柔密欧与幽丽叶》和契诃夫的《樱桃园》，第二学期分析过莫里哀的《伪君子》。他的方法是一幕一幕地读剧本，边读边讲，在分析剧本时很自然地将编剧的理论

戏剧观：戏剧写作教学的灵魂

与技巧结合进去。这样的讲课就比专门讲理论更有实效，既能引导同学欣赏古典名剧，又能学到编剧知识。

由此可见，这样的教学效果是令学生满意的。而围绕专业主课设置的相关课程，有中外戏剧史论，有艺术美学，有经典案例鉴赏，有国语、文学与文艺思潮研究。可以说，60余年以后的今天，这份课程大纲的主干课程依然具有不可替代性。

第二阶段，"台阶式"教学（1960年始）。

到了20世纪60年代，除了围绕专业主课设置的相关课程变化不大以外，戏剧写作课程已有了较大改进，呈"台阶式"结构。请看1963年的一份《戏剧写作教程大纲》：

第一部分：写作课的目的和教学方法（内容略）

第二部分：写作课训练教程

（一）编剧理论与技巧

（二）写作训练

（1）写生；

（2）写画；

（3）写戏剧片断；

（4）写独幕剧；

（5）写大戏（毕业创作）。

与1946年编导研究班第一张《课程表》相比，我们可以看到有两个明显不同：第一，在写独幕剧之前，增加了三个"台阶"，即写生、写画、写戏剧片断。写生，实际上就是锻炼学生观察生活、发现生活的能力，这一训练放在写作教学第一步，是非常有远见的。写画，类似于命题创作。根据画面内容，发挥自己的想象力，再以戏剧的形式给予表达。戏剧片断，可以是比较完整的短剧创作，也可以是大中型戏剧中的一个片断，这样的设置更加有利于鼓励学生拓宽创作思路，打开想象空间。第二，在写独幕剧之后增加了大戏写作。这是因为1963年的编剧教学已是四年制的本科教学，与1946年的编导研究班的两年制学程相比，当然应该对学生有更高的要求。这一"台阶式"教学的课程设置，今天看来，依然具有很强的逻辑性与可操作性，可以说这是一份更成熟、更具普适性、更经典的编剧教学课程设计。

第三阶段，"纵横拓展式"教学（1983年至今）。

进入20世纪80年代，面临新的需求，上戏的编剧教学又有了较大变化，课程大纲呈"纵横拓展式"结构。

请看一位编剧专业学生临毕业前写的学习小结：

"……初进学校，从戏剧元素入手，'动作'、'场面'、情境、'悬念'、'发现与突转'、'语言'等一个个元素的训练。接下来是独幕剧的写作，将各个元素有机融合。"

"第三学期的戏曲创作则是向民族传统艺术学习，通过唱词的精心描摹、对白的认真组织，自己创作的有模有样的小戏曲跃然纸上。领略民族文化的博大精深，传承绵延悠长的诗词曲赋，使我们知道在厚实斐然的西方戏剧文化之外，还有空灵曼妙、不着一字尽得风流的民族戏剧遗产。"

"写作电视剧则使我们的创作从舞台延伸到了荧屏，四十五分钟的篇幅，浓缩了人生百态。"

"最后一年的毕业大戏写作则是四年学习的总结，通过调动一切已知的写作技巧来创作自己感兴趣的人和事，激情、体验、智慧在这里交织，构思、技巧、戏剧元素在这里碰撞。大戏创作一步强化了我

戏剧观：戏剧写作教学的灵魂

199

对戏剧整体的把握能力，四年的总结就在飞速流动的键盘上敲下了最后一个句点。"

从这份学习小结中，我们可以看到两个变化，一是纵向的变化。从 1989 年开始，20 世纪 60 年代开设的写生、写画、写戏剧片断的课程被取消，代之以戏剧元素训练。二是横向的变化。增加了戏曲写作与电视剧写作。特别值得一提的是，1983 年，由系主任陈多教授创意开设并领衔执教的《戏曲写作》新课是一个突破性的创举。在 1983 年之前的戏曲创作专业教学中，仅在 1960 年进院的"戏曲创作班"中做过几次戏曲片段训练，指导老师只有一个，还是从上海京剧院借来的，其他各个戏曲创作班，全都没开过这门课。所以，《戏曲写作》这门课程为上戏编剧教学拓展了一片新的教学领域，具有十分重要的开创性意义。

综上所述，如果要作一个概括，那么，上戏的编剧教学大致可分以下三步。

第一步：入戏——帮助学生转换角色（第一学年）

教学内容：戏剧元素训练

（1）故事；

（2）动作；

（3）场面；

（4）情境；

（5）悬念；

（6）发现与突转；

（7）语言；

（8）戏剧元素综合训练。

第二步：入门——建立戏剧影视编剧完整概念（第二三学年）

教学内容：剧作训练

（1）独幕剧写作；

（2）戏曲写作；

（3）戏剧改编与大戏结构；

（4）电视剧写作。

第三步：入行——具备独立完成多幕剧创作的能力（第四学年）

教学内容：毕业创作

（1）大型话剧写作；

（2）大型戏曲写作；

（3）电影剧本创作；

（4）多集电视剧本创作。

总之，可以肯定地说，集数十年几代人之教学经验，上戏的编剧教学，课程体系配置合理，符合剧作训练规律，教学步骤具有科学性、普适性与可操作性，因而也被近年来国内新开设编剧专业的高等院校所广泛仿效与参照实施。

<h1 style="text-align:center">二</h1>

回溯上戏60年编剧教学，成绩是主要的。依据相对稳定、自成体系的教学模式，戏文系出人、出戏、出"论"，为国家培养了一大批戏剧人才。毕业生在全国各文化艺术部门从事戏剧影视编剧与导演、编辑记者、群文辅导、艺术教育、艺术管理、制作人、创意策划人、行政管理等工作，历届校友创作的戏剧作品如《年青的一代》《陈毅市长》《中国梦》《歌星与猩猩》《董生与李氏》《金龙与蜉蝣》等在当代戏剧史上有很大影响。

同时，上戏编剧教学已发展为编剧学，列为国家一级学科戏剧与影视学所属的二级学科；戏剧影视文学专业被列为"国家级特色专业"；戏曲编剧教学获"上海市教学成果奖"，列"上海市本科教学重大改革项目"。

检讨上戏60年编剧教学，在成功的背后，肯定会有这样那样的不足，各人也有各人的看法，而在我看来，存在的主要问题是，面对新的社会环境，对学生的戏剧观准备关注不多，研究不够，培养不力。

产生这一看法的原因有三。

第一，由于工作关系，近年有较多的机会接触本专业各个层次的学生创作的戏剧作品，总的感觉是平庸的居多，故事谫陋，人物苍白，立意浅显，少的是生活质感，多的是匠气；少的是灵动，多的是呆板；题材或许是新的，形式或许是有创意的，语言或许是华丽的，技巧或许称得上较熟练的，但探寻到剧作内容的本源，却发现老旧得还是20世纪70年代甚而之前的套路，一句话，作品公式化、概念化。

第二，作为专业教师，一直比较关注中国当代戏剧创作的现状，遗憾的是，中国当代戏剧原创力的萎缩已到了令人汗颜的地步。以理应最能体现戏剧观革新成果的小剧场话剧为例，两年前，在"全国小剧场优秀剧目展演座谈会"上，著名导演艺术家王晓鹰曾痛心疾首地指出："在当下娱乐之风大行其道的文化消费时代，小剧场戏剧的精神根本：实验性、先锋性和思想价值几乎已难觅踪影。取而代之的是一些实用主义蔓延、泛娱乐化的'三低剧目'泛滥，这类制作成本投入低、艺术质量低、道德水准低的小剧场话剧，刻意低俗，追求无聊，并美其名曰'为紧张生活减压'。"对此，王晓鹰指出，戏剧可以具有娱乐作用，但是戏剧的第一属性肯定不是逗观众发笑。一句话，学生所处的戏剧观环境不尽如人意。

第三，早期从事上戏编剧教学的教师，许多是大师级人物，如曹禺、陈白尘、顾仲彝等；即使后来的教师如陈耘、陈恭敏等，也是一个时代的领军人物，而到了我这一辈，充其量是个三流的剧作家与编剧学研究者、传播者，本身的戏剧观念比较滞后，缺乏引领学生冲破旧观念束缚的思想力与感召力。

第四，联想到自己业余从事剧本创作几十年的经历与感悟，也看着周围的师友、同行在剧本创作圈里摸爬滚打，大都是一路建立一路推倒，一片"繁荣"一片废墟，在不断地反思与总结中认识到，搞剧本创作，教剧本创作，最根本、最核心的问题，不光是生活，不光是技巧，甚至不光是传统意义上的思想，而是——戏剧观。

以上几个原因，概括起来说，就是学生缺少树立先进戏剧观的内在要求，教师缺乏培育先进戏剧观的深厚学养，社会更缺失催生先进戏剧观的土壤与条件，以至于师生们在戏剧观落后的生态中辛辛苦苦的教与学，也只能起到事倍功半的效果，学生的成才率只能在技术层面上低层次重复，很少冒出一些横空出世的戏剧大家。一句话，上戏的编剧教学，在学生戏剧观念培养上，还稍逊一筹。

所谓戏剧观，应包含对于戏剧的内部本质和外部功能这两个方面的内容。戏剧本质，就是关于戏剧之所以成为戏剧的质的规定性，即戏剧是什么；戏剧功能，就是戏剧与其外部环境（文化、社会等）的关系，即戏剧干什么。某种意义上说，剧作者的戏剧观先进与否，直接决定着其创作的戏剧作品艺术质量的优劣。因此，我一直以为，观念就是艺术生产力。

比如，我们常说，中国的戏剧作品远不如西方，即使是当代戏剧，我们也与人家差距甚大。这里有艺术想象力的问题，有技法的问题，但最本质的差距还是在观念上。

有这样一段话，我在多个场合表达过：众所周知，外国戏剧史实际上是一部反叛与反动的历史。新的戏剧观向旧观念挑战，催生新的戏剧流派与新的作家与作品，从而推动戏剧发展。是戴欧尼斯剧场观催生了古希腊戏剧，是中古欧洲的宗教观影响了中世纪戏剧，是人文主义精神缔造了文艺复兴时期戏剧，是理性回归的思潮孕育了古典主义戏剧，是自由想象与浪漫气息创造了浪漫主义戏剧，是实证主义成就了写实主义戏剧。进入19世纪，现代戏剧应运而生。但由于观念的差异，现代戏剧也是千姿百态，各具特色。写实主义戏剧、自然主义戏剧、象征主义戏剧、表现主义戏剧、怪诞剧、超现实主义戏剧、存在主义戏剧、史诗剧场、荒诞派戏剧等等，真可谓此起彼伏，各领风骚；洋洋洒洒，气象万千。正是观念决定着外国戏剧的发展进程。

反观中国戏剧，观念的滞后令人扼腕。以中国古典戏曲观念为例，千百年来，几乎可用如下三句话就能概括戏剧观流变的进程：即以"歌舞演故事"凸显其本质特征；以"厚人伦，美风化"突出其核心功能；以"一人一事"显示其叙事方式。即使当历史进入了现代，戏曲编剧观念的变化也十分有限：1919年以来的"改良戏曲"，强调以"小说"（含戏曲）推动"群治"；1949年至1976年的"改人、改制、改戏"政策，力举"现代剧目和政治结合，和生产结合"；"文革"期间的"三突出"创作原则，必须捧出"英雄人物"。这些变化，大都局限在戏剧功能的趋时应景上。而进入新时期以后的"探索戏曲"虽然有了进步，但因20世纪80年代的"戏剧观"大讨论只偏重于戏剧的形式探索，戏剧内容或戏剧功能方面并没有太深入的展开，从而导致中国戏剧整体上至今还在"形式大于内容""缺钙、失血、丢脸"的窘迫怪圈中打转转。

戏曲如此，话剧也一样。

一句话，在戏剧观的版图上，戏曲"千年一叹"，话剧"百年一式"，早已成了不争的事实。

说上戏编剧教学忽略学生戏剧观的培养，主要体现在以下三个方面。

一是重技巧训练，轻思想力培养。

思想力是戏剧观最核心的要素，涉及对戏剧功能的理解，即戏剧干什么？戏剧是教育还是娱乐，是思想匕首还是宣传工具，是启蒙还是布道？从道理上说，几乎每个学生都懂得，戏剧要关注人生，戏剧是人学，不能没有人，不能不见人，不能不写人。但一到笔下，许多作品就成了某些概念的传声筒了。这里面有老师的问题，也有学生的问题。有一份戏文系毕业生调查问卷表明，在所有被调查的 27 门专业课与专业基础课中，被认为可以删除的课程分别为：艺术概论，电视艺术概论，编剧概论，中国古典文学，中国现代文学，外国文学，戏曲写作（有 1 人建议改必修课为选修课），理论写作，毕业论文。

试想，抽去了这些具有人文意义、有助于完善学生的知识结构与戏剧观培养的课程，上戏的编剧教学还像是一所大学的教学吗？

二是重模仿改编，轻"发现生活"。

作为四年的编剧本科教学，适度的模仿改编是可以的，甚至是必需的。但如果在教学过程中，教师在引领学生重视原创方面缺乏强有力的自觉督促与积极鼓动，那末，在缺乏一种有效机制倒逼的前提下，学生的惰性会消耗其自身潜在的创造力，久而久之，学生关注生活的热情会减弱，发现生活的触角会迟钝，表现生活的能力会降低。事实上，我们几乎每个星期都碰到的问题是，学生兴冲冲找你谈构思，还没有听完，你耳边就已响起威廉·亚却在《剧作法》里的一段话："所谓创造往往只不过是隐蔽的回忆，是摇一摇由断鳞残爪的回想

戏剧观：戏剧写作教学的灵魂

所构成的万花筒而已。"亚却还以自己的一段创作经历为例，说他有一次自以为完成了一个很好的构思，后来"才发觉自己原来是把易卜生的《海达·高布乐》重新创造了一下"。他还将一个剧作家的来信转引给人们："一位剧作家必须如此清楚地感觉到或者看到某种事物，以致当这件事物在心头脑中渐趋成熟时，他觉得自己必须把它表现出来，而且一定要用戏剧的形式，——如果不是这样，他就根本不宜动笔。"这里说的"清楚地感觉到或者看到某种事物"就是指感受生活，体验生活，发现生活。而对生活与艺术之间关系的理解，则是与戏剧观直接相关的重要内容。

三是重片段教学，轻独幕剧训练。

这个问题看起来好像是技术层面的问题，其实关乎对戏剧本质的理解。我们知道，至少 20 世纪前的戏剧，大多是奉 2000 多年前亚里士多德的"模仿论"为衣钵。亚氏理论认为戏剧是模仿或反映生活，它模仿的是"完整、有一定长度的行动"，行动是戏剧的核心。按照这一理论，尽管也有这样那样具有探索意义的戏剧类型不断出现，但主流还是以"冲突""动作""场面"为核心要素的具有现实主义精神的戏剧。对于戏剧写作本科教学来说，即使仅从培养学生熟练掌握编剧技能的角度考虑，"三一律"，凤头，猪肚，豹尾；开端，发展，高潮，结局；起、承、转、合；戏剧情境，典型人物，这些使戏剧之所以能成为戏剧的完整的核心要素训练也应是须臾不能放松的。而现有编剧教学的专业课程安排为：第一、二学期，戏剧元素训练（实际上是戏剧小品写作）；第三学期，独幕剧写作；第四学期，戏曲写作；第五学期，大戏改编；第六学期，影视剧写作；第七、八学期，毕业创作。戏剧元素训练安排的时间与毕业创作一样多，显然分量过重了。倒不在于多一个学期的训练，最关键的是，学生习作初期，过多的小品化、片断化、碎片化的训练不利于完整的"剧"意识的建立。事实上，许多学生在经过一学年小品训练以后，进入独幕剧创作时，以为独幕剧就是小品的适度放大，小品篇幅二三千字，独幕剧四千字，再怎么使劲，也写不到五千字。仔细一看，其实仍然是一个"注水"了的小品。所以，我在一些班级曾"粗暴"地提出了一个"3、6、9"的硬性规定，即小品不少于3000字，小戏曲不少于6000字，独幕剧不少于9000字。其实，重视独幕剧写作的训练就是重视场面的训练。我们的许多学生都不大有能力在一个受限制的舞台时空内，通过二三个人物的纠葛，把简单的事情复杂化，折腾上半个小时或四五十分钟，让观众津津有味地看下去。而只有当你具备了组织重点场面的能力，你才有可能成为一个剧作家。我们经常看到很多无场次的戏，一个戏甚至有数十场戏，这是影视的思维，建立不起完整的重场戏，缺乏一种审美的累积，观众就会觉得像拉洋片一样，不会留下深刻的印象。所有成功的、经典的戏剧作品，它必定有一两场好戏。优秀的传统折子戏就是这么留下来的。

应该说，以上三个方面的缺陷都与戏剧观有关。因此，我认为：观念的准备是最重要的创作准备，戏剧观是戏剧写作教学的灵魂。

三

如何在编剧教学中注重学生的戏剧观培养？我的想法是：在悉心传承优良传统，确保教学连贯性、稳定性的前提下，谨慎探索，适度创新。少做或不做减法，多做加法。

上戏的编剧教学，主体框架几十年未动"筋骨"。20世纪80年代末将"写生、写画、写戏剧片断"调整为"戏剧元素训练"，是一种

"体制内"的适度改良。所以,对学生戏剧观培养的重视,也只能以"润物细无声"的方式来实施。近年来,在我与同事们所从事的有限的工作范围内,主要尝试作以下两方面的努力。

第一,课程内容上的补充调整。

在现有的大学体制内,教与学的主渠道依然是课程,但因为涉及教学大纲的相对稳定性,这方面的工作又必须谨而慎之。

1. 在编剧史论课上增加戏剧观教学内容

《编剧概论》是一门专业主干课程,以往授课内容的重点是介绍编剧技巧,从2007年开始,我将课程内容调整为"观念""想象力"与"编剧理论与技巧"。戏剧观念涉及对戏剧本质特征的看法,对戏剧功能的认识,对戏剧生态的判断,对戏剧反映生活真实的态度等。强调戏剧的意义在于以自己的方式记录这个时代,向同时代的人贡献戏剧人独到的识见。提出观念决定视野,观念的准备是最重要的准备,观念就是艺术生产力的见解。同时在对我国戏剧影视创作现状进行分析的基础上,提出当务之急是挽救我们的艺术想象力。启发学生在学习与实践中逐步建立正确、健全、开放的戏剧观念,努力开阔艺术视野,注重深入生活,从生活中吸取养料,不断增强艺术想象力,在此基础上掌握编剧技巧。

《电影观念史》虽然不属于编剧史论课,但主持这门课程的丁罗男教授以20世纪电影艺术发展的行程为线索,"史"和"论"结合,将电影观念变化更新的过程作为课程的重点,对每一个历史时期的观念定位及文化内涵,进行了作品、作者和思潮相互印证的论述,考察详尽,梳理清晰,对学生电影观念以及编剧观念的培养具有很好的指导意义。因而前年我提议将这门选修课改为必修课。

2. 在编剧实践课上强调戏剧观的指导意义

《新剧本创作与研究》是面向编剧专业高年级学生与全院研究生的一门选修课，我很希望通过这门课程对学生的先进戏剧观培养提供一定帮助。

首先，我要求选修这门课的同学认真清理一下自己的戏剧观。我要求学生为自己搭建一个平台，这个平台上要摆放几样东西：一是至少有10部中外经典（古典）剧作；二是至少有10部中外现当代名剧；三是至少有10部你自己心目中认为最糟糕的剧作；四是还要有你自己的所有习作。在此基础上你去认真地比较分析，反刍思考，慢慢地，你脑海里戏剧观的图谱就也许会清晰起来。然后你再尝试从新的角度去思考自己的创作。

其次，我希望学生在编剧实践上有些"新招"。多年以前，我在访问台北艺术大学时曾观摩了那里的师生创作排演的一部新戏《呐喊窦娥》（改编自关汉卿《窦娥冤》，编剧兼导演陆爱玲），这个戏给我留下极为深刻的印象，原因有二：一是当我拿到《呐喊窦娥》那张剧情说明书时，也许是我孤陋寡闻的缘故，我被这本薄薄的小册子所震住了。十来页纸，除了简单的剧情与主创人员情况介绍以外，后面的内容全是《窦娥冤》这个戏在古今中外各地演出的详细记录。在我看来，与我们在大陆剧场常见的那种印刷流金溢彩、包装精美华丽、内容干瘪贫乏、宣传夸大其词、文理不通、价格昂贵的剧情说明书相比，这简直是一份沉甸甸的、含金量很高的学术文献了。戏未开始，我已对这个戏的主创人员心存敬畏。二是当我看完演出，我又被主创人员在舞台上所传递给我们的丰富的艺术想象力所折服。这个戏的精妙之处在于，剧作在展示窦娥"3岁失去母亲、7岁作价偿债、19岁丧夫、20岁遭残忍刑宪"的故事时，把原作《窦娥冤》幕与幕之间的背后故事有选择、有分寸、有张力地表现出来了。如剧作分别演绎了窦娥3岁到19岁的生活情景，从与窦天章的父女情深，被迫卖给蔡婆的离情依依，到与蔡婆生活的种种片段等等，都有独特的细节与别致的表达方式，不仅情节新鲜，而且情感动人。走出剧场，我想，如此有个性、有创意的舞台呈现，一定与那份独特的剧情说明书有关：正是因为编导做了大量的功课，了解并把握了《窦娥冤》一次次被演绎时艺术风貌上的异同，才有可能找到区别于他人，真正属于自己的"这一个"窦娥。

也许是受此启发，我在《新剧本创作与研究》行课时，要求学生在谈剧本构思的过程中必须过一道程序，即参照学位论文开题报告的方式，要说明你的未来剧作选题的价值，要摸清国内外同类题材的创作现状，并作出你的分析，要阐述你在这个题材处理上的创新点。这一方法的意义在于，可以逼迫学生去做大量功课，可以有效避免构思雷同、情节俗套、主题重复的毛病。更重要的是，如果学生能将以严谨的做学问的态度来对待剧本创作变为一种习惯，则有百利无一弊，《呐喊窦娥》的经验便是有案可稽的成功范例。

再次，我希望在检验教学效果的手段上有点"新规"。《新剧本创作与研究》行课伊始，我就向学生们说明了检验本课程教学效果的几点要求，包括：一是本课程注重学生在创作实践中的戏剧观革新与艺术想象力培养，特别强调与鼓励学生在艺术上的创新与探索；二是每个学生除了完成规定的剧本创作，还要写一篇课程学习小结；三是期终考试采用剧本朗读与师生共同评议的方法，着重研讨剧本中与戏剧观有关的理论与实践问题。

实践证明，这样的努力是有一定成效的。举个例子。我有个研究生，他的《新剧本创作与研究》课程作业是想写一部反映当下年轻人婚恋观念变化的话剧，主体情节是：一个来自外省的年轻人决定放弃深深相爱的恋人，娶一个他并不爱的富家女，由此可以少奋斗 20 年。因为拥有较多的素材，他对这个题材有信心。我让他按照课程要求做功课，他很好地完成了三个步骤的准备：第一，将人物与故事放到广阔的社会大背景上去考察，注重立意开掘；第二，寻找到一个独特的戏核，区别于同类题材的作品套路；第三，建设两场重场戏，以确保戏剧的观赏性。最后他完成的话剧作品名《丈人家的狗》，写来自贫困农村的主人公陶涛，大学毕业时为了能留在大都市里，抛弃了和漂亮女友四年的真挚感情，迅速地与同班一位德、才、貌平平但家境富裕的女同学结了婚。然而，婚后衣食无忧的生活却并没有让他感到哪怕一丝一毫的幸福，丈人对他呼来喝去的态度，妻子时常流露出来鄙视的眼神，甚至家里豢养的宠物狗都时常对他肆无忌惮地嚎叫。在巨大的心理压力下，陶涛的精神处在了崩溃的边缘，甚至到了后来，只要一听到狗叫，他就会冷汗直冒。在这样巨大的心理压力之下，陶涛还必须要完成和自己的妻子生育一个孩子的任务。对于正常夫妻来说非常正常的事情，在陶涛却变成了一个无法克服的难题。他把每次不成功的原因，都归咎于那条狗的叫声，甚至到了后来，一听到狗叫，他就不行。这样一来，克服心理障碍的唯一办法，就是把这条狗从家里赶出去。尽管这种做法只具有象征意义，他却自以为可以借此维护住内心深处最后一丝的自尊。然而，令人沮丧的是，狗虽然最终被费尽心机地赶走了，陶涛却并未能够获得心理补偿，反而连最后一丝挣扎的勇气也失去了。作品后来在上戏新剧本朗读会上面世，获得广泛好评。著名剧作家薛允璜有一段热情洋溢的评语，不妨转录于下。

话剧《丈人家的狗》，独特，深刻，令人难忘。

先说独特。这个戏的构思、情节很不一般。虽然反映的现实生活并不鲜见，但主要情节和场景涉及夫妻的性生活，且要正面去表现，这在中国戏剧舞台上，很少见到，难度很大。作者思想解放，艺高胆大，勇敢地、谈笑风生地写了出来。如第四场，陶涛和莉莉两人的夫妻戏，作者巧妙构思了一个独特的"戏核"：狗一叫，男的便不行。并紧紧抓住这个戏核，展现夫妻性生活的艰难，写得自然、真实、细致、干净，戏剧性很强。陶涛欲哭无泪，观众欲笑带泪。

这个戏的矛盾对立面设置也很独特：男主人公的主要对立面竟是一条宠物狗。实际对立面是老丈人，但老丈人戏不多，舞台上真正跟陶涛冲突的是狗狗淘淘。第五场整场戏几乎就是陶涛跟狗狗的冲突，狗狗除了狂吠几声没有一句台词，只有动作，强烈的冲突把陶涛激怒，他的心理活动、精神世界刻画得淋漓尽致，把戏推向高潮，把观众牢牢抓住。第五场是全剧最好看的一场戏，这场戏全靠狗狗的设置和描写。没有宠物狗淘淘，便没有这场好戏，也没有这个独特的心理剧。

再说深刻。陶涛毕业后放弃爱情，攀高枝与莉莉结婚，却失去了心灵的自由，人生的幸福，几乎沦落到钱家的一条狗，还不如那条宠物狗。他无奈、挣扎、欲怒不敢，委屈妥协，自失真情，自毁人格。这不是时代青年的主流，这种人为人们所不取。但正面去批判教育，往往流于说教，难免浅薄。现在作者通过戏剧性的情节，集中笔墨写他的心理活动，三分理解同情，七分善意嘲讽，令人扼腕深思。人物心理刻画得入木三分，使整个戏的立意、思想深刻多了。

人不如狗，这是崇尚金钱、人格贬值的恶果。正因为这个话剧触及了这个社会问题，才有了与众不同的思想深度。人不如狗，是人格的悲剧、社会的悲剧，写足这一层，正是这个话剧的价值所在。

类似的案例还有多个，限于篇幅，不一一列举。

第二，教学资源上的拓展利用。

1. 推出戏文双周学术论坛

论坛邀请海内外专家向学生传道、授业、解惑。无论是资深教授在本专业领域里的研究成果，还是成功艺术家宝贵的创作经验，抑或是年轻学者独到的学术见解，都有助于学生的戏剧观培养。以我为例，这些年在校内外开设的讲座如《戏剧观：当代中国戏剧的"最后一根稻草"》《谁来挽救我们的艺术想象力》《延长剧作寿命的 N 种可能》《请为华丽而又寂寞的中国戏剧舞台增添一二个新的人物形象》《焦灼呼唤戏剧舞台上的"国家形象"》《编剧"三字经"》《今天我们怎样写小品》等更是直接与戏剧观内容有关。

2. 组织学生下生活采风

历史上，上戏的编剧教学重视鼓励学生深入生活，在一份1961年8月制定的《〈写作实习〉教学计划试行草案》中就有明确要求："在四年一贯中，使同学在深入工农斗争生活、注重思想履行的前提下，逐步训练成为初步具有观察生活，分析研究素材，进行艺术概括的能力，并善于通过文字描绘，生动刻画舞台艺术形象的创作技能。写作实习宜和生产劳动深入生活相结合。依据我院的劳动计划，每年有集中劳动，每周有分散劳动，四年中有一学期深入工厂、农村或部队。依据上述，在写作实习训练上，就有条件和生产劳动生活相结合。并可建立生活基点，以班为单位向附近的工厂挂钩，同时提倡每日写笔记，对生活中的感受作形象的素描，借以积累生活素材，以便在条件成熟时着手创作。"但是，进入新时期以来，在浮躁的社会大环境影响下，对学生深入生活方面的教学安排与教学管理有所松懈，虽然有《社会调查》课程，并在三年级专门有深入生活的时间安排，但基本上是采取"放羊"式管理。为此，近年我们逐步重视学生下生活的安

戏剧观：戏剧写作教学的灵魂

排与考查，除了规定的课程，还特别动员各年级学生开展暑期社会调查，并将学生撰写的调研报告结集交付出版社正式出版，有学生还在调研报告基础上进一步扩大来源于生活的创作成果，申报上海文化发展基金会资助获得成功，有效地激发了学生深入生活的热情与勇气。

3. 鼓励学生开展舞台实践

传统的编剧教学，只重视文本的技术构建，这对于具有综合艺术特性的戏剧，其实是不完整的教学。鼓励学生开展舞台实践，可以让学生感性地、立体地、全面深入地把握戏剧艺术的精髓，可以培养学生发现问题、分析问题、解决问题的能力，可以让学生在鲜活的案例面前，在当下的观演空间内体悟到真正的戏剧艺术应该舍弃什么，追寻什么，表达什么，而这些收获都是课堂教学所无法替代的。同时，在实践剧目选择上，尤其鼓励学生重视独幕剧的舞台呈现，强调体现具有现实主义精神的剧作理念，从而帮助学生更好地强化传统意义上的"剧"的意识，打下扎实的专业基础。

4. 介绍当代外国剧本译作

利用《上戏新剧本》这个载体，近年连续推出了在外国戏剧研究领域造诣颇深的范益松教授的当代外国剧本译作整整六大本。作为教学参考资料，这些剧作在第一时间传递了当代外国戏剧创作走向的信息，为师生拓宽艺术视野，吸纳先进戏剧观营养，提供了一定帮助。

当然，学生戏剧观的培养是一个系统工程。我所能认识到的，仅仅是管窥之见；我们所能尽力做的，作用也可能十分有限。那就以"不积跬步，无以至千里"聊以自慰吧。

概而言之，在我看来，四年编剧专业本科教学，如果仅仅偏重于技能训练，这与文艺技校与职业大专的教学还有什么区别？如果忽略了学生思想力、想象力与表现力的综合培养，这与国际一流艺术大学的建设目标与教学理念又有多少关联？孙祖平教授有一中肯的提醒："开发学生对人生的感悟，其重要性丝毫不亚于对剧作知识点的学习。学生们虽然涉世不深，却也有着近 20 年的人生阅历；家庭、学校的生活相对封闭、单纯，却也是整个社会的一个组成部分。引导学生用剧作技巧开发人生经验，获取写作的材料，激励学生用戏剧精神观照周遭境况，寻觅新的创作源泉，……是不可忽略或轻视的重要教学环节。"

这话，说到了点子上。

（原载《戏剧》2014 年第 6 期）

戏剧观：戏剧写作教学的灵魂

不能忽略了萧伯纳

众所周知，中国的戏剧教育，特别是戏剧编剧教学，是无法绕过埃斯库罗斯、莎士比亚、莫里哀、果戈理、契诃夫、易卜生、斯特林堡、奥尼尔、布莱希特、迪伦马特、萨特、贝克特、阿瑟·米勒等等戏剧大师的。但是，有一个人，常常会有意无意地被我们所忽略，这个人就是乔治·萧伯纳。

忽略萧伯纳，也许也有些道理。他继承了易卜生又指引了布莱希特，但就其作品而言，从思想力的角度去看，我们可能更容易接受易卜生；从艺术性的角度去看，我们也许更愿意欣赏布莱希特。如果与同时代的尤金·奥尼尔相比，我们的目光逗留在萧伯纳作品上的时间就会更短。

忽略萧伯纳，又没有道理。在 19 世纪 90 年代，萧伯纳的最大贡献是倡导戏剧反映社会现实生活和人类命运的创作观念，把处于颓废边缘的英国戏剧带回到观照现实的康庄大道，推动了 20 世纪戏剧的理性转向，并对许多国家的戏剧产生过重要影响。而对于中国、中国戏剧以及中国戏剧教育，萧伯纳无疑更具有不可忽略的启示意义。

一

不该忽略了萧伯纳，是因为萧伯纳与中国以及中国戏剧有着十分独特的关系。

对于中国人民来说，萧伯纳的名字并不陌生。对于中国的戏剧工作者来说，萧伯纳作为19世纪末至20世纪上半期英国最卓越的剧作家，更是一个为我们所耳熟能详的名字。

乔治·萧伯纳（1856—1950），爱尔兰伟大的作家、戏剧家、思想家、社会活动家。他生于爱尔兰首都都柏林，父亲做过法院公务员，后经商失败，嗜酒成癖，母亲为此离家去伦敦教授音乐。受母亲熏陶，萧伯纳从小就爱好音乐与绘画。在都柏林美以美教会中学毕业后，因经济拮据未能继续深造，15岁便当了缮写员，后又任会计。1876年移居伦敦母亲处，为《明星报》写音乐评论，给《星期六周报》写剧评，并从事新闻工作。

萧伯纳的文学始于小说创作，但突出的成就是戏剧。自1885年至1949年近64个创作春秋中，他共为人类奉献了51个剧本。前期主要有《不愉快戏剧集》，包括《鳏夫的房产》（1892）、《荡子》（1893）和《华伦夫人的职业》（1894）等；《愉快的戏剧集》，由《武器与人》（1894）、《康蒂坦》（1894）、《风云人物》（1895）和《难以预料》（1896）组成；第三个戏剧集名为《为清教徒写的戏剧》，其中有《魔鬼的门徒》（1897）、《凯撒和克莉奥佩屈拉》（1898）和《布拉斯庞德上尉的转变》（1897）。进入20世纪以后，萧伯纳的创作进入高峰，发表了著名的剧作《人与超人》（1903）、《芭芭拉少校》（1905）、《伤心之家》（1913）、《圣女贞德》（1923）、《苹果车》（1929）和《真相毕露》（1932）、《突然出现的岛上愚人》（1936）等。其中《圣女贞德》获得空前的成功，被公认为是他的最佳历史剧，是"诗人创作的最高峰"。萧伯纳杰出的戏剧创作活动，不仅使他获得了"20世纪的莫里哀"的称誉，而且"因为他的作品具有理想主义和人道精神，其令人激励和讽刺往往蕴含着独特的诗意之美"，于 1925 年获得了诺贝尔文学奖。

　　对于萧伯纳的戏剧，中国人民一向为之倾注热情。早在中国话剧运动开始的初期（1921 年春），汪仲贤、夏月润等人就在上海新舞台演出过他的作品《华伦夫人的职业》，作为第一次将原汁原味的西洋话剧搬上中国舞台的尝试，由于各种原因演出没有取得预期的成功，但作为中国话剧运动史上的一个重大事件，它对中国戏剧的发展产生的影响不可低估。中国话剧奠基人之一洪深就深受萧伯纳戏剧的影响，而著名戏剧家黄佐临曾师从于萧伯纳。有史料记载：黄佐临 1925 年至 1929 年在英国伯明翰大学攻读商科，住在郊区的林溪学院。在该院的学生同乐晚会上，黄佐临演出了自编自导的独幕剧《东西》，后来将该剧本寄给萧伯纳，表示对萧伯纳和易卜生的崇拜，萧伯纳回信道："一个易卜生，他是个门徒，不是大师；一个萧伯纳，他是个门徒，不是大师；易卜生不是易卜生派，他是易卜生；我不是萧伯纳派，我是萧伯纳；如果黄想有所成就，他千万不要做门徒，他必须依赖本人的自我声明，独创一格。"（黄佐临译） 1937 年黄佐临从伦敦戏剧学馆导演班毕业，回国投入抗日行列，临别前，萧伯纳在送给黄佐临的相册上题写了一段语重心长的话："起来，中国！东方世界的未来是你们的，如果你有毅力和勇气去掌握它，那个未来的盛典将是中国戏剧，不要用我的剧本，要你们自己的创作。"①

　　萧伯纳的戏剧至今已有三十余部被译成中文在国内出版，其中有的有两三种译本。据《外国文学论文索引》的不完全统计，评价萧伯纳的书籍和文章，仅 1919 年至 1964 年就有 88 种之多，倘若算到现在，只要到网站上一查就知道，早已数以万计了。

_____

　　① 黄殿祺：《从天津走出的影剧家焦菊隐、 黄佐临、 石挥》，《天津日报》 2004 年 5 月 31 日。

萧伯纳在中国影响之大，除了他的剧作本身的魅力以外，还得益于1933年萧伯纳周游世界经过我国时曾访问过上海的那段经历。在参加宋庆龄为他举行的欢迎会上，他和鲁迅、蔡元培、杨杏佛等文化界知名人士晤谈。尽管由于各种条件的限制，萧伯纳对当时的中国国情也是知之甚少，但他对中国人民却十分友好，对中华民族也是充满了信心。他曾在应《上海时事新报》之请，表达对中国人民之意见时说："中国人民，而能一心一德，敢问世界孰能与之抗衡乎？"① 当然，他对中国人的劣根性也作了较为尖锐的批判，至少有两段话至今想起来仍然令人有如醍醐灌顶之感。一段话是说："中国人的一种奇异的特性，是他们对外国人的那种不可思议的客气和亲善；而在他们自己却老是那么不客气，老是打仗。不知是什么道理？"② 这真是一针见血地指出了中国人好"窝里斗"的劣根性。另一段话是萧伯纳在当时的北平，他看到由于华北受日本人的侵略威胁，当时的政府将故宫的文物悉数南运，而一些中国的富人也纷纷携财产南迁，对此，萧伯纳说："故宫古物的南迁，于北平文化史上增加了悲痛的一页，好似古物较数百万北平人民的生命更重要的样子。我们赴意大利游历，则罗马时代的种种古物犹存，未闻意大利因为内乱外争，而把古物搬东移西的。""……中国富人亦南迁，好似北平可以放弃一样，富人的财产不可受丝毫的损失。我不懂是什么道理，是否富人的财产较北平全市的价格为高吗？"③ 中国人的利己、不顾民族的文化和社会公共利益的劣根性，被萧伯纳先生讽刺到了体无完肤的地步。难怪瞿秋白称萧伯纳为"世界和中国的被压迫民众的忠实的朋友"，说萧伯纳"把大人先生

---

① 林履信：《萧伯纳的研究》，商务印书馆1939年版，卷首第1页。
② 同上书，第198页。
③ 同上书，第197页。

不能忽略了萧伯纳

圣贤豪杰都剥掉了衣装，赤裸裸地搬上舞台。他从资产阶级社会走来，而揭穿这个社会的内幕。他真正为着光明而奋斗"。鲁迅更是十分称赞萧伯纳说真话的勇气，"撕掉绅士们假面"的勇气，是"现在的世界的文豪"。

二

不该忽略了萧伯纳，是因为萧伯纳是一个独具个性的伟大剧作家。

在极其有限的篇幅内，要想全面地考察、评估萧伯纳的戏剧艺术成就，当然是有困难的，但我们不妨将萧伯纳与他前后左右的戏剧大师们做些比较，可能会获得一些简单明了的认识。

首先，让我们将萧伯纳与莎士比亚作比较。

莎士比亚是属于全人类的戏剧英豪。伊丽莎白女王曾经说过，她可以放弃大英帝国的所有版图，而决不愿意放弃莎士比亚。然而非常有意思的是，萧伯纳对他的这位前辈并不恭敬。在萧伯纳看来，莎士比亚剧本中的情节和情景是人为的："莎士比亚把我们自己搬上舞台，可是没把我们的处境搬上舞台。例如，我们的叔叔轻易不谋杀我们的父亲，也不能跟我们的母亲合法结婚。我们不会遇见女巫……易卜生补做了莎士比亚没做的事。易卜生不但把我们搬上舞台，并且把我们自己处境中的我们搬上舞台。剧中人物的遭遇就是我们的遭遇。"①

萧伯纳将自己划归于易卜生流派。他主张摈弃以罗曼蒂克、尖锐情景和血淋淋的结局来构筑情节的旧式悲剧，坚决反对以巧合、误会

---

① ［英］萧伯纳：《易卜生主义的精华》，译文见《欧美古典作家论现实主义和浪漫主义》第 1 册，中国社会科学出版社 1980 年版，第 318 页。

和离奇的情节耗尽观众注意力的所谓"佳构剧"，提倡剧本的任务是引起观众的思考，情景必须是生活化的。他曾明确提出，戏剧是"思想的工厂，良心的提示者，社会行为的说明人，驱逐绝望和沉闷的武器，歌颂人类上进的庙堂"。

当然，我们也注意到，萧伯纳对莎士比亚的态度除了两人的戏剧观不同以外，一个重要的原因是，19世纪末，英国舞台上充斥着写家庭琐事、三角恋爱、通奸案件之类的戏剧，内容庸俗，迎合小市民低级趣味，而萧伯纳的戏剧则大胆革新，积极反映社会生活中严肃的社会问题，揭露资本主义社会的脓疮，引起了当时的保守派的竭力反对，他们试图以莎士比亚为例，把莎士比亚与易卜生、萧伯纳的新型社会剧对立起来。正因为这个缘故，萧伯纳就用特别推崇易卜生、反对莎士比亚的偏激方法，力图呼唤一种在内容上、形式上都能反映现代生活及其课题的、与新时代相适应的新型剧作。

其次，让我们将萧伯纳与易卜生作比较。

如前面所述，萧伯纳十分推崇易卜生的戏剧观，他在《易卜生主义的精华》中对易卜生表示了充分的敬意。在现代戏剧史上，应该说，是萧伯纳和易卜生、霍普特曼、契诃夫一道，共同创造了新型的、反映社会生活的剧作，但萧伯纳同时又与侧重于描写社会的日常生活和人物心理的易卜生、霍普特曼和契诃夫不同，他的戏剧是一种带有鲜明的时代胎记和个性痕迹的社会思想剧或称社会理性剧。在艺术手法上，萧伯纳与易卜生两人可谓大异其趣。比如，在易卜生的剧作中，人物性格比思想观念重要得多，而且人物总在令人信服的谈吐中生活；但在萧伯纳的剧中，思想观念才是举足轻重的，他笔下的人物不是说话，而是讲演。如在《华伦夫人的职业》中，华伦夫人就娼妓问题与女儿展开争论，在《芭芭拉少校》中，安德谢夫就统治英国

不能忽略了萧伯纳

的是金钱还是品质这个问题与儿子进行了一番舌战等。当然，萧伯纳剧中的辩论场面绝不是枯燥无味的，而是处处闪烁着智慧的光芒，这不仅归功于萧伯纳对人生、对社会的深刻洞察，更应归功于他对语言艺术的高度驾驭能力。

再次，让我们将萧伯纳与高尔基和布莱希特作比较。陈世雄教授在《现代欧美戏剧史》一书中对此有过十分精当的论述，他认为：高尔基剧作是相当典型的"思想剧"，集中地思考了资本主义社会中人的生活。其目的是要表现个人之间的冲突如何转变为社会性冲突。高尔基剧作同样表现了激烈的辩论，但这些辩论更接近生活，不像萧伯纳剧作中的辩论那样往往带有毫不掩饰的、演说家式的激情与狂热，政论色彩也不那么浓厚。然而高尔基剧作中冲突的展开始终不渝地体现阶级斗争的历史必然性，而萧伯纳则未能通过戏剧冲突来表现不同阶级的较量。在萧伯纳的笔下，冲突往往表现为被生活假象所蒙蔽和戳穿这种假象两者之间的斗争。这就是说，资产阶级社会为了掩盖真相而臆造出骗人的理想和偶像，而萧伯纳则竭力通过戏剧冲突来引导人们拨开迷雾认清现实。尽管如此，高尔基还是认为萧伯纳是"欧洲最大胆的思想家之一"。

而布莱希特作为20世纪理性戏剧最杰出的代表，他与萧伯纳的剧作风格也有许多相似之处。我们甚至可以认为：从某种意义上说，萧伯纳的戏剧思维方式深深地影响了布莱希特。因为布莱希特对萧伯纳一直深表敬意，"如此睿智，如此勇敢无畏和能言善辩的人在我心目中是绝对值得信任的。要知道对我来说思想的深度无论如何都比它的具体运用要重要得多，杰出人物本身比他的活动倾向更重要"。布莱希特同时指出，对他来说最重要的是萧伯纳的"思维方式"，而不是他在各个具体问题上的观点。布莱希特像萧伯纳一样深信以政论和宣传鼓动为目的戏剧有利于启迪民智、消除社会的弊端。而且在他的叙述体戏剧中，政论思维、哲学思维和科学思维影响戏剧思维的程度远远超过了萧伯纳。

诚如陈世雄教授所指出的那样，无论高尔基还是布莱希特，在运用戏剧艺术为现实斗争服务方面都比萧伯纳走得更远、更加卓有成效，但是，在这条路上走出第一步的是萧伯纳。这位爱尔兰剧作家无疑是现代"思想剧"最杰出的代表之一。

<h1 style="text-align:center">三</h1>

不该忽略了萧伯纳，是因为萧伯纳对教育、戏剧教育有极其独特的见解。

萧伯纳是一个自学成才的奇才，他对教育一向持否定态度。诚如刚才爱尔兰三一大学尼古拉斯·格林纳所列举的那样，萧伯纳在香港大学演讲时，一开始就对学生说："我有一个强烈的观念，那就是地球上每一个大学都应该夷为平地，用盐做地基。"[①] 要知道，用盐做地基是当时的英国人用以辟邪的一种习惯，由此可见萧伯纳对教育是何等的厌恶。当然，恐怕没有一个大学教授能接受他这种说法，但我们能理解他这样说的真正意思，那就是如果大学失去了其作为办学宗旨的求实精神，那就失去了办学的意义。

对于戏剧教育，萧伯纳几乎也是抱同样的态度。1905年，美国著名的耶鲁大学拟开设近代戏剧与当代戏剧的讲座，《萧伯纳评传》的作者亨德生因崇拜萧伯纳的关系，特别提议请萧伯纳将自己的剧作送一

---

① ［爱尔兰］尼古拉斯·格林纳：《萧伯纳：爱尔兰戏剧的牛虻》。

份给耶鲁大学，但是萧伯纳却轻蔑地回答道："我实在不知道有什么东西送给耶鲁博物院，除非他们会高兴一只破旧的皮鞋。"① 还有一次，一家出版公司打算将他的剧本收进中等学校的教材里，也遭到了他的断然拒绝。

萧伯纳对教育的排斥的确有点不近人情，尽管如此，作为一代经典戏剧家的萧伯纳，对于我国的戏剧教育自有其特殊的意义。这主要体现在以下几个方面。

第一，萧伯纳强调戏剧是教育的工具，反对"为艺术而艺术"，这与我国戏剧教育的主流价值观十分相似。

毫无疑问，我国的戏剧教育一向提倡文艺（戏剧）为人民服务，为社会主义；提倡现实主义的创作方法；提倡"走出象牙塔"，从火热的生活中去吸取养料，创作为人民大众所喜爱的作品。而萧伯纳正是一贯主张艺术应当反映迫切的社会问题，反对"为艺术而艺术"。他的创作深受挪威剧作家易卜生的影响，他提出作家的责任不是用虚构的故事去迎合读者的趣味，而是要探索现实、批评现实。因而，在他的创作中，社会问题剧占有很大的比重，比如《鳏夫的房产》写资产者萨托里阿斯拥有大量房地产，靠剥削贫民窟里的穷人为生。他的女儿白朗琪和青年医生屈兰奇订婚，屈兰奇发现萨托里阿斯财富的来源时，请求白朗琪同她父亲断绝一切金钱关系。白朗琪拒绝了这个要求，婚约也随之取消。后来当屈兰奇发现他自己的收入同样来自萨托里阿斯时，便改变了原来的想法，同白朗琪结了婚，而且还同他的岳父合伙做买卖，用牺牲公共利益的方法来发财致富。这个剧本用铁的事实说明，在人压迫人的社会里，人们不可能通过正直的手段发财，

---

① 林履信:《萧伯纳的研究》，商务印书馆1939年版，第158页。

富人的金钱都沾有饥寒交迫的穷人的血泪。那些有钱有势的绅士们，在体面的外衣下掩盖着极其卑鄙和丑恶的灵魂。

又比如，《华伦夫人的职业》的主题与《鳏夫的房产》相似。华伦夫人在欧洲开妓院，获得厚利。女儿薇薇不知道这件事，她自命清高，在剑桥大学获得数学优等奖。后来当她发现了母亲钱财的来源后，脱离家庭，企图以劳动挣工资过日子。

再比如，《芭芭拉少校》描写大军火商安德谢夫的女儿芭芭拉参加宗教慈善事业。她为了拯救人类的肉体，在大街上向穷人施舍，不使他们挨饿受冻；她更要拯救人们的灵魂，要父亲放弃军火制造，弃邪归正。后来她发现慈善组织原是她父亲一类人出钱兴办的，于是幻想破灭。安德谢夫是一个混世魔王，靠战争发财，公开宣称自己没有道德标准，扬言宗教、议会、法律都是为他服务的，等等。

萧伯纳曾在《人与超人》的序言里说："我不能成为纯文学作家。如果仅仅是为了'艺术'，我真不愿意费劲地去写一个句子。"他宣称：戏剧家写戏剧的目的不是要让被奉承的观众观看一场巧妙有趣的、只供消遣的文娱表演来消磨时光，而是使观众感到内疚、感到问心有愧。[1] 难怪洪深称他是一个真正的"充满了革命情绪的社会主义者"。[2]

显而易见，萧伯纳强调戏剧家的社会责任感与使命感，这与我们的戏剧教育理念可以说是完全一致的。

第二，萧伯纳的教育观与我国的艺术教育的规律也十分吻合。

萧伯纳对教育的反感，主要是因为他认为：现代的大学教育，就是以"死读"代"经验"，以"文学"代"生活"，以"幻想"与"过时"

---

① 黄嘉德：《萧伯纳研究》，山东大学出版社 1989 年版，第 40 页。

② 洪深：《洪深文抄》，人民文学出版社 2005 年版。

不能忽略了萧伯纳

代"实在"与"现今"。① 因此，他在香港大学演讲时还说过这样一段话："文化所需要的是创造精神……所以大学的学生不要仅仅死记从大学课本里所得的学问，而要把学问的精义终身实行。所以应该时时和师长质疑，更进一层！深求各师长所不同之点，则真义自见。求学之道，善用组织法，以求真学问的真价值。"②

萧伯纳的这些论述使我们廓清了他对大学反感的迷雾。强调创造，不死读书，关注现实，教学相长，取长补短，求得真学问，这不正是我们戏剧教育所一贯提倡并一直在努力追求的东西吗？

第三，萧伯纳一直提倡、强调并实践现实主义新戏剧，反对"佳构剧"。他的戏剧充满着他观察到的深刻的社会与人生的现象，他的戏剧观与创作方法决定了他的创作关注现实、关注民众疾苦。他为了写《鳏夫的房产》，"……曾经每星期亲自到贫民窟去收取房租，在四年半的时间里看到资产阶级房东的幕后情况"③。为了写《芭芭拉少校》，他亲自参加救世军的集会，唱赞美诗，随时随地作记录……正如他在《一个现实主义戏剧家对批评者的回答》（1884 年）一文中所说："我是……一个戏剧家；但我并不是一个独出心裁的戏剧家，因此我必须从现实主义现实生活里采用第一手的戏剧素材，或者从可靠的文件里采用戏剧素材。"④ 他反对那种以情节公式化为中心的"佳构剧"，他认为，情节公式化是严肃戏剧的大敌，也是任何类型的文学作品的大敌。这样的艺术见解当然也可以看作我们从事戏剧艺术教育的宝贵财富。

---

① 林履信：《萧伯纳的研究》，商务印书馆 1939 年版，第 158 页。
② 同上书，第 160 页。
③ 黄嘉德：《萧伯纳研究》，山东大学出版社 1989 年版，第 33 页。
④ 同上书，第 35 页。

今年是萧伯纳访问上海 80 周年。想起 10 年前，我有幸应邀参加爱尔兰驻沪总领事馆在上海市人民政府配合下隆重举行的萧伯纳访问上海 70 周年纪念活动，在那次活动中，爱尔兰作家尼古拉斯·格林纳等与蔡元培、杨杏佛的后裔以及部分中国作家在上海鲁迅纪念馆举行座谈，共同回顾历史、缅怀伟人、展望未来，同时，中爱双方学者对萧伯纳访问上海的影响作了历史评价，至今令人难忘。

总之，不能忽略了萧伯纳，就是要进一步吸纳他给全人类带来的精神财富。作为一名戏剧教育工作者来说，我们更希望将萧伯纳对人生、对艺术、对戏剧的种种真知灼见转化为可贵的教育资源，为培养一代又一代既充满艺术才华又具有社会责任感的未来戏剧家而努力。

（原载《戏剧艺术》2013 年第 4 期，《文汇报》2013 年 8 月 10 日整版刊登）

指导哥伦比亚大学艺术硕士
研究生剧本写作的历程与省思

作为一所国内一流的高等戏剧艺术院校，上海戏剧学院（以下简称上戏）的地位、属性与发展需求决定了它必须与国外高水平大学保持密切的合作关系，并以此来了解把握世界同类的学校、学科与专业的发展动态；学习借鉴国外院校先进的人才培养模式；吸纳利用国外一流大学的优质教学资源，套用一句老话，"他山之石，可以攻玉"。

新时期以来，特别是近十多年来，上戏通过设立"冬季学院"，开办导演大师班，主办表演教学国际论坛、接受国际剧协总部（ITI）落户等多种形式来努力接收世界上同类学校学科前沿的学术信息；通过委派教师、博士生、硕士生及本科生赴国外作短期访学，邀请国外一流的专家学者来校任教，或建立外国专家工作室与研究中心等等，由此来获得鲜活、丰沛的异域他乡的学术营养，这些举措已直接作用于学校的学科建设与专业教学。但不可否认的是，严格意义上的合作办学与共同培养专业人才的路径与机制尚未真正拥有。正是在这样的背景下，2014 年，哥伦比亚大学（以下简称哥大）戏剧系主任阿诺德·阿伦森教授和上戏学术委员会主任叶长海教授商谈成的一个交流合作教学项目就具有特别重要的意义。项目内容为：上戏与哥大双方互派两名优秀的编剧专业艺术硕士研究生到对方学校进行为期一学期至一学年的学习。哥大由著名戏剧家、编剧系主任黄哲伦教授选派学生来上戏，他同时负责指导上戏选派的学生在哥大的学业。上戏同样也由相关教授负责选派学生去哥大，同时负责指导哥大选派的学生在上戏的学业。虽然这样的方式还称不上真正的合作办学，也没有严格意义上的学分互换，更没有学位授予，但作为以对等的条件与常春藤大学共同培养编剧专业艺术硕士研究生，这在国内艺术院校研究生培养上可谓开了先河，也为将来进一步开展以学位授予为标志的合作培养研究生打下了基础。不可否认的是，这一合作，也证明了上戏70年延续的编剧教学传统得到了世界顶级大学的认可与尊重。从这个意义上说，叶长海教授所具有前瞻性的学科发展战略思维是很值得称道的。

本项目从2014年开始实施至今，上戏与哥大已先后各派出了六名研究生到对方学校学习。在叶长海教授的指导与同仁们的支持下，合作培养编剧专业艺术硕士研究生项目已取得了阶段性成果。本人有幸受叶长海教授的委托，成为本项目的负责人，作为哥大研究生在上戏的专业导师，我承担了教学设计、教学实施与教学管理的各项工作，经多年实践，积累了一定的教学感悟，愿以文字的方式记录于此，以就教于同道。

一　教学准备：背景与对象的研判

按照孔子的观点，教育活动中施教者必须对受教者有全面的了解。孔子的教育对象观当然不是本文要阐述的内容，但他要求把握受教者的需求、条件、志趣等以便更好地因材施教的观点无疑是永具指导意义。因为教育的本质功能是教与学之间观念、信息、技能的交流与传递。如果两者之间思想、观念、知识、信息、技能处于对等甚至

指导哥伦比亚大学艺术硕士研究生剧本写作的历程与省思

倒挂位置，那么教与学的必要性也就荡然无存。基于这样的认识，在正式接受与哥大合作培养研究生的教学任务以后，我所作的教学准备之一，就是通过各种渠道对我所关注的哥大以及哥大艺术硕士研究生教学进行调研，作出的初步判断是，哥大研究生教学与上戏相比较，至少有五个不同。

（一）招生选拔方法不同

美国研究生"招考分离、多样化选拔标准、严格淘汰制"等招生机制所体现出来的先进管理思想与教育理念已逐渐被我国许多高校所赞同并不同程度地借鉴与效仿，而编剧专业艺术硕士研究生的招生又另有一功。笔者曾在十多年前考察耶鲁大学戏剧系的招生情况。该系每年仅招二三位编剧专业艺术硕士研究生，年初发表告示，申请者通过网上申报获得初选资格。校方在所有报名者中挑选出20人左右的考生邀请他们来学校。考试的方法是，每天晚上由导师带领考生去各个剧场观摩各种戏剧演出，第二天座谈讨论，要求人人发言。这样的活动一般要持续二十多天，在此基础上导师遴选出自己喜爱同时也为其他考生所公认的尖子生。这些学生经过专业学习，大多能成为普利策奖或托尼奖得主。非常令人感慨的是，上述来自美国各个地方的考生的来回机票、二十多天食宿，包括观摩考察的所有费用都由学校统一报销。那些虽然没有获得入学资格的报考者也受教于招考活动全过程，因此而在戏剧创作上获得成功的也不在少数。哥大是美国著名的常春藤联盟院校之一，其戏剧系隶属于艺术学院，在全美及世界都赫赫有名，既有黄哲伦这样的在西方世界极有知名度的编剧、导演，也有诸如阿诺德·阿伦森这样的先锋戏剧、舞台美术研究的权威理论家。其招生办法虽然与耶鲁大学不尽相同，但基本的原则、理念与生源质量要求完全一致。如黄哲伦教授可不通过手续烦琐的考试，直接指定他认为具有编剧潜能、与哥大研究生声誉相匹配的学生入学。相对于我们设定的编剧专业艺术硕士考试方法选拔出来的学生，毫无疑问，哥大学生的综合能力应有可能高出我们一筹，作为中方导师，对此必须心中有数。

（二）教学内容与方法不同

中外戏剧教学内容的不同自不必说，这里主要说方法。据了解，哥大艺术硕士以创作实践为目的，学制三年，第一学年和第二学年以课程学习和写作实践为主，最后一年为毕业大戏，戏由不同专业方向的学生组成团队共同创作、排演、制作、呈现，一出戏的时长在 1 小时 30 分钟以上。与上戏相比，最明显的不同有三点。

第一，写作量大。如果一个学生每个学期选两门编剧类课程，那么包括日常训练中要求写作的 10 页左右的短剧在内，一个学生差不多要写近四十个习作，其中有不少是当堂写作。这样的写作量至少比我们多一倍以上。

第二，阅读与观摩量大。有导师将整个编剧课课堂的三分之二时间花在让学生阅读剧本上，阅读范围包括古典剧本、当代剧作与学生习作，其中量最大的是当代最新创作的优秀美国剧作。而把学生赶到剧院观摩新戏、组织讨论更是主要的专业课程。我们的阅读与观摩仅是导师对学生的口头要求，既没有规定的课程也没有学分（我本人虽然经常组织学生观摩与讨论，但也不计学分）。

第三，综合实践量大。哥大重视编剧专业与其他专业学生之间的合作与交流，戏剧系有导演、表演、制作、戏剧顾问、舞美设计等专业，有一门称作"共同协作"的课程，上课时间全系统一，是全系学生必须完成的团队实践课程。完成的方式是学生习作的排练，第一二学年主要是 30 分钟左右的独幕剧，到第三学年则要完成出一部大戏。而我们的研究生限于教学管理机制与条件，大多只在毕业时才有可能争取到排演或剧本朗读的机会，有的只能靠剧本发表才完成获得学位的规定要求。

第四，利用校外教育资源量大。包括邀请大量艺术家到课堂上演讲；安排学生走出去接触艺术家；带领学生接触真实的社会，如去法庭聆听审判，去街头观看马戏杂耍表演，去相关部门参与社会热点的追踪调研，等等。在这方面，我们的做法是主要取决于导师的教学理念、热情与兴趣，没有机制上的预设。我每年坚持几次组织学生去邻近省市的教学基地开展教学活动，却还会受到类似"以带学生采风为名出去游山玩水"等的非议。

（三）校园文化环境不同

不同的校园文化环境可以造就不同的学生。哥大重视文明、自由、创造的校园文化环境的营造，连管理部门也不放弃自己的责任。举一个例子：哥大负责给学生发放票务信息的老师每次给学生的邮件最后都会写着：请站起来，举起你的右手，说出下面的话：如果我对哥伦比亚大学的票务办公室提出要求，我承诺：将：（1）做一个善良谦恭且专业的观众；（2）无论发生任何事都坚持看完全剧；（3）不在剧院中宣传声张我的票是免费赠送；（4）在剧院中，不诋毁诽谤慷慨赠票与我们的制作方。这是对于创作者和观看者共同的尊重，也是对于戏剧艺术应有的敬畏。这样的意识与举措正是我们所长期缺失的。

（四）学习成绩评价不同

学校对于编剧专业艺术硕士学生的评分只有 ABC 三档。以写作课程为例，每个学生只要出勤率到了都是 A，学期最后也没有必交的论文或者作品，因为平时课堂是小班授课，每班十多个学生基本在课堂上能够分角色阅读自己上一周完成的作品，每人阅读过后会有五到十分钟的交流，老师和同学会提问题或者一些修改建议。一位曾参与他们的课程学习的上戏学生告诉我，他们的小练习作品都非常棒。她问任课导师，学生是原本就基础很好还是入学之后慢慢提高的？导师非常自信地回答，每个学生入学时就非常棒，而且对于创作专业的学生来说他们的学习成绩无法用具体的分数来衡量。因为课堂上的每一个学生都非常认真用功，学习效率非常高，他们善于发问，善于思考，值得我们学习的地方很多。这可能也与生源的质量有关。

（五）学生专业能力不同

在正式与外籍研究生面对面交流之前，我只能在学生预交的独立创作的剧本中去揣摩他们综合素质、学习能力、性格脾气等有关情况。如前所述，常春藤大学的研究生果不其然，两位学生的剧作所展示出来的专业素质、想象力与文学底蕴都令人刮目相看。穆雷·凯特的《家庭教师》，写一个年轻亮丽的常春藤学校法学专业毕业的高才生去做家庭教师，辅导一位高中男生的学习，与男生及男生父母发生了一系列的情感纠葛。剧作构思完整，结构严谨，语言生动，是一部中规中矩的戏剧新作。本·胡佛的《佛罗里达计划》以华特·迪士尼创作米老鼠和翠迪鸟的故事为背景，虽然结构有些松散，线索有些混乱，但叙事手法独特，想象力丰富，场面辽阔，意象丰富。总之，两位学生的作品令我窃喜，因为我知道，接下来除了要指导两位学生修改剧本，还可以用这两个生动案例启发引导我们的研究生去学习、交流与思考，从外籍同龄人中获得学习的动力与努力的方向。这，真是我接受哥大研究生教学任务的另一个重要目的。

二 教学实施：内容与方法的设计

在大致掌握了我即将面对的外籍研究生所在学校的专业教学情况与他们的专业能力以后，接下来就由我落实具体教学内容设计、教学团队构成与教学方法选择。

1. 教学内容设计

教学内容分为课堂教学与社会实践两个板块。

课堂教学内容有：

（1）中国文化系列讲座

（2）编剧学系列讲座

（3）中国戏剧简史

（4）百·千·万字剧编剧工作坊

（5）中国戏曲表导演常识

社会实践内容有：

（1）中国名城名镇考察与城乡社会调查

（2）中国戏剧观摩与讨论

（3）学生剧作修改、排练与演出

2. 教学团队构成

（1）师资力量配备

如何配备师资力量？我的要求是，每门课程都要选择最合适的老师。经反复思考，确定的具体人选与课目分别是：

《中国文化系列讲座》，由叶长海、王邦雄、孙祖平、姚扣根、宫宝荣、王云、刘庆、李伟、徐煜、张伟品等教授讲授。

《中国戏剧简史》，由丁罗男、张福海教授讲授。

《中国戏曲表导演常识》，由宋捷、费三金、童强教授讲授。

《编剧学系列讲座》，由著名剧作家、戏剧家组成的专家团队讲授。

《百·千·万字剧编剧工作坊》，由陆军教授、黄溪副教授讲授。

（2）教学教务助理配备

A. 上戏学生"伴读制"

除了翻译，还专门设置了"伴读"团队。共有二十余位编剧学博、硕士生全程参与。"伴读"的目的，一是本身设计的课程质量都较高，适合本校研究生选修；二是中美学生的相互交流也是重要的学习内容。

B. 学习生活值日制

为了让哥大学生在上戏学习与生活顺利愉快，我还专门安排了学生轮流值日制度。以保证哥大学生在中国的每一天24小时内碰到任何问题，都有上戏学生在第一时间内予以帮助解决。

3. 教学方法选择

这里主要是指专业课教学方法的选择。

毫无疑问，哥大研究生良好的学习态度、学习习惯、学习方式告诉我，他们到中国来，绝不是或至少绝不会仅仅是满足于对异国他乡风土人情的猎奇心理，而一定是希望在剧本创作方面能获得与本国导师给予的不一样的指导。同样毫无疑问，作为中方导师的我，实在不具备他们自己的导师黄哲伦教授那样的学养与能力。我所要思考的，如果仅仅给外籍学生以旅游意义上的精妙安排与亲切关怀，本项目的教育意义、学术意义将丧失殆尽。我当然不愿这样来亏待这个项目。换句话说，给外籍学生安排具有中国特色的文化艺术讲座，风土人情考察，一定会受到他们的欢迎，唯独在剧本创作上，如果没有一些新颖的、既具有导师个人色彩又具有普遍指导意义的"干货"，哥大的学生显然是不会满意的。

那么我该如何对哥大学生进行有效性的专业教学呢？

客观地说，国内编剧专业艺术硕士研究生教学进行了十多年，但成熟的培养模式并没有形成。我个人虽然长期在从事这方面的教学，积累了一定经验，但也一直在摸索之中。事实上，我们的编剧专业艺术硕士研究生教学基本上采用的是已成熟的编剧专业本科高年级时段的教学模式。因为第一，国内艺术硕士的生源大都来自应届毕业生，且有较多数量的学生在本科期间就读的专业与编剧甚至与艺术无关，所以，国内研究生编剧教学与本科教学的界线不是十分清晰。第二，编剧教学的关键很大程度上取决于技术层面上是否具有科学性与有效性，而本科训练中有些方法应该同样适用于研究生阶段的训练。

不妨乘此机会介绍一下国内最有代表性的上海戏剧学院、中央戏剧学院、中国戏曲学院三所专业戏剧院校的编剧教学模式，简称上戏模式、中戏模式与国戏模式。

一是上戏模式。

上戏戏剧写作课程分为六个单元：第一单元：戏剧元素训练（故事，动作，场面，情境，悬念，发现与突转，语言，戏剧元素综合训练）；第二单元：独幕剧写作；第三单元：戏曲写作；第四单元：戏剧改编与大戏结构；第五单元：电视剧写作；第六单元：毕业创作。

二是中戏模式。

中戏戏剧写作课程分为八个单元，第一二单元：散文创作；第三单元：简单事件小品创作；第四单元：复杂事件小品写作；第五单元：短剧（独幕剧）写作；第六单元：多幕剧写作；第七八单元：毕业创作。

三是国戏模式。

国戏戏剧写作课程分为九个单元，第一单元：叙事散文写作；第二单元：小说写作；第三单元：话剧小品写作；第四单元：戏曲小品写作；第五单元：戏曲影视写作；第六单元：唱词与念白；第七单元：中型戏曲剧本写作；第八单元：戏曲传统剧目整理改编；第九单元：毕业创作。

应该说，上述三种教学模式各有特色，三所专业院校分别以此为国家培养出了众多优秀的编剧人才。但是，认真研判以后发现，将这三种教学模式中的任何一种模式搬到哥大研究生专业教学上来都不太合适。因为，第一，三种模式的区别或各自特色主要是在学习编剧的起步阶段，而哥大学生早已过了这一阶段；第二三种模式学程四年，本项目学程在一学期之内；第三，对哥大学生而言，最有特点的当然是戏曲剧本创作思维训练，而且我本人也熟悉，但让外籍人士在短期内接受戏曲创作训练，缺乏可行性。剩下的只有一种可能，那就是将本科高年级毕业创作时段师带徒的方式引用到哥大研究生教学上来。但我又担心，这一方法能让哥大学生满意吗？综合考量下来，我决定将自己在长期的戏剧创作、教学与研究过程中形成的一种新的编剧教学方法——"百·千·万字剧编剧工作坊"运用于哥大研究生的剧本写作教学。

所谓"百·千·万字剧编剧工作坊"，简单说来就是，我把剧本比作一棵果树，编剧是种树人。要种出一棵好的果树，必须落实三个环节：一是精选果核（即戏核），它决定树（一部戏）的属性与品质是否上乘；二是细育花朵（即戏眼），它决定树（一部戏）是否有观赏性；三是精塑树形（即戏骼），它决定树（一部戏）的造型即结构是否完美。

戏核对应百字剧训练，戏眼对应千字剧训练，戏骼对应万字剧训练（详见《百·千·万字剧编剧工作坊释义》，载拙著《编剧学论稿》，中国社会科学出版社待出版）。

这一教学方法的特点在于，它既适用于初习戏剧者的编剧技术训练，同时也适用于较成熟的编剧能力提升的创作历练。在哥大研究生剧本创作教学中，本训练方法获得了较为理想的教学效果。

三　教学效果：专业与人文的收获

评价教学效果，一般都会参考这样几个指标：一是课程内容的准确性与先进性；二是学生有无学习上的满足感；三是能否激发学生的创造性；四是对以学分制进行教学管理的研究生来说能否做到自始至终全员参与、全程参与，等等。但我认为，教学的有效性不仅仅体现在学生身上，也应该体现在教师身上。学生与教师的双重成长才是教学有效性的理想境界。想到不久前看过的一部话剧，由美国著名剧作家罗姆鲁斯·扎卡里亚·林尼根据欧内斯库·盖恩斯小说改编的《我的灵魂永不下跪》（范益松译），就是一个生动的教与学有效性的案例。格兰特·维金斯受托去监狱探望蒙冤的学生杰弗逊，启发他要在白人面前勇敢地站起来，有尊严地去面对死亡。剧作生动展示了"死刑前的一课"既使杰弗逊告别了浑浑噩噩、愚昧麻木的过去，也让作为老师的格兰特·维金斯体悟到了教育的意义，决定放弃逃避现实的念头，继续留下来为让更多的黑人孩子堂堂正正地站起来而继续执鞭讲台。当然，这是一个特殊的教育案例，与我们的戏剧教学没有任何可比性，但教与学共同成长的道理却具有生动、深刻的借鉴意义。

考察指导哥大研究生剧本写作这一教学活动的有效性，学生方面的收获主要表现为以下两方面。

第一，创作上的成就感。

已完成学程的六位学生，分别在上戏导师的指导下完成了六部剧作，分别是：穆雷·凯特的《家庭教师》，本·胡佛的《佛罗里达计划》，史蒂夫·福利亚的《外滩群岛》，艾利克斯的《在漫山青草下》，戈登·佩恩的《走进军区》，麦克斯·蒙迪的《许是明日》。除了前面介绍的《家庭教师》与《佛罗里达计划》，《外滩群岛》用诗一般的语言和想象力展现了双胞胎姐妹中一方在海边溺亡之后，另一个幸存的女孩锲而不舍地寻找妹妹的灵魂，最终走向大海的故事，其中在海边用鱼竿垂钓灵魂的场面充满灵动。《在漫山青草下》以作者自己的记忆为线索，写了女孩从哥伦比亚到柏林再到中国一路的所见所闻，讲述了作者对战火中的故乡的怀念、羁绊、逃离与爱。也畅想了和平的未来。《走进军区》展现了残酷、真实的美国军营，揭露了人性的最黑暗面。作者是哥大编剧专业三年级的硕士研究生，曾在军队服役，亲手埋葬过他的战友，他独特的人生经历也给了他的作品以极大的张力。《许是明日》在封闭的环境中展现了无法离开马桶的妻子和他的丈夫之间的畸形的家庭情感生活，具有很深的哲学思考。

所幸的是，这六部剧作全部被搬上了上海的舞台，并全部正式出版。其中话剧《在漫山青草下》在上戏展示时，编剧艾利克斯的父母与姐姐专程从哥伦比亚国赶到上戏来观看演出，场面温馨感人，至今令人难忘。《家庭教师》入选 2016 先行青年创意戏剧节，在话剧中心上演时，哥大校方破例批准为编剧解决往返机票，让穆雷·凯特专程来上海观看演出。剧本在《上海戏剧》杂志发表后，还获得了"兴全杯"第三届全国校园戏剧征稿比赛特别奖。《走进军区》《许是明日》在上戏新空间演出后，《解放日报》首席记者以《上海戏剧学院和哥伦比亚大学名师互换硕士带教、创排剧本两部美剧短时间内成功换位排演》为题予以报道，专家评价为："戏编得好，抓住现代人疾病和美国兵营特征，用夸张手法表达现实。这样的跨国合作创排符合世界一流大学的教学演出水平。"

客观地说，在有限的三个月的学程中，要指导学生完成剧本修改，还要将剧作搬到舞台上正式演出，即使在学生创作演出机制十分完善的哥大，也是一件极具挑战性的难事。我们能如愿以偿，主要得益于学校演艺中心等管理部门及师生们方方面面的有力支持。而哥大学生能亲眼看到自己的剧作与中国观众见面，他们在学习上的获得感与专业上的成就感就不言而喻了。由此也充分说明上戏尚有丰沛的创作与演出的资源潜力有待于我们去发掘、去利用。

第二，文化上的认同感。

在教学活动中，哥大研究生对有关中国文化艺术的各类课程都有浓厚的兴趣，特别是中国戏曲表导演常识的讲座，因为主持人宋捷教授边讲授边作唱念做打的示范表演，尤其让学生们感到生动形象，十分受益。除此之外，去名城名镇考察，去松江家庭农场调研，去城乡居民家作客等活动，都给他们留下了深刻印象。而对哥大学生来说，与始终陪伴着他们一起学习的热情、诚恳、好客的上戏学生的感情交流更是一笔宝贵的财富。

至于老师方面的收获，我相信参与教学的每个人都有自己的感悟。以我为例，至少有两点：第一，收获了专业教学的不同经历。我设计"百·千·万字剧编剧工作坊"教学法的动因之一就源于本教学活动。而在行课期间，有关"戏核""戏眼"的原理、效用、方法等能获得哥大研究生的认同，使我进一步认识到编剧教学模式创新的意义与价值。第二，在具体的教学实践中，我改变了过去有时候会以"居高临下"的姿态，比较粗暴地要求学生一定要按自己的要求修改剧本的习惯。出于对外籍学生的尊重，我对剧本的修改意见既保持一贯坚持的观点犀利清晰的表达特点，又强调尊重学生在剧本修改时的自主选择。而实际效果是，即使学生不一定全盘照搬导师的具体修改方案，但学生会以自己的方式领会并贯彻导师的意图，有时候会有更好的创造性发挥，这样的教学效果尤其令人满意。

还有一个重要收获也许不该忽略。在上戏第一次派出两名优秀学生去哥大学习时，哥大方面一是要求学生必须用英文撰写一份自我介绍以及到哥大来学习研究的内容与目标，二是要通过英文面试。而哥大学生来上戏，我们对学生的专业与语言能力则没有任何测试要求。为此，在完成一期学生的合作培养后，我向阿伦森教授提出了以同等条件接受双方学生入学的要求，获得阿伦森教授的支持。从第二期起，我们的学生就不需要再通过哥大方原来设定的专业与语言的测试了。这说明，上戏派往哥大的学生专业优秀，品行端正；哥大学生在上戏也是"不虚此行"，学有所获。从而从一个侧面印证了哥大对上戏专业教学的有效性表示认可。

至于参与"伴读"的上戏学生的收获，主要体现在课程本身的信息量，英语交流的实践过程，以及哥大同学认真学习的态度与习惯的影响，我想就不在此一一赘述了。

2017 年 9 月 17 日

（本文为 2017 年全国艺术硕士戏剧展演暨艺术硕士教育研讨会上的发言，原载《戏剧艺术》2018 年第 4 期）

新剧本创作"新"在哪里

业余从事剧本创作几十年，也看着周围的师友、学生在创作圈里摸爬滚打这么多年，一路建立一路推倒，一片繁荣一片废墟，在不断地反思与总结中，直到近些年仿佛才摸到搞创作最根本、最核心的问题：不是生活，不是技巧，甚至不是传统意义上的思想，而是观念。某种意义上说，观念是决定戏剧作品艺术质量最为重要的因素，观念就是艺术生产力。

比如，我们常说，中国的戏剧作品远不如西方，即使是当代戏剧，我们也与人家差距甚大。这里有艺术想象力的问题，有技法的问题，但最本质的差距还是在观念上。

众所周知，外国戏剧史实际上是一部反叛与反动的历史。新的戏剧观向旧观念挑战，催生新的戏剧流派与新的作家与作品，从而推动戏剧发展。是戴欧尼斯剧场观催生了古希腊戏剧，是中古欧洲的宗教观影响了中世纪戏剧，是人文主义精神缔造了文艺复兴时期戏剧，是理性回归的思潮孕育了古典主义戏剧，是自由想象与浪漫气息创造了浪漫主义戏剧，是实证主义成就了写实主义戏剧。进入19世纪，现代戏剧应运而生。但由于观念的差异，现代戏剧也是千姿百态，各具特色。写实主义戏剧、自然主义戏剧、象征主义戏剧、表现主义戏剧、怪诞剧、超现实主义戏剧、存在主义戏剧、史诗剧场、荒诞派戏剧等等，真可谓此起彼伏，各领风骚；洋洋洒洒，气象万千。正是观念决定着外国戏剧的发展进程。

反观中国戏剧，观念的滞后令人扼腕。以中国古典戏曲观念为例，千百年来，几乎可用如下三句话就能概括戏剧观流变的进程：即以"歌舞演故事"凸显其本质特征；以"厚人伦，美风化"突出其核心功能；以"一人一事"显示其叙事方式。即使当历史进入了现代，戏曲编剧观念的变化也十分有限：1919年以来的"改良戏曲"，强调以"小说"（含戏曲）推动"群治"；1949年至1976年的"改人、改制、改戏"政策，力举"现代剧目和政治结合，和生产结合"；"文革"期间的"三突出"创作原则，必须捧出"英雄人物"；这些变化，大都局限在戏剧功能的趋时应景上。而进入新时期以后的"探索戏曲"虽然有了进步，但因20世纪80年代的"戏剧观"大讨论只偏重于戏剧的形式探索，戏剧内容或戏剧功能方面并没有太深入的展开，从而导致中国戏剧整体上至今还是"形式大于内容"，在"缺钙、失血、丢脸"的窘迫怪圈中打转转。

戏曲如此，话剧也一样。以理应最能体现戏剧观革新成果的小剧场话剧为例，不久前，在"全国小剧场优秀剧目展演座谈会"上，著名导演艺术家王晓鹰痛心疾首地指出："在当下娱乐之风大行其道的文化消费时代，小剧场戏剧的精神根本：实验性、先锋性和思想价值几乎已难觅踪影。取而代之的是一些实用主义蔓延、泛娱乐化的'三低剧目'泛滥，这类制作成本投入低、艺术质量低、道德水准低的小剧场话剧，刻意低俗，追求无聊，并美其名曰'为紧张生活减压'。"对此，王晓鹰指出，戏剧可以具有娱乐作用，但是戏剧的第一属性肯定不是逗观众发笑。①

　　由此可见，在戏剧观的版图上，戏曲"千年一叹"，话剧"百年一式"，早已成了不争的事实。正因为如此，我要大声疾呼：对剧作者来说，观念的准备是最重要的准备。

　　为了将这一心得传递给别人，我不断写文章，我四处开讲座；我利用《上戏新剧本》这个载体，连续推出了在外国戏剧研究领域造诣颇深的范益松教授的当代外国剧本译作整整六大本；我还修订了自己的教材与课程内容，我甚至开了一门面向全院研究生与高年级本科生的新课：《新剧本创作》。

　　作为戏文系主任，同时又兼创作中心主任，这一身份使我时常觉得惭愧。看到我们的学生写出来的作品总是不太令人满意。套路化、概念化、模式化，中规中矩，多的是匠气。题材或许是新的，形式或许是奇特的，语言或许是美的，但挖到本质和内核，却发现老旧得还是 20 世纪 70 年代甚而之前的思维模式。这和我们的教育有关，也和我们的社会风气和导向有关。在学校、在社会，甚而在家庭，我们都喜欢"乖"孩子，我们设置了很多条条框框让他们去遵守。而实质上，于人生而言，除了"忠实于自己"这条最本质的规矩外，许多规矩其实是不存在或不应当存在的。为什么上每一堂课都要做笔记？为什么偶尔逃课就不是好学生？为什么毕业了就一定要找"铁饭碗"？为什么……许多时候我们为了规矩而活着，而很少去问我们的心。当然，这里不是鼓吹大家都乱来，我只是想说，规矩不一定要有，我们只是需要原则，关于心的原则。规矩是形式，只要心有了大的原则，比如向善向美向真，就自然"随心所欲不逾矩"。

_____

　　①　《青年报》 2011 年 9 月 24 日。

每个人的心是属于他自己的，是独有的，是不可复制不可模仿的。其实我们的创作很多时候都在或多或少或有意识或无意识地"抄袭"前人的东西，在摇一摇记忆中别人作品的万花筒，这在于我们还没有真正学会表达我们自己。

于是，我希望《新剧本创作》这门课能给人带来一些新东西：

首先，新剧本创作之"新"，是希望在戏剧观念上有些"新意"。

观念不是很玄的东西，它是客观事物在人的意识中构成的概念。而戏剧观便是人们对戏剧的一系列根本问题，如戏剧与政治、舞台与生活、内容与形式、演员与观众等等的总的看法。戏剧观核心层次可用两句话来概括，即戏剧是什么（本质）？戏剧干什么（功能）？

这样说，可能还是有些空泛。于是，我希望学生在重新清理自己的戏剧观时，首先要为自己搭建一个平台。这个平台上要摆放几样东西：一是至少有20部中外经典剧作；二是至少有20部中外现当代名剧；三是至少有20部你自己心目中认为的最优秀与最糟糕的剧作；四是还要有你自己的所有习作。在此基础上你去认真地比较分析，反刍思考，慢慢地，你脑海里戏剧观的图谱就会清晰起来。然后你再尝试从新的角度去思考自己的人生，思考自己的创作。因为一个人在创作的时候只有对自己诚恳，才有可能不去嚼别人嚼过的馍。人是鲜活的，人都是有个性的，而个性是创作中最宝贵的东西，所以不要蒙着心去创作，要"跟着心走"。有的人失掉了自己；而有的人知道自己的心在哪里却没有很好地或不敢表达。我们时常说，一部好的作品一定是一个时代的写照，它一定传递了这个时代的气质和声音。所以创作中的这个自己，不仅是专属于个人的自己，还要专属于这个时代的自己。可是是否表达时代，不是可以强求的，更不是可以去找时代的"特质"然后自己去往这上面靠。你是这个时代的人，就必定带了这个时代的信息和气味，你需要做的，还是只有对自己诚恳。对自己诚恳了，就自然流淌出了时代的东西。这就叫水到渠成。所以，不必人云亦云，不必追赶潮流，不必紧跟时事动态，离自己越远，其实离这个时代的本质会更远。

其次，新剧本创作之"新"，是希望在剧本创作教学上有些"新招"。

多年以前，我在访问台北艺术大学时曾观摩了那里的师生创作排演的一部新戏《呐喊窦娥》（改编自关汉卿《窦娥冤》，编剧兼导演陆爱玲），这个戏给我留下极为深刻的印象，原因有二：一是当我拿到《呐喊窦娥》那张剧情说明书时，也许是我孤陋寡闻的缘故，我被这本薄薄的小册子所震住了。十来页纸，除了简单的剧情与主创人员情况介绍以外，后面的内容全是《窦娥冤》这个戏在古今中外各地演出的详细记录。在我看来，与我们在大陆剧场常见的那种印刷流金溢彩、包装精美华丽、内容干瘪贫乏、宣传夸大其词、文理不通、价格昂贵的剧情说明书相比，这简直是一份沉甸甸的、含金量很高的学术文献了。戏未开始，我已对这个戏的主创人员心存敬畏。二是当我看完演出，我又被主创人员在舞台上所传递给我们的丰富的艺术想象力所折服。这个戏的精妙之处在于，剧作在展示窦娥"三岁失去母亲、七岁作价偿债、19岁丧夫、20岁遭残忍刑宪"的故事时，把原作《窦娥冤》幕与幕之间的背后故事有选择、有分寸、有张力地表现出来了。如剧作分别演绎了窦娥3岁到19岁的生活情景，从与窦天章的父女情深，被迫卖给蔡婆的离情依依，到与蔡婆生活的种种片段等等，都有独特的细节与别致的表达方式，不仅情节新鲜，而且情感动人。走出剧场，我想，如此有个性、有创意的舞台呈现，一定与那份独特的剧情说明书有关：正是因为编导做了大量的功课，了解并把握了

《窦娥冤》一次次被演绎时艺术风貌上的异同，才有可能找到区别于他人，真正属于自己的"这一个"窦娥。

也许是受此启发，我在《新剧本创作》行课时，要求学生在谈剧本构思的过程中必须过一道程序，即参照学位论文开题报告的方式，要说明你的未来剧作选题的价值，要摸清国内外同类题材的创作现状，并作出你的分析，要阐述你在这个题材处理上的创新点。这一方法的意义在于，可以逼迫学生去做大量功课，可以有效避免构思雷同、情节俗套、主题重复的毛病。这样做看起来似乎与前面所说的"跟着心走"的理念有悖，其实不然。学生毕竟年轻，生活阅历有限，阅读经验有限，补上这一课可以少走许多弯路。更重要的是，如果学生能将以严谨的做学问的态度来对待剧本创作变为一种习惯，则有百利无一弊。《呐喊窦娥》的经验便是有案可稽的成功范例。

再次，新剧本创作之"新"，是希望在检验教学效果的手段上有点"新规"。

《新剧本创作》行课伊始，我就向学生们说明了检验本课程教学效果的几点要求，包括：一、本课程注重学生在创作实践中的戏剧观革新与艺术想象力培养，特别强调与鼓励学生在艺术上的创新与探索。在本课程结束时，应有约三分之一的作业达到发表与演出水平；二、每个学生除了完成规定的剧本创作，还要写一篇课程学习总结的文字；三、期终考试采用剧本朗读与师生共同评议的方法；四、如果条件成熟，争取将同学们的习作选编成集，交出版社正式出版。

如今，这些预定的目标总算都已完成，作为课程的设计者与导师，我的心情自然是喜悦多于遗憾的。

自然，在我看来，所有创新都是相对而言的。一门新课，由于授课者的能力、学识的局限，由于许许多多主客观的原因，不可奢望真

新剧本创作『新』在哪里

的会有多少特别明显的教学效果。事实上，我也并不要求学生因一门课程而使自己的戏剧观念蔚为大变，这既不可能，也不现实。我关注的是学生们是否开始反思。在授课的过程中，也有一些学生会反对我的某些观点，我是欣慰的，因为他们敢于怀疑老师，否定老师，和老师争辩；但我同时也是沮丧的，因为我看到这一股"正统观念"的势力居然在年轻身上也是那么的根深蒂固，不可动摇。

我知道，投石入湖，多少会泛起一些涟漪。能够启发几个人，哪怕只有一个人也是值得的。

2011 年 10 月 7 日

（本文为陆军主编、上海文艺出版社 2012 年出版的《新剧本创作选》序言，曾载 2011 年 10 月 8 日"东方网"东方专家论坛）

论现实主义表演方法在戏剧
表演教学中的重要性

在上海戏剧学院师生的心目中，表演系是学校最重要的一个系，关系到学校在社会上的知名度和影响力。甚至有人认为，表演系强，学校才强；表演系弱，学校一定弱。而表演系的强弱，就取决于表演教学的强弱。因此，戏剧学院的师生关注表演教学是非常必要的。

客观地说，我对表演教学的情况了解不多，所以，判断很可能有误。就我所接触到的一些学生而言，我感到，主要还是在现实主义的表演基本功上有所欠缺。特别是跟老的表演系学生相比有较大差距。当然，这有社会大环境、生源质量、老师投入程度、课程设置等各方面的原因。总的来说，我认为表演系在毕业公演这一环节上还可以做更多的工作。毕业公演的水准可以真实地让人感受到你这所学校在表演教学上的定力、魅力与活力。把毕业公演做好了，拿出很棒的作品，这才是最有说服力的一流表演教学的证明，也是你立于不败之地的最简单有效的方法。目前就上戏毕业公演水准来说，似乎不是很理想。有一些极端的例子。我看过几次表演系毕业公演，有些学生的声台形表都有问题。有一次，一位坐在我身边的老专家说，是成教（当然，上戏的成教也有许多优秀表演人才）的吧，四年到底教了什么，学了什么？

可见，学生达不到专业水准，教学难辞其咎。如上所说，原因方方面面，但我揣摩，这其中一个原因可能就出在表演系现在的教学尝试上，比如引进许多的大师班、工作坊等等。当然，开放式教学也非常好，也有意义，利于学生开阔视野，开发能力。有一些学生在这样的训练方法之中发现了自己，爆发了他的能力，这也是有可能的。但是，就总体来说，如果我们的学生没有准备好，就大幅度地搬用这样的教学方法，培养出来的学生就有全军覆没的可能。

假设我们再直接一点，除了学生没有准备好接收来自另一个文化语境的信息外，任课教授（哪怕是大师）也缺乏足够的准备。我们知道因材施教是教学相长的基本前提，每位大师在短短几天或几周要将他致力多年的研究或者他在本国一学期的课程尽可能教授给学生，课程内容尚且难以充分完成，何况与学生的磨合呢？然而表演教学比其他任何专业都更讲求对学生的了解、与学生的沟通。不能做足这样的准备功课，教学质量便会大打折扣，因而大师班的课容易变成"展示"——授课过程是大师对自己表演方法的展示，最终结果是带有即兴成分的成果展示。前者容易走马观花，后者容易自乱阵脚。

比如，以笔者了解的某年夏季的一个大师班为例，前几周都是片段化拼贴化肢体剧化的训练，最后一课是外国经典剧本的演绎。原本以为会有与以往不同的"正规"的汇报，结果却只是呈现了几个靠外在动作支撑的片段，从演员到观众，全程都不过是在按照舞台调度念台词罢了，一出有传统常规剧本可依却无法进入现实主义表演方法的戏，成了"四不像"，甚至不如那些单纯用后现代思维进行演绎的舞台呈现。如果我们放大来看，会发现学生也是如此。在练就过硬的现实主义表演方法基本功之前就上过很多国际大师班课的学生，也容易陷入这种不伦不类的"四不像"中。既没有先锋技法，更缺乏写实基础，如果让这样的学生去担纲毕业大戏，怎能不让观众失望呢！

实质上表演系的大师班授课，给我的感觉是，肢体语言也好，或者是各种各样的工作坊也好，许多是拿一个支点来做游戏。这种游戏性的东西了解一下也非常有益处，但不能将它作为一种主菜来接受。包括我们戏文系也一样。我非常反对我的学生，用什么后现代、先锋主义、荒诞派等等的手法去构建自己的习作。你给我扎扎实实地写现实主义的戏剧，即使你只完成了一部比较完整的现实主义的独幕剧，我觉得你也很不容易了。

当然，每一种教学方法，肯定有它存在的理由。但最重要的是要分清楚，什么是主，什么是次。外来的和尚好念经，但不一定适合我们。上戏传统的表演教学模式，仍然是我们主要的法宝。这其中的现实主义表演体系，比如斯坦尼斯拉夫斯基，尽管有些人可能认为已经有些老旧了，但是它的教育和培养学生的方法，仍然应该成为我们培养未来表演艺术家的重要手段。各种各样的大师班、工作坊，他们所带来的在肢体、情绪和语言等方面的训练方法，可以让学生了解戏剧表演上的一些新东西，但也要把握度。如果四年都学这一套，或主要学这一套的话，那就不是上海戏剧学院了。这是我个人的看法，一句话，了解与借鉴外国现代表演教学理念与方法，可以有，而且应该继续有，但我建议，一是引进的师资要有质量，二是量不能太多，更不能成为教学的主体。

现实主义是我们的法宝。当然，我们过去做的好多是伪现实主义，不是严格意义上的现实主义，这一定要理清楚。所以，要重申，要强调。至于如何在戏剧表演教学的各个层次上打通与现实主义的关联，我以为有以下几点应予重视。

一

什么是戏剧观？简言之，主要有两条：第一是戏剧的本质。即戏剧是什么？第二是戏剧的功能，戏剧干什么？戏剧本质是什么？有各种各样的描述，动作、冲突、激变、危机、情感，或者是情境考验、模仿、游戏等等，当然，舞台、观众、冲突、动作是基本的要素。这些大家都很清楚。我们的问题在哪里？在于对戏剧是干什么的还不清楚。其实也是清楚的，但潜意识里面，我们常常会从习惯思维和自身本能反应出发，得出不同的甚至截然不同的解释。戏剧干什么？宣传、娱乐、工具、武器、认知、启蒙？按照我的想法，戏剧最本质的，最重要的，就是对人学观的认知。

人学观，即对人的认知。发现人，表现人，通过我们创造的人，去感染人，启示人，这是最最重要的。我们现在的艺术表达，可能更多的还是在事的层面上打转转。比如说讲一个故事，或者是找到一种好的叙述方式，这当然也很重要，但对人的理解却往往忽略了。如果我们注重了对人学观的研究，我想情况会完全不一样。如果能把对人学观的理解化为自己的能力，化为自己的知识储备，化为自己的教学方法，这才是真正有价值的。为什么我比较推崇现实主义表演的方法呢？因为它注重人的心理体验，此时此刻此情此景，人在特定的情境里，他（她）的人性表达，然后由这一个表达影响到它的环境，环境又作用于他（她），他（她）在这里面生存、呼吸、成长，这才是表演与创作的真谛。

而如今的所谓后现代戏剧中，恰恰不见人物。演员成了某种意念的符号，做着阿尔托倡导的各种高难度舞蹈/肢体动作。比如在某大师班中有一周是排练阿尔托的残酷戏剧，剧本当然是反传统的白日梦式的作品，呓语、情绪宣泄，于是演员做各种扭曲的动作，从开始到结束不曾改变过。阿尔托的戏剧观念影响了很多大师，但其实符合他戏剧观的剧本却微乎其微，他在世时都没有完成更多的实践。因为这种演出观众很难理解，创作者易陷入孤芳自赏中，这样的戏剧是用来做什么的？彼得·布鲁克的"一个人在别人的注视下走过这个空间，这就足以构成一幕戏剧了"，令后辈人在这条路上趋之若鹜，而他导演的戏却将人性最深处展现得淋漓尽致。所以我们不能单单看大师们说了什么，口号总是容易喊的，剑走偏锋比传统门派更能引起关注，甚至被冠以先锋之名，在各家学派你方唱罢我登场的快餐时代，与其盲目追赶并不能理解透彻的国外潮流，不如站稳传统基石，面向可交流的普通观众，将人学观的理念理解透、表现透，从而完成戏剧"干什么"。

何况，即使在西方，后现代戏剧也从来都不是主流戏剧。如果我们连学院派都过于崇尚国外的边缘戏剧，占用写实基本功训练时间，那我们如何立足于世界？大学本科阶段的学习任务不仅仅是创新，还有更重要的使命，那就是传承。经典和传统需要学院派去阐释和延续，在学习、消化过程中，结合新的时代需求做新的思考，但万变不能离其宗。学院派应当有这种面向历史和当下的责任感，而不必混迹在或许根本未曾受过基本功训练而只能以反叛者姿态出现的队伍里。

二

长期以来，我国在话剧民族化的道路上进行了大量探索，并且取得了丰硕成果。北京人艺在焦菊隐先生的带领下，形成了自己独特的表演风格：深厚的生活基础、深刻的内心体验、鲜明的舞台形象。黄佐临于 1962 年创造性地提出了"写意戏剧观"，倡导创立中国当代的、民族的、科学的演剧体系，在舞台呈现上主张比普通实际生活更高，更强烈，更有集中性，更典型，更理想，因此更带普遍性。此后徐晓钟的再现与表现相结合、陈颙的布莱希特式的戏剧创作、80 年代关于"写意戏剧观"的讨论，都是对话剧民族化的拓展与延伸。随着理论的深入和一系列具有代表性作品的问世，如黄佐临的《中国梦》、徐晓钟的《桑树坪纪事》等，"写意戏剧观"在某种程度上已经成为话剧界实现话剧民族化的"圣经"。

我们的表演教学可以借鉴中国戏曲的表演方法，适度强化民族化特色。但是，在推崇民族化的同时，我们也要注意一种倾向，就是以此作为掩盖"写实"功力匮乏的藏拙工具。

必须看到，在戏剧实践的先行者中，有很多是艺术院校的从教者。他们致力于以打破时空限制、利用抽象肢体语言表现自我为主导的先锋戏剧、小剧场戏剧，或许因之而获得先锋者的声誉，在表演教学的课堂上，类似的案例与方法也渐渐多起来。与此同时，一些经典的写实话剧，似乎逐步退居其后。在表演系学生的习作中，类似的打破话剧传统结构的实验比比皆是，他们似乎都能无所顾忌地利用灯光切换、利用一两件物品，大胆地运用各种打破生活常规的叙事手段，利用散点透视铺排情节，然而一旦需要他们严格遵守现实主义原则，在有限定的时空内，将人物、事件高度集中时，无论是导演驾驭能力，还是表演基本功，都显得对生活原态的想象力严重不足了。

殊不知，相比追求对生活原态逼真模拟的写实戏剧观，"写意戏剧观"更要求创作者具备超强的想象力和敏锐的艺术感知力。叶长海教授有两句诗曰："无云见山形，有云识山魂"，或许能形象化地说明这个问题。如果说"山形"较接近写实话剧追求的从逼真的生活原态中去认识生活的话，那么通过云的遮掩，山的某些更本质的特征被突出了出来，"山魂"由此得以显现。不过要看到，首先是有完整的"山形"的存在，"山魂"的呈现才有了可能。清代王士　提倡"神韵说"，认为："诗如神龙，见其首不见其尾，或云中露一爪一鳞而已，安得全体？"认为作诗应该像"神龙"一样，见首不见尾，事无巨细则失去神气。而赵执信认为："神龙者，屈伸变化，固无定体，恍惚望见者，第指其一鳞一爪，而龙之首尾完好，故宛然在也。"这段话是说，"神龙"固然见首不见尾，但写诗人心中要有一条完整的龙。如果我们不拘泥于从艺术手段的虚实去理解这段话，而从写意话剧与写实话剧的对比角度出发理解的话，不难看出，若是创作者心中没有一条完整的、充满生气的"真龙"在，那么露出的"一鳞一爪"就会失之于片面、失之于浮。即使是中国戏曲中的写意化表演，表演者也无不对生活中的原型有着深刻把握，只有这样，由生活原型提炼出的程式才具备感情的力量，能够唤起观众相似的情感体验。川剧《秋江》就是一个典型的例子。中国书法也是一样，无论是行书、草书，均要由楷书一笔一画地打好基础，否则字流于形似，缺少应有的内涵与底蕴。

　　写意话剧也是如此，将某些片段予以夸张、变形并打破生活常规突出它在舞台上的呈现，能起到更为鲜明、直观的效果，但这效果是建立在对生活的写实体验基础之上的。比如田沁鑫执导的《生死场》中序幕中的生育情景，就是一个典型的写意化场景，通过四个男人和一个孕妇运用肢体语言的仪式化表演，突出了乡村民众对生与死的麻木与对生老病死的冷漠，表达了"生即死，死即生"的沉重主题。由四个壮汉把女人推来搡去的写意化的动作与肢体语言，较之模拟生活原态的分娩场面，更集中、鲜明、直观、深刻。但要看到这种写意化的场面安排之所以能起到如此效果，是因为创作者对生活原型中的分娩场面有着深刻认识与把握，并在此基础上集中、提炼，再予以形象化的体现。

三

生活是艺术灵感不灭的源泉。现在我们的学生，要修的学时达四千多，的确也无暇去体验各种生活，那么研究、分析由剧本所提供的生活，并运用艺术想象力、观察力将之进一步提升，不失为接触生活的一条途径。在表演教学中，不妨加强对学生剧本读解能力的训练，引导学生通读剧本，认真研究人物的感情线、动作线、命运线，并与生活现实相观照，而不仅仅关注自己的台词以及如何使用自己的技巧。教师要引导学生将表演技巧巧妙融于人物塑造之中，切切实实利用自己的技巧为剧情、人物塑造服务，而不仅仅是炫技式的表演。

多年前曾经参加过一个境外的研讨会，内容与海峡两岸的表演艺术教学有关。我看到台湾的艺术教育，尤其是在表演教学方面，他们特别注重人物的内心体验，注重对学生创造人物能力的培养。

我看到这样一个工作坊，对象是大陆和台湾的表演专业学生，让他们同样表达某种情绪，比如说愤怒，沮丧，或者是兴奋，欢快。按理说，我们的生源质量远远超过他们，因为我们的学生是从几十个甚至几百个人中挑出来的，而他们的生源当然不如我们这样挑剔。但是我明显地感觉得到，他们的表演比我们更有想象力，创造人物的能力比我们更强。在工作坊中，他们表达绝望也好、愤怒也好、沮丧也好、兴奋也好，可谓人各有貌，各有千秋。相较之下，我们的表演就比较刻板。女孩子表现愤怒，可能还要从镜子里看看，我愤怒的时候是不是好看，怎么样让我的愤怒不破坏我形象的美感。

我们的幼儿教学、小学教学和中学教学，基本上是刻板的、模式化的。我曾经有一个题为《谁来挽救我的艺术想象力》讲座，专门谈这个问题的。我们的学生表演想象力为什么受局限？这虽然和中小学刻板的教学模式有关系，但我个人认为，主要问题还是出在大学期间的表演教学上。表演教学也有一个戏剧观的问题。那天出席会议的，有我们上戏、云艺、山艺、吉艺等专业艺术院校的表演老师。在学术交流环节，明显地感觉到我们的戏剧观有些滞后。比如说金士杰介绍他怎么教学生，我举个例子就明白了。有位大陆表演专业的教授不无遗憾地调侃说，我们的学生，大一谈恋爱，大二恋爱失败，大三再谈恋爱，大四恋爱失败，四年大学就这样毕业了。金士杰就上来打断，他说我很不礼貌地说一个观点：表演系的学生怎么能不谈恋爱呢？我跟学生说，我金老师的课只有一种情况下你可以不来，那就是你在谈恋爱，谈恋爱你可以不来，其他的时候我的课都得来。你看完全不一样。他还用特殊的方法训练自己的学生。比如让学生演变态者、杀人狂，或者是各种各样很肮脏的角色，他要让学生通过剧情去体验这些人物的内心世界。他的理由很简单，学生没什么社会经验，将来走上社会，要接受各种各样的角色挑战，如果没有这样的体验，他怎么能创造人物呢？所以他认为这样的教学方法是必需的。同时，很重要的一条，他用这样的方法去教育学生，却没有一个学生因此而去犯罪，比如说吸毒，比如说杀人。也就是说，学生是懂是非的，这仅仅是一个训练。但是从创造角色的角度看，让学生去体验这种人物的心理过程，然后他在面对将来有可能接受的各种角色分配和角色表达的时候，他就有自己的心理准备。所以，我觉得在表演教学的观念、方法、能力、技能等方面，我们还有很多的文章可以做。

四

作为表演教学，四年的本科，还包括研究生阶段。完成学业后，每个学生走出校门，以后或者是从事表演教学，或者是演艺创作，或者是投身其他的行业，他的发展，他的升华，他在艺术实践过程中的超越，甚至创建了一个表演流派，那完全是看他自己的造化了。这要看各种各样的机遇，当然也会受时代、环境的影响，更重要的是看他的艺术天赋，看他的刻苦努力程度，看他的基本功储备。现在社会上各种表演培训班很多，我们的优势在哪里呢？就是让每一个学生在大学期间打下扎实的基本功，他有声台形表的基本能力，有理解与演绎一个角色的创造能力，用现实主义的创作方法，在舞台上能扎扎实实地完成一个角色的创造，能让我们看到他背后有扎实的表演功底。所以，说到底，还是我前面一再强调的那句老话：现实主义创作方法是表演教学的基础，是重中之重。至于学生在创作的过程中的领悟与超越，也必定是受益于现实主义表演的基本功。

哥伦比亚大学的一个教授认为上戏最大的优势就是有严格的技术训练的传统。我们几十年的教学，形成了一套规则，非常宝贵。譬如我们戏文系，1946年的第一个编导班上的课程至少一半以上今天还在沿用。所以规则是很重要的，当然，也要超越规则。但是四年本科教学，更多的不是超越，而是遵守。艺术教育，还有人的成长，都有一个阶段性的发展。四年本科教学结束以后，每一个有作为的演员，他肯定会在实践中体悟，在体悟中超越。比如这个学生原来不是搞喜剧的，由于他自己的努力，加上良好的机遇，他开发出自己的喜剧表演潜能，并成为国内非常棒的喜剧演员，这就是正道。每一个具有良好基本功的演员都可以有下一步的开发，这取决于他个人的能力、艺术的悟性，还有环境、机缘等因素。但前提是，四年扎实的现实主义表演能力，你必须具备。

简言之，先要从写实的生活模拟开始，先带着镣铐跳舞，对舞台规则烂熟于心，然后才能超越规则，实现艺术上的自由；那种从一开始就在艺术训练中抛弃规则是不可取的。从教学角度而言，戏剧生态对戏剧教学提供大量反面正面的东西，称职的戏剧表演教师应该在兼收并蓄的同时对其进行鉴别、筛选，去粗取精。我们固然要根据时代的变化不断汲取新的营养，淘汰一些过时的失去魅力的教学案例，同时要注意到，那些经过时间检验的、已经成为经典的理论和作品绝对有常学常新的作用，它们的生命力会在新的历史条件下焕发出新的生命光彩。而一些当下时髦的技术手段，尚未经过时间检验，它的美学意义还有待考察，从扩充学生视野和接近社会来看，它们有研究的必要，但至于在课程中所占分量如何，就值得慎重考虑了。

（原载《戏剧艺术》2017 年第 1 期）

论现实主义表演方法在戏剧表演教学中的重要性

第四编

编剧批评论

中国剧坛的"八有"与"八缺"

　　前些日子读到一篇文章，题为《戏剧编剧告急——中国剧本创作生态和剧作家现状扫描》①，作者王新荣依据《中国戏剧创作白皮书》（季国平主编）的研究成果，对中国当代戏剧界"编剧荒""剧本荒"的问题作了恰如其分的探讨，看了很受启发。文章主要侧重于对中国编剧队伍现状作分析，这当然抓住了要害，但在我看来，"剧本荒"（严格说来，是优秀的剧本"荒"，平庸的剧本从来不缺）的问题不光是编剧队伍锐减的原因，还有更多的戏剧生态问题必须引起我们的重视。

　　当然，戏剧生态是一个系统的概念，按照宋宝珍的说法，"戏剧的生态，就其内部结构来讲，包括戏剧本体创构中的诸多因素，如戏剧的创作主体、演出主体、舞台形貌、市场营销等一系列环节，其核心内容是戏剧艺术赖以产生的人，其基本属性是戏剧人文价值的具体体现；就其外部结构而言，戏剧与自然环境、社会经济、文化语境、意识形态等产生交互作用，形成自身的独特形貌和美学特征"。② 此言甚是。

　　拙以为，当代中国剧坛生态存在的主要问题是可否概括为"八有"与"八缺"。

---

① 原载《中国艺术报》 2014 年 9 月 26 大视野版。

② 见《人民日报》 2011 年 6 月 21 日。

一是有热情，缺激情。

《辞海》云：激情，一种强烈的情感表现形态。……具有迅猛、激烈、难以抑制等特点。人在激情的支配下，常能调动身心的巨大潜力。由此可见，热情是常态，而激情则是非常态。众所周知，剧本创作通常发轫于剧作家的创作冲动。剧作家在对生活进行反复的观察体验、分析研究的过程中，为某些人物或事件所吸引、所触动，受到启发，从中领悟到生活的某种意义，产生强烈的创作欲望与激情，并将自己对生活的这种认识、评价、愿望和理想用戏剧艺术形象表现出来，便产生了剧本。如果一个剧作家缺乏创作激情，光凭一时热情，其作品也必定是难以真实感人。而激情来源于创作者对生命的敬畏，对自然的膜拜，对生活的长久关注，对艺术的执着追求。试以探索中前进的上海戏曲创作为例，几十年来一直有一条腿长一条腿短的弊端。长的是传统戏整理与改编，新编历史剧、故事剧创作；短的是现代戏创作。比如擅长于表现现代生活的沪剧，早年有《芦荡火种》《自有后来人》《罗汉钱》《星星之火》等一批有全国影响的力作，然而，这三十余年间却鲜见深刻反映时代本质与丰富人文内涵的作品。有学者认为，中国这百年来经历着"三千年未有之大变局"，但是反映这段时间过程的精神作品却不能与之相称。我们走过的悲喜剧，不亚于法国大革命，但法国有《九三年》《双城记》《大卫》，而我们有什么呢？事实上，上海这三十余年的发展为全世界所瞩目，这座伟大的城市包括上海郊区几乎每天都会有精彩的故事在发生，但你停神一想，三十余年来，有哪一部为上海人所耳熟能详的反映这一伟大变革的作品能留下来？而鲜见反映现实生活的精品力作的一个重要原因是，创作者在运思时缺乏欲罢不能、喷薄欲出的创作激情。

二是有"贼心"，缺"贼胆"。

第四编　编剧批评论

264

艺高才能胆大。与国外比，我们就会知道我们与人家在"胆识"上的差距。写战争，我们没有《纪念碑》；写某个特殊的历史阶段，我们没有《萨拉姆女巫》；写情感，我们没有《情人的西装》；写科学家，我们没有《哥本哈根》；写教育，我们没有《青春残酷游戏》。即便是大学的戏剧教育也是如此。最近我接受了一个教学任务，与哥伦比亚大学联合培养编剧学 MFA 研究生，看两部美籍青年学生的习作，虽然也不乏稚嫩，但令我惊讶的是，其想象力之丰富、叙事方式之独特以及文字所具有的张力均已超出我对这一年龄段学生认知的经验范围。如果用一句话来概括，那就是，他们写的比我们有意思。我们的学生的许多作品是不太有意思，或没有太大意思，或太没有意思。

三是有高人，缺高见。

说戏剧界没有高人是不符合实际的，但高见不多却是事实。没有突出的戏剧批评家，缺少令人信服的戏剧评论，见之报刊的更多的是广告式的演出信息介绍与幕后花絮采集，虽然也有一些较有分量的文字，但实在是凤毛麟角，整体上成不了气候。我曾用三句话、六个字对当下戏剧批评的现状作过一个判断，即一是批评的"失声"，二是批评的"失态"，三是批评的"失效"。

所谓"失声"，是指批评家在对重要的戏剧作家与作品、重要的戏剧演出、戏剧思潮、戏剧现象以及戏剧批评自身遇到的重要问题进行研判、发声、导引时的严重缺位。所谓"失态"，或称"失真"，一句话，就是"伪批评"。所谓"失效"，是指即使是一些善意的有一定参考价值的批评，事实上也无法在今天的戏剧生态中产生应有的效果。原因有二：一是掌握戏剧艺术生产生杀大权的决策部门过于自信；二是一些曾经获得过成功的"大牌艺术家"过于自恋。于是，批评成了耳边风，提醒成了眼中刺。最近上海戏剧学院做了两件事，一是由戏文系主办了"E时代的戏剧批评"学术研讨会,二是与中国剧协等联合举办全国青年评论家高级研修班。应该说,这都是在为创造戏剧界"高见迭出"的理想局面尽"一己之力"。

四是有机会,缺机制。

主宰一个剧本命运的大都是"长官意志",这也是剧坛一个不争的事实。比如现在有小部分人掌握着行业评奖、资源分配与制定各类相关政策的话语权,如果这些人在学术与人格上缺乏公信力,或者只要其中的一项有瑕疵,后果就令人担忧。又比如一些戏剧院团负责人,主宰着上什么剧目、谁来担任主创、投入多少经费的决策权,如果缺乏对戏剧事业的责任心,缺乏对剧种建设的战略目光,缺乏对培养新人意义的足够理解,缺乏对剧本优劣的判断力,其越有"霸气",对事业的伤害就越大。殊不知,艺术事业有其自身的发展规律。如果在一个地方停顿了十年,第十一年的发展,只能从十年前的水平线上起步,而这中间的十年就成了永远的遗憾。所以,领导者如果没有对规律怀有敬畏之心,其每一个轻率的决策,每一个出于私心的决断,都有可能对事业造成不可弥补的损失。同时,由于掌握话语权者、决策者的一些不该有的过失,戏剧队伍的士气就会受到严重的挫伤。《左传·庄公十年》讲述齐鲁长勺之战时云:"夫战,勇气也,一鼓作气,再而衰,三而竭。"气可鼓,不可泄矣。世人皆知这个道理,戏剧界怎么可能会例外?

五是有"梯子",缺梯队。

这里说的"梯子",是指戏剧工作者成长、发展的晋级、晋升与社会认定机制,比如职称评审等级设定规则,学位授予等级设定规则,各类奖励等级设定规则等等。应该说,经过长期建设,这些规则已趋完善。但专业人才梯队建设呢?说得严峻一点,两句话可以概括,即专业层面后继无人，业余层面无人后继。

先说专业人才梯队现状。总政话剧团团长孟冰曾对我国编剧队伍状况作过分析，他说："建国初期，话剧作者全国一千多人，军队五百多人。'文革'前还有四五百人，军队一百多人。'文革'后，也有五六十人，但今天，全国不过二十几人，全军数数不过十人。这些人大都50岁上下，军队能数出来的只有五位，其中四位还不能完全按照编剧的写作计划进行工作，大量的时间用于写小品和歌舞晚会的串场词。"全国的编剧人才奇缺，上海的情况也不容乐观。一批老剧作家年事已高，新的人才链短期内又难以形成，仅有喻荣军等几个青年才俊，整体上还无法形成气候。在所谓"剧团不用养编剧""不求所有，但求所用"的舆论导引下，上海戏剧学院每年50名左右编剧专业的本科生、研究生几乎全部被戏剧院团拒之门外，即使录用几个，也都在从事档案、文秘、宣传或营销工作，只有极个别人幸与编剧有缘。长此以往，编剧队伍的前景怎不令人担忧。

再说业余人才梯队现状。以上海为例。业余编剧队伍曾经十分辉煌，宗福先、贺国甫、马中骏、贾鸿源、瞿新华、王俭、赵化南、李莉等剧作家都曾经在业余戏剧圈子里摸爬滚打许多年。而现在呢？上海的群众文艺看起来热热闹闹，一片繁荣，实际上都是"政府买单"的"复制品"在巡回展演。几个或十几个编、导、演组成的"游击队"辗转全市17个区县，在艺术节、庆典演出、广场文艺、"天天演"以及市与区的各类文艺赛事中，呕心沥血，疲于奔命。编剧重复、导演重复、演员重复，又何来原创力的培养、想象力的腾飞呢？这与第五届中国京剧艺术节参演剧目中一位知名导演执导10部戏、一位作曲家为11出戏作曲的情况如出一辙。

六是有灵感，缺灵魂。

还是以我相对熟悉的上海为例。都说上海人聪明，时不时地来一个灵光一闪，灵机一动，灵感一现，于是周立波"热"了，"达人秀"火了，柏万青红了。这样的文化事件当然也很好，他们付出的汗水与智慧也应该得到尊重，但一座城市不能靠时尚与浮华来打理她的精神家园，全城的人必须虔诚地寻觅与安置能体现这座城市"精气神"的灵魂。而一座城市的灵魂至少应该体现在这样两个方面：一是历史文脉的现代传承。这需要有一批宁静的守望者与拓荒者长时期的潜心耕耘，绝不是靠经营与炒作来哗众取宠；二是要有一个一个文艺作品中（包括戏剧舞台上）的"国家形象"来支撑。被世界公认为最灿烂的文明古国之一古希腊，如果没有了具有"国家形象"品质的神话、戏剧与哲学，今天还会有谁一提起她就会肃然起敬？莎士比亚笔下的哈姆雷特，这个不朽的人物形象在面对仇人时的"犹豫"，催生了人文主义的灵光，遏止了人类在野蛮愚昧的荒野里追逐的步伐，这就是文化的力量，这就是灵魂的力量。而我们的文化灵魂又在哪里？我们是不是等得有些久了呢？

　　七是有观点，缺观念。

　　正确的观点能对事业发展产生积极影响，而先进、科学的观念则可以引领一个行业、一个领域朝着正确的方向大踏步地前行。这里说的观念，主要是指戏剧观。戏剧观的核心有二：一是指对戏剧本质的认识，即戏剧是什么？二是指对戏剧功能的理解，即戏剧干什么？考察中外戏剧史，不难发现，戏剧观决定着戏剧的发展进程。

　　一座成熟的城市、一所有底蕴的大学、一个有独特识见的学者，都应该给社会、给人们输出正确的、有价值的观念。历史上，上海这所城市在戏剧史上曾输出过不少有重大影响的观念，如"海派京剧"的理论与实践，袁雪芬的"文人导演引入越剧创作"的改革主张等等。

以上海戏剧学院为例，老院长熊佛西的定县农民戏剧实验，为中国现代戏剧实践与现代戏剧教育提供了独特而又丰富的精神资源；著名学者陈恭敏教授在 20 世纪 80 年代推动的戏剧观大讨论，在中国戏剧界产生了深远的影响。尽管这场大讨论由于种种原因后来有些走样，如"把内容的问题转到形式的问题，把对内伤的治理转成对外形的整容，把病人从内科转到皮科、再转到五官科。把根治危机的力量放在戏剧样式的'出新'上"[1]，但陈恭敏教授的理论自觉与责任担当自有其不可磨灭的历史贡献；著名学者胡妙胜教授的"演出符号学"理论，著名学者叶长海教授创建的"中国戏剧学"理论构架，著名学者孙惠柱的社会表演学理论，都对中国戏剧的发展产生了积极影响；著名学者余秋雨教授的"文化大散文"，著名油画家孔柏基教授、陈钧德教授的油画创作，李山教授的现代美术创作，更是在一定程度上影响了业态的发展方向与发展进程。

可以肯定地说，没有新进的、科学的戏剧观作指导，剧作家的劳动只能是低水平的重复，偶尔有一二个令人眼前一亮的作品，也难以构成中国戏剧应有的生动图景。

八是有大制作，缺大作。

这样的例子比比皆是，不说也罢。

（原载《剧作家》2015 年第 2 期）

---

① 见《马也戏剧批评文选》，作家出版社 2008 年版。

创造的废墟

——现代题材戏曲创作检讨之一

一

风风火火，大大咧咧，踉踉跄跄，我国现代题材戏曲创作已经走过了半个多世纪的历史。要心平气和地对现代题材戏曲创作作一个较为客观公允的全面检讨，也许还为时过早，而由我这样一位主要从事剧本创作的实践者来做这项工作，恐怕也算不上是一个明智的选择。然而，好在学术界一向倡导"百花齐放，百家争鸣"的风气，作为一家之言，言之偏颇，一孔之见，见之浅陋，想来也无伤艺术之大雅。倘能为颇为清冷的戏曲论坛添一点声响（抑或是噪声），便也可聊以自慰了。

现代题材戏曲创作是一个系统工程，对这个工程质量的检讨，当然不是一篇文章、一番议论、一通牢骚所能完成的。基于这样的看法，笔者对这个问题的探讨拟分八个专题展开，顺序依次为：

一、创造的废墟（主要表述对现代题材戏曲创作的基本估价）

二、理念的亢奋（主要描述政治因素与话剧力量大面积侵入戏曲肌体以致戏曲因承载太多的包袱而裹步不前的现象）

三、剧情的简陋（主要剖析现代题材戏曲没有故事使戏曲严重缺

水、缺氧，几成干瘪老人的事实)

四、思维的错位(主要分析忽视戏曲思维所造成的后果)

五、技法的粗疏(主要讨论戏曲局式构筑上存在的诸多痼疾)

六、形式的萎缩(主要考察戏曲所特有的艺术优势日趋旁落的窘境)

七、探索的失误(主要检讨探索戏曲舍本求末、追求时尚的遭遇)

八、批评的缺席(主要揭示现代题材戏曲创作批评的薄弱环境)

这样，在即将进行的那个虚构的批评战场上，笔者已将自己的排兵布阵、火力范围和盘托出，虽嫌鲁直，好处与目的想来也是一目了然，那就是开门见山，抛砖引玉，不揣浅陋，求教方家。

二

在全面检讨我国现代题材戏曲创作的得失成败之前，必须对我国现代题材戏曲创作状况作一个整体的基本估价。而要做这项工作，首先得完成两件事，第一，给现代题材戏曲下一个定义。这项工作简单明了，何谓现代题材戏曲？概而言之：凡是反映"五四"以来，我国人民群众劳动、爱情、事业、生产、斗争以及与其相关的一切生活题材的戏曲剧目，都属于现代题材戏曲。

第二件事则显然麻烦多了，那就是必须简要回顾一下半个多世纪来我国现代题材戏曲所走过的艰难历程。为了叙述方便，我想把这个过程分割成以下几个时期。

1. 准备期

现代题材戏曲的准备期，最早要追溯到旧民主主义革命时期。"那时，一批先进的知识分子鼓吹和掀起了一场戏剧改良行动。……在他

系统

創造的廢墟

们的倡导和实践下出现了一批改良新戏。这些与传统戏截然不同的，以崭新的面貌出现的时装戏，是当时戏剧改良运动的一个重要方面，它以直接反映当时的现实斗争或社会问题为特点。改良新戏的出现，在一定程度上改变了古老的戏曲与现实斗争不相适应的状态，并且开创了运用戏曲形式反映现代生活的先例。"① 在这场戏曲改良运动中，汪笑侬、刘艺舟、田际云、周信芳等人，都是积极的参与者，但真正执戏曲改革牛耳的先驱者是陈独秀，他是最早系统地从理论上、实践上倡导戏曲改革的人。1904 年 9 月 10 日，陈独秀以"三爱"为笔名，在《安徽通俗报》第十一期上，发表了《论戏曲》一文，这是我国戏曲发展史上第一篇专论戏曲改革的文章。文章的主要观点如下。

（1）多编排有关风化的新的历史戏，发展戏曲的剧目。

（2）学习西方国家的表演方法，在戏中宣传科学文化知识。

（3）禁演迷信戏。

（4）反对唱淫戏。

（5）主张破除富贵功名的俗套，多演有益于人才培养的戏。

（6）主张排演"时事新戏"，发挥戏曲在革命中的宣传教育作用。

以上六点，可以看出陈独秀在戏曲改革问题上已萌发出了批判继承、古为今用、洋为中用、讲究科学、注重效果、反映现实、推陈出新的思想，这些都是他的前人所根本没有提及过的。更为可贵的是，陈独秀还身体力行，他在当时自己主办的《安徽通俗报》上开辟了刊发改革戏曲文本的戏曲专栏，先后编发了《睡狮园》《团匪魁》《康茂才投军》《瓜种兰因》《薛虑祭江》《胭脂梦》等新戏，其中《睡狮园》《康茂才投军》《薛虑祭江》均为陈独秀自己的创作。这些戏都一反旧戏的

---

① 张庚、郭汉城主编：《中国戏曲通论》。

窠臼，以暗讽明喻时政为主题，蕴藏着革命的思想，燃烧着爱国的热情，具有强烈的政治倾向性。

除陈独秀以外，还有两位艺术家也为戏曲改革作出了贡献，一位是著名艺术大师梅兰芳。清末民初，时装戏曲、文明戏十分盛行，这种情势影响到当时尚在青年时期的梅兰芳，1913 年他从上海回到北京以后，便以当地的时事新闻编写了一出京戏《孽海波澜》，后来还排演了《宦海潮》《邓霞姑》《一缕麻》等新戏。梅兰芳在《舞台生涯四十年》中曾论述了对排时装新戏的感受和认识。

还有一位是评剧的创始人成兆才。他从 18 岁开始从事莲花落演出活动以来，以毕生的心血为人民大众创造了一个崭新的剧种——评剧。五四运动前后，他又以极大的热情投入时装新戏的创作，他的剧目主要取材于当时的时事新闻和重大的社会事件，如《杨三姐告状》《枪毙驼龙》《枪毙驼虎》《安重根刺伊藤博文》《冤怨缘》等，在当时有一定的影响。

上述这些剧目是以陈独秀为首的一批文化新人改革思想的结晶，也是他们积极探索、大胆实践的成果。当然，从艺术上说，这些剧目早已成了过眼云烟，随风而去，但无论如何，这些成果的出现，标志着现代题材戏曲准备期的完成。

2. 生成期

现代题材戏曲的孕育、生成过程始终充满着风风雨雨、坎坎坷坷，"五四"时期，人们反对旧文化和封建迷信，对传统戏曲作了一次全面的清算，从内容到形式给予彻底的否定，以致在很长的一段时间里，戏曲受到了冷落，无人过问。一直到 1936 年至 1937 年期间，上海的左翼文艺家以鲁迅为首，提出了文艺大众化问题，文艺的民族形式问题，利用旧形式问题，戏曲才重新得以重视。特别是抗战开始

创造的废墟

后，青年文艺家、戏剧家们发现，在城市尚有一定市场的话剧到了广大民众中间难以发挥作用，而利用"旧戏"这种形式，用"旧瓶装新酒"的方法来宣传抗日，动员人民群众，能产生很好的影响，于是，一批新文艺工作者和有志于旧戏改革的艺人一起开始致力于现代题材戏曲创作。如剧作家马健翎，"早在1938年他就以农村老大娘村口查路条抓汉奸的现实题材，编写了新秦腔《查路条》，以旧剧的技巧和旧形式表现了新的生活和新的时代精神；1941年运用曲调新编《十二把镰刀》，以革新的戏剧形式表现铁匠王二夫妇连夜打镰刀支援部队生产的劳动过程。延安文艺座谈会以后，马健翎在改革旧秦腔创造新秦腔剧作方面作出了杰出的成就，1943年写的新秦腔《血泪仇》则是他的代表作"①。而当时的鲁迅艺术学院平（京）剧团团长阿甲更是为现代题材戏曲的生成倾注了极大的心血，据阿甲同志回忆，1938年7月1日是党的生日，中央把它定为戏剧节，鲁艺一连排演了三个现代戏：京剧《松花江上》、话剧《流寇队长》、歌剧《生产进行曲》。阿甲同志在延安期间还参加了京剧现代戏《松花江》《钱守常》《松林恨》《穷人恨》《夜袭飞机场》等的编导和演出活动，同时组织创作演出了京剧现代戏《刘家村》《赵家楼》《小过年》《上天堂》《难民曲》《自卫民》《回劝》等。这些剧目的上演，在宣传抗日、启迪民智、唤起民心方面起了不可估量的作用，但就艺术成就而言，由于历史的局限，实在令人难以恭维。

由此可见，抗日战争的政治力量成了现代题材戏曲的催生婆，延安是中国革命的摇篮，同时也是我国现代题材戏曲诞生的摇篮。

---

① 蓝海：《中国抗战文艺史》。

第四编 编剧批评论

274

3. 发展期

新中国成立以后，党和人民政府十分重视戏曲艺术的发展，戏曲改革进入了一个新的历史阶段。编演现代戏被作为戏曲的一个重要方面提出来。五四运动、北伐战争、土地革命、抗日战争、解放战争、抗美援朝，都成为戏曲的表现对象，成为现代戏创作的题材，从事现代戏艺术革新实践的不但有年轻的剧种，也包括京剧、昆曲这样古老的剧种。

1950 年 5 月 5 日中华人民共和国政务院发布了《关于戏曲改革工作的指示》，根据党的"改人、改戏、改制"的精神，50 年代和 60 年代初，开始了历史上空前未有的全国规模的戏曲改革运动。戏曲工作者在整理传统剧目、新编古代生活戏的同时，继承和发展了 40 年代延安革命传统，创作了一大批现实题材戏曲，使表现社会主义生活和思想的作品逐渐成为戏曲创作的主流。从 1949 年至 1965 年这十七年间创作的大量现代题材戏曲作品所反映的思想内容和取得的艺术成就来看，可以粗略地分为三种类型：

一是从生活出发，遵循艺术规律，比较真实地反映了各个不同时期的社会现实和人民群众的真情实感，有一定时代精神，可惜这类作品数量极少。

二是为配合各种政治运动，宣传具体政策的推行、实施及其结果的创作，这类作品约占十七年现代题材戏曲作品的 50% 以上。

三是命题创作，这类作品是领导命题出思想、群众出生活、作家出技巧的指定性产物，约占 40%。

毫无疑问，由于众所周知的原因，十七年现代题材戏曲作品尽管多如牛毛，但能真正留下来的实在少得可怜。

创造的废墟

275

4. 疯长期

疯长期当然是指 1966 年至 1976 年这十年。"文革" 开始以后，林彪、江青一伙，利用文艺进行篡党夺权，他们抛出和鼓吹"题材决定论""新纪元论""三突出论""根本任务论" 等反马克思主义的论调，用"文艺思想专政"的大棒，打击诬陷一大批优秀作家和一大批优秀文艺作品，篡改和掠夺全国各地戏剧工作者的劳动成果，推出所谓八个"样板戏"捞取政治资本，炮制所谓与走资派作斗争的一批阴谋文艺作品，充分暴露了"四人帮" 利用戏剧进行篡党夺权的反革命目的，现代题材戏曲创作除了八个所谓的"样板戏" 得以疯长外，几乎一片空白。

5. 繁荣期

粉碎"四人帮" 以后，特别是党的十一届三中全会以后，我国的文艺战线发生了翻天覆地的变化，现代题材戏曲创作也得到了复苏和发展。据不完全统计，1982 年以来，全国平均每年上演新创作的现代题材戏曲作品达一百部以上，呈现出现代题材戏曲创作的繁荣景象。这是一个重要的历史时期，从作品的内容和形式上看，大体上还可分以下几个阶段。

一是伤痕戏曲阶段。广大戏曲工作者怀着对"四人帮" 的满腔愤怒与对老一辈无产阶级革命家的深切缅怀，以饱满的政治激情，创作了一大批现代题材戏曲剧目，内容包括两大类，一类是歌颂老一辈无产阶级革命家的丰功伟绩的作品，另一类是批判"四人帮" 对人民群众的精神伤害的作品。

二是整饬戏曲阶段。这一阶段的创作，政治因素明显减少，戏曲工作者开始注意表现小人物的喜怒哀乐，从各个方面展示社会风气、伦理道德的整饬过程。

三是改革戏曲阶段。不少戏曲作家运用现代题材戏曲形式抨击特权，探讨法治，呼唤改革，倡导观念更新。

四是探索戏曲阶段。探索戏曲出于80年代中期，比探索话剧的出现晚了四五年时间。探索戏曲的探索性表现在从内容到形式都是对传统戏曲思维模式的反动，它以广阔的社会政治文化背景为依据，丰富和充实了戏曲的表现手段，拓展了戏曲的题材与视野，为振兴现代题材戏曲作出了有益的尝试。（遗憾的是，这样的探索还刚刚起步，还没有获得实质性的成果，戏曲工作者就经不住内外两个方面的干扰——从外而论，市场经济大潮的进一步冲击，票房价值与戏曲生计的直接维系；从内而论，戏曲界保守思想严重，探索者每迈出一步都要付出沉重的代价，而传统文化的包袱使我们的革新者本身的意志锻炼缺乏足够的韧性，因此，探索戏曲不久就被新的文化泡沫所淹没了。）

现代题材戏曲创作的繁荣给戏曲工作者带来了兴奋和喜悦，但由于缺少扛鼎之作，这一重要时期也在艺术的历史长河中匆匆而过，难以给人留下铭心刻骨的美好回忆。

6. 迷惘期

随着经济改革的不断深化，文化市场的逐步形成，全国不少戏曲院团开始"断奶"，随之而来出现的情况是，大多戏曲院团为了维持生计去开始从事"广告戏曲""行业戏曲""命题戏曲"的创作与演出。于是，各种政策性、专业性、技术性很强的内容成了戏曲主要的表现对象，排练靠赞助，剧本靠文件，观摩靠包场，这样的"一条龙"生产导致了戏曲越来越背离自己的艺术规律，走上了日益萎缩、日益粗糙的恶性循环的轨道。戏曲也在危机中越来越被人瞧不起，连自己也越来越瞧不起自己，水土流失，军心动摇，现代题材戏曲创作陷入了一片迷惘之中……

综上所述，现代题材戏曲创作历经风雨，几遭磨难，时有坎坷，作品的思想大于形象，政治思维大于戏曲思维，宣传作用大于艺术审美价值。总之，一句话，理直气不壮，胆大艺不高。

三

在粗略地回顾了现代题材戏曲创作的整个历程以后，再来评判现代题材戏曲创作的成败得失，就显得从容多了。

在我国戏曲理论界，一般对现代题材戏曲的估价均持比较宽容的态度。典型的说法不外乎两种，一种较为乐观，认为现代题材戏曲创作战绩辉煌，硕果累累，剧目丰富，新作不断，虽然还存在着这样或那样的困难和问题，但那是前进中的困难，发展中的问题，一句话，成绩是主要的，至少可以"三七开"，七分成绩，三分不足。

另一种意见较为悲观，认为现代题材戏曲创作起起伏伏，步履艰难，发展不平衡，成果不明显，当然也有一定成绩，但问题和困难更多，大体上是"五五开"。

毫无疑问，上述两种意见的持有者都抱着对现代题材戏曲的拳拳爱心，发自肺腑，言之成理。但是，恕我直言，这两种判断都没有接近事物的本质。在我看来，我国的现代题材戏曲创作远没有悲观主义者描绘得那么乐观，当然更没有乐观主义者想象得那么灿烂。我对它的基本判断是，一群虔诚、热情、勤奋的创造者倾其心力，注其心血，竭其心智，苦苦经营，孜孜以求，然而创造的却是一片废墟，一片艺术的废墟。

且慢指责我这个判断过于粗暴，过于草率，理由自然是多方面的，先说两条。

第一，从折子戏的积累看现代题材戏曲创作的累积。

在戏曲界，人们通常习惯于将有无折子戏或有多少折子戏作为衡量一个剧种剧目艺术质量高下的标识。折子戏是戏曲经典作品中的精华部分，历代传唱，经久不衰。折子戏从全戏本中拆下来，并被看作独立的艺术品，开始受到社会的注意，大约在明代嘉靖年间，至清代乾嘉就大为流行了。传统戏曲中有不少好的折子戏，至今仍为戏曲观众所津津乐道，百看不厌，如《秋江》《拾玉镯》《三岔口》《夜奔》《思凡》等。这些折子戏，或以性格鲜明令人过目不忘，或以情感饱满叫人回肠荡气，或以词曲优美让人赏心悦目，或以冲突奇谲使人兴趣盎然。而令人遗憾的是，现代题材戏曲创作实践虽然历时数十年，剧目数以万计，却几无折子戏可言。以编演现代题材戏曲著称于世的中国评剧院，新时期以来上演了三十多个现代戏，但没有一出能真正保留下来经常上演，这样的现象自然会引起有志者的深思。为此，他们曾以拓荒者的勇气，在80年代末期开了搬演"现代折子戏"先河，按历史时期，即第二次国内革命战争时期，抗日战争时期，解放战争时期和新的历史时期选出四部戏：《金沙江畔》《野火春风斗古城》《江姐》《高山下的花环》，从中抽出有代表性的场子组成一台，用串场词将四个折子连缀起来，使它成为一次"现代折子戏"积累的积极尝试，但平心而论，其艺术性影响力都是不能令人满意的。

无独有偶，笔者新近为迎接新中国成立五十周年大庆给某戏曲院团提供一个戏曲文本创意，企图写几个与共和国同一天诞生的戏曲艺术家为表达与共和国同命运、共呼吸的生命历程，决定在国庆前夕创排一个剧目，这个剧目由反映新中国成立以来，我国各个时期政治、经济、文化面貌的本剧种具有代表性的若干个剧目的片断组成，通过

创造的废墟

279

这些片断的整体呈现，既可以让人回顾祖国五十年前进路上的风风雨雨，又可展示戏曲艺术家青春、事业、爱情、友谊的坎坎坷坷。这个创意得到了有关部门的认可。但在具体操作时却遇到了麻烦，那就是虽然某戏曲院团拥有一长串新中国成立以来的现代题材戏曲上演剧目，却实在难以从中遴选出几个既足以反映某个特定时期的社会生态又具有较高的艺术价值的剧目片断来，于是，这项工作只好作罢。笔者的这一经历进一步印证了如前所述的"现代题材戏曲没有折子戏"这一观点。

如果上述例子还不足以构成充裕的理由的话，那么，我们不妨换一个视角来看看。目前全国各地每年都有诸多轰轰烈烈的群众性自娱自乐活动在举行，其中最受欢迎，最易于普及展开的活动，恐怕就是戏曲演唱赛了。然而，你只要去看一下参赛选手演唱的曲目，便不难发现，现代题材戏曲剧目的唱段真正凤毛麟角，我曾就此问题请教过一位老艺人，这位老艺人几乎是不假思索地跟我说："现代戏没有'肉头戏'，观众不要听。"我想如果我没有理解错的话，那么"肉头戏"与折子戏不过是艺人和文人不同的表述罢了，其含义是一样的。缺少"肉头戏"，或者说没有折子戏，这便是现代题材戏曲领域里一个令人想起来要打个冷战的悲哀话题。

第二，从事现代题材戏曲创作的作家的境遇与现代题材戏曲创作的处境。

从总体上说，戏曲作家的整体水平不比文学力量差，但在文学界，戏曲作家没有多少地位。而从事现代题材戏曲作家就更被所谓的"文学圈"内之士所不齿。仅以目前还在中国剧坛叱咤风云的人物而言，魏明伦、郑怀兴、徐棻、王肯、王仁杰、郭启宏等都是主要以传统剧目的整理改编或以新编历史剧而蜚声剧坛的。当然，主要从事现代题材戏曲创作的作家也偶有几位，如杨兰春、胡小孩等，但毕竟势单力薄，难以成气候。令人玩味的是，有些戏曲作家搞了大半辈子现代题材戏曲创作，却没有什么影响，忽然有一天，弃"刀"弄"枪"，把主要精力献给了古代题材创作，便一炮打响，一发而不可收，这就是以《汉宫怨》《五女拜寿》等剧目饮誉剧坛的浙江作家顾锡东。也难怪他深有感触地说：戏曲的"不朽"之作，仍然是写历史题材者得天独厚，戏曲反映现代生活，大凡是"速朽"作品……《朝阳沟》应该是精品，《龙江颂》列为革命样板戏，可是在舞台上的生命力不如"三看""四看"里的御妹。郑怀兴的《鸭子丑小传》，魏明伦的《四姑娘》，虽然也为他们赢得了一定的声誉，但真正为戏曲界所折服的还是《新亭泪》《晋宫寒月》《造桥记》《巴山秀才》《易胆大》等新编历史剧。

由于现代题材戏曲作家长期受到冷遇，因此，一些戏曲编剧往往不肯在现代题材戏曲创作上下功夫。甚至有不少作家有感于现实生活中的种种素材，却也要把它提炼成古装戏，如上海戏曲作家薛允璜、李莉将一个现实生活中发生的伦理悲剧故事演绎成古装传奇剧而赢得观众，福建作家王仁杰将一篇现代题材小说改编成古装戏曲，倾诉反封建的主题而获得好评，等等。

人们常说，作家以作品说话，现代题材戏曲创作出不了传世之作，自然也鲜见有影响的剧作家，所谓"有作为才有地位"，大概说的也是这个意思。

由此可见，我把现代题材戏曲作家几十年不懈努力、辛勤耕耘，前赴后继，无怨无悔的实践结果描绘成颇多荒凉，几成废墟的图景，实在也算不上危言耸听、出言不逊了。

当然，话又要说回来，用废墟两字来表述我对现代题材戏曲创作园地的总体印象，并不等于说我对极少数确有艺术价值的作品视而不见。再说，即便是废墟，同样也有不少有价值的东西会令你怦然心动，比如它可以作为横空出世的新的艺术大厦身后恢宏的背景，它也可以成为人类文明积累工程中的铺路石，它更可以成为记录戏曲改革发展历程的活材料，但是，不用说你也早已看出我是在为自己那个可能有点偏颇的观点作表层的粉饰，那么，不说也罢。

四

毫无疑问，讨伐现代题材戏曲创作，绝非是笔者作此文的本意，笔者的本意是试图通过积极的劳动，认真反思，细心检讨，力图找出现代题材戏曲创作不尽如人意的真正原因，而这个话题本该在以后的专题里展开，但有几句话却骨鲠在喉，愿意在这里先吐为快。

事实上，造成现代题材戏曲创作惨不忍睹的原因是多方面的，这里我想先要说的是先天不足的因素。

相对于古代题材戏曲创作，现代题材戏曲创作至少在以下几个方面存在严重的先天局限。

一是形式的局限。

众所周知，戏曲是农业文明的产物，具有悠久的历史。有学者认为，中外文艺史所提示的规律一再证明，运用传统旧形式进行创作的作者很难达到前代大师所获得的艺术高度。马克思认为古希腊悲剧和莎士比亚戏剧是后世难以逾越的高峰，便是基于这个艺术规律，而我国唐诗宋词作为经典文学的高度成为中华文化的绝唱至今令后人叹为观止，也是一个明证。从这个意义上说，适宜于表现古代题材的戏曲这一形式一旦让它去表现日新月异的现代生活，自然也就难为了这门艺术。

二是选材的局限。

古代题材戏曲有丰富的素材资源，几千年文明古国，兴衰荣辱，沧海桑田，碧落黄泉，天上人间，加上以无与伦比的民间文学宝库为后盾，选材上的优势真可谓"取之不竭，用之不尽"，而现代题材戏曲的选材范围毕竟局限于近百年风云之间，较之于古代题材戏曲，自然是相形见绌，望尘莫及。

三是人物设置上的局限。

古代题材戏曲剧本中的人物设置具有极大的自由度，上至帝王将相，达官贵人，下至夜叉小鬼，妖魔鬼怪，及至花草虫鸟、风雨雷电，都可以作为剧中主角，而现代题材戏曲显然缺乏这种优势。

四是情节提炼上的局限。

古代题材戏曲表现古代生活，兵荒马乱，交通不便，消息闭塞，男女授受不亲，宗法制度，科举制度以及一条条封建主义的清规戒律，都可以敷衍出生动的戏剧情节来。而现代生活交通发达，通讯简便，户籍制度严密，法律秩序规范，这些都限制了荒诞不经的戏剧情节的虚构和编织。

五是表现手法上的局限。

古代题材戏曲有丰富的艺术表现手法，比如浪漫主义可以发挥到极致，人蛇相恋、梁祝化蝶、窦娥三愿成为经典性的戏曲场面可以流芳百世，倘若现代题材戏曲也来效仿，必然会贻笑大方，难以被人接受。

六是观众审美标准的局限。

古代题材戏曲描写遥远的古代生活，真真假假，虚虚实实，观众只要感到好看，一般不会去跟你较真，而现代题材戏曲描写的都是身边的生活，或者是不太陌生、不太遥远的生活，生活经验会时时提醒他们警惕一切虚假的东西，所谓画鬼易画人难，说的也是这个道理。

由此可见，古代题材戏曲创作与现代题材戏曲创作实际上并不是在同一起跑线上竞争。指出它们之间的差异，当然不是为现代题材戏曲的失误寻找借口，而是想提醒戏曲工作者进一步认清自己的局限，扬长避短，精心切磋，在现代题材戏曲创作上倾注更多的心血。事实上，现代题材戏曲创作无所建树的主要原因还是在于创作者自身，这个话题自然只能在以后的文章再逐一展开了。

（原载《戏曲艺术》1999 年第 4 期）

关于中国戏剧编剧人才现状的
忧思和对策

上篇：青年编剧都去哪儿了？
——对于中国戏剧编剧人才现状的忧思

中国戏剧急需青年编剧

呼吁重视建立青年编剧的培养与成长机制，是基于对中国戏剧生态的忧虑。只要对中国戏剧现状稍稍有所了解，就不难发现，虽然辽阔的戏剧原野不乏喧闹时见繁华，但本质上仍摆脱不了"三荒"的窘境。

一是编剧荒。

从全国范围看，引用原总政话剧团团长、著名剧作家孟冰的一段话："新中国成立初期，话剧作者全国有一千多人，军队有五百多人。'文革'前还有四五百人，军队一百多人。'文革'后一段时间，话剧编剧也有五六十人。但今天，全国不过二十几人，全军数数不过十人。这些人大都是五十岁上下的年龄，年轻一代的编剧除上海有几位已经走向成熟，全国能数出多少？我们军队能数来的只有五位，其中四位还不能完全按照编剧的写作计划进行工作，大量的时间用于写小品和歌舞晚会的串场词。"

以地区论，李小青在《新剧本创作队伍青黄不接现象待改善》一文中介绍，20世纪80年代初吉林编剧有356人，现在只有60余人；20世纪90年代初，云南编剧有近百人，如今不足20人；福建是戏剧大省，编剧也只有约30人；河北省现有编剧超不过20人；贵州省直在职编剧只有两人，全省可独立完成大戏创作的编剧不足10人；北京的市属剧院团只有一个编剧。笔者多年前在一篇《为上海群众戏剧创作的"颓势"号脉》的文章中，也曾对上海业余戏剧创作力量的缺失表达了类似的忧虑。

上述数据都来自多年前的统计，随着时间流逝，这些年又有一批老编剧到龄退休，编剧断档的情况更加堪忧。

二是剧本荒。

没有好的剧作家，哪里会有好的剧本？

因为剧本荒，经常会在各类戏剧赛事中看到这样几种情况：第一种，一个有些名气的编剧包揽了几部戏的创作；第二种，一个赛事中有多部曾经在其他赛事中出现，而今改头换面、换汤不换药的剧作；第三种，一个赛事中会出现多个被无数次描写过或改编过的所谓新创作。一句话，原创力疲惫，创新性缺位，已成为大多数戏剧赛事的代名词。

因为剧本荒，有一些国有院团几年甚至十几年主要上演一两个剧作家写的戏，逼迫编剧以接近母鸡下蛋的速度来炮制剧本。这样做的结果是，即使剧作家再有才华，也有剧思枯竭的时候；即使观众再有胃口，也有厌烦的时候。

因为剧本荒，侵权的事时有发生。多年前笔者为浙江创作了一部姚剧《母亲》，被多个省市的专业与民间剧团悄悄拿去演出与参赛。有人告诉笔者，易名为《人间第一情》的《母亲》获得了河南省文华剧目一等奖，而易名为《母亲的呼唤》的《母亲》则获得了山西省第十三届杏花奖编剧奖。还有多少个剧团，以什么样的名目去参赛、去商演，就无从考证了。这样的事在戏剧圈内绝不是个别的。

三是观念荒。

中国戏剧的硬伤是想象力贫乏，软肋是戏剧观落后。我把戏剧观分述为"人学观""真实观""剧场观"，其中"人学观"是核心。

所谓"人学观"，即写戏要写人，包括人对自我的认识，人的本质、个性、价值、权利及人性观、人生观、人的未来与发展观等等。现在看来可能是一个浅显的常识。但事实上，在漫长的戏剧历史长河中，获得这一常识的时间成本是巨大的。

在欧洲，亚里士多德较早注意到人物塑造，他在《诗学》第十五章中提出写人"四点论"，即性格必须善良，性格必须相称，性格必须逼真，性格必须一贯。但他在论述悲剧六要素时还是主张情节第一，人物第二。之后的戏剧理论家虽然对亚氏理论有不断修正，但总是口将言而嗫嚅。一直到莱辛那里，才旗帜鲜明地将人物描写置于首要地位。到了狄德罗，在重视人物塑造上又有了新的表述，提出剧作要揭示人与环境的关系的主张，至今具有强有力的指导意义。不过，毋庸置疑，只有到了黑格尔，重视人物性格塑造的理论才得到了真正的发展与突破。他第一次提出了"性格就是理想艺术表现的真正中心"的观点，他认为情境还是外在的东西，"只有把这种外在的起点刻画成为动作和性格，才能见出真正的艺术本领"。他提出理想的人物性格应符合三个要求，即丰富性、特殊性与坚定性。并且还指明了刻画人物的方法与路径，如通过动作表现性格；要揭示人物的心灵；性格描写必须生动具体；提炼特殊的生活细节；重视肖像描写等等，无不有理论意义与实践意义。

中国的人学观，即使是在较戏曲早了千年的古典文学文本里，也还是步履蹒跚的。战国时期的《山海经》《穆天子传》中的人物，大都是意志坚强、无惧无畏，展现了先民类型化性格。到了两汉时期，出现正反面人物，或重义、坦荡、先知，或自私、好色、负恩，也全是类型化人物。魏晋六朝时小说以神鬼仙怪为载体，题材有所拓展，但人物依然单一。到了唐代，才开始有了较丰富的人物性格，比如《霍小玉》中的李玉，就有一定的复杂性了。而宋元时期的人物形象因受理学影响，反不如唐人洒脱。及至明清时期，人性解放、个性自由的诉求有些许萌芽，于是出现了潘金莲的"淫"，贾宝玉的"泛爱"。

比起中国古典小说来，中国古典戏曲对人学的发现与重视自然要晚得多。明初朱有燉在谈到元代水浒戏时曾有"形容模写，曲尽其态"的论述，大概是最早的人学观了吧。到了明中叶，对人物塑造的关注才逐渐多起来。比如金圣叹在评《赖婚》一折时提出以"心、体、地"（心即愿望，体即人物的身份，地即环境）的一致性来阐述刻画人物的要领，应该是比较精辟的见解了，王骥德、李渔也从不同角度呼应了这一主张。至于创作实践，倒是要稍稍超前些，比如《西厢记》，比如《牡丹亭》，很让我们捡回来一些自信。当然，总体上说，还是类型化的人物居多。究其原因，除了理论的滞后，主要是那些时代将戏曲视作高台教化的工具，同时也受戏曲角色行当定位之限制吧。

观念荒，主要是指编剧缺乏对"人学观"根深叶茂的认知基础与繁花似锦的探索成果。一部部貌似创新、号称突破，实则主题陈旧、立意浅显、故事老套、人物苍白、叙事单板、形式简陋的作品充斥着舞台与屏幕。

而以上所说的"三荒"，都与青年编剧的缺席有直接关系。

如果有源源不断的青年编剧涌现，何来编剧荒？如果队伍齐整了，何愁没有好剧本？而青年编剧大部分生长在互联网的语境里，科学、民主、人本、探索、创新、反判、自省意识等相对会强烈一些，他们的加盟，必定会推动新进戏剧观的发展。

要改变中国戏剧窘境，就要重视青年编剧人才的培养与成长机制。编剧荒，需要青年人去增绿；剧本荒，需要青年人去播种；观念荒，需要青年人去耕耘。一句话，中国戏剧急需青年编剧。

青年编剧哪里去了

在我们周围，青年人热爱戏剧，热衷编剧的不在少数。据不完全统计，光我国公办与民办的高等院校中的戏剧专业就有一百多个，每年毕业的编剧专业本科生、硕士生不以千计，至少百论吧。仅以上海戏剧学院为例，戏文系每年毕业的编剧专业本科生以及编剧专业艺术硕士生的数量足以抵得上现有一个省的编剧建制。但是，遗憾的是，学生艺考时千辛万苦复习，千军万马竞争，千山万水奔波，就读时国家投在他们身上的钱比普通大学的学生多好几倍，他们所花学费也要比普通大学的学生贵许多，经过严格的专业培养并已基本具备编剧能力的学生，却在一毕业时就销声匿迹，绝大部分不再在剧坛露面了。

看看某高校编剧专业近五年本科生与研究生的就业情况统计，也许就明白了原因所在。

先看本科生：

职业	2015 年	2014 年	2013 年	2012 年	2011 年
出国	8	4	5	5	6

职业	2015 年	2014 年	2013 年	2012 年	2011 年
升研	7	7	3	10	4
自主创业	1	4	—	—	—
影视公司（民营）	1	5	1	6	10
非影视公司	—	2	3	1	4
广电媒体	—	1	2	3	2
剧团	—	—	—	1	2
事业单位	1	—	1	—	5
定向委培	2	—	—	—	6
自由职业	22	13	18	2	12
其他（无记录）	1	—	—	1	1
总人数	43	36	33	54	52

　　面对这些数据，萦绕在脑海中的问题是：我们的编剧教学还有多少实际意义？也许有人会认为，200 多位毕业生中至少有 30 多位考上研究生，在专业领域里继续深造，不是"潜伏"着更优质的编剧资源吗？那么，让我们再看看研究生的就业情况：最后 30 人中，成为非影视公司、广电媒体、高校等单位员工和自由职业（创业）者占了多数，进入影视公司者 5 位，进入剧团者仅 2 位。

　　由此可见，即便研究生毕业，也基本与编剧专业无缘。两级学历教育后仅有的五位在剧团工作的毕业生，其实也不在编剧岗位，或成了办公室秘书，或做了宣传策划，或转行票务营销。开明一点的院团长会偶尔派他们干一点小品、小戏创作或晚会串联词撰写一类的活儿，更多的，只能是望"编"兴叹了。

　　一方面编剧人才奇缺，另一方面人才学非所用，构成了中国戏剧编剧话题的一个悖论。流失，闲置，空转，忽略，也就成了编剧专业毕业的青年人的真实写照。是资源浪费，还是战略失误？是体制瓶颈，还是机制障碍？我们有多少人在关注这个问题，我们有多少部门在研究这个问题，我们有多少机构在解决这个问题，难道不值得我们认真想一想吗？

（原载《解放日报》2016 年 5 月 5 日）

下篇："代养制"能否解青年编剧荒？
——关于中国戏剧编剧人才稀缺的对策

编剧人才的奇缺和已有人才学非所用，造成了巨大的人才浪费，构成了中国戏剧编剧话题的一个悖论。高等院校编剧专业培养的学生，是创作界优质的种苗，他们毕业以后，是放任自流，自生自灭，还是让他们进入一个科学的、良性的社会培养与成长机制，催生编剧人才，从而弥补中国戏剧影视编剧人才奇缺的短板？有鉴于此，我们有必要思考如何突破原有人才培养的体制瓶颈。有没有落到实处的举措，事关中国戏剧未来的可持续繁荣和发展。

向科学的培养模式借鉴什么

对现有青年编剧人才特别是高校编剧专业毕业生走出校门后成长机制的缺失，我们不妨借鉴养殖业界具有创造性并行之有效的机制——"代养制"。

将青年编剧人才成长机制与维系餐桌食物质量的科学养殖机制作比较，或不恰切，但其中道理却也值得我们深思。过去江南农人经营饲养业，一般从苗种市场觅得良种带回家。饮食起居、防病治病、卫生条件等一概取决于主人的个人经验、精力投入以及经济成本，养殖效果必然是听天由命。但现今上海地区的科学养殖模式则出现了创造性变革，其中尤以"代养制"为成功范例。

所谓"代养制"，就是合作社将已饲养到30公斤左右的优质苗种交给家庭农场主代养。合作社与代养者有一个双赢的合作机制，内容包括：一是选种。代养者接收的是从荷兰引进的托佩克品种所繁殖的后代。二是选址。代养场必须在成片农田的粮食家庭农场内，远离村庄，交通方便，符合防疫条件。三是选人。代养者必须是具有一定经验、诚信、勤劳的粮食家庭农场主，兼顾种养二业，并能服从合作社和各级部门的技术指导。最后，合作社与代养者签订《考核结算协议》，依据科学指标考核后进行代养结算。完成指标的代养者可获得较高报酬。同时还建立了退出机制，凡连续两年评定为年度不合格者，取消代养权，同时建议相关镇取消该农民的家庭农场土地承包经营权。

从中可以看出，优质苗种进入家庭农场后，完善的激励机制、约束机制和退出机制，既从制度上保证了养殖对象的健康生长，又在利益上保证了合作社经营者与农场主的双赢愿景。结果是，良好的运行机制催生了一个品牌，赢得了上海百姓的信任，也成为人们餐桌上的首选。试想，如果将30公斤以后的苗种交给散户饲养，一切与健康成长有关的条件都难以保证，再好品质的苗种最后也不可能达到预期的养殖效果。

从学术角度展开机制对比，那么，戏剧院校培养的编剧专业毕业生显然也处于优质却还未长成的状态，走出校门后若也有一个叫"代养制"的机制，保证他们在专业的环境里生长，不需要为生计去做自己不熟悉、不喜欢、"不搭界"的事，那将会催生多少优秀的青年编剧。这个比喻也许并不恰当，但我们着眼的是机制，看重的是以"拿来"的胆识破题的勇气。

当然，"代养制"首先要有"代养机构"。事实上过去我们有许多很好的"代养机构"，几乎每个省市都有"三级戏剧创作网"（省、市、县戏剧创作室），每个戏剧院团都有创作室，再加上每个文化馆、群艺馆、工人文化宫都有创作部，在全国范围内构成了完备的"代养制"机构网络。编剧专业学生一旦走出校门，这些"代养制"机构会照单全收，而且还供不应求，"代养制"机构成了他们事业发展的港湾，在接纳、孵化、助推、催生青年编剧的过程中发挥着无可替代的作用。而现在，这些创作机构关、停、并、转，如李小青在《到了最危险的时候——来自第三届全国剧本创作和剧作家现状信息交流会的报告》一文中所披露，辽宁省原有戏剧创作机构数十个，现在几乎全军覆没，只有省艺术研究所创作部还存在，仅剩下 2 个编剧。安徽省现有县级以上国办戏剧表演团体 48 个，已全部没有了创作室。其他地区也大同小异。出现这种情况的根源是，所谓"不求所有，但求所用""只养事业不养人"的看似"新新类"的观念在作祟。令人费解的是，一个几十人的剧团，管理班子成员有六七个的也不在少数，为什么偏偏就容不下剧作者一把并不需要有多豪华的椅子呢？

不妨把目光稍稍外移，看看国外是否会有类似的机构。青年剧作家喻荣军在《编剧在中国戏剧大时代的机遇与挑战》一文中介绍，在国外，更多的编剧是通过剧团、培训班、剧本创作中心等机构进行培养的。例如英国皇家宫廷剧院、爱丁堡横断剧院、美国纽约的拉科剧本创作中心、公众剧院或是更小型的剧院 122 剧团，这些剧院都着重于原创剧本的创作、排练与演出。英国皇家宫廷剧院既有自己的国际驻场计划，也有国内年轻编剧的培训计划，还把国际的编剧与国内的编剧进行配对，以提高年轻编剧的技能。英国国家剧院定期有编剧工作坊，英国苏格兰剧本创作中心则通过征集获得剧本，然后进行筛选，每年选择6—8个剧本，让年轻的作者与相对成熟的作家进行配对，一对一进行指导。

申惠善(韩国)在《简述韩国电视剧编剧体制》一文中介绍：韩国目前活跃的90%的编剧中，都是韩国放送作家协会运营的韩国放送作家培养院毕业生，这一点说明其大部分是通过有体系的教育来培养出的专业人才。韩国放送作家教育院设有基础班、进修班、创作班、专业班等4个等级。一个班的学期为6个月，从基础班到专业班所需的时间为大概2年多。各家电视台的导演和职业广播作家，每周一次讲授电视剧编写理论及技巧。此时，各家电视台的导演开始留意观察学生。学员进入上一班级时，根据所提交的课题作品和讲师的评分结果，决定升班与否。所有的学生必须从基础班开始受到有系统的教育，一旦通过遴选而升到进修班的学员就免交授课费，还会得到韩国放送作家教育院的集中支援。一般情况下，到研修班后大部分学生都会被电视台挖走。

从申惠善的介绍中至少可以看到两点：一是各家电视台从一开始就留意观察学生，为选择合适的人才入编作准备；二是经过遴选，进入进修班的大部分学生都会被电视台挖走。行文至此，忽然想到，上戏戏文系从2007年开始至今已办了九期高级编剧进修班，几百位学员，居然还没有一位因此而进入戏剧院团。原因是，现在的一些院团领导只盯住少数名编剧，不愿承担培养年轻编剧的风险成本，而造成全社会优秀编剧奇缺，戏剧事业全面滑坡的巨大成本谁来买单，则似乎与任何人都无关了。

青年编剧资助项目的优势在哪里

客观地说，这些年来，各级宣传与文化部门也都程度不同地对青年编剧的培养与成长机制予以关注。比如举办各类戏剧赛事，各种主题性剧本征集活动，举办高编班、读书班、研修班、青创班，举办剧本讨论会、剧本朗读会、创作笔会，创办编剧沙龙，创办刊载新剧本的杂志与内部刊物，创建相关学会等等。但只要稍加思索就会发现，这些举措更多的是在关注剧本创作的前端与后端，而忽略了最为重要的中端。

前端实际上就是学校专业教学的延伸，后端就是关注剧本舞台呈现的最终效果，而中端才是"代养制"的核心内容，即酝酿、创造、提供一次次发现有潜力的青年习作的机会，孵化、助推、催生青年编剧一部部有新意的习作。正是从这个意义上说，上海文化发展基金会有着与众不同的精妙设计，它的特色在于，在中端位置给青年编剧的初次飞翔提供一个立体的"助飞动力装置"，它包括：组织专家对申报剧本进行初评、复评，并与青年编剧面对面交流；调集社会力量，为入选青年编剧及其习作配备合适的导师；在反复修改剧作的基础上请专业院团组织有经验的演员朗读剧本，并邀请专家对剧作进行点评；出版青年编剧剧本选；由基金会出面向专业院团推荐入选剧作；对搬上舞台的剧目提供可贵的配套资金；每轮评审结束以后，请相关专家撰写评审报告，既要解剖个案，对每个剧目作出艺术分析，更要统揽全局，分析总体情况，并对普遍存在的问题提出如何解决的意见与建议。

不难看出，这一既富有操作意义，又充满人文关怀的项目设计确有高出一筹的独特之处。特别是在"代养制"机构全面缺失的今天，尤其显得难能可贵。

这一项目的另一个意义在于，它从一个侧面印证了我的推断：编剧专业毕业生走上社会以后，只有在有效的"代养制"，或准"代养制"的条件下才有可能成长为一个合格的编剧。连续三年的上海文化发展基金会青年编剧项目评选，共有 47 位青年编剧的作品入选，而其中一半以上都来自受过专业训练的上戏戏文系毕业生。这一数据在一定程度上挽回了作为编剧专业教师的一点面子，同时也与韩国学者申惠善所说的"韩国成功的编剧大都经过专业训练"的判断相一致。

可以进一步推断的是，如果我国能及早恢复三级戏剧创作机构，恢复各级戏剧院团的编剧岗位，在完备的"代养制"条件下，高等院校编剧专业的毕业生必将为编剧队伍提供源源不断的人才资源，改变中国戏剧编剧荒、剧本荒、观念荒的窘境，也不仅仅是一个美好的期待。

在新的历史条件下重拾传统，难道不也是一种创新?! 问题是，谁来做这件事呢?

最后要说明的是，本文仅以高校编剧专业毕业生走出校门后的成长机制为议题展开讨论，不涉及学生在校期间的培养目标、培养方式、培养效果等内容，尽管这是一个很好的话题，但那是另一篇文章了。同时，话还要说回来，"代养制"也不能保证出莎士比亚、汤显祖、曹禺，真正的成功还需要青年编剧自身的努力，这当然又是另一个话题，在此也不作展开。

最后，任何比喻都有缺陷，好在我也是一个兼任编剧。这一点请读者诸君，特别是编剧同行们谅鉴。

（原载《解放日报》2016 年 5 月 12 日）

当代戏剧现代性的障碍之我见

最近读到彭奇志同志刊于《上海戏剧》的一篇题为《当代戏剧现代性的障碍》的文章，觉得作者很有理论勇气。当然，那篇文章中对当代戏剧的评估，可能会有一些偏颇，但如果让我来做这个工作，也许偏颇会更多。早在几年以前，我就写文章对当代戏剧的现状发表过一些看法。我认为，当代戏剧主要存在着八个问题：（1）创意的萎缩；（2）理念的亢奋；（3）剧情的简陋；（4）思维的错位；（5）技法的粗疏；（6）形式的贫乏；（7）探索的失误；（8）批评的缺席。话虽然难听了一点，但出发点是好的，希望能引起大家重视。因此，对彭奇志的基本观点我是同意的。

关于当代戏剧的现代性障碍，可能有两个问题值得讨论，第一个问题是关于对现代性的理解。这一点很重要，如果不能对现代性有一个准确的表述，就会带来一些认识上的误区。我们现在有一些电视剧和小剧场演出剧目，就有这个毛病；似乎只要题材时尚一点，剧名新潮一点，反映白领青年情感生活或者新新人类的生活状态就是现代性了，至于内容的贫乏、浅薄与简陋，故事的老套、无聊甚至庸俗，好像都无所谓，这显然是一个错误。那么，什么才算是现代性呢？我个人认为，对现代性的理解可以宽泛一些，现代性不仅仅是对某些传统的反叛、颠覆，更应该包括对传统的继承、扬弃、拓展、延伸。概括地说，只要能引起现代人情感共鸣，符合现代人健康的审美情趣的戏就可以看作具有现代性的戏。当然，从文本的角度来看，剧作还要讲究独特的艺术构思、丰富的精神内涵，鲜明的人物形象，新颖的艺术样式，深切的人文关怀等等。张爱玲的《金锁记》写民国初年的故事，但在技法上、人物的刻画上、传递的心灵质量的强度上都具有很强的现代性。总之，对现代性的理解不能太狭隘。

第二个问题是关于对障碍的认识。我认为，当代戏剧的现代性障碍可能有两个，一个是创作上的障碍，另一个是理论上的障碍。造成障碍的原因有戏剧生态的问题，也有剧作家心态的问题。从戏剧生态方面说，我觉得主要的障碍是有三种非戏剧因素大面积侵入当代戏剧的肌体，造成戏剧本体生命力的疲软。一是政治因素的大面积侵入，简单说来，就是"题材决定论"又有了市场；二是权力因素的大面积侵入，不少地方把排新戏、得大奖当作当地政府的"一把手工程"，艺术行为变成了政府行为，政治行为；三是是非艺术因素的大面积侵入。由于教学的需要，我每年都要花一点时间认真研究、学习各地一些获奖剧目，我觉得有的戏根本达不到应有的标准，这就令人对我们的一些专家、评委的学术性、权威性产生了疑惑。

因为我是个实践者，对上述这三方面因素侵入戏剧肌体所造成的伤害都有一些体会。比如前年我有六个戏（严格地说是七个戏，因为其中的一个戏是外地一所艺术学校排演了我的话剧《相约星期六》，属于教学演出剧目，故而不统计在内）在各地演出，至少有三个戏碰到问题。举例说吧，当时为某戏剧大省写了一个以轻喜剧的样式来反映改善党群关系的大型戏曲，素材很好，我对这方面的生活也较熟悉，戏写得很顺利，自我感觉不错，主创人员也较满意，但是当地的宣传部长审过以后，认为以喜剧情节歌颂党的干部形象不妥当，要求我对戏作较大的改动，并有具体的情节要求，如要主人公妻子生大病，但他公而忘私，让群众偷偷送鸡蛋，让人感动落泪等等。我没法改这个戏，结果演出后就没有得到理想的奖项，原来说的几十万元拨款也没有了，我觉得很对不起那个剧团。(今年7月上旬，当地的文化局长又来电，希望再为他们写一个戏，我婉言谢绝了)。还有一个戏，因题材、风格均较有特点，本来很受领导、专家和观众的好评，后来因为没有按照一位对最后的评奖起决定性作用的文化界领导所提的那些无法体现的意见去修改，结果也就可想而知。我相信，我这样的遭遇许多剧作家都会遇到过。

再说一点剧作家心态方面的障碍。其实前面三种因素对剧作家心态所起的负面效应已经够大了，要适应领导，要讨好专家，更要尊重观众，你说累不累？再加上我们的戏剧从业人员本身肩负的传统包袱过重，戏剧观念相对滞后，要出好作品的障碍就更多了。还有一条，我们现在的戏剧创作，特别是戏曲创作，基本上还是沿用古典主义的创作方法。古典主义崇尚理性，强调国家、民族的利益，人物都较亢奋，这一点没有错，特别是在当时的时代，有它的合理性。但是我们现在的大量作品却无视当代观众审美情趣的变化，都过分强调了古典主义绝对理性的部分，结果，古典主义的一些精华却被我们疏忽了，比如古典主义对技术的重视我们就没有学到。其实戏剧特别是戏曲是个技术性很强的活儿，我们的古典戏剧，比如元杂剧中的一些精品，即使拿到世界名剧的长廊里去也毫不逊色，这里很重要的一个原因就是对技术的重视。

还有一个问题也很棘手，那就是我们的戏剧在体制内媚上，体制外媚俗，这方面的话题可能更多，这里就不展开了。

(原载《文艺报》2005年3月3日、3月24日)

当代戏剧现代性的障碍之我见

呼唤戏剧舞台上的"国家形象"

  党的十七届六中全会全面分析了当前形势和任务，强调必须增强忧患意识和风险意识。这是一种高瞻远瞩的提醒。全会要求我们以强烈的忧患意识推进改革，促进文化的大发展、大繁荣，最后实现文化强国的目标。而创造戏剧舞台上的"国家形象"，既是文化大发展、大繁荣的题中之意，也是建设文化强国的重要内容。鉴于此，中国戏剧人的忧患意识首先应该体现在"国家形象"的创造上要有所作为。

  所谓"国家形象"，一是指戏剧舞台上人物形象的整体质量，包括人物形象的生动性、深刻性与概括性，以及由"这一个"人物形象所阐发的思想的穿透力、震撼力与影响力；二是指戏剧作品所表现出来的整体审美价值，包括内容与形式上的思想力、想象力和创造力，以及作品所展示的艺术水准和创作成就。从本质上说，"国家形象"就是作品的艺术形象所体现的民族的思想、情感和审美的深度。被世界公认为最灿烂的文明古国之一的古希腊，如果没有了具有"国家形象"品质的神话、戏剧与哲学，今天还会有谁一提起她就会肃然起敬？戏剧舞台上的"国家形象"与国家影响力、与国民素质、与当代与未来中国地位均有不可忽视的重要联系，正因为如此，能体现"国家形象"的作品特别推崇反映现代生活、与时代同步。

  中国戏剧虽然已取得不少成就，但是如果以更高的标准来审视，还有一些不如人意处。有学者认为，中国这百年来经历着"三千年未有之大变局"，但是反映这段时间过程的精神作品却不能与之相称。中国这一百年，特别是近三十年的发展为全世界所瞩目，几乎每天都会有精彩的故事在发生，但你停神一想，三十年来，能真正反映这一伟大变革的高质量的作品还真不多。中国戏剧舞台上还缺少数量众多的反映现实生活、体现时代特色、具有饱满人文精神、达到"国家形象"标准的精品力作。

要探究戏剧舞台上缺少更多的体现"国家形象"精品力作的原因，需要重提近十年前我在白玉兰论坛上所作的一个题为《戏剧的"八有""八缺"》的发言，即有热情，缺激情；有"贼心"，缺"贼胆"；有高人，缺高见；有"大腕"，缺大家；有机会，缺机制；有财力，缺眼力；有大制作，缺大作。真希望近十年前的评论已经过时，但实际情况并非如此。依我之见，近年中国剧坛又添了"四有"与"四缺"。

一是有"霸气"，缺士气

霸气有四种释义：(1) 霸王气象；(2) 勇武雄伟之气；(3) 强悍、刚毅之气；(4) 霸道的气焰。这里取第四种意思。话虽然难听，但有些情况应该引起我们的警惕。比如有些评奖。评奖人往往掌握着行业资源分配等方面的话语权，如果这些人在学术与人格上缺乏公信力，或者只要其中的一项有瑕疵，后果就令人担忧。又比如个别戏剧院团负责人，主宰着上什么剧目、谁来担任主创、投入多少经费的决策权，如果缺乏对戏剧事业的责任心，缺乏对剧种建设的战略目光，缺乏对培养新人意义的足够理解，缺乏对剧本优劣的判断力，其越有"霸气"，对事业的伤害就越大。殊不知，艺术事业有其自身的发展规律。如果在一个地方停顿了十年，第十一年的发展，只能从十年前的水平线上起步，而这中间的十年就成了永远的遗憾。所以，领导者如果没有对规律怀有敬畏之心，其每一个轻率的决策，每一个存有私心的决断，都有可能对事业造成不可弥补的损失。同时，个别由于掌握话语权者、决策者的一些不该有的过失，戏剧队伍的士气就会受到挫伤。《左传·庄公十年》讲述齐鲁长勺之战时云："夫战，勇气也，一鼓作气，再而衰，三而竭。"气可鼓，不可泄矣。世人皆知这个道理，戏剧界怎么可能会例外？

二是有"梯子"，缺梯队

这里说的"梯子"，是指戏剧工作者成长、发展的晋级、晋升与社会认定机制，比如职称评审等级设定规则，学位授予等级设定规则，各类奖励等级设定规则等等。应该说，经过长期建设，这些规则已趋完善。但专业人才梯队建设呢？某些方面确实有专业层面后继无人，业余层面无人后继的状况。

说专业人才梯队现状，总政话剧团团长孟冰曾对我国编剧队伍状况作过分析，他说："建国初期，话剧作者全国一千多人，军队五百多人。'文革'前还有四五百人，军队一百多人。'文革'后，也有五六十人，但今天，全国不过二十几人，全军数数不过十人。这些人大都五十岁上下，军队能数出来的只有五位，其中四位还不能完全按照编剧的写作计划进行工作，大量的时间用于写小品和歌舞晚会的串场词。"全国的编剧人才奇缺，一批老剧作家年事已高，新的人才链短期内又难以形成，仅有为数不多的几个青年才俊，整体上无法形成气候。在所谓"剧团不用养编剧""不求所有，但求所用"的舆论导引下，笔者供职的上海戏剧学院每年五十名左右编剧专业的本科生、研究生大都被戏剧院团拒之门外，即使录用几个，也都在从事档案、文秘、宣传或营销工作，只有极个别人幸与编剧有缘。长此以往，编剧队伍的前景怎不令人担忧。第五届中国京剧艺术节参演剧目中一位知名导演竟执导10部戏、一位作曲家为11出戏作曲。有些演出编剧重复、导演重复、演员重复，这样下去又何来原创力的培养、想象力的腾飞呢？

三是有灵感，缺灵魂

时不时地来一个灵光一闪、灵机一动、灵感一现，这样的创作当然也很好，创作者付出的汗水与智慧也应该得到尊重，但一座城市乃至一个国家，不能仅靠时尚与浮华来打理她的精神家园，人们必须虔诚地寻觅与安置能体现这个国家"精气神"的灵魂。而这样的灵魂至少应该体现在这两个方面：一是历史文脉的现代传承。这需要有一批宁静的守望者与拓荒者长时期的潜心耕耘；二是要有一批文艺作品（包括戏剧舞台上）的"国家形象"来支撑。莎士比亚笔下的哈姆雷特，这个不朽的人物形象在面对仇人时的"犹豫"，催生了人文主义的灵光，遏止了人类在野蛮愚昧的荒野里追逐的步伐，这就是文化的力量，这就是灵魂的力量。

四是有观点，缺观念

某个正确的观点能对事业发展产生积极影响，而先进、科学、系统的观念则可以引领一个行业、一个领域朝着正确的方向大踏步地前行。这里说的观念，主要是指戏剧观。戏剧观的核心有二：一是指对戏剧本质的认识，即戏剧是什么？二是指对戏剧功能的理解，即戏剧干什么？考察中外戏剧史，不难发现，戏剧观决定着戏剧的发展进程。在此不妨将东西方戏剧观作一比较。

先看外国的。外国戏剧史是一部反叛的历史。新的戏剧观向旧观念挑战，催生新的戏剧流派与新的作家、作品，从而推动戏剧发展。是戴欧尼斯剧场观催生了古希腊戏剧，是中古欧洲的宗教观影响了中世纪戏剧，是人文主义精神缔造了文艺复兴时期戏剧，是理性回归的思潮孕育了古典主义戏剧，是自由想象与浪漫气息创造了浪漫主义戏剧，是实证主义成就了写实主义戏剧。进入 19 世纪，现代戏剧应运而生。但由于观念的差异，现代戏剧也是千姿百态，各具特色。有写实主义戏剧、自然主义戏剧、象征主义戏剧、表现主义戏剧、怪诞剧、超现实主义戏剧、存在主义戏剧、史诗剧场、荒诞派戏剧等。由此可见，外国戏剧观新旧更替，此起彼伏，波澜壮阔，洋洋洒洒，气象万千。尤其令人惊叹的是，在纷至沓来的戏剧观革新催生的戏剧流派中，都有代表性的作家与作品，这些作家作品聚集在一起，就构成了外国戏剧的巍峨宫殿。

中国的戏剧观很长时间以来难以摆脱"高台教化"的基本框架。新时期以后的"探索戏曲"虽有进步，但因 20 世纪 80 年代的"戏剧观"大讨论只偏重于戏剧的形式探索，戏剧内容或戏剧功能方面并没有太深入的展开，从而导致中国在戏剧整体上有时还是"形式大于内容"，常常在"缺钙、失血、浮肿"的窘迫怪圈中打转转。

以理应最能体现戏剧观革新成果的小剧场话剧为例，不久前，在"全国小剧场优秀剧目展演座谈会"上，著名导演艺术家王晓鹰痛心疾首地指出："在娱乐之风大行其道的文化消费时代，小剧场戏剧的精神根本：实验性、先锋性和思想价值几乎已难觅踪影。取而代之的是一些实用主义蔓延、泛娱乐化的'三低剧目'泛滥，这类制作成本投入低、艺术质量低、道德水准低的小剧场话剧，刻意低俗，追求无聊，并美其名曰'为紧张生活减压'。"对此，王晓鹰指出，戏剧可以具有娱乐作用，但是戏剧的第一属性肯定不是逗观众发笑。①

一座成熟的城市、一所有底蕴的大学、一个有独特的识见的学者，都应该给社会、给人们输出正确的、有价值的观念。比如上海，历史上这所城市在戏剧史上曾输出过不少有重大影响的观念，如"海派京剧"的理论与实践，袁雪芬的"文人导演引入越剧创作"的改革主张等等。没有先进的、科学的戏剧观作指导，剧作家的劳动只能是低水平的重复，偶尔有一两个令人眼前一亮的作品，也难以构成中国戏剧应有的生动图景。

那么，如何在戏剧舞台上塑造"国家形象"呢？拙以为：创作者必须更新戏剧观念，重视人格建设，静养浩然之气；必须扎根于现实生活，又高于现实生活，用作品中体现出来的深邃思想之光去照亮人民的精神世界；必须重视对民族劣根性进行深刻反思，只有坚持批判精神与正面书写相互补充，才会使"国家形象"更为丰满，更为真实。

戏剧的意义在于以自己的方式记录这个时代，向同时代的人贡献戏剧人独到的识见。中国的戏剧人要增强忧患意识，不要沾沾自喜；要保持清醒的头脑，不要好大喜功；要甘于寂寞、脚踏实地，不要哗众取宠。不辱使命，勇于担当，为戏剧舞台上"国家形象"的诞生补交一份答卷，这才是中国戏剧人落实六中全会精神最为生动、最有意义的真情表达。

（原载《文汇报》2012 年 3 月 3 日第 7 版·文艺百家）

---

① 见《青年报》 2011 年 9 月 24 日。

呼唤戏剧舞台上的「国家形象」

建设"当家戏"是振兴上海戏曲的第一要务

一个戏曲院团要发展，关键是剧目建设。就像一个家族，要绵延、要兴旺、要发达，关键是看这个家族繁衍的一个个儿孙能否成才。戏曲院团也一样，就看你推出的一部部戏能否获得观众的喜爱。如果一个戏曲院团三年、五年、十年不出戏，那么观众就会忘记你，同人就会忽略你，你自己也会瞧不起自己。

我认为，一个有生命力的戏曲院团应该具备三种剧目：一是要有"看家戏"，即传统骨子戏。它是你这个剧种的精神血脉，是传统，是家底，是遗产；二是要有"当家戏"。具体而言，就是在每个历史阶段，都要有符合那个时代观众审美趣味的剧目。或者再具体一点说，作为院团长，在你任内必须有可以拿得出手的好戏，其功能是至少维持或延续你主持下的这个剧种的生命；三是要有"发家戏"。就是改变剧种等级的，从贫农到中农，甚至到富农到地主的重量级的戏，也就是推动剧团发展、剧种发展的精品力作。

如果按照这个标准来盘点一下上海戏曲院团的家底，我们就可以很清楚了。以淮剧为例，"看家戏"就有很多，比如"九莲十三英七十二记"，就是难得的丰厚家底，其中有不少戏只要稍做改造，今天还会有市场。"发家戏"，淮剧也有啊，比如《吴汉三杀》《母与子》，特别是《金龙与蜉蝣》，当年问世时令其他剧种刮目相看。再看看"当家戏"，就比较局促了。其实，其他戏曲院团的情况也一样。所以，就上海戏剧事业建设的当务之急来说，首先考虑的是如何建设"当家戏"。

建设"当家戏"，我看至少要修炼三种"力"。

第一是定力，即艺术上要有自己的主见，不为各种诱惑而左右。

戏剧生产，从本质上说，是很个性化的手工活，相当于小作坊。而现在一些戏曲院团却成了如同当年计划经济条件下的农村"下伸店"，甚至是某种指定产品的直销店。管理者的眼睛只盯着政策配置，就如一个茶杯，上面批发给你的是7块，你卖给老百姓是9块，你就赚了2块差价。许多剧团基本上每年都在做这件事，而事实上如果没有好的原创剧目，你这样做五年、八年、十年，最后的结果是毁了一批艺术家，毁了一代观众，最后毁了一个剧种。所以，"下伸店"的经营理念对艺术生产是极为不利的。

小作坊与"下伸店"最大的区别是，"下伸店"可以复制，可以随时关门，小作坊不行。小磨麻油没有了，老百姓会有意见。"下伸店"的经营方式，上面有什么，你就去批发什么，赚一点计划经济的差价来维持生计，时间越长，惰性越足，原创力也就越弱。小作坊了解自己的长与短，有自己独特的配方，然后就盯住目标，很有定力，兢兢业业做一件事情，打造自己的品牌，日积月累，就赢得了市场。小作坊还有一个特点是不可替代性，积累越多价值越大。所以，我认为，戏曲院团的领导一定要有小作坊意识。顺便说一下，其实现在有些带计划经济色彩的政策导向项目也仅仅是有关部门给你提供题材与主题的建议，批发方大都是有文化的明白人，比较宽松，给你一个舞台，鼓励你去创新，希望你去突破，人家给你的绝不是艺术的全部。而我们一些"下伸店"，目光短浅，能力有限，急功近利，偷工减料。结果，一来二去，批发方也不会满意。为什么，因为你浅薄，因为你粗制滥造，倒了观众的胃口，倒了从业人员的胃口，吃力不讨好。

还有一条，不客气地说，我们的戏剧观比较陈旧，我们的想象力比较贫乏，我们的戏剧评论比较肤浅，我们的政策导向、奖项导向、市场导向、教育导向、名人导向都不是太"给力"，有的还有这各种硬伤。面对这样的戏剧生态，戏曲院团的掌门人要了解自己剧种的气质，扬长避短，不为各种诱惑所左右，保持思想和艺术的定力，就显得格外重要。

第二是眼力。

毫无疑问，现在影响戏曲院团发展的因素有多种多样，但我觉得，选择什么样的剧本搬上舞台是其中非常重要的一个因素。我曾给我的博士生提过一个建议，希望能做一个调查，上海各戏曲院团近十年来演了什么戏，拉一张清单的话，你就会很清晰地看到这些戏曲院团掌门人戏剧观的新旧、艺术素养的优劣以及眼力的高下。有些戏曲院团，三五年、甚至七八年没有出一部好戏，花了大量的纳税人的钱，每年排一些无关痛痒、不咸不淡的戏，这是严重的失责，甚至是一种犯罪。如果你十年之内没有一部像样的戏，第十一年立志要推出一部好戏，实际上你的艺术准备还只能与十年前的创作状态相衔接，因为剧团的艺术准备、人才准备、从业者的观念、技能准备乃至这个剧种的生态准备，还是十年前的水平，这个空白与遗憾是没有任何力量可以弥补的。有些人可能没有清晰地认识到这一点，但艺术的规律就是这样的公正无情。所以，戏曲院团领导的眼力对剧团建设来说可是生死攸关啊。如果你没有新进的戏剧观，没有良好的艺术判断能力，其决策与评判的失误，往往伤害的不仅仅一个剧本、一个剧团，一个剧种，有时候在一定程度上还会影响到整个戏剧事业发展的走向。

建议上海的每个戏曲院团将近十年来自己上演的剧目列一个清单，从中可以看出，我们在保留与发展本剧种气质方面有哪些斩获，在人才培养方面做了哪些有价值的探索，在培养观众方面有哪些经验与教训，有没有长期以经营"下伸店"的思路经营剧团，等等，相信是不无益处的。

第三，要有慧力。我不用魄力，是因为说魄力容易让人想到"大制作"，而"大制作"是戏剧人对自己的艺术能力不自信的表现，不值得提倡。

上海的京、昆、越、沪、淮，包括滑稽戏，都是可塑性很强、艺术表现手段很丰富的剧种。仍以淮剧为例，它既能烹制出《金龙与蜉蝣》这样有探索气概、有人文意义的"帝王宴"，同时更能煎炒出民间意识强，直指观众心灵的充满烟火味的"农家菜"。作为戏曲院团的掌门人，理应倍加珍惜这些优厚的家产，要善于利用自己的长处，组织力量，创造机制，去着力捕捉新的创作题材，去着力捕捉新的艺术人才，还要去着力捕捉淮剧观众新的审美心理需求。这就需要智慧，需要谋略，需要运筹帷幄。

客观地说，戏曲在江湖，地盘不大，关注人也不是太多，这是事实，因此，战略上要举重若轻，战术上则要举轻若重。具体的建议当然有很多，我在这里就只提一点建议，一句话，两个字：借力。

借什么力呢？

一借观众之力。

戏曲题材要关注老百姓所思所盼所忧所虑所欲所求，要有烟火味。只有直抵普通人心灵的题材，只有安于浅近，才能稳住老观众，

309

赢得新观众。小众化的，大制作的，"下伸店"式的，偶尔搞几次也就可以，但不能一部接一部去搞。而普通老百姓感兴趣的，他们所牵挂的内容，只要你做好了，我相信，不仅戏曲观众喜欢，其他观众也会来捧场的。

二借文学之力。

我有一个比较粗暴的判断：就观念而言，特别是"人学观"而言，中国戏剧落后外国戏剧至少20年，而中国戏剧又落后中国文学至少10年。所以，尤其要提倡借助文学之力。

文学的资源有两种，一种是古典的，比如"三言两拍"等；另一种是现代的，比如优秀的现当代小说等。改编本身就是一种创造。当我们一时还不具备以自己的原创力去完成一部优秀剧目的时候，说不定借助文学的力量就可以做出来了呢！

三借新人之力。

当很多剧作家成为真正的名家大腕以后，其创作状态很可能已开始走下坡路。所以不要盲目崇拜名家，要把热情的目光更多地移向新人。把年轻人的创作潜能盘活了，你就拥有了剧目建设的主动权，更乐观地说，你就拥有了未来。在这一点上，常见的问题是，说说容易，做起来难。因为，这需要决策者的眼光、境界与胸怀。

总之，做好了"借观众之力""借文学之力""借新人之力"这三篇文章，我相信，"当家戏"会有的，"发家戏"也会有的。

剧目建设是一个老话题，我也说不出新话，不揣浅陋，姑妄言之。唯愿上海戏曲一天比一天热起来。

（原载《文汇报》2015年9月8日）

养 300 个编剧，上海戏剧必兴

（2017 年 6 月 6 日在上海市政协重点课题专题调研会上的发言）

谈论上海的文艺创作，先要对上海文艺创作的现状作个判断。我比较熟悉戏剧，就说戏剧吧！

15 年前，在第十四届"白玉兰戏剧奖"论坛上，我曾经有个发言，题目是：上海戏剧的"八有"与"八缺"。这"八有"与"八缺"包括：一是有热情，缺激情；二是有"贼心"，缺"贼胆"；三是有高人，缺高见；四是有"大腕"，缺大家；五是有机会，缺机制；六是有财力，缺眼力；七是有戏迷，缺戏友；八是有大制作，缺大作。

五六年前，我进一步考察了上海戏剧的现状，在《文汇报》发表的一篇文章中又增加了"四有"与"四缺"，即一是有"霸气"，缺士气；二是有"梯子"，缺梯队；三是有灵感，缺灵魂；四是有观点，缺观念。

那么，今天的情况如何呢？应该说，总体有进步，但还不乐观。

说了这么多破坏性意见，有没有建设性建议呢？有，而且还不少。就在这里报几个题目吧。

对宣传文化部门的建议有：

《青年编剧都去哪儿了》《"代养制"能否解青年编剧荒》，在《解放日报》朝花版连续二期的两篇文章中，我对编剧人才队伍，特别是青年编剧人才队伍建设提出了自己的建议。

《给上海群众戏剧创作"号脉"》，则对上海戏剧的半壁江山——群众戏剧创作的复兴表达了自己的看法。

对剧团管理者的建议有：

《建设"当家戏"是振兴戏曲的第一要务》，也是在《文汇报》发表的这篇文章中，我呼吁剧团不要有经营"下伸店"的思路，要重视"当家戏"建设。

对创作管理者以及剧作家的建议有：

《不能忽略了萧伯纳》，《文汇报》一个整版登载，在那篇文章中，我呼吁上海要重视现实题材创作。

《呼唤戏剧舞台上的"国家形象"》，同样是在《文汇报》发表的这篇文章中，我呼唤戏剧舞台上的"国家形象"。

对戏剧院校的建议有：

《校园戏剧要保留自己的"艺术青春痘"》《戏剧观：戏剧写作教学的灵魂——上戏60年戏剧写作教学检讨》《呼唤具有学院派气质与格局的戏剧作品》《论现实主义表演方法在戏剧表演教学中的重要性》，等等。

上述这些文章都在一定程度上表达了我对繁荣上海戏剧创作的焦灼呼唤与诚恳建议。

前些日子，我在《人民日报·海外版》上发表的一篇《年轻演员应加强表演基本功》的文章，虽然不是谈剧本创作，但也与戏剧创作有关。

那么，今天，我最想说的是什么呢？一句大白话：养300个编剧，上海戏剧必兴！

这个"养"字，是干货。是指"圈养"在戏剧院团、影视制作部门，以及创作中心、艺术研究所、群艺馆、文化馆站、少年宫、总工会等等国有文艺单位的专职编剧。

按照我的想法，这300个编剧大致分布为：

市级100个；区县级150个；乡镇街道级50个。

换句话说，上海这座城市，每天晚上应该有300个具备独立创作戏剧影视作品能力的编剧在学习，在思考，在构思，在研讨，在创作。这样，每年保证3部以上的好作品问世才有可能。

为什么要强调养编剧呢？毫无疑问，戏剧要繁荣发展，剧本创作是第一道、也是最重要的环节。而创作能否有突破，关键就看编剧人才的准备。而编剧人才的脱颖而出，需要一个长期的成长过程，我把这个过程分为三个阶段，即前端、中端、后端。

前端，即中小学戏剧教育。这些年，在上海市教委体卫艺科处的推动下，上海的中小学戏剧教育活动丰富，成果卓著，一大批戏剧后备人才正在成长。由本人主持的上海校园戏剧文本孵化中心与上海校园戏剧联盟的其他中心一起，从2015年开始，也已做了很多有益的工作。客观地说，与其他城市比，上海有一定优势。

中端，即大学专业教学。现在，上海不仅有上戏，还有上师大、华师大、交大、视觉艺术学院等等，都在培养编剧专业人才。不管是质还是量，总体上也是值得肯定的。

后端，是指那些拥有戏剧影视专业教育背景的年轻人走上社会后的专业发展空间。

以上戏为例，每年至少有50名编剧学专业的本科、硕士、博士生走出校门，踏上社会。但非常遗憾的是，至少近5年，几乎没有一个走出校门就在国有戏剧影视单位的编剧岗位上工作。

综上所述，我认为，目前上海编剧人才培养与成长机制的情况是：前端，日益完善；中端，保持优势；后端，差强人意。而上海要建设创作高地，编剧人才是第一关；要抓编剧人才，就目前情况来说，重视后端，才是牛鼻子。

在此我愿意重复一年前在《新民晚报》上表达的一个观点：我推崇上海某合作社在科学养猪方面创造的"代养制"，我们现有的编剧成长机制不如养猪科学。这话不好听，但道理应该没有错。

所谓"代养制"，就是合作社选择优质猪种，在符合苗猪生长条件的环境里，将猪养到30公斤左右，就交付给有养猪专业户资质的家庭农场，让农场主按照30公斤以后猪的生长规律与科学饲养方法，用105天左右的时间将猪养到105公斤左右再交付市场，体现了分阶段、分层次培养的科学原则。由此联想到高等院校编剧专业培养的学生，如同30公斤左右的优质苗猪，他们毕业以后，是放任自流，自生自灭，还是让他们进入一个科学的、良性的社会培养与成长机制，催生编剧人才，从而弥补中国戏剧影视编剧人才奇缺的短板，这是个值得重视的问题。

在此，我呼吁，上海应率先恢复三级戏剧创作网，完善编剧人才培养与成长机制。我的观点是，养300个编剧，上海戏剧必兴！

最后说一句：上海养得起30000多个社工，不会养不起300个编剧吧！

用戏剧之光来照亮城市生活

关于戏剧与城市的发展，我说七句话，其中四句话是别人的，三句话是我的。

第一句话，是英国人说的。

英国伊丽莎白女王曾宣称：她可以放弃大英帝国的所有版图，而绝不愿意放弃莎士比亚。

这句话说明了莎士比亚的意义，也是戏剧的意义。哈哈，在国王眼里，戏剧比国土重要。

第二句话，是美国人说的。

刘易斯·芒福德说："城市是一个专门用来进行有意义活动的广泛场所。"

这句话说明了城市的特征、规格与功能。

第三句话，是中国人外国人都在说的。那就是：城市成就戏剧。

比如 2500 年前的雅典城邦成就了古希腊戏剧，700 年前的宋城大都成就了元曲，200 年前北京成就了京剧，100 年前的上海成就了越剧。

第四句话，也是中国人外国人都在说的。那就是：戏剧是一座城市的重要文化标志。比如纽约、巴黎、罗马、悉尼，包括上海、北京等等。现在长三角地区的中小型城市，几乎都盖了大剧院，也是在显示自己作为现代城市的一个重要标志。

上述四句话加起来，就基本说清楚了戏剧与城市的关系。那就是：城市发展需要有意义的戏剧，而戏剧生存也需要城市的支撑。

接下来说我自己的三句话。

第一句话，城市可以成就戏剧，也可以毁掉戏剧。

为什么这样说呢？

一是，现实中的城市生活处处比戏剧还戏剧。股市跌宕，房价升降，官场争斗，腐败内幕，动迁风云，遗产纠葛，哪一项不是惊心动魄？无论是开端，发展，还是结局，情节的生动性、曲折性、复杂性，都常常会令你瞠目结舌。而如果我们的戏剧一直低于生活，一直缺乏想象力、创造力与思想力，久而久之，观众就会慢慢地对戏剧及戏剧人失望。

二是，现在有不少人希望通过戏剧赚钱。于是，一大批粗制滥造、品位低下、格调恶俗的所谓商业戏剧充斥视听，既坏了戏剧这一艺术样式高贵的形象，也被他们误导了不成熟的观众群。

三是，由于受社会上不良风气的影响，现在我们的戏剧评价机制还不健全，戏剧评奖时有不公正，戏剧批评更是常常不到位，这些因素组合起来，就导致了戏剧生态污染严重，从业人员积极性挫伤，戏剧的可持续发展受到束缚。

第二句话，戏剧也可以在一定程度上毁掉城市。

如前面所说，格调恶俗的作品，品位低下的潜规则，少数面目可憎的戏剧人，会在一定程度上慢慢瓦解一座城市与城市人的审美观、价值观与人生观。

那么，如何保持戏剧与城市发展的良性互动呢？

第三句话，也是我今天最想说的一句话，让我们用戏剧之光来照亮城市生活。

何谓戏剧之光？至少有几条，应当引起我们的关注，戏剧要挥洒的，一是真理之光，二是道德之光，三是人性之光。

时间关系，只能举几个小例子。

我有个编外学生，在静安区文化馆工作，去年他写的一个小品获得上海市唯一的一个群星奖金奖。上个礼拜五他与他的同事，也是我的学生到我办公室来谈剧本，他的新作是个戏剧小品，题为《价值》，说的是有一对小夫妻，八年前卖掉了自己的房子，用所得的 100 万元房款开了一家公司。拼搏了 8 年，赚了 400 万元，今天要赎回那套 8 年前卖掉的房子，但对方开价 800 万元。见了房东，大吃一惊，因为房东正是刚刚被他开除的公司平时工作吊儿郎当的勤杂工。本来妻子就一肚子气，白干了 8 年，还要贷款 400 万元，买回来的是过去 100 万元卖掉的自家的老房子。一看到这个趾高气扬的员工，更加抱怨丈夫的失败。这个小品构思很好，我建议他，小品的重点是要生动展示妻子重新认识丈夫的价值的过程。比如虽然赚钱不多，但他的公司解决了几个大学生的就业；又比如公司每年按照规定缴税，也是对国家的一种贡献；再比如公司开发的新产品给消费者带来便利。更重要的是，在经营公司的过程中，丈夫渐渐养成的社会责任感，领导能力，挑战困难的勇气与智慧等等，使他成为一个大写的男人。这些财富，是金钱所换不来的。

我想，这样的戏剧作品，就是有光亮的。

再举一个例子。

多年前，应该是 2011 年吧，我大学的同学陆铁军在他的微博上发了一则短文，说的是，快过年了，有一天他去一家饭馆就餐，看到在一块留言板上贴着一张张小纸片，上面写满了饭店员工的新年愿望，比如："两年内存 3 万元"，"25 岁前在荆门买一套 120 平方米的房子"，"30 岁前开一家餐饮店"，"2013 年与女友结婚"，等等。

我想，这样的材料写成戏剧作品，也是有光亮的。

最后再举一个例子。

最近 MFA 研究生开题，有个学生来找我谈构思，说了她掌握的一个生活素材。小区里有个老奶奶，儿女在国外，家里很有钱，就是孤独。来了个推销保健品、保健器械的中年男人，称奶奶为妈妈，端午送粽子，中秋送月饼，老人生病了送她去医院，忙前忙后，跟亲儿子一般，还几乎每天来帮助打扫卫生。这样，那个中年男人在老奶奶那里赚了不少钱。邻居告诫老奶奶，那个人是骗子。老奶奶说，我知道，但我愿意被他骗。后来，那个中年男人被老奶奶的行为所感动，放弃了推销假货的行当，干起了靠劳动所得的家政，成为一个对社会有益的人。

这样的戏剧作品，不算新，但也有光，有温度，也值得开掘。

总之，疲惫的城市需要光的抚慰，戏剧的生命需要光的滋润，戏剧与城市的发展需要光的辉映。

今天论坛的议题很好，可惜我没有研究，也缺少时间准备，所以，很抱歉，只能说一些感性的认识，一定很肤浅，甚至有谬误，请大家批评。

谢谢！

（此文为 2017 现代戏剧谷大师讲坛主题演讲，根据录音整理）

校园戏剧应保留艺术的"青春痘"
——陆军教授访谈录

王　烁

　　中国校园戏剧节是由中国文联、教育部、上海市人民政府主办，中国戏剧家协会、上海市文联以及上海市科委等共同承办。校园戏剧节设立"中国戏剧奖·校园戏剧奖"等奖项，每两年评选一次，是目前唯一由国家设立的校园戏剧最高奖。自创办至今，中国校园戏剧节已连续在上海成功举办三届，分别为 2008 年 10 月的以"和谐校园·青春风采"为主题的首届中国校园戏剧节；2010 年 11 月的以"青春校园·理想人生"为主题的第二届校园戏剧节；2012 年 10 月的以"魅力校园·青春飞扬"为主题的第三届校园戏剧节。每届戏剧节都有着其不同的主题特色，同时戏剧节也吸引着大批来自世界各地的大学生们，他们热爱生活热爱舞台，将"真、善、美"演绎得淋漓尽致，也为校园文化增添了一抹别样的魅力。

　　此次以"中国梦·青春梦"为主题的第四届中国校园戏剧节于 2014 年 11 月 3 日至 12 日在上海举办，经过三个月的剧目征集以及专家遴选后最终共有来自 22 个省区市的 33 所高校的剧目入选，参与角逐"中国戏剧奖·校园戏剧奖"。

　　为了让更多的人了解此次活动，《上海戏剧学院报》记者特意专访了本届戏剧节普通组的评委——上海戏剧学院戏文系主任陆军教授。

问：请陆老师先谈谈对本届校园戏剧节的总体印象。

答：对校园戏剧，我一向比较关注。多年前，曾开设过一个讲座，题为《中国校园戏剧的硬伤与软肋》，所谓硬伤，即缺乏"剧"的意识；所谓软肋，即缺乏艺术想象力。这些年，校园戏剧取得长足的进步，中国校园戏剧节的设立功不可没。这次看了本届戏剧节普通组的 11 个大戏，6 个短剧，剧目的总体质量都不错，有一些作品已达到了相当高的艺术水准，我甚至以为即使列入专业院团的国家级赛事，也毫不逊色。作为专业院校的专业老师，我真真切切地感到，我们的优势已不多了。

问：能谈谈具体有哪些参演剧目吗？

答：就我所在的普通组来看，剧目大致可以分为三类，一类是原创。题材有直接反映校园生活的，如三明学院的《上大学》、重庆人文科技学院的《毕业季》、北京科技大学的《绽放》等；有反映大学生与社会生活之关系的，如复旦大学的《天之骄子》，长安大学的《爱，不殊不忘》等；也有直接反映名人的人生经历的，如清华大学的《马兰花开》，厦门大学的《哥德巴赫猜想》，三峡大学的《求索》等。一类是改编，如广西师范大学的《秋声赋》等。还有一类是搬演经典，如南京林业大学的《探长来访》、北京语言大学的《审判，开始了》等。

问：能否介绍一下您所喜欢的剧目？

答：获大奖的剧目各有各的优长，我就不说了。我个人对厦门大学的《哥德巴赫猜想》印象特别深。这部剧是写著名数学家、一代科学大师、厦门大学杰出校友陈景润的。这类以名人事迹为情节线索的戏，有的偏重于纪实，相当于文献剧，处理得好，当然也很好。有的偏重于写事，一不小心就见事不见人；如果"事"选择不当，往往还难以体现出名人的主体风貌与精神气质。《哥》剧编导的高明之处在于，紧紧扣住了陈景润这个人物，把他置于历史的大环境中去刻画。写他的执着，写他的聪慧，写他的磨难，写他的迷茫，写他的无奈，写他的纠结，写他的情感。在他身上，有历史的胎记，有时代的细节，有个性的气质。编导成功塑造了"这一个"令人可信、可敬、可亲、可爱的陈景润。这个戏，对校园戏剧的创作，甚至对名人传记式戏剧的创作，都有一定的启示意义。

问：我很想知道，直接反映校园生活的戏剧是怎么呈现的？

答：就说《上大学》吧。这个戏取材于发生在三明学院的真实事件。故事发生在新生入学的九月，主人公是一个贫困生，在父亲得了急性尿毒症的时候，他毅然做出了两个决定：卖掉祖屋救父亲，还有就是带着父亲上大学。而系里老师得知这件事情后，全校师生伸出援手，主人公被爱包围着，就在这时他成了"感动福建十大人物"，但他却在巨大的心理压力下说了善良的"谎话"，由此引起更大的风波，他一时心力交瘁，竟选择退学。后来，在师生们的共同挽留下，特别是在一位他所敬仰的师德高尚，身患绝症的老师劝说下，他才战胜了自己。这个戏的精彩之处在于，剧作不是简单地歌颂一个道德形象，而是真实细腻地展现了一个年轻人在突如其来的荣誉面前所涌动的复杂丰富的内心世界的波澜，并由此折射与烛照校园与社会的人文生态，引人思索，耐人寻味，做到这一点尤其难能可贵。

问：反映社会生活的戏剧作品呢？

答：有一个戏名《爱，不殊不忘》，是学生创作的。写一个老中医年轻时对舞台有着一腔的热爱，退休后原想在小区戏剧社重拾年轻时的梦想，却因为自己得了阿尔兹海默症使得原本平静的生活发生了巨大的变化，特别是与儿子之间的矛盾愈演愈烈，妻子一直给他力量并

校园戏剧应保留艺术的「青春痘」

鼓励儿女共同承担对父亲的爱和责任……儿子挣扎到最后，才进入了深沉的父爱世界，认识到自己的缺陷与必须负起的担当。这部作品以一个特殊的角度来展现当代年轻人对老年社会生态的忧虑，诠释两代人之间的聚散悲喜，叙事有模有样，情节有声有色，称得上是校园戏剧的可喜收获。而文本出自一个年轻的大学生之手，实在令人欣慰。

问：如果没有记错的话，《秋声赋》应该是田汉的作品，1941年在桂林热演，今天的改编演出，与当今的大学生还会有共鸣吗？

答：这个戏讲述了一个作家在漫长的战争阴云和琐碎的日常生活中体验着难以排解的苦闷，而前女友的到来构成了他和妻子关系的紧张，在爱和痛中，他们都在找寻着自己的意义，前女友并没有和主人公再遇见爱情，当她决定去长沙抢救难童，做孤儿的妈妈时，在炮火中，她与作家的妻子选择了搁置恩怨情仇，合力抗击敌兵，从之前的情敌变成了战友，作家也因此从苦闷中解脱。应该说，改编是成功的，既保留了原作的精华，又融入了创作团队对现实生活的理解。整部戏朴实、流畅、生动，特别是两个女性情感线索的梳理十分清晰，转变合情合理。虽然是以抗战为背景的，但今天看来，就青年人个人命运与时代、社会的关系，事业与家庭，责任与担当等问题的思考，依然有启迪意义和激励作用。

问：您认为，优秀的校园戏剧应该具备什么样的特征？

答：我个人认为，至少有三条：第一，思想力，即重视戏剧文学的力量；第二，探索性，即大学生对戏剧、对社会、对人生有自己独到的理解；第三，烟火味，即作品要有时代特征、青春气息与生活质感。一句话，要含有思想的舍利子，要带着生活的毛边，要保留校园戏剧艺术的"青春痘"。

问：校园戏剧是否需要有市场意识？

第四编 编剧批评论

答：校园戏剧应该更强调探索意识。

问：能否说说本届校园戏剧节有哪些需要改进的地方？

答：这个问题可能说不好，但可以粗略地谈一些我的直感。拙以为，校园戏剧应该规避三种倾向：一是要规避大制作倾向。即使是专业戏剧，也不应该提倡大制作，校园戏剧更要坚决杜绝。二是要规避作品缺乏生活质感、缺乏深切的人生体验、编造痕迹过重的倾向。三是要规避主创人员过度依赖于外援的倾向。

问：能否预测一下校园戏剧节的发展趋势？

答：校园戏剧节是一个极好的平台。戏剧演出活动可以锻炼并提升大学生以戏剧的方式发现生活、表现生活的创造能力，以及年轻人的沟通能力、组织能力、表达能力、协同合作能力等等。精彩的校园戏剧活动有助于大学生健全人格、丰富学养、展示才华、创造奇迹，可以说是莘莘学子课余活动的最佳选择。因此，必将会越来越赢得党和政府的重视、学校领导与师生的青睐、专业戏剧人士的关注、社会各界的瞩目。相信下一届中国校园戏剧节会带给人们更多的惊喜，我们有理由热切期待，当然，作为专业艺术院校的师生，我们更应该积极参与。你说呢？

问：说得对！很感谢陆老师接受我的采访。

答：应该谢谢你，给了我对校园戏剧表达一份敬意的机会。

2014 年 11 月 13 日

（原载《艺海》2015 年 1 月 15 日）

校园戏剧应保留艺术的「青春痘」

给上海群众戏剧创作"号脉"

上海群众戏剧创作曾是上海戏剧的半壁江山。1978年以后，不少区县的文化馆都具有在一年之内同时推出几部大戏的艺术实力，一些充满活力的乡镇文艺工厂更是可以做到连续几年年年新戏不断，甚至还出现一个村庄，或者几个家庭也能排演一部大戏的情况，如笔者创作的大型沪剧《三朵花闹婚》①，就创造了"两户半农户演一台大戏"的奇迹(《新民晚报》语)，并摘得上海十月剧展最佳创作演出奖的桂冠。然而，近十年来上海的群众戏剧创作逐渐出现颓势，尽管政府文化主管部门与业务部门的同志也十分努力，勉强坚持守住了"十月剧展"这一品牌性的戏剧比赛活动，但戏剧的原创力已大大萎缩。为了重振上海群众戏剧创作的雄风，不久前，市文广局局长穆端正同志召集有关人员进行座谈，分析原因，研究对策，笔者也在那次会上发了一通议论。但自觉言犹未尽，在此愿再作一些补充。

拙见以为，上海群众戏剧创作落后于时代的主要原因如下。

一　领导的重视程度打了"折扣"

过去县、乡一级的领导，大都是群众文艺的骨干，有不少领导的

---

① 原载《剧本》月刊，收入8卷本《陆军文集·戏曲卷·下》。

成长过程是与在群众文艺活动中"吃开口饭"的经历分不开的，他们年轻时就在群众文艺的舞台上"摸、爬、滚、打"，对群众文艺有感情。试以笔者家乡为例，当时的县委书记形象俊朗，曾是主演《沙家浜》里的郭建光的"台柱子"；县长多才多艺，当过大队文艺宣传队的队长；县委副书记善于思考，文笔流畅，是每年都有戏剧作品问世的优秀业余剧作者；副县长也曾是文艺宣传队里颇具"灵气"的故事员。这些领导的口才、文思、组织协调能力的"原始积累"几乎都是在文艺宣传队里完成的，因此，他们懂得文艺除了教育、认知、娱乐等功能外，还有培养人才的作用。记得当时文化馆上演新戏，彩排或首场演出，县里领导几乎每场必到，看完演出后还要谈具体的修改意见，与文艺工作者打成一片，其乐融融。有这样的创作环境，群众戏剧创作的繁荣也就水到渠成了。仅笔者在文化馆工作的十来年期间，光大戏就上演了《追求》《冒尖户招亲》《瓜园里的年轻人》《小城维纳斯》《竹园曲》《三朵花闹婚》等6部，并几乎均在市级比赛中获得高奖。我家乡被誉为"戏剧之乡"，荣获"全国先进文化县"也就成了理所当然的事。而现在的领导学历高了，眼界宽了，"洋玩意儿"看得多了，脑子里又一直绷着"以经济为中心"这根弦，加上"大气候"的影响，群众戏剧的"边缘化"自然在所难免。

当然，话说回来，现在的领导也比较重视社区文化，经常通过文化馆、站去组织一些文艺演出，但那些大都是艺术含量较低的自娱自乐活动。至于每年的春节团拜会演出，各区县的大型艺术节庆活动等等，则主要是依靠上海、全国其至国外的专业演出团体来承担，本地的演出力量大体上做些无关紧要的陪衬。一来二往，既把当地观众的胃口养"刁"了，又把当地的戏剧力量的自信心打掉了，更把当地戏剧环境的力量软化了。这种做法偶尔为之未尝不可，倘作为一种习

给上海群众戏剧创作『号脉』

惯，实在是因小失大，得不偿失了。

二 群众戏剧创作人才严重流失

首先是群众戏剧创作辅导人才的流失。众所周知，艺术创作是不可能以组织工农业生产的方式来进行组织的，但我认为，群众戏剧创作却是例外，只有靠强有力的组织措施才能进行有效的推动。如闻名遐迩的金山农民画，倘使没有吴彤章的悉心辅导，就不可能凭空生长出这一朵民间艺术的奇葩；同样，松江农民丝网版画要是没有朱荫能、周洪声、唐西林等一批优秀画家的倾力付出，连这一画种的创意都不可能形成。群众戏剧创作也一样。记得80年代时，市群艺馆十分重视创作，在文化局副局长杨振龙的亲自关心下，群文处的李太松、王礼滨处长都直接过问剧本创作的全过程，每年至少要组织两三次全市性的剧本创作活动。那时的群艺馆辅导力量也十分强大，老馆长方行，主持工作的馆长习文都十分懂戏，对本子提意见能一下说到点子上，令人心悦诚服。辅导部主任、人称"游击队总司令"（取"专业戏剧是正规军、业余戏剧是游击队"之意）何其美老师更是个辅导专家，他待人谦和，学养深厚，写得一手好字，特别是他能做到一切以艺术为重，敢于否定自己的一些意见，尤其赢得业余作者的尊重。还有"智多星"吴瑞康老师，"老法师"秦斌老师，再加上一些热心于群众戏剧的专业戏剧家如乔谷凡、薛允璜、缪依杭、杜冶秋、吴伯英、蓝流、阿阳等，偶尔还有上海文艺出版社的资深编辑顾伦、陈月英、张洪志老师加盟，这支"辅导精英"力量辗转南北，经常到各区县去参加创作班，与业余作者一同住在条件简陋的招待所里，一起熬夜谈构思，一起用公共浴室，一起排队买饭，且一住就是七八天、十来天，却从来不计名利，不计报酬（没有一分辅导费），用智慧与道义扶植了一部部戏剧作品，至今想来还令人动容。但是现在的群艺馆就有些捉襟见肘了，一方面本身的辅导力量显得不足，虽然也配备了一些很敬业，也很有辅导经验的老师在辛勤工作，但面对新的戏剧环境，新的工作要求与工作对象，力量似嫌太单薄。另一方面，现在如果借用"外脑"，请一些专家下去，不要说十天八天，就是一天半天，没有足够的"银子"也是万万不行的。

其次是群众戏剧剧本创作人才的严重流失。过去各区县都有一批有一定质量的编剧，现在"水土流失"甚多。大致去向不外有以下几种：一是"战略转移"。如《于无声处》的作者宗福先成了作协的专业作家，《深秋的泪痕》的作者赵化南去了上海沪剧院，现在成了电视剧创作的"大户"，《角落里的火花》的作者王俭去了北京空政话剧团，不时有佳作问世。笔者在写出《定心丸》《田园三部曲》等剧目后回母校上戏教书，等等。人才流动，本是好事，但问题是有关部门没有很好地利用这些人的资源来继续为群众戏剧创作服务，这实在有点可惜。二是出于自然原因的"减员"，如年龄原因、健康原因等等。这本来是一种自然规律，无须大惊小怪，问题是"老的走了，新的不来"，缺乏后备力量的支持，时间一长，人才匮乏的后遗症就出来了。三是"各奔'钱'程"。戏剧是清苦的事业，说得夸张一些，搞群众戏剧更是有点像"赔本的买卖"，所以这几年也很有一些有才华的业余编剧"下海"经商、做老板，这当然是人家个人的选择，合情合理合法，无可非议，我们也不能对之说三道四，但对队伍建设来说，却是一笔不小的损失。

最后是群众戏剧表导演创作人才的严重流失。一些表导演人才由于有颇具能力，且容貌姣好，有的去经营娱乐场所，有的转入政府机

给上海群众戏剧创作"号脉"

关或大的外资企业，还有的去干新的行当如拍电视剧等等。这样一来，文化馆要排戏，只好四处借人。

三 戏剧的投入与产出不成比例

过去排一个小戏，千把元钱就够了；排一台大戏，也不过是几千元钱。下去巡回演出一次，大抵可以收回成本，演出人员还可以有一些演出补贴。现在几千元连解决剧组的盒饭费用都不够用。如果要参加比赛，就一定要请专业导演，而这几年专业导演的稿酬"行情"连续看涨，排一个小品，没有一两万，人家理都不理你，再加上专业院团大制作之奢靡风气的影响，舞美、灯光、音响、服装，全都要与"专业接轨"，这样一来，一个十来分钟的小戏，没有几十万是断断不行的，倘若拿了个好一点奖项，算在政府政绩工程的账上，也是皆大欢喜；如果没得奖，那真是劳民伤败，人财两空，弄得决策者与参与者都大伤元气，久而久之，便陷入了"谈戏色变"的怪圈。创作心态变味了，要搞出好作品也就成了一句空话。

除了上述原因以外，还有如群众戏剧创作人员戏剧观念的相对滞后，知识与技术的储备不足，生活质感的优势明显减弱等等，也都是上海群众戏剧创作上不去的重要因素，在这里恕不一一展开。

说是给上海群众戏剧创作的颓势"号脉"，当然不能光搬出一堆扫兴的话，拍拍屁股了事，所以接下来就想斗胆开几帖"草药"，看看是否有些效用。

"草药"之一：恢复上海《小舞台》杂志（或创办类似的杂志，但必须是有国内统一刊号的那种，不是原有的群艺馆内部交流刊物《大世界》），为群众戏剧创作人员的创作成果搭建一个正规的交流舞台。

当年上海文艺出版社的《小舞台》杂志曾培养了一大批上海乃至全国的群众戏剧创作者，如今早已停刊，上海艺术研究所的《新剧作》改为《上海艺术家》以后很少登载剧本，《上海戏剧》也主要是以理论与信息为主，因而业余剧作者的作品出路问题成了个"死结"，必须尽快解决。如果现在申请刊号有困难，不妨与《上海戏剧》联合，办一个《上海戏剧·增刊》，每年不少于6期，登剧本，也登剧评与辅导文章，未知可否？

"草药"之二：完善上海"十月剧展"比赛活动，强调原创，强调发挥群众戏剧队伍本身的优势，强调"质朴戏剧"，当然也不排斥专业参与辅导，但必须经过资格审查，"验明正身"，张榜告示，并按另一类评奖标准来检验作品质量的优劣。

"草药"之三：抓紧人才队伍建设。一是引进。如在上海群众戏剧创作舞台上十分活跃的青年剧作家黄溪，本是宁波北仑区文化馆的创作人员，上戏毕业后被某区文化馆引进，几年来创作了二十多部获奖作品，话剧、戏曲、曲艺、广播剧、电影、电视剧均有喜人收获。二是培养。可以与上戏合作，在高中生中招定向的文化馆创作辅导干部本科班。入学前先与文化馆订协议，毕业后至少在签约的文化馆服务6—10年以上，就读期间文化馆可适当给予经济补贴，其习作可由文化馆组织排演，等等。三是进修。即对现有群众戏剧创作人员创造业务进修的机会，组织下生活（业余作者也有一个下生活的问题），条件允许的还可组织出国观摩考察活动，以开阔视野，增强艺术素养。四是"包装"。要无私地大力推出群众戏剧创作队伍中的代表性人物，举行个人作品研讨会，正式出版业余剧作者作品专集，并在职称评定、晋级评优、人大代表、政协委员推选等工作中给予必要的政策倾斜。

给上海群众戏剧创作"号脉"

当然，上面开出的虽然是几帖"草药"，但药费也很昂贵，且熬药的功夫更是费时费力，可能还有一点"看人挑担不吃力，自上肩胛嘴要歪"的味道，就算是一位曾经是群众戏剧创作队伍中的老兵的一派胡言，仅供决策者参考吧。

（原载《上海戏剧》2005 年第 2 期）

我对淮剧《小镇》的另一种读解

昨天我们看了个好戏，今天我们开了个好会①，作为组织者，我特别高兴。

我带学生出来看戏，都是有目的的学习，最主要的是要寻找话题。前些日子我与学生们去杭州看话剧《老舍五则》，理由是，老舍和林兆华都比较有话题。我有一门课叫《国家舞台艺术精品工程入选剧目研究》，上了好多年了，其中卢昂导演就贡献了多部作品，特别是《董生与李氏》，是新时期最优秀的戏曲作品之一。最近听卢昂说，他刚排了一部非常好的戏，就是徐新华的淮剧《小镇》。我读过剧本，想象中这应该是一个道德寓言剧，而国家舞台艺术精品工程剧目中类似这种政治寓言剧、道德寓言剧的作品不多，这个戏又取材于马克·吐温的小说，再融入剧作家自己的生活感悟，想来一定是很有"话题性"，值得学习与研究。我本人对《小镇》很期待的另一个原因是，编剧徐新华是一个著名剧作家，20年前在上海国际艺术节上我看过她的一部戏叫《大路朝天》，导演也是卢昂，是一个写工人生活的淮剧，可谓气宇轩昂，大气磅礴，其中有几场戏写得非常饱满生动，堪称折子

① 2014年9月22日，淮剧《小镇》在南京上演，我带了四十几位师生驱车前往观摩。23日上午9：00至12：00，假座南京白鹭宾馆，我主持了上戏师生与《小镇》主创人员座谈会，此文系根据座谈会发言录音整理。

戏。正因为很期待，又有"话题性"，我才兴师动众，组织了四十多位师生专程到南京来看戏，事实证明，不虚此行。同学们除了对昨天晚上的戏有兴高采烈的收获，也有不少建设性的建议，甚至是一些尖锐的意见，刚才都作了很好的表达。现在，轮到我来说说对淮剧《小镇》这部戏的评价了，因为这是一个教学活动，我想以我的方式说些不同想法，可能比较尖锐，但是绝对很诚恳，请主创人员特别是徐新华谅解，姑妄听之吧。我主要说两层意思：一是基本评价，二是具体评析。

一　基本评价

第一，这是一部值得敬重的作品。

刚才有同学说，这是近两三年来看到的最好的一部戏。我从大家的发言中听出来，也大都比较认同这一说法。而卢昂老师的评价是，"这是一部有可能成为伟大作品的戏剧"。

我想，也许说"这是一部具有重大潜力的戏剧作品"可能更准确些。不管怎样评价，这个戏值得敬重。有三个理由：一是剧作家有非常强烈的忧患意识，不是无病呻吟、浮光掠影的表达，而是有大情怀、大忧虑、大思考。这部戏写的是一个小镇，实际上是对民族文明程度的整体思考，也是对人们应有的起码的道德底线的严肃思考。这种忧患意识来自于剧作家的现实感悟，很珍贵。剧作家写戏，如果对人生、社会没有一个整体的思考与把握，那是写不出好戏的。这部作品的忧患意识表现得非常强烈，而且剧作家很出色地、很戏剧性地将这种忧虑传递给了观众。年轻编剧特别需要学习这种忧患意识与表达能力。二是剧作家具有深厚的文学功底与成熟的编剧技巧。这部戏的矛盾设置、冲突安排、情节铺垫、唱词表达，都十分流畅，非常老到。比如说男女主人公的唱词，雅俗共赏，生动形象。做到这一点也非常不容易。三是整部戏有精彩的舞台呈现。这当然也要归功于导演，更要归功于两位艺术表演家。淮剧特有的粗犷豪迈给我们带来了酣畅淋漓的审美享受，十分过瘾。这一舞台呈现虽然不是卢昂导演最高水平的表达，但也展现出了他很出色的艺术才华，所以我也很敬重导演。

第二，这是一部值得探讨的作品。

这部戏取材于马克·吐温的小说《败坏了赫德莱堡的人》，这就难免让我们产生将戏剧与原小说作比较的想法。当然，一定要说明，和马克·吐温小说相比较，对编剧来说是不公平的，对戏曲创作、对淮剧来说更是不公平的。因为原作是小说，而且是大师成功的小说，即使今天我们去读它，依然会感到惊心动魄，依然会被深深打动与深深折服。而淮剧作为一种戏曲形式，自有其独特的艺术规律。比如篇幅的限制，比如需要足够量的唱段（如果不唱，观众就不会觉得过瘾），所有这些都限制了剧作家如小说家一样可以充分表达自己对生活与人物的理解。

和原作比是因为，淮剧的人物设置与冲突安排和小说很接近。比如这两部作品冲突的发动者都是"外乡人"，都要在小镇上寻找恩人，都采用了写信的方式，都在信里透露出需要证实身份而必须辨认的"那句话"，都有人冒领了金币或金钱，都有人（牧师或朱老爹）庇护冒领者（理查兹夫妇或朱文轩夫妇），都有主人公（理查兹或朱文轩）的内省和忏悔，等等，人物图谱和人物关系几乎是相似的。稍有不同的是，原作是一个曾经在这个小镇上受到过伤害的人来报复，而在《小镇》里变成了一个以正面形象出现的企业家的女儿，在 20 年前曾受恩于小镇上一个公民的帮助，他的女儿来谢恩。而谢恩的，原作是一个人，淮剧是两个人。另外，小说中冒认者有19个人，在淮剧中是5个人。

这样的相同与不同，哪些是合理的，哪些是不妥当的，剧作家的创造性主要体现在哪里等，都值得推敲，值得探讨。

第三，这是一部值得打磨的作品。

我看过《小镇》剧本，原以为会做成一个道德寓言剧，昨天看完戏才发现，它是一个尽可能还原生活真实的作品，跟我想象中的戏有区别。我想，如果是寓言剧的话，有的可能是图像式的组合，有的可能是象征符号的连缀，有的可能是某种意念的阐释，那将是另一种舞台呈现。但现在编导把它处理成一个写实剧，而且连布景也十分写实，那就只能按写实剧来要求，包括矛盾冲突的设置，人物情感的处理，人物线索的发展，等等。这个戏偏现实主义，使我想起十多年前我写的一本教材《中外戏剧情节结构模式十六种》，其中有一种模式叫做"试金石法"，《小镇》就是以道德为试金石，人物面临一个个选择，写他（她）的思想、性格、情感经历的变化，这种模式确定了剧本情节的基本走向与结构类型。但是这个剧的主创人员并没有这么做，可能编剧也不希望这样做，而是用他们自己认为合适的途径来完成，这当然也很好。

但如果按现实主义方法来要求，这个戏可能还需要增加烟火味。比如剧中有一个具有象征性意义的钟（现实主义当然不排斥某些象征），它什么时候敲响，为什么是40年之前，40年之前发生了什么，为什么到了今天再一次响起，这两个时间段敲响这口钟有什么特别的理由，编导都应该有思考与表达。道具，一旦赋予其象征性意义，就要慎重考虑的内涵与外延，否则，一不小心就可能为自己设下了一个陷阱。又比如剧中让两个道德老人用自己的名誉来挽救小镇，这个也要"对象化"。因为该剧一开场就设计了两个道德范例：一是拾金不昧的故事，二是朱文轩获市"十佳教师"称号，这已很形象地奠定了小镇现有的良好的道德基础，似乎不像秦镇长一再强调的小镇世风日下，人心不古。换句话说，秦镇长等人对小镇道德现状的忧虑，包括朱老爹处心积虑地要拯救小镇于水火之中，都缺乏现实的理由。再比如从叙事策略上说，是否还要进一步注意详略得当，主人公纠结的时间长度、情感幅度及信息量等要避免同一层次的重复。当然，冲突的真实性、剧情的生动性、人物的独特性更是需要剧作家进一步运思、布局与打磨的重点。

当然，这些意见不一定对。

二　具体评析

淮剧《小镇》，优点明显，缺点也明显。如果离开马克·吐温的小说来看这部戏，我们会觉得非常不错；但如果放在一起比较的话，心情就有些沉重。因为，两者相比，可以看出戏剧和文学的差距，中国戏剧与外国戏剧的差距(尽管不是戏剧与戏剧的比较)，优秀编剧和文学大师的差距。很遗憾，研究戏剧有时候比较残酷，因为在欣赏一部作品的同时，还必须指出它的不足，并且对存在的问题要作剖析，提出自己的见解。这样做，对剧作家来说有些难过，但却有利于我们的写作教学，所以，只好由我来做这个"恶人"了。但愿我的发言能对同学们有所启示，同时又不要构成对剧作家太大的伤害。

对一部戏的评价，我一般用三句话来表达：第一是真实，第二是生动，第三个是独特。

现在我就按照这种标准去考量《小镇》这部戏。

第一，《小镇》真实吗？

真实是艺术的生命。考察戏剧作品真实与否，我设置的维度有两个：一是常识，常情，常理；二是更真，更美，更善。如果说得稍稍有些理论性的话，那就要搬出恩格斯致玛·哈克奈斯的那封信了，他通过对一部小说的评论阐发了现实主义理论原则，强调细节真实和真实地再现典型环境中的典型人物及其相互关系，即强调艺术的真实、生活本质的真实。这些原理，至今管用。

从实践意义上说，我有一个个人化的观点：一部戏剧作品难免有不够真实的地方，但是，核心冲突、人物情感变化、关键的情节与细节不能有假。换句话说，如果将构成一个戏的最重要的要素去掉这个戏就不成立，那么，这个要素必须经得起推敲。

回到《小镇》上来。这个戏至少有三个核心要素需要重点考量。

一是本剧矛盾冲突的发起者，即用 500 万元悬赏当年施恩者的企业家姚遥（含其父亲）的思想、情感与行为逻辑的真实性；二是悬赏的接受者，即"十佳教师"朱文轩的思想、情感与行为逻辑的真实性；三是本剧情节构成、主题体现的关键性人物朱老爹的思想、情感与行为逻辑的真实性。

首先看第一个核心要素，本剧矛盾冲突发起者的动因。

按照本剧设计，姚遥的父亲在 30 年前人生落泊、濒临绝境时，在小镇受恩于一个男人，当时这个男人不仅给了他钱，更说了一句勉励他能走到今天的重要的话。但遗憾的是，他已记不起那个男人的面容，所以，只要那个男人能说出那句曾经对他说过的话，就可以拿走 500 万元。停神一想，姚遥父亲这段真实的经历是否有些离奇？一个在生命经历中如此重要的恩人，忘了曾经的相助，忘了恩人的模样，是否已埋下了虚假的隐患？当然，在马克·吐温的小说里也有类似的情节，所不同的是，持币悬赏者是试图报复这个曾经伤害过他的小镇，所以那个情节是编的。而利令智昏的人们根本没有心思去细究那个事由的真实性，全部的注意力与热情都为那巨额金币所吸引。两者相比较，拙以为，原小说真实性优于现淮剧。

再来看第二个核心要素，冒认的可能性。

冒认，是原小说与现淮剧最重要的情节，因此，它的真实性会直接影响作品的生命力。

先看淮剧。姚遥发布以 500 万报答恩人的信息后，小镇沸腾了。当年的好心人到底是谁？大家猜测，有可能是朱文轩！但朱老师坚决否认。就在这时，发生了一件事，朱老师儿子代人担保，有 500 万缺口亟须偿还，儿子求助父母，以死相逼。父母舐犊情深，一时慌不择路，朱老师妻子薛小妹要求丈夫为了儿子去冒认这 500 万。朱文轩犹豫再三，终于答应，拨通了朱老爹的电话……（后来，镇上又有几位"德高望重"者前去冒领）。

朱老师冒领，可信吗？他一向为人师表，在小镇享有盛名，且刚刚获得市"十佳教师"称号，就因为儿子的偶然事件去冒领？在冒认前，他难道没有考虑过这样几个常识性的问题。

一是，30 年前那个晚上，那个真正的施恩人对那位绝望者说了一句什么话？那句话如同联络暗号，是唯一的相认证据，朱文轩到时将如何应对？

二是，除了这句重要的话，在对证相认时，受助者会不会问更具体的问题，比如那个晚上是在春天秋天，还是冬天夏天？相见的地点是桥头河边，还是巷口树下？如果提问，朱文轩将如何回答？

三是，朱文轩冒认了，会不会在正式对证时，那个真正的施恩者出现了？

四是，朱文轩有没有想到，这个施恩者就是朱老爹？

还有，儿子替人担保酿成大祸，但决不是灭顶之灾，担保与债权人毕竟是两个概念。面对这一情况，作为一方绅士的父亲，应该寻找更多合法的途径来帮助儿子渡过难关，而不是铤而走险，去做比儿子更傻的冒天下之大不韪的冒认之事。

那么在原作里面，马克·吐温是如何处理同样的冒认的呢？首先，作家设计了一个关键性的"坎"：那个晚上，施恩于落泊者的最有可能的是一个老人，因为第一，那个老人一生乐善好施，是出名的道德楷模；第二，在当时能掏出如此大额的钱资助别人的，只有这个人有经济能力。最重要的是，这个人早已经死了，他不会再冒出来，这是一个最重要的前提。其次，悬赏者给每个人一封信，信的内容都一样：如果你去认领，唯一需要认证的就是那个晚上你说的那句话，而写有那句话的纸条就在钱袋子里。这就是说，小说原著给了冒认者最大的安全保障：即已拿到证据，而且真正的施恩者又已经死了。而每一个冒认者又都不知道其他人也收到了同样的信。还有一条，为了报复这个小镇上的人，原著小说中，悬赏者经过充分的调查，确认这19个对象有更多的道德自信。因为他们是小镇上大家公认的君子。如果道德人品不好，他拿到信以后一定觉得这是有人在恶作剧。当然，做这件事的人还需要一个前提，那就是他还要有文化，或者有丰富的人生阅历。因为是他的一句话改变那个人的命运，这句话要刻到人家心里去，没有一定文化与人生阅历就可能说不出来。而这些条件，这十九个人都具备。你看，马克·吐温小说在铺排一个重大情节时，作了如此缜密严谨的铺垫。

概括起来说，在小说里，冒认者已获得的信息与正常的认知告诉他们，冒认是没有风险的。而在淮剧里，朱文轩去冒认是充满风险的。

当然，这样说并不是全盘否定朱文轩冒认的真实性，而是说，淮剧不如原小说真实，正因为如此，要求剧作家在真实性上再下些功夫。

最后看第三个问题，朱老爹真实吗？

在《小镇》人物图谱中，朱老爹是个举足轻重的人物，既在情节意义上具有不可替代的作用，又在剧作家所希望传递的剧作立意上负有重要使命。所以，这个人物真实与否，至关紧要。

非常遗憾，至少我解读这个人物时有些另类的感受。

首先，他太工于心计。朱老爹年事已高，小镇需要乡绅文化的价值引领，他选择了朱文轩作为他的传承人。于私，朱文轩曾在他最困难无助时给他以帮助，他要报答他（这一点与小说中牧师感恩理查兹的帮助一样）。于公，朱文轩在小镇有良好口碑，最近又捕获"十佳教师"荣誉。但令他意外的是，朱文轩也成了五个为人所不齿的冒认者之一。面对现实，朱老爹有两个选择，一是当众撕下朱文轩的面具，如同对另四位曾是一方绅士的冒认者一样，二是为朱文轩讳。他选择了后者。结果是，这场电视直播的效果有两个：一是小镇的道德形象毁了，竟然有四个冒认者。（顺便说一下，秦镇长要重塑小镇形象，在直播前知道不知道有四个实际上是五个冒认者。如果知道，他怎么会同意继续这样的仪式。如果不知道，朱老爹不是要与他唱反调，要出小镇的丑吗？）二是有一个人从此成了朱老爹的精神奴隶，那个人就是朱文轩。

最后的结果必然是，朱文轩经过内心煎熬，自我反省，最终承认自己的丑陋，同时也向公众宣布，当年真正的施恩者是朱老爹他自己。最终朱老爹达到了多个目的，一是让四个曾经的乡绅负辱离乡，二是让朱文轩成为他的替代品，三是让小镇人看到了一场闹剧，四是使朱老爹由人升华至"神"。这一切完全在朱老爹的掌控之中。这样一个老人，你不感到他的可怕吗？

其次，朱老爹有伪善的嫌疑。《小镇》为朱老爹设计了这样一个身世，40年前，一个外乡人在小镇丢失100斤全国粮票，正好被他捡到，由于当时正值穷途，一时生出贪念，他占为己有。谁知外乡人闹事，要天天敲钟，坏小镇的名声。镇长为维护小镇形象，要求全镇人捐粮票。此时朱老爹挺身而出，卖掉祖屋，一人将100斤粮票全"捐"了，"保村民免遭饥荒积功德"，还捐助修建学校，40年布衣素食，寡言少语，终身赎罪，神坛高座。

且不讨论40年前那个特殊年代发生这样的故事的可信度有多高，就朱老爹终身赎罪的心理依据与逻辑动因就值得推敲。正常情况下，朱老爹当年没有做到拾金不昧，尽管有误，但他及时反省，立即纠错，并且以卖掉祖产的极端手段来弥补错误，惩戒自己。人非圣贤，孰能无过。应该说他已做到知错就改，可亲可敬。事后40年神情凝重，不苟言笑，如苦行僧一般，实在是过于苛求自己了。虽然可以"这一个"来解释他的行为，但如果认同或普及这样的人生态度，就值得怀疑了。更重要的是，他明明知道一个在道德上高度自律的人有了过失将终生煎熬，那么，他为什么要让朱文轩也要复制他的人生历练呢？

相比之下，在马克·吐温的小说中，牧师这一形象就没有这样的阅读与欣赏的障碍。

第二，《小镇》生动吗？

生动，即或有趣，或动人。生动，按照马克思的说法就是"莎士比亚化"，而恩格斯概括莎士比亚化的特征就是"莎士比亚剧作的生动性与丰富性的完美结合"。生动，在戏剧创作中，我对它的最简单的概括是两个字："有戏"。

《小镇》作为一部戏曲现代戏，无疑是有戏的，既好看又好听，特别是唱词，写得非常好，许多段落可以作为戏曲剧本写作的范例来赏析。但是，如果与原小说相比较，原小说还是有许多值得我们学习借鉴的宝贵经验的。

凭我的记忆，不妨梳理一下小说的情节脉络。有一试图让赫德莱堡蒙羞的外乡人把四万金币放在老妇家里并写了一封信，这是第一个动作。第二个动作，他实际上同时给19个镇上的头面人物写了信，并告诉其领取金币的核心秘密。第三个动作，揭秘公示那天，牧师当场念出那句"认证"的话以后，没想到后面还有一句，大意是，如果你改好了就有两个选择，第一是下地狱，第二是成为赫德莱堡的人所认为的那种人。我建议你宁愿下地狱也不要成为赫德莱堡的人。而这句话是所有人都不知道的。第四个动作，4万金币是假的。第五个动作，所有的一切都是假的。这一招更厉害。为什么这么说呢？30年前，根本没有这件事情，这是我杜撰的一件事，用这种方式来报复你。第六个动作，将这不值钱的金币拍卖，换来四万元真币，这也是一个意外。第七个动作，这4万元里面有1万元要给老夫妇，他们是19个人里唯一没有站出来冒认的（其实是有牧师保护）。第八个动作，更想不到的是，报复者当着所有人的面告诉大家我要把一万元给老人，因为他值得尊敬，是唯一没有被金钱所诱惑的。但是当理查兹大妇拿到支票时才发现，不是1万元而是4万元。第九个动作，更令人想不到的是，他要求理查兹只能去其他小镇取这笔钱，因为他对小镇人不抱希望。如果让他们知道你拿了4万元，肯定又会经历一场风波，一场灾难。马克·吐温的魅力就在于，他通过事件的发动者匪夷所思的一个个动作，把我们的猜测与想象一层一层挫败，在这个过程中他写了各种各样的人，在饱满酣畅的阅读享受中展示社会众生相与人生百态图，实在称得上是"莎士比亚化"在小说艺术中的经典范例。

当然，如前所述，戏曲与小说是两种不同的形式，淮剧更有自己的限制，剧作家只能在有限的时空内表达自己的选择。但不管怎么说，大师们对人性的洞察力与艺术的表现力，是值得戏剧家们去学习，去研究，去借鉴的。

第三，《小镇》独特吗？

如前所述，卢昂导演曾称"这是一部有可能成为伟大作品的戏剧"，但是，恕我直言，非常遗憾，正是在剧作独特性这一点上，《小镇》与"伟大"失之交臂。

什么是独特？独特的情节构思，独特的人物塑造，独特的艺术表达，独特的形式体现，这些都很好。但我认为，最重要的是要写出独特的人物形象来。马克·吐温小说的伟大，不是仅仅在于情节的合理性，生动性与丰富性，最主要的是他写出了人物的独特性，而这一点最重要的表达就体现在小说的结尾，相当于《小镇》的最后一场戏。

小说结尾是这样写的：前面所有的铺排都让理查兹夫妇感到自己也许应该拿这个钱，回到家里第一个晚上相安无事，第二个晚上理查兹无法忍受了，他明明知道自己不该拿这个钱，这个道德的自我谴责就真的像灵魂的过山车，他要去教堂忏悔，看到邻居每个人的目光都似乎充满怀疑。第二天拿到支票后，他又收到了牧师写来的信，信的原意大概是说，我用谎言的形式维护了你的形象，我知道这是凡夫俗子不光彩的行为，但我想做个知恩图报的人，所以在这两个选择里面，我选择了保护你。请注意，牧师前面的话非常重要，不像朱老爹那样没有判断，牧师首先承认这是不光彩的。看了信，理查兹开始无法面对所有的生命，终于有些精神错乱。最后理查兹还是向人们说出了真正的事实：我不是当年那个施恩于外来落泊者的人。他完成了自我救赎，当众对自己犯过的错误表达了忏悔。但他临了还无意间伤害了牧师，说牧师这样做是天经地义的，并没有报复他的意思。而实际上理查兹已将牧师拉入了泥潭。这样的处理既是艺术构思的极致，更是对人性的深度开掘的极致。这就是伟大作品的魅力所在。

我们来看看，《小镇》最后一场与小说《败坏了赫德莱堡的人》的结尾有哪几点异同？

先看相同的：一是朱老爹与牧师都庇护了冒认者；二是朱老爹与牧师都把赏金给了冒认者；三是两个冒认者最后都说出了真相，并都作了忏悔。

再看不同的：一出发点不同。牧师出于报恩，朱老爹出于为重整小镇形象而培育新的道德偶像的宏愿。二是冒认者结局不同。理查兹因为羞愧，因为良心谴责，在愧恨中死去。朱文轩在众人的赞赏声中敲响了代表道德尊严的大钟。三是牧师与朱老爹结局不同。牧师因被理查兹无意中说出真相而陷入窘境，从此难免被人诟病。朱老爹则在众人的喝彩声中由道德高人走向无人企及的道德神坛。

两种处理，孰重孰轻，值得我们思考。

当然，我不是说《小镇》也一定要这样写，编剧最后没有让朱老爹站出来说，我这个小镇的道德老人也是假的，这肯定有编剧自己的道理。特别要指出的是，在戏曲创作不景气的今天，能有这么一出好戏问世，已经是一件欢天喜地的大事了。我对《小镇》的苛求也只是爱之弥深的另一种表达，所谓的"真实、生动、独特"更是我个人鉴赏戏剧的一点体会，姑妄言之，不足为训，想来徐新华友是有雅量能容忍我的浅陋与鲁直的。

最后顺便说一下对导演的看法。

好的导演有各种各样的好法。

第一种是，导演善于用戏剧的方式很准确地传达编剧的原意和导演自己对社会、人生的理解，并在演绎过程中体现出自己的艺术追求。

第二种是，导演通过他对文本的精准研读，融入自己对生命的感悟，通过艺术创造，给观众一个超越文本的崭新世界，并能在一定程度上展示自己的艺术风格。

第三种是，导演之"我"，在编剧提供的戏剧躯体里装入"我"的全新理解，"我"的叙事方式，并且再装一个"我"的剧本进去。做这种事一般是大师级的导演，但却是很冒险的行为，也许在完成导演的创造性表达上，在创立新导演学派上有特殊的意义，但前提仍然是，也必须是要尊重剧本，尊重编剧。事实上我国目前能达到这种境界的导演极少，尝试过的作品成功的并不多。当然，我们应该特别尊重这样的艺术追求。

一句话，真正的好导演不会总是强调"我是导演"，然后就肆无忌惮去乱改剧本。而是以敬畏之心，怀着向剧本致敬的诚意，去研读剧本的深层内涵，去开发剧本所蕴含的艺术潜力，去打造独具品格的戏剧的鸿篇巨制。

不管怎样，我想，卢昂是个好导演，徐新华是个好编剧，这绝对没有错。

[作者附识]

淮剧《小镇》自公演以来，好评如潮。特别是 2016 年 10 月荣获中国艺术奖文华大奖，标志着此剧已列新时期戏曲现代戏之经典。作为编剧徐新华、导演卢昂的朋友，我为他们所取得的荣誉而高兴。但本人在钦佩此剧已达到的艺术高度的同时，一直对该剧应有更大的开掘潜力怀有期待，并曾与编导坦诚交流过我的意见与建议。近期因撰写《编剧学论稿》一书之需，翻阅各类旧稿，看到一篇根据我的发言录音记录的一万余字的文字，觉得所谈论的话题尚未过时。好在《小镇》已登荣誉神坛，想来我的这些浅薄的见解应该无伤其金枝玉叶之大雅，便不揣浅陋，稍作整理，谨此录之，附识于此。

2017 年 8 月 17 日

导向与平衡

——论"国家舞台艺术精品工程"评选活动的实施及其对剧目创作的影响

"国家舞台艺术精品工程"是文化部和财政部在"十五"期间联合实施的旨在推动全国舞台艺术创作多出精品的一项重点文化项目,是"这是我们国家推动具有巨大艺术魅力和鲜明时代特征、深受群众喜爱并经得起历史检验的优秀舞台艺术作品创作活动的重要举措"。

此项工程于 2002 年启动,计划从 2002 年到 2006 年,由国家投入 2 亿元人民币、平均每年投入 4000 万元专项资金,用于支持和奖励入选剧目的创作单位和个人,力争在 5 年内推出 50 部具有强烈时代精神和艺术魅力,能够真正"体现民族特色""代表国家水准"的优秀舞台艺术作品。为了能保证它的顺利实施,文化部和财政部联合制定了《国家舞台艺术精品工程实施方案》《国家舞台艺术精品工程项目管理办法》《国家舞台艺术精品工程专项资金管理暂行办法》等配套文件,并成立了"国家舞台艺术精品工程"领导小组以及办公室和专家委员会。

"国家舞台精品工程"评选活动出台的深层背景,一是对舞台剧艺术在网络、电影、电视等新型媒体竞争下衰颓的一种反拨,振兴民族艺术舞台演出;二是在市场经济多元价值观下整合民众思想、激励人心；更直接的原因，是对"五个一""文华奖"在具体实施过程中出现的一些问题的纠偏。

"五个一工程奖"和"文华奖"引导和推动了主旋律戏剧的创作，繁荣了文艺舞台，示范了正确的文艺方向，然而，由于国家大奖的荣誉和随之而来的经济利益等因素的影响，文艺界出现了对主旋律戏剧的庸俗化理解和片面追求获奖的现象，作品流于肤浅，为了获奖而组织创作，忽视对生活的真实体验与感悟，忽视得奖的剧目后续的打磨和演出，造成了资源的浪费，也败坏了社会风气。有鉴于此，"舞台精品工程"的评选做出重大改革，其一是对重视"评奖"而忽略剧目建设的进行反拨，一再强调"'精品工程'不是评奖"，将工作的重心从"评奖"转移到剧目的打磨上来；其二是采取了政府、专家和大众共同检验评选方式来遴选最优秀的舞台艺术精品。正如主办方所陈述的："'精品工程'的实施明确无误地宣告，'工程'不是文艺评奖也不搞文艺评奖。根据这一主旨，我们建立了专家与市场相结合的选拔机制来确认可以进一步打造、提高的作品。对于这些作品，不仅看其现有完美的程度，而且看其可能提升的空间；不仅看重专家的艺术首肯，而且看重市场的营销业绩。随着作品的初步确认，'打造'经费的相应到位，艺术生产单位在当地文化主管部门的直接领导和配套资助下对作品进行加工、提高。这个'打造'过程对于具体的生产单位而言，不仅是进一步把握艺术规律的过程，而且是进一步提升艺术水准的过程；不仅是进一步强化生产单位机制建设的过程，而且是进一步整合社会文化资源的过程。"

经过三年的遴选，"国家舞台精品工程"已经评选出三十部优秀舞台作品，2005—2006年的"舞台精品工程"初选剧目已经确定，该年度的十部"舞台精品工程"将在这30部初选剧目中选出。每年的入选作品大都有三个特点，一是弘扬国家、时代的主旋律，在构建新时期国家形象以及民众价值规范上起到了很好的导向作用；二是体裁上形式多样，包括话剧、戏曲、歌剧、舞剧、杂技等，涵盖了发达省市、边远地区、少数民族地区的艺术作品；三是在内容和形式都具有很强的示范性。综合来看，"国家舞台精品工程"对剧目建设有以下影响。

一 发挥政府对文艺的导向、激励、凝聚作用，推动舞台剧创作与演出的市场化进程

自从新中国成立以来，政府力量、国家意志是文艺发展中不可忽视的因素，而政府强大的行政力量、舆论导向也保证了各项改革运动的顺利进行。在计划经济体制下，政府的政策文件、舆论导向决定剧目编创的基调，政府统一利用资源配置，保证剧目的上演，并以组织群观看等方式实现创作团体的社会效益和经济效益。在市场经济条件下，随着政府对文艺属性的明晰，对剧团经营管理的放开，不再以硬性的行政手段进行干预，更多的是在尽量遵循文艺创作规律的前提下，采用一种有"弹性"的经济手段、评奖手段进行隐性调节，激励文艺团体进行创作，并对剧作的内容和形式进行规范和导向。"五个一工程""文华奖"就是先例。

"五个一工程"评选活动系由中共中央宣传部组织、实施，自1992年起每年进行一次，评选上一年度各省、自治区、直辖市和中央部分部委，以及解放军总政治部等单位组织生产、推荐申报的精神产品中五个方面的精品佳作，并对组织这些精神产品生产成绩突出的省、自治区、直 辖市党委宣传部和部队有关部门，授予组织工作奖。对获奖单位与入选作品，颁发获奖证书与奖金。始于1991年的"文华

奖"系由中国文化部设立，是专门用于奖励专业舞台表演艺术的最高政府奖。它的奖项是固定的，包括文华大奖和文华新剧目奖，单项奖有表演、导演、编剧、舞台美术等，参选的剧目要求正式公演30场以上。自1999年第八届开始，每年一次的评奖改为两年一次。"五个一工程"和"文华奖"的实施贯彻了文艺为人民服务、为社会主义服务的方向和百花齐放、百家争鸣的方针，弘扬主旋律，提倡多样化，推出了一大批具有鲜明时代精神和浓郁生活气息、思想性与艺术性完美结合的作品。

如果说"五个一工程奖""文华奖"的运作是阶段性的、以"评奖"和奖项的颁布作为结束的话，那么"国家舞台精品工程"评选活动则是长期的、持续的，它更关注获得此殊荣的剧目的后续演出、推广以及文化产业链的构筑。"国家舞台艺术精品工程"则可视为政府再一次发挥导向、凝聚、激励作用，动用强大行政资源和经济资源，对舞台剧创作和市场化的推动。

长期以来，"文艺"在国人心目中作为一种能反映现实生活的意识形态而存在，政府组织对"文艺"的强有力的干预也证实了这一观点。随着改革开放的进行，中国对WTO的加入，越来越多的政府部门和人们开始意识到，文艺既具有意识形态的属性，同时是一种可以用来赢利的商品，是一种文化产业。以产业化的手段、让剧目走向市场来获得更多的资金支持，获得更多的"造血"功能，同时"造血"功能的存在，又使创作者获得进一步创作、提高的可能。利用庞大的市场而非仅靠政府之力下推行剧目，同时又保证政府对剧目在社会效益上的一定控制，获得社会效益和经济效益的双重赢利，形成良性循环，是现代文艺发展的必经之路。

"国家舞台艺术精品工程"评选活动的着眼点是剧目的打磨和剧

目的市场化推广。剧目的打磨、打造精品剧目，是走向市场的先决条件，而走向市场又可让创作者有足够的资金和信心打磨下一部作品。正因如此，"国家舞台艺术精品工程"并不像"五个一工程""文华奖"那样较为推崇新剧目的建设，对剧目的演出年限有着较为严格的限制（如"文华奖"要求参评剧目距离首场演出不得超过5年），它更青睐那些拥有一定艺术基础和观众基础的剧目，其中不乏"文华奖"的获奖剧目，如成为2003—2004"国家舞台艺术精品工程"入选剧目的南京军区前线话剧团的《虎踞钟山》曾获第八届"文华奖"，成为2003—2004"精品工程"入选剧目四川省川剧院《变脸》是第一届"文华奖"获奖剧目，2005—2006"精品工程"入选剧目的陕西省戏曲研究院青年团《迟开的玫瑰》、2002—2003"精品工程"入选剧目的重庆市川剧院《金子》均为第八届文华奖获奖剧目。这一方面说明了这些剧目在艺术上和思想上的实力，另一方面说明，"国家舞台艺术精品工程"其实是"五个一""文华奖"的推广项目，解决了剧目"得奖之后怎么办"的问题。

在入选剧目的市场化推广上，"国家舞台艺术精品工程"评选活动采取以下措施。

一是开展形式多样、地域广泛的展演活动。

展演既是向民众展示剧目的机会，也是检验所选出的精品剧目的市场能力的机会。一种演出是主题鲜明的重大节日的庆典、纪念演出，如建党纪念的演出、国庆纪念演出等，如2006年9月13—30日，由文化部主办，宁波市文化广电新闻出版局承办的国家舞台艺术精品工程展演活动在宁波成功举办；另一种则是艺术节开幕式的演出。如2006年庆祝第二届中国（深圳）国际文化产业博览交易会艺术节隆重举行，由国家文化部艺术司、中共深圳市委宣传部、深圳市文化局联合主办了"2004—2005 国家舞台艺术精品工程十台剧目深圳展演"活动。除了参加上海国际艺术节和北京国际戏剧演出季等大型演出活动外，更多的作品立足当地实际，深入农村、厂矿、学校，努力增加演出实践，充分听取人民群众和社会各界的意见和建议，在演出实践中进行打磨和提高。"以 2003—2004 年度初选剧目为例，截止到 2004 年底，入选 2003—2004 年度 30 台初选剧目累计演出场次达 7321 场（包括为中小学生、部队官兵以及"三下乡"等公益性演出），……"精品剧目也成为中外文化交流的主力军，芭蕾舞剧《大红灯笼高高挂》、川剧《金子》等剧目多次参与了国际交流演出，在对外文化交流中发挥了重要作用。

在演出经费上，除精品工程办公室给予少量经费补贴外，主要由承办地区通过政府支持、社会赞助、票房收入等渠道加以解决，如在深圳的"艺术节"庆祝演出上，国家为演出补贴 100 万元，深圳财政则补贴 150 万元。入选国家舞台艺术精品工程的剧目还会成为国家大剧院开业首批展演的备选剧目。这对于苦于没有场地演出、没有观众、缺乏宣传的创作者来说，无疑是个福音。

二是建立和完善以市场为中心的运作机制。首先改进营销方式，健全和完善方便、快捷的票务系统，推行网上售票及电话预约订票等手段；其次是加强对剧目的宣传，运用在电视媒体上播出、推出音像制品手段，提高普通民众对精品剧目的知晓度。让精品剧目走出"圈内人"的自我欣赏，成为一场全民的盛宴，并在人们的观看中得到反馈和提高。

毕竟中国还处在发展中阶段，"高昂"的艺术票价也非普通民众所能承受，再加上演出条件的限制、区域之间的发展不平衡，一些剧目也仅仅能在大、中城市演出，因此，利用媒体资源、发行音像制品，提高精品艺术的接近性，是推广"国家舞台艺术精品工程"所必需的。经过三年以来发展，"国家舞台艺术精品工程"的推广工作已经取得不菲的成果：在网络以"国家舞台艺术精品工程"或是其中任何一出入选剧目的名字进行搜索的话，搜索项往往有几千之多；《立秋》《父亲》等入选"国家舞台艺术精品工程"的话剧剧目近年来在中央电视台十一频道的播出也较为频繁，而该频道素以播出戏曲节目居多，播出的话剧实属少见；而上海的入选剧目《廉吏于成龙》《贞观盛事》等也在戏剧频道进行滚动播出。在书店陈列的舞台剧影碟中，标有"国家舞台艺术精品工程"字样的光碟也被放在最醒目的位置。

除了以上措施外，政府预期在将来酝酿出台更多的措施：其一是设立为公益性演出产品"买单"的财政专项，以确保演艺产品步入市场后坚持社会效益的必要保证；其二是协调演艺产品被视频传媒使用后的价值支付，通过"版权法"来保障演艺产品全部价值构成的有效实现。其三，政府应鼓励社会资金有偿或无偿资助演艺团体和演艺生产。

"国家舞台艺术精品工程"评选活动的一系列运作和措施，也促进了从业者观念的转变，推动了剧目市场化的进程。细析"国家舞台艺术精品工程"的入选剧目，我们不难发现由风行的电视剧、电影改编而来的作品，如《虎踞钟山》《廉吏于成龙》《变脸》等。这些剧目的影视剧版本能够获得不错的收视率，自然证明了它的群众基础，改编自此的舞台剧自然少了分风险、多了分把握。其中由邵钧林、嵇道青据江深的同名电视文学剧本改编而成话剧《虎踞钟山》还带动了电视剧的收视率。当然，由于种种原因，虽然部分入选剧目在市场上仍然存在"叫好不叫座"的现象（如荣获2002—2003年"国家舞台艺术精品工程"《华子良》在四川首场演出时仅售出六七张单票），但也有为数不少的剧目获得还算可观的演出场次（如《一二三，起步走》已经演出3000多次，《青春跑道》也有不俗的表现），显示出"国家舞台艺术精品工程"这一活动在推动剧目市场化动作中的决心和努力。

二 建立较为完备的剧目评价机制和监督机制，营造良好的创作环境与发展空间

纵观新中国成立以来一直到"文革"结束后的中国戏剧史，不难发现其发展过程中的一个怪圈，那就是每当政府动用政权力量，收紧对文艺团体的管理、对剧作创作的管理时，固然也能出许多坚持正确导向、弘扬主旋律的作品（如"三改"时、"大演现代戏"时的大量的指涉现实的古装戏和为政策服务的现代戏），但观众对这些剧目并不领情，这些剧目的生命力也很短暂，剧坛的萧条由此产生；而当政府放开对文艺团体的管理、放松对剧目的管制，鼓励创作"三并举""百花齐放"时，不少文艺团体又会在经济利益驱动下迷失方向，上演许多虽然叫座但在内容上流于低级庸俗趣味的戏，造成剧坛的无序竞争与混乱。所以说，如何以适当的尺度进行文艺团体的管理、建立有效的剧目评价机制，确保被评出的剧目既有社会效益又为人们所喜闻乐见，是个迫切需要解决的问题。"五个一工程"和"文华奖"对此给予了很多探索，它们坚持政府官员与专家的结合的评价机制，注重剧目的思想性和艺术性。然而，"五个一工程"是系由中共中央中宣部负责组织实施，由各级省、自治区、直辖市、中央部分部委负责推荐作品，成绩突出的宣传部门还可以获得奖励，虽然在推荐、最终评奖中也会参考专家的意见，但决定权在政府部门手里，在实施中难免打上政府官员意志的深刻烙印。"文华奖"属文化部负责，吸收了专家的意

见，评选采取三结合办法（即观众、专家、领导的意见各占相应比重），对剧目演出场次、观众人数、票房收入等情况都将作为评奖的重要参数。但在实践中，有些评价指标并不能得到完全发挥作用，如对剧目公演场次的规定、首演日期的规定，有些剧目并不能达到；不少专家兼具政府官员和专家的双重身份，或者隶属于参评的艺术团体，评奖的独立、公正性令人质疑；而且观众的意见相对来说属于劣势，对剧目的潜在经济效益最有发言权和判断力的剧场经理人的声音被淹没，这不能不说是一种缺憾。

"国家舞台艺术精品工程"评选活动既然是对建国"十七年"政府意志主宰剧目和"五个一工程""文华奖"重评奖忽略剧目建设的借鉴和提升，那就意味着它必须要树立自己的评价机制。"精品工程的实施意味着舞台艺术促进机制的建立，不是一般意义上的促进繁荣，还应包括促进艺术创作观念和评估观念的转换。"自从实施以来，"国家舞台艺术精品工程"评选活动的评选标准在发现问题中不断地补充和修订中，它的"剧目评价机制"的构成也随之发生变化：

在2002—2003年的评审中，评选者采取了观众、领导、专家意见三结合的评审方法，三者的比例分别为2：4：4。在具体评价中，充分发挥专家的作用，做好论证和选拔工作，为以后的加工修改和市场开拓打好坚实的基础。专家和观众的出现弥补了之前剧目评价中官员意志过于强大的缺憾，剧目的艺术性和观众基础得到一定程度的保证，然而，我们要看到，"观众评价"是个最难实现的指标。事实上，一出没有经过大力包装和宣传的新舞台剧对普通观众是缺乏吸引力的，无法保证到剧场来观看"精品工程"初选剧目的"观众"是创作者心目中的非专业的"普通观众"，也无法保证能收到足够的有效的观众反馈。在评选活动中，甚至发生了观众投票被操控的现象，"有些剧目的观众是院团组织的，而有些又完全是走市场的散票，投票的结果不能作为公正的参考"。正因如此，2003—2004 年的评选活动取消了去年观众打分的做法而代之以综合场次和票房的社会评价，社会评价由演出场次和收入两部分组成，通过统筹考虑艺术门类差异和地域差异，对各剧目三年的年平均演出场次和演出收入进行定量分析。为确保统计数据的真实性，此次评审要求各院团递交的相关材料必须出具演出合同、演出收入凭证等相关证明，同时签署省级文化主管部门和纪检监察部门的审核意见。

在 2003—2004 年的评选中，评委面有所扩大，由"由专家、学者、文化经纪公司负责人、重要媒体资深文化记者以及政府管理人员组成。首次评审时我们吸纳部分地方文化主管部门的领导作为评委，今年考虑到他们是精品剧目的组织者、参与者，就都没有聘用"。此外，还对精品的概念做了界定，要求作品具有时代精神和现实意义，能够代表当前本艺术品种的最高水平；要雅俗共赏，具有创新意识和推陈出新意义，富有独特的艺术表现力和艺术感染力，能够体现社会效益和经济效益的统一。

以此定义来衡量，在评审过程中要求政府管理人员、专家、学者、文化经纪公司负责人、重要媒体资深文化记者等参加就不难理解了：政府管理人员用于把握时代精神和现实意义，保证剧作的思想性不背离于时代；专家、学者用来把握剧目是否达到"本艺术品种的最高水平"，是否具有"创新意识和推陈出新的意义"，代表"雅俗共赏"中"雅"的一面；文化经纪公司负责人可以看作是"观众"的代表，是剧目走向观众的中间人，剧目市场化推广的实际操纵者，长期的从业经验使他们充分了解观众的心理，能够对剧目的市场效益作出敏锐的判断；而资深文化记者见多识广，对剧目在本艺术品种以及相关艺术品种中的艺术价值、创新有着较好的判断力，同时职业身份又使他们能很方便地在媒体上对剧目进行宣传和推广。

2005—2006年的评选中，为了保证主旋律戏剧创作在符合政府的要求的同时又不偏离大众的欣赏口味和艺术家的艺术眼光，主办方要求申报作品在演出场次上必须达到以下标准：歌剧、昆曲演出场次在20场以上，舞剧30场以上，其他作品50场以上，保证作品经过了市场检验。行家和戏剧界的权威被邀请来组成评委会，他们的打分占到最后总分的六成，进一步明确对所选剧目市场基础和艺术水准的要求。

经过三年的努力，通过对参评剧目公演场次的严格要求，征求专家、学者、文化经纪公司负责人、资深文化记者的意见等，"国家舞台艺术精品工程"已经形成了一个较为完备的评价机制，是新中国成立以来政府对剧目评价机制的一次重大改革的尝试，"市场效益"被提到了显著位置，以此标准评价出的剧目具有相当的代表性。为了确保评价机制的公正、有效实施，文化部加大了对"国家舞台艺术精品工程"评选活动的评审监督力度，请中纪委驻文化部监察局对评审过程实施全程监督，明确了评审组成员、艺术院团和各地文化厅（局）负有的责任，规定评审组成员采取社会公示制度、评审组成员有违纪行为的，根据情况给予处罚，接受评审的艺术院团如有弄虚作假、送礼行贿等行为的，视情节给予处罚等，以确保"精品工程"的公正性、权威性，起到净化创作环境、确保优秀剧目脱颖而出的作用。

三 注重剧目审美规范的"示范性"，强调入选剧目鲜明的"民族品相"

审美规范的示范性是"国家舞台艺术精品工程"评选活动的重要

实施目标，它"对舞台艺术显示出的创新性、开拓性价值，有引领风气和潮流的作用，对更为众多的舞台艺术创作演出活动则有启发、示范和导向作用"。正因为有这样的要求，所以以"精品工程"所评选的剧目带有鲜明的"民族品相"，"其一是充分运用并且最大化地呈现民族风格样式，精心设计，有效发挥了具有民族艺术特点的现代视听觉、表演技术，令人耳目一新；其二是适度采用了传统艺术中某些颇具特色的音调、旋律、图像、符号造型、包括虚拟的表演程式，并且恰到好处地兼容了一些外来手法和最新舞台技术，形式焕然一新又不破坏总体的作品风格；其三是调动多种手段营造舞台艺术的民族意味、意韵、意境，以满足观众的审美价值取向。无论是剧情的结构的谋划经营，人物内、外在形象的塑造表演，还是舞台叙事的展开方式，都充分体现、糅合、兼顾了每一位中国观众审美心理中自然诉求的喜气、和谐、委婉、圆满和形式、内容完美结合的追求，……"具体来说，体现在话剧的"民族化"、戏曲对传统程式的回归和歌剧、舞剧的地域性、民俗性色彩。

1. 话剧的"民族化"

虽然人们对于"三大体系"之说是否成立存在争议，但以梅兰芳为代表的、由昆剧奠定、京剧完善的中国戏曲的写意化、虚拟化、程式化的表现方式，无疑是我国艺术中最具有民族特色的艺术形式。话剧艺术在中国的发展过程中，也应在假定性、虚拟性上吸收本民族在艺术上的优长，了解并适应中国观众的欣赏习惯，成为具有中国民族色彩的艺术形式。这些剧作在舞美设计上，大都能摆脱写实的窠臼，能以寥寥的道具画龙点睛地表现出具体环境特色，又能以一两件具有地方代表性的风物展现出地域氛围；在表演上，糅合中国戏曲艺术的表演技巧；在整体风格上，富有中国气派。

导向与平衡

以国家话剧院创演的《生死场》为例，该剧舞美设计十分简洁，舞台上的东西几乎少到空和无的境界。几个简单的石凳、石椅的组合，演员不同的站位、动作、语言，就让这空旷的舞台一会儿成了田野、庭院、家屋、菜窖、牢房，充分体现了中国传统戏曲"景随人走"的优势。正是这样的时空自由、景随人动，才能以两个小时的话剧包容了一部长达十三万字的小说的容量。同时，舞台上的布景又充满了象征意味，如最后舞台后方巨型的"浮雕"的裂开，令阴暗的舞台多了一丝亮色，象征着村里人走出狭隘的大山后的光明大道和美好前程。解放军艺术学院创演的《我在天堂等你》中以老军人的配偶兼战友的老军人回忆来串起，在现实和回忆中交错进行，利用时空的自由转换和回忆者评价性的叙述，迅速展开冲突，推进剧情，也增加了反映生活的广度和深度。话剧《商鞅》的舞美上创造了以镜框式舞台边框变动来切割、转换空间的富于视觉冲击力的艺术语言，同时又大量借鉴中国传统戏曲的念白技巧和舞台运作，在中国话剧民族化的方向上做出可贵探索。

2. 戏曲向传统的回归

从评选出来的精品剧目可以看出，艺术界特别是戏曲界已经从20世纪80年代盲目向外"拿来"的创作思想中脱离出来，开始认真对待和发掘自己的文化遗产，用具有中国戏曲特色的程式手段来反映生活。无论是在剧作结构上，还是在具体舞台的表演上，都能成功地遵守"一场一中心""虚拟化""程式化"等规则，在唱段形式上也日趋丰富，充分体现了中国戏曲"以歌舞演故事"的特色。

以京剧《华子良》为例，它在程式和技巧的运用上既继承传统，又有所创新，"耍鞋戏敌""挑篓下山""跑步"等都是传统程式的再创造。在"下山"一场戏中，华子良下山名为买菜实为与地下党组织联络，有一段载歌载舞的"高拨子"唱段，这一段表演脱胎于传统戏曲，动作程式丰富，在音乐上既有麒派特色，又有交响乐队伴奏的现代气息。

而《金子》中川剧的高腔的帮腔十分具有本剧种的特色、《贞观盛事》中开场的君臣击鞠场面也具有浓浓的歌舞化氛围。《贞观盛事》导演对"金殿震怒"一场的舞台调度，对宫女群体的细腻刻画，成功地将唐文化与京剧艺术进行了巧妙地融合，给人以深刻印象。《陆游与唐琬》舞台"白墙黑瓦"，充分体现了中国江南水乡的气韵；陆游表演动作的虚拟夸张也充分体现中国戏曲的美感。

3. 歌剧、舞剧的地域性和民俗色彩

歌剧、舞剧属于"精品工程"中政策倾向的项目，多由少数民族地区选送，这就意味着它们必然具备浓郁的地域性和民俗性色彩。在内容上，它们一般以本民族的神话传说为选题；在呈现形式上，则重点突出本民族流行的歌舞，同时又融合现代元素，如歌剧《苍原》重唱、合唱、宣叙调、咏叹调的音乐设计，将西方歌剧、东方民族的音乐旋律和少数民族的气韵糅合在一起。

《妈勒访天边》取材于壮族民间传说，讲述一位壮族母亲为了寻找光明，怀着未出世的孩子到天边寻访太阳的故事。在她死后，她的儿子继续了寻找，表现了壮族人民对光明的不懈追求。在呈现上以大量民族歌舞为贯穿，经过革新后的民族服装既有浓郁民族风味，又有造型和色彩亮丽的夸张，富有现代审美气息。花山岩画、拟人化的岩山景物、歌墟男女、奇花异草全面展示了壮族地区的民俗风情。

《云南印象》则更是地域文化的特殊产物，其中的《火祭》表现了祖先对火的崇拜，崇拜火，向往火，是一个民族童年时代的原生态的向往与渴望。它的主创者杨丽萍将之称为"原生态"歌舞，即"节目取自原汁原味的民族舞蹈元素；尊重各民族的宗教信仰的元素组合；服装道具设计制作采取各民族着装的生活原型；70%的演员来自各地州甚至田间地头的本土演员等等"。可见，不加修饰的真实质朴的民间风情体现的是这出戏的主旨。这个剧目里融合了云南 25 个少数民族中的 9 个民族的乡土气息，全面展示了几近失传的打鼓手法、已经失传的民歌和原始的民俗，是一种文化的展示。

四　主流话语的过度张扬，艺术批评的严重失语

经过几年的发展，"国家舞台艺术精品工程"评选活动评出了《生死场》《董生与李氏》《迟开的玫瑰》《班昭》等精品剧目，并在演出和后续打磨中给予大力支持，使这些剧目成为内容和形式上俱佳、能够显示民族艺术自信的艺术精品，实现了不以评奖为重而以打磨剧目为重的初衷。然而它毕竟是一个发展只有几年的新生事物，在评价体系和操作机制上势必有许多不完善的地方，加之这是由文化部、财政部负责，由各级政府文化组织参与的评选活动，因此虽然主办方一再宣称要遵循艺术规律，强调观众和市场的作用，强调专家的意见，甚至不惜将评委中的文化部门领导去掉，但仍然体现出强烈的政府色彩，具体来说。

首先，评选结果并非完全受"艺术""思想""市场"三重因素影响，而是综合因素作用的结果。"国家舞台艺术精品工程"评选活动通过对政府资源的利用，以经济为杠杆，实现了舞台剧艺术品种的平衡和不同地域艺术发展的均衡，是一种文化上的"宏观调控"。有的研究者通过对历年入选的"精品工程"剧目进行分析，得出如下"规则"：

"规则一"：国家舞台精品工程剧目的选取上对于现代和现实题材

较为"偏爱";

"规则二":在"百花齐放""宏观调控"的指导下,评选倾向由强势剧种、体裁向弱势剧种、体裁(如歌剧、舞剧)转移;

"规则三":偏爱反映民族或边远地区人民生活题材。

综上可见,"国家舞台艺术精品工程"评选活动在进行剧目评判时,执行的与其说是艺术标准,不如说是艺术整体发展的制衡和导向原则。从政府对文化的"宏观调控"、促进不同地域、不同艺术品种的平衡发展来说无可厚非,对于扶持弱势剧种、弱势体裁、偏远地区的戏剧创作有很大作用。但同时,必须承认,这种做法对主办方一再宣称的"公正"、以思想性、艺术性、市场性为指标的评价标准是一种背离,无法保证所评选出的剧目是真正的"精品";也容易引起创作者投其所好、规避危险的投机心理,从这个意义而言,"精品"已经失去其"精"的基本,成为被利用的"榜样"。或许正因如此,剧目滚动入选原则,即那些无缘进入本年度只能推迟进入下年度的"精品工程"入选的剧目,也像是对参评者的一种补偿和安慰,即他们之所以败北,非不能也,时不利也,因为评选结果是综合平衡的结果。

其次,虽然主办方声称"精品工程"不是文艺评奖也不搞文艺评奖,是通过按品种、分步骤的资助机制提高作品质量,通过宣传与展演相联系的促销机制推展作品,要杜绝文化主管部门或艺术生产单位,把"文艺评奖"由促发展的手段当成了抓创作的目的,避免把"精品工程"当做"政绩工程",但在实际运作上,"大部分地区都成立了舞台艺术精品工程指挥部或领导小组等机构,由政府和宣传文化部门主要领导担任负责人,如北京、天津、上海等。……对初选剧目予以资金投入,大部分地区都按照文化部、财政部的要求,在国家专项资金资助的基础上,地方政府给予一定的资金支持。据不完全统计,初选剧目国家资助为 1800 多万元,地方投入达到 2000 万元左右,总体上超过了我们规定的 1：1 的要求"。由政府、宣传文化部门主要领导担任负责人,动用政府力量为评选活动服务,保证了精品工程的顺利实施和受到足够的重视,但也会导致丧失独立性、受到过多行政干预的潜在危险。所谓"指挥部""领导小组"的提法,令人感到更像是在打一场战役,完成一次任务。既然当成一项任务,又由各级相关部门负责人来抓,就难免不成为政绩工程;成为政绩工程,势必有利益冲突;有利益冲突,评奖的公正公平性又难以把握了。对此,主办方也表示了自己的担忧,强调"文化主管部门的领导要有开阔的胸襟。无论是省直院团还是其他地、市、县级院团,无论是国有艺术院团还是民间职业院团,都要一碗水端平、一视同仁。只要作品质量好,有加工修改的潜力,都要积极推荐。现在在剧目推荐上,有的地方存在着只重视省直院团而不重视地、市、县级剧团的问题。……对演出场次的量化分析……这种方法能否取得好的效果取决于一个前提,就是确保演出场次和演出收入统计的真实性。各级文化主管部门在此过程中扮演着非常重要角色……"但在没有明确的法律和制度进行规范的现状下,担忧恐怕也只能是担忧。

另外,由政府各级文化部门负责推荐的剧目大都重任在肩,特别是少数民族地区的剧目,还承担着展示本地人文风情、发掘旅游资源、招商引资的任务。有时为了体现本地的民俗风情,不得不割裂剧情。如《妈勒访天边》中,前半场风格狞厉而古朴,灯光和布景意在突出阴暗山林的恶劣生存环境,而后半场却变成了民族服装与民族舞蹈的展示,尤似常见的民族舞蹈大汇串。"当然,我可以理解编创在这里的苦心和不得已:广西丰富的民族舞蹈资源如果不在这里开掘和展示,那在这个剧里就再没有机会了,……"

因此，"国家舞台艺术精品工程"一开始就带有难以避免的政府意志，"在很大程度上仍然是一种由国家以主流话语张扬、经济强力刺激而非艺术手段而强力推选的一种'繁荣'舞台艺术的一种措施"。带有强烈的弘扬主旋律的导向作用，在选拔上具有倾向性，极大地影响到对于剧目的舞台艺术表现形式和剧目题材的选择，再加上"题材决定论""主旋律作品优先论"的潜在影响，以及一部分创作者的急功近利，在"精品工程"的入选剧目中，也存在以下现象。

一是题材的类型化与人物形象的平庸化。

从目前来看，"国家舞台精品工程"的所选剧目，在题材上呈现如下特点：现代戏集中在革命历史题材和军旅题材上，如《我在天堂等你》《虎踞钟山》《华子良》《补天》《苍原》等。革命历史题材和军旅题材的戏情节曲折、扣人心弦，气势恢宏，风格庄严肃穆，在用文艺形式塑造国家形象上有着先天的优势，自然会成为志在入选"精品剧目"的创作者的首选题材。即便描写普通人生活的剧目，也常纳入战争和革命的视野中来，如《凌河影人》讲述皮影戏人在抗日烽火下的恩怨离合；舞剧《红河谷》讲述的是发生在壮阔的西藏高原和抵抗英国侵略者这一大背景下的一个美丽悲壮的爱情故事，展示了藏汉人民联手抵御外敌入侵的精神风貌；这些设定使得原本以爱情为主线的剧目拥有一个宏大的叙事背景。那些反应当下普通人生活的剧目，如《迟开的玫瑰》《父亲》《万家灯火》等，也都致力于通过人物个体命运，反映在时代大变迁下人物的生活，如《父亲》表现社会转型期工人思想演进的过程；《万家灯火》反映动迁过程中人们思想的斗争；《黄土谣》通过一个老农民决心归还经营企业失败导致的欠债的故事，凸显出在义利冲突时中国农民和中国传统文化的价值选择。对宏大氛围的呈现也成了创作者的自觉追求。如兰州歌舞剧院院长苏孝林说："立足地域文化厚土，找到历史与当今、民族性与时代感的结合点，让作品与观众产生心灵共鸣，这就是创作《大梦敦煌》的艺术追求。"

这些剧作克服了歌颂、表现英雄模范人物、先进人物的弊病，没有局限于写大人物、大题材、大主题，但仍无外乎写军人爱部队、写下岗工人爱厂、高尚人物勇于奉献等故事，有些单一。在人物关系的构筑、题材的选择上，存在类型化的弊病："在《大梦敦煌》中，正是月牙的父亲大将军制造了月牙与莫高的爱情悲剧；而在《一把酸枣》中，制造酸枣与小伙计爱情悲剧的则是酸枣的养父老管家。这种人物关系的类型化，难免造成舞剧结构的模式化，……部分军旅话剧，如《厄尔尼诺"报告》《我在天堂等你》《黄土谣》等，都是在一个家庭的若干子女间结构起'价值观的冲突'；而在构成冲突的各方中，又以在军队工作的子女作为主流价值观的代言人，最终得到坚守主流价值观的老一辈的认可。"这些剧作在整体风格上多慷慨激昂，契诃夫式的淡淡的充满生活的诗意的作品少了些。

此外，在一些题材的开掘上，或限于作者才力，或出于政策考虑，开掘的力度和广度都有所欠缺，显得较为陈旧，引起了批评者的尖锐批评："吕剧《补天》中，八千鲁女上天山，是为了固土守边，更是为了解决男兵婚姻的需要，她们的命运在不知不觉中被不知姓名的人以红头文件的形式给决定了，这本是个很好的反思的题材，但该剧存在单纯歌颂，忽视历史与现实两种语境、两种价值观的错位的事实，从而把历史简单化处理的倾向。这里，政治话语与人道话语，英雄话语与人性话语，存在着一定的冲突性。如果在八十年代这样写，甚至都无可厚非，在今天，这样写就很不够了。"由于历史背景的差异，生活在今天的剧作者应该从这一题材中挖掘出不同于以往的新意来，用新的眼光去打量和评判这一事件，而非仅仅歌颂。

历史题材的剧目题材也较单一，多集中在"清官戏""文人戏"中，大多数戏希望通过对人物的历史评价和政治评价以彰显作品主题意义，从剧情的背后挖掘出更深的文化意义来。有些"清官戏"甚至毫不讳言自己对当今现实的讽喻意义，希望能对"反腐倡廉"发挥作用。如有批评者认为："京剧《贞观盛事》实际上是今天时代所期待的一个与之相呼应的艺术符号。艺术家们用黄钟大吕的气魄，发掘了一系列有关盛世的叙事要素：马球、壁画、书法、诗歌、宫殿、唐三彩、陶俑，以及李世民与魏征这两个对等的伟大人格的碰撞和对话。同时在君臣关系中开掘了任何一个盛世应有的警示性的'戒奢倡廉'的主题，在宫廷官场戏中找到了为庙堂、民间各得其所的、以民为本的共享性主题。"这虽然和20世纪五六十年代流行的"唱中心""写中心"并不完全相同，但也有图解政策、以古讽今的嫌疑。

在题材和情节的设置上，历史题材剧目也颇多相似之处，如《宰相刘罗锅》《廉吏于成龙》《贞观盛事》中，人物的关系设置呈三角形，分别由清官、赃官和皇帝或有权势的大臣构成，清官和赃官是对立双方，皇帝及有权势的大臣处于制衡位置，而清官总能通过自己的机智、敢谏最终获得皇帝或大臣的支持，获得胜利。

与题材缺乏深度开掘和新意相一致的，是作家在人物形象塑造上由于主客观原因的干扰所带来的不自信。如《迟开的玫瑰》中，乔雪梅从被人所需要成为被人所不需要，从一个勇于奉献者到成为一个被同情、被可怜者，本身极可以写人物在性格上的转变、在思想上的困惑，显示出两种人生观、价值观的对抗与冲突，即便它们之间无所谓对错、即便这一答案是无解的，它也是令人深思的，是当下商品大潮下人们对默默奉献、甘于平凡的人生观是否值得提倡的一种探寻，是极具代表性的。但稍稍有些遗憾的是，剧作的后半部分因为给人物安排了一条光明大道：既创业有成，又找到了爱情，而且这个过程又比较的轻松。这不仅是作品对自己所创造的人物的一种否定——前面甘于奉献、甘于平凡的人是有缺憾的、不完整的、不成功的，只有在经济上、事业上拥有骄人地位，才是真正的成功——损害了人物品格，令整部作品体现的审美价值有所降低，因为在现实生活中，人物不太可能如此轻而易举地获得自己所失去的一切，剧作如此安排，就失去了在更广更深层次上反映现实生活的机会。

同样，古代戏、历史剧中的清官或忠臣，往往靠一己之机智玩弄奸臣、皇帝于股掌之中或是跟上司的关系过铁来化解危机，缺乏属于自己的独特个性。试想，刘罗锅、于成龙、魏征等与杨修、曹操相比，哪个的面目更鲜明些？无疑后者，而这正是《曹操与杨修》这一剧目中所设定的"雪地访贤""猜谜牵马""误杀闻岱"等情节所赋予的，这些情节远比停留在敢谏、爱酒、节俭、悯农、有个贤内助、拥有超常智力等情节要鲜明和具有说服力。在《贞观盛事》第二场中，以魏征打赌要解救月娟姑娘、西域女子来引起悬念，又在长孙无忌宴席上说服皇帝，情节老套，缺乏波澜起伏。

二是浮夸的泛滥和真正的批评的失语。

一种艺术要想获得良性发展，必须要有中肯的批评、特别是反对的声音绝对不可缺失。从戏剧目前的发展来看，它的从业者包括批评家、剧作家、演员、导演是越来越多了，专业化程度、艺术水准也大大提高，但优秀作品的缺席，体制固然是一部分原因，另外一部分原因是良性批评舆论气氛的缺失。

一位研究者曾这样指出，存在于戏剧批评界的两种声音极大阻碍了戏剧的正常发展：……一些理论家不切实际地制造戏剧落后的舆论恶化了戏剧的生存环境。其实，有这种理论并不可怕，可怕的是只有这种理论，很少有或根本没有与之相反的声音。同样，只有一片溢美之声，对于一种艺术、一部作品来说也很难说是好的舆论环境，处在这种舆论环境中的艺术作品也未必能够引起人们的太大关注。人为制造的这种毛病性的舆论环境，情况就更糟。我们大都有这样的经验，一部作品问世，通过行政的力量，通过人性关系，组织了许多赞美文章，然而一律的浅薄赞美，根本不能引起观众的关注。……只有提倡自由的、健康的戏剧批评。当前，戏剧不太景气，戏剧人的神经都比较脆弱，好容易创作一部作品，总是希望批评界好话多说，甚至害怕听到对自己作品的否定性意见。这实在是一大误会，也是营造舆论环境的误区。引起创作者不愿看到批评、报上一片溢美之声的原因是复杂的。一方面迫于演出的压力，报纸上的溢美之词更多是宣传而非学术意义上的批评，从某种意义上说更有似于"炒作"；另一方面，人们仍有对报纸"批斗"的余悸，报纸上的批评言论总是令人们很敏感。既然创作者不愿听批评，评论者也有了"难言之隐"。长此以往，剧坛理性声音的缺失，势必会影响戏剧创作的质量。

不可否认，在"精品工程"的资金支持下，一些剧目取得了一定成就，上演场次也大大增多。叫好不叫座仍然存在。为了扩大剧目影响，吸引观众，在报刊上做一些宣传无可厚非，但在宣传中，动辄使用"巨大成功""瑰宝""冲击力""跨世纪"，有的评论甚至直称某剧的新版本"构建和谐社会的激起音符"，则有些过分，显得急功近利，失去了批评者的独立品格。

二是集中优势创作力量造成的"千戏一人"。

"精品工程"旨在打磨剧目的初衷是良好的，在具体实施中，参选者为了获得更大的把握，常常青睐于外援，邀请那些在编剧、表演、导演、舞美设计上堪称该领域领军人物的创作者。或在原有创作队伍的基础上，邀请有实力的专家加盟，优化组合，以强有力的艺术人才队伍来打造国家舞台艺术精品工程；或公开招聘优秀人才，务求组成最佳阵容，在创作、导演、舞美方面如果力量不足，也会外聘。集中优势创作力量打造精品造成创作阵容单一的现象。"近年，全国各地剧目投入生产的数量不可谓少，但一个很令人吃惊的现象是将各地作为重点剧目的作品主创人员名单一看，无论是导演，还是编剧，都十分集中地体现在有限的几个人身上，用单调形容可谓恰如其分。……其实，这种戏剧主创阵容的单调，从根本上说是非常不利于戏剧艺术发展的。因在创作上急功近利，企望一步就走向成功的投机心理，驱使我们很难实实在在下功夫来进行严肃的艺术创造。于是，不管剧目、剧种的具体情况如何，更不用考虑当地人才的使用和培养，只要肯花钱，买上一位名家的剧本、请到一位堪称大腕儿的导演，再满足并伺候好他们带来的舞美班底的资金预算，那么，可以说就接近万事大吉了。"然而，优秀艺术作品是创作者长时间思考和观察生活的结晶，因此，匆忙上马的创作无法保证对生活的深入思考，质量上无法保证，也会造成创作的单一。而且将创作"垄断在"少数人手里，也不利于人才的培养，毕竟"出戏"不是最终目的，围绕"出戏"的是"出人"，只有"出人"，才能保证"出戏"的后续。

结　语

在前面的展演分析中，不难发现绝大部分展演系由政府运作并由政府财政买单，演出单位在票房收入上可谓能力有限。一些演出较多的儿童剧目，多通过教育局等行政机关的行政命令，在学校等地拥有不少的观众。当然儿童剧与成人舞台剧相比，更属于一种不可或缺的公益事业，担负着少年儿童人格养成的教育作用，它依赖于行政干预的路线并不能完全为成人戏剧所效仿。这就不得不令人发出疑问：何时"精品工程"的入选剧目能真正走向市场？何时能真正具有造血功能？"国家舞台艺术精品工程"评选活动结束之后怎么办？

笔者认为，首先要从源头开始，即摒弃"题材决定论"，重新评判"主旋律优先"的思想，切切实实选出优秀的能代表人民大众心声的作品。所谓"主旋律"，其实应该是广大人民群众所思所想的代表，否则只能成为一小部分人的自娱自乐。为破除"圈内人"对"主旋律"的一叶障目，以及切实让剧作获得能够带来市场效益的观众基础，不妨从评选起就发动全民参与。随着我国人民文化水平的普遍提高，人们对艺术的鉴赏能力也在提高，发动公众参与并不意味着一定降低剧作的艺术品质。

目前电视上发动全民参与的"选秀"活动层出不穷，固然"选秀"活动本身并不值得提倡，但"精品工程"的评选活动完全可以借鉴"选秀"的轰动效应。既然"精品工程"的最终目的是走向市场、走向观众，那么参与评奖的就不能仅仅是专家、市场经理、剧作家、领导，观众的意见特别是匿名观众的意见应该成为重要参考指标。在传播手段、媒体资源如此多样丰富的情况下，观众参与也具备可行性。可以考虑在中央电视台戏剧频道滚动播出参评剧目，由专家打分和观众投票共同来决定剧目是否入选。这一方面扩大剧目的影响，引起公众对剧目的关注，另一方面将评奖的整个过程置于公众的监督之下，纠止评选中屡禁不止的"不正之风"，营造公正公开的评选环境，使整个过程更透明和公正，更具有说服力。

其次是要进一步完善文化产业链。以美国迪士尼的音乐剧《狮子王》为例，在已经有动画片的基础上，电影版本、舞台剧版本同样受人欢迎，凭借《狮子王》的魅力，这些不同文艺形式之间不是互相竞争而双赢的关系。狮子王的后续产品玩具、影碟、广告代言等的收益也都相当可观。在当今社会诸多新兴娱乐方式的竞争下，单靠舞台剧的演出收入和影像发行收入毕竟杯水车薪，无法负担起剧团的艺术再生产的重任，而依靠政府拨款和企业赞助又非长久之计。充分利用现有资源，开发多种产品，从多种渠道来获得资金收益，应该成为剧目建设的可行之路。目前已有的精品剧目中，从电视剧改编而来的不占少数，希望有一天，能出现由舞台剧改编的电视剧或小说。

总之，随着我国在经济上从"计划经济"向"市场经济"的转型，政府在艺术生产上的角色也随之发生变化，不再是掌管一切的行政操控者，而且更多通过经济调控的手段来起作用。它通过自己的评判标准和评判方式，在内容鼓励作品坚持时代主旋律，在艺术上继承与弘扬民族文化传统，对艺术生产起到了规范激励的作用。"国家舞台艺术精品工程"评选活动实施三年以来，所取得的成就是有目共睹的，有一大批剧目活跃在舞台上并获得观众的认可，但也有一些不足之处。笔者爱之深则责之切，在此不揣浅陋，对"精品工程"及其选出的剧目予以分析和评判，希望能为营造良好批评氛围贡献一分力量，促进"国家舞台艺术精品工程"评选活动朝更健康的方向发展。

参考书目

1. 周光凡：《国家舞台艺术精品剧目创作和评选的主旋律精神》，《四川戏剧》2007年第1期。

2. 于平：《精品要立得住、传得开、留得下》，http://news.sina.com.cn/c/2006 -12-29/090010889063s.shtml。

3. 精品办公室：《国家舞台艺术精品工程取得显著成效》，文化部艺术司编《2003—2005 国家舞台艺术精品工程论评》，文化艺术出版社 2006 年版。

4. 于平：《演艺团体的转企改制与政府作为——深化演艺团体体制改革的几点思考》，《艺术通讯》2007 年第 10 期。

5. 张珏娟、张峥：《〈华子良〉为何叫好不叫座》，《四川日报》2005 年 4 月 14 日。

6. 周光凡：《国家舞台艺术精品剧目创作和评选的主旋律精神》，《四川戏剧》2007 年第 1 期。

7. 郭佳：《舞台艺术精品揭晓　获奖专业户〈生死场〉意外落选》，《北京青年报》2004 年 12 月 22 日。

8. 赵忱：《做时代火炬的传递人——陈晓光副部长访谈录》，文化部艺术司编：《2003—2004 国家舞台艺术精品工程论评》，文化艺术出版社 2005 年版。

9. 赵忱：《做时代火炬的传递人——陈晓光副部长访谈录》，文化部艺术司编《2003—2004 国家舞台艺术精品工程论评》，文化艺术出版社 2005 年版。

10. 汪守德：《着眼于文艺的千秋大业》，文化部艺术司编：《2003—2004 国家舞台艺术精品工程论评》，文化艺术出版社 2005 年版。

11. 冯远：《艺术的国家形象——放言 2002—2003 年度国家舞台艺术精品工程》，文化部艺术司编：《2002—2003 国家舞台艺术精品工程论评》，文化艺术出版社 2004 年版。

12. 慕羽：《"原生态"改造了原生态》，文化部艺术司编：《2004—2005 国家舞台艺术精品工程论评》，文化艺术出版社 2006 年版。

13. 卢忠：《国家舞台艺术精品工程选拔之我见》，《新疆艺术学院学报》2007 年第 1 期。

14. 陈晓光：《在 2003—2004 年度国家舞台艺术精品工程申报工作会议上的讲话》，文化部艺术司编：《2003—2004 国家舞台艺术精品工程论评》，文化艺术出版社 2004 年版。

15. 赵忱：《做时代火炬的传递人——陈晓光副部长访谈录》，文化部艺术司编：《2003—2004 国家舞台艺术精品工程论评》，文化艺术出版社 2005 年版。

16. 廖奔：《〈妈勒访天边〉的戏剧结构缺陷》，《文艺报》2000 年 11 月 30 日。

17. 杨云峰：《样板戏与国家舞台精品工程——简论京剧艺术的非舞台化因素》，《京剧的历史、现状与未来暨京剧学学科建设学术研讨会论文集》（下册）。

18. 张晓燕：《〈大梦敦煌〉的三重意蕴》，《当代戏剧》2007 年 2 月。

19. 雷达：《当今戏剧创作中的文学性及其他——观二十九台戏随笔》，《艺术通讯》2006 年第 12 期。

20. 毛时安：《浅谈国家舞台精品工程的意义》，《中国文化报》2003 年 12 月 11 日。

21. 刘景亮、谭静波：《中国戏曲观众学》，中国戏剧出版社 2004 年版。

22. 崔伟：《走出迷茫与徘徊——刍论当前戏剧艺术发展的五大矛盾（下）》，《艺术通讯》2006 年第 9 期。

（原载《戏曲研究》2010 年总第 80 辑）

附　录

从"荷乡"走出的"三栖教授"
——记松江籍戏剧家陆军

何伟康

　　松江历来是既秉山水之秀，复拥文化之胜。放眼云间英彦，一时鸿儒云集。徜徉松江文学历史，陆机《文赋》冠世，董其昌书画巨擘；松江画派驰名九州，云间书派独领风骚。在现代文学艺术中，同样也诞生了施蛰存、赵家璧、罗洪、白蕉、程十发等一批名师大家。进入21世纪后，本土作家传承历史文脉，充满文学的激情和自信，小说、散文、诗歌、戏剧等在上海乃至全国产生了影响，而松江籍戏剧家陆军便是其中一位独具风采的名家。

　　说起陆军，家乡人几乎无人不晓。他是喝着浦江源头之水、说着正宗的松江话长大的，来自被称为"荷乡"的松江新浜。而现任上海戏剧学院院长黄昌勇教授是这样评价他的："陆军老师是'三栖教授'。教学，执掌编剧教学育人无数，还带教哥伦比亚大学研究生；创作，屡获国家级奖项；科研，为国家社科基金艺术学重大项目首席专家。在上戏，有的人或在创作或在教学或在研究上取得成就，令人瞩目；有的人或在其中的两个领域里收获硕果，令人赞叹；而能在戏剧创作、专业教学、学术研究三方面都有突出成就的，实在是极为难得！因此，这样的老师尤其令人敬佩。"

百度到一段文字：

　　陆军，教授、博士生导师、博士后合作导师。上海戏剧学院编剧学研究中心主任，上海校园戏剧文本孵化中心主任，上海市教委系统劳模创新工作室——陆军编剧学创新工作室主持人。兼任国家社科基金项目评审专家，国家艺术基金项目评审专家，国家"千人计划"文化艺术人才项目评审专家，全国艺术科学专家库专家，第三版《中国大百科全书》戏剧文学分支主编。1990年加入中国作家协会，为中国戏剧文学学会副会长，上海戏剧文学学会会长，上海戏曲学会副会长；上海剧协、民协、作协理事。系区人代会代表，市文代会代表，全国作代会代表。

　　正式出版个人专著11种，2005年出版《陆军文集》（8卷），主编专业图书20余种（100余册），上演大型戏剧31部，获省市级以上奖项50余次。主持国家社科基金艺术学重大项目1项，国家级教改项目2项，市级课题与项目多项，获市级教学成果类奖励9项。曾被授予"全国文化系统劳动模范""上海市劳动模范""文化部优秀专家""上海市科教系统优秀共产党员""宝钢优秀教师奖"等荣誉称号。享受国务院政府特殊津贴。

看来上戏院长之言不虚。

在一个"加长版"的酷暑之夜，趁陆军教授假座新晖大酒店主持上海学校暑期"百·千·万字剧"编剧工作坊之际，经几番相约之后终于见到了陆军教授。

陆军，个子高挑，慈眉善目，一头略为卷曲的头发，穿着大方得体，脸上总是挂着温暖的笑容。给人的印象：帅气、儒雅。打开话匣子，侃侃而谈，思维敏捷，感情细腻，善解人意，宽容厚道。与他的交流，是一次愉快的精神之旅。

论教育教学，堪称明师

话题自然是从"三栖教授"说起。陆军教授笑道："'三栖教授'是院长对我的鼓励。其实，我最重要的身份是一个老师，我的创作、理论研究都是为做好老师这个角色服务的。"

一个明师，应该有自己明晰的教育理念。

"'我希望每一个找我的孩子都有所收获。'这是今天见到您，您所说的让我感触最深的一句话。孜孜不倦，不放弃每个热爱艺术有梦想的孩子，正因为这样，戏剧学院才有您这样优秀的老师。……"

一个报考上戏却遗憾落榜的考生，在出国求学前专程从外省赶来要见陆军教授一面，起因是，招生面试时陆老师一段沁人心脾的话让她泪流满面。此番见面，陆军教授与那个学生又说了很多，关于专业，关于做人，关于成败，关于未来……以上那段文字，就是那个学生在走出上戏校门时发给陆军教授的短信。

的确，陆军教授为人师表，有教无类，待每个学生都视如己出。举个小例子，每年中秋节，总是带他的二十几位研究生到他松江的家里去，与师母一起过节。他的学生说，只要陆老师一端起酒杯，说得最多的一句话必定是，要做一个善良的人，要包容，要感恩，要进取。他身体力行，连门房的保安、食堂的师傅、扫地的阿姨都说，陆老师待他们最好。而他会说，如果我没有机会上大学，我就有可能和他们做一样的工作，但我肯定不如他们能干，不如他们勤劳刻苦，所以，我敬重他们。在他的影响下，这么多年，他的学生个个都是品学兼优，成为社会有用的人才，诚如他的一名学生所说："陆老师不仅传授知识，还向我们传递价值观，他以自己的言传身教，感染并激励我们做好人，走正道，干大事。"

一个明师，应该有自己独特的教学方法。

陆军教授用毕生所学创建了"百·千·万字剧"编剧工作坊这一新的教学模式，这是他主持的一个国家级教改项目"编剧人才培养模式创新探索"的阶段性成果。陆军教授在总结上海戏剧学院70年编剧教学经验的基础上，将编剧专业四年大学本科教学与三年艺术硕士教学中的编剧理论与技法的核心课程浓缩提纯为百字剧、千字剧、万字剧的训练模式，能让受训编剧在短期内把握编剧技术的精髓，在原有基础上有效梳理与明显提升自己的创作技能。工作坊不仅在校内开课，还先后推广到上海的大中小学以及浙江、江苏、湖南、重庆等省市的文化与教育部门。更有意思的是，陆军教授还用编剧工作坊来培养哥伦比亚大学编剧专业MFA的研究生，这是陆军教授与哥大的一个合作项目。哥大黄哲伦教授的研究生来上戏由陆军教授带，陆军教授的研究生去美国由黄哲伦教授带，已经有两届学生完成了交换培养任务，现在是第三届了。

为了让学生获得广阔的学术视野，陆军教授每年都要请来国内外戏剧名家来学校开设讲座，既有像普利策奖得主波拉·沃格尔那样的大咖，还有藏匿在松花江畔写一手好小说的乡村教师。他还创建了一个个校外的编剧学教学基地，每年都会带学生们去采风与创作。如上海戏剧学院编剧学南通基地、绍兴基地、松江基地、余姚基地、新疆基地等等。而陆军教授开设的课程如《编剧概论》《国家舞台艺术精品工程入选剧目研究》《编剧学前沿问题研究》《编剧学系列讲座》《社会调查与研究》《阅读与观摩》《新剧本创作与研究》《"百·千·万字剧"

编剧工作坊》等，都是上戏学生最受欢迎的课程。他总是用大量的经典案例和自己丰富的创作实践，启发同学们如何创作一个剧本、如何评价一部作品；同学们的困惑与思考，也总能在他的课堂上找到答案。

一个明师，应该有自己丰硕的教学成果。

在教材建设上，陆军教授撰写的《编剧理论与技法》获上海普通高校优秀教材一等奖；他主编出版的《上海戏剧学院编剧学教材丛书》（10卷），《故事——上海戏剧学院写作教学参考资料》（20册）等广受学生欢迎。在教学研究上，他主编出版的有《编剧教学研究论文集》《上海戏剧学院编剧学丛书》《戏曲在海内外的最新进展》《上戏编剧学建设年度文选2013·教师卷》《上戏编剧学建设年度文选2014·教师卷》等近十种，他主编出版的收有学生习作的有《被隔离的春天》《哥哥鸟》《"上戏杯"全国原创剧本征稿比赛获奖作品选》《俄罗斯题材戏剧小品选》《2013暑期社会实践调查报告》《2009暑期社会实践调查报告》《新剧本创作选》《乘着戏曲的翅膀》《倒春寒——新剧本创作与研究》《上戏编剧学研究生创作档案》（6卷）、《碰撞与交融——上海戏剧学院与哥伦比亚大学联合培养编剧专业MFA课程感悟》《聆听戏剧生命的呼吸——"国家舞台艺术精品工程入选剧目研究"课程论文集》《衣被天下——上海校园戏剧作品选（1）》《青春站台——上海校园戏剧作品选（2）》《上戏新剧本丛编》（50册）等十多种。

在指导学生学业上，陆军教授指导的多篇硕士论文获上海市研究生优秀成果（优秀学位论文）；指导的多篇博士论文获优秀博士论文奖，指导的博士后科研项目获国家社科基金青年项目立项；指导的十多位本科生、硕士生、博士生剧作获上海文化发展基金会青年编剧项目资助。他还指导哥伦比亚大学编剧专业MFA研究生的剧本创作，并先后将四部剧作搬上舞台。

同时，陆军教授主持的戏剧影视文学专业教学列第五批国家级特色专业建设，《中国戏曲写作教学模式创新探索》获上海市级教学成果奖，《戏曲编剧人才培养模式创新探索》为上海高校本科重点教学改革项目，《编剧概论》为上海市精品课程。他还蝉联三届上海戏剧学院教学成果奖最高奖——学院奖。

难怪陆军教授的老师、著名戏剧家孙祖平教授说："陆军是一个戏剧教育家。"

论剧本创作，实为巧匠

陆军教授成为剧作家，已经是 20 世纪 80 年代的事了。

2013 年 1 月 10 日，《文汇报》曾以"陆军：醉心记录农民'心灵档案'"为题，用整版篇幅介绍他的创作业绩。文中写道：

> 一个剧作家，身居光怪陆离的大都市，却醉心于广袤的乡村，30 多年来，他以乡村题材创作了 28 部大戏、20 多部短剧，被剧坛称为"用戏剧记录农民'心灵档案'的第一人"。他就是剧作家陆军。
>
> 20 世纪 80 年代初，中国农村改革正处于关键之时，陆军推出了以联产承包责任制为背景的剧作《定心丸》，并一炮打响，被全国各省市剧团竞相排练并搬上舞台。其后，他创作的乡村组歌《田园三部曲》，又集中描述了党的新农村政策带给农民自信、自尊、自强的精神面貌。
>
> 到了 20 世纪 90 年代，富裕起来的农民面临价值观的新选择。

"中国农民能经得住贫困的磨难，却不知道富起来以后该怎样生活。"陆军把对这个问题的严肃思考，写进剧作《三朵花闹婚》《神秘的电话》《夏天的记忆》，短剧《乡村里的月亮》《送子观音》中。

进入新世纪后，陆军通过大戏《女儿大了，桃花开了》《母亲》《上海歌谣》《男人三十一枝花》以及短剧《三条彩信》等，多角度地反映了国内城镇一体化进程中农村面临"痛并快乐着"的挣扎。《母亲》的叙述对象是农村暴富家庭的"问题独生子女"；《女儿大了，桃花开了》则冷峻透视农村发展后自然环境与农民心理受到深度"污染"的状态，被赞为"新时期现代戏创作的重要收获"；《上海歌谣》，敏感抓住富裕起来的乡村女性的心灵颤动……

陆军是地道的上海人，生于松江农村，其创作灵感来源于乡土。他的作品紧扣时代脉搏、反映现实矛盾，先后获得"文华奖""曹禺戏剧奖"和"田汉戏剧奖"。陆军认为，"我更注重把农民的命运放到时代背景中去考量，透视他们的心路历程，记录历史的胎记与时代脉搏的跳动"。

距那篇报道时间已有多年，陆军教授依然笔耕不辍。迄今为止，他已有三十多部大型剧作被搬上全国各地的戏剧舞台，50余次荣获省市级以上各类文艺奖项，从1979年第一部搬上舞台的大戏《追求》，到眼下正在演出的婺剧《清澈的梦想》、话剧《大明四臣相》、姚剧《浪漫的村庄》，陆军教授的剧作涉及话剧、沪剧、越剧、姚剧、婺剧、粤剧、京剧、采茶戏、南词戏、黄梅戏、蒲剧、滑稽戏等剧种。在他的笔下，创作出了一个个带有鲜明时代印记又具有鲜活个性色彩的艺术形象。

不妨拉一张清单。陆军教授已公演的大型戏剧计有：话剧《大明四臣相》《夏天的记忆》《徐虎师傅》《相约星期六》，姚剧《女儿大了，桃花开了》《母亲》《浪漫村庄》，婺剧《婺江歌谣》《我们的村庄》《清澈的梦想》，京剧《一夜生死恋》，越剧《探春》《瓜园曲》，蒲剧《母亲的呼唤》《人间第一情》，黄梅戏《红楼探春》，沪剧《石榴裙下》《好人一生平安》《秋嫂》《竹园曲》《桃园曲》《神秘的电话》《小城之花》《乡村舞会》《小城维纳斯》《冒尖户招亲》《三朵花闹婚》《瓜园里的年轻人》《追求》，粤剧《青青公主》，南词戏《山乡恋歌》，滑稽戏《男人三十一枝花》等。他还先后出版了《陆军获奖剧作选》《陆军短剧选》《陆军电视剧作选》《寻找生命》《女儿大了，桃花开了》等多部剧作选。

1981年，陆军教授的戏曲剧本《定心丸》在《解放日报》整版连载；1991年，陆军教授的家乡松江县专门为他建立了"全宗号081"的名人档案；2002年，陆军教授的六部大戏同时在全国上演；2009年，松江区政协与中国剧协《剧本》月刊杂志社联合举办"陆军农村题材戏剧创作30年成果展"。有专家这样评价：陆军的剧作20世纪70年代的主调是浪漫，80年代的主调是忧虑，90年代的主调是阵痛，进入新世纪后的主调是裂变。30多年默默耕耘，30多年孜孜以求。陆军教授匠心独运，他用农村题材的戏剧创作，真诚地记录农民30多年来的心灵史，受到了农民兄弟的欢迎与爱戴。

问起陆军教授眼下在创作什么作品，他笑着告诉我，正在进行创作的一共有四部大戏，分别是：应松江区文联之邀创作的沪剧《春申君外传》，应金山区委宣传部之邀创作的话剧《生命驿站》，应上海体育学院之邀创作的大师剧《蔡龙云》，以及他自主选材的反映1955年2月国民党从大陈岛撤退史实的话剧《魂归大陈岛》（均暂名）。他说，这四部戏都是他带领学生们一起写，一般是由他确认题材，提炼立意，选择角度，形成构思，组织结构，然后让学生去完成初稿，再一起讨论与修改。他说，这四部戏都要赶在今年9月开学前完成初稿，年内定稿。

其实，除了自己的创作，陆军教授还利用自己的专业优势热心服务社会，他曾先后策划主办了连续三届全国校园戏剧文本征稿比赛与首届上海校园戏剧文本征稿比赛，先后主持组织创作了《钱学森》《潘序伦》《王振义》《钱宝钧》《裴沛然》《刘湛恩》等一批大师剧，而且都被搬上了上海高校的舞台。在他的努力下，得到上海市教委的支持，还创立了上海校园戏剧文本孵化中心，利用这一平台，他把更多的热情与智慧奉献于上海的校园戏剧，并取得了良好的社会效益。

论学术研究，当属高人

一般对陆军教授的了解，大都停留在"他是一个高产剧作家，一个资深教授"的认知上，对他在学术研究方面的能力与成就知之不多。其实，那是因为他在创作与教学方面的业绩遮蔽了他作为一个有建树的编剧学学者的存在。

陆军教授告诉我，从事戏剧教学与剧本创作，都不能忽视理论。他对理论研究一向有兴趣。他在上海戏剧学院学报《戏剧艺术》发表第一篇小文章的时间大约是1978年在上戏读大二的上半学期，题为《善于写好一场戏》。严格意义上的论文发表时间是大二的下半学期，一篇8000字的论文《论〈熙德〉的艺术得失》在《外国文学研究》杂志上发表。当时理论刊物少，稿源充沛，一个大二学生的习作能被采用，实属荣幸。这篇论文给了他自信，接着，先后写出了《〈茶花女〉

艺术论》(5万字)、《漫谈〈伊索〉的艺术特点》(3万字)、《〈费加罗的婚礼〉喜剧魅力初探》(3万字)、《〈塞维利亚的理发师〉艺术初探》(1万字),这些论文后来冠之以《外国名剧技巧赏析》结集出版。走上工作岗位以后,虽然工作繁忙,但写理论文章的习惯一直保持着,当然,限于条件,写作数量并不太多。但他的论文特别是艺术批评的文章,真实、犀利,有自己独到的见解,几乎每一篇都在戏剧界引起反响。

比如,二十年多前,陆军教授在《戏曲艺术》杂志上发表文章,对中国戏剧创作现状提出批评,概括为八条:一是创意的萎缩;二是理念的亢奋;三是剧情的简陋;四是思维的错位;五是技法的粗疏;六是形式的贫乏;七是探索的失误;八是批评的缺席。这些观点,至今仍有现实意义。

十五年前,在上海白玉兰论坛上,他作了一个题为《上海戏剧的"八有"与"八缺"》的发言,即一是有热情,缺激情;二是有"贼心",缺"贼胆";三是有高人,缺高见;四是有"大腕",缺大家;五是有机会,缺机制;六是有财力,缺眼力;七是有戏迷,缺戏友;八是有大制作,缺大作。可谓一针见血,振聋发聩。

十年前,在《文艺报》发表了题为《当代戏剧的现代性障碍之我见》的文章,提出有三种非戏剧因素正在大面积侵入当代戏剧的肌体,造成戏剧本体生命力的疲软。一是政治因素的大面积侵入;二是权力因素的大面积侵入;三是非艺术因素的大面积侵入(比如圈钱)。有意思的是,《文艺报》在2005年3月3日与3月25日分别两次刊登了这篇文章。

五年前,在《文汇报》发表文章,批评上海剧坛除了尚未改观的"八有"与"八缺",又增添了"四有"与"四缺":即一是有"霸气",

缺士气；二是有"梯子"，缺梯队；三是有灵感，缺灵魂；四是有观点，缺观念。

四年前，《文汇报》用一个整版的篇幅刊登了题为《不能忽略了萧伯纳》的文章，对当代戏剧远离生活、缺乏社会担当的现实提出了尖锐的批评。

而这几年，陆军教授的《呼唤戏剧舞台上的国家形象》《建设"当家戏"是振兴戏曲第一要务》《理直气壮地来个"戏剧进课堂"》《校园戏剧应保留艺术的"青春痘"》《以前编剧培养机制还不如养猪科学》等文章与观点都是直面当下，针砭时弊。

2016 年，陆军教授有两篇重要文章《青年编剧都去哪儿了？——对于中国戏剧编剧人才现状的忧思》《"代养制"能否解青年编剧荒——关于中国戏剧编剧人才稀缺的对策》先后在《解放日报》朝花评论版连载。

2017 年《戏剧艺术》第 1 期，陆军教授一篇《论现实主义表演方法在戏剧表演教学中的重要性》的论文发表以后更是在圈内引起强烈反响，上海戏剧学院一位老领导在微信群称：这篇论文"对戏剧教育的呐喊引导，将载入史册"。不久，《人民日报》海外版以"青年演员应加强表演基本功"为题再次刊登陆军教授的主要观点，被人民网、新华网、凤凰网、澎湃网等媒体在显著位置转载。这些具有批判性文字的背后，都承载着陆军教授对戏剧行业现状与未来的深刻思考，能深深感受到他那颗关注戏剧生态、关心戏剧人才成长的赤诚之心。

当然，陆军教授最高兴的一件事情是与他的同事姚扣根教授一起，在校领导与学术委员会的支持下创建了编剧学，把编剧学从戏剧学中分离出来，成为戏剧与影视学所属的二级学科。

为了建设好编剧学这一新学科，陆军教授策划主编 10 卷本《中国现当代编剧学史料长编》,10 卷本《上海戏剧学院编剧学教材丛书》,50 卷本《上戏新剧本丛编》;他创办《编剧学刊》,他组织编写《编剧学导论》;他参与主编《编剧学词典》;他着手主编《中外经典名剧 300种》《中外经典短剧鉴赏文库》,等等。而年内将由上海人民出版社出版的《编剧学论稿》更是一部融入了他心血的重要著述,而《另一种读书笔记——陆军书序录》则是他对编剧学思考的另类表达。正如上海戏剧学院教授姚扣根博士所说:对编剧学,陆军真是做到了呕心沥血、鞠躬尽瘁。

又一令人钦佩的事是,2016 年,陆军教授领衔申报的课题《戏曲剧本创作现状、问题与对策研究》获得批准,他成为国家社科基金艺术学重大项目首席专家。而国家社科基金艺术学重大项目是我国艺术科学领域层次最高、资助力度最大、权威性最强的国家级政府基金资助研究项目。这也是上海地方高校第一次获得这项殊荣。

陆军教授介绍说,这一重大项目的研究将围绕如何解决当前"好的戏曲剧本荒"的问题,把握现状,找准问题,寻求对策。如果把当下的戏曲创作比作一条河流的话,他希望通过这一重大课题研究,能把成果化作一包包沙袋和石子扔到河里,并试图去影响"戏曲剧本创作之河"的流速与流量,甚至在一定程度上去影响它的流向。按照陆军教授的设计,到 2020 年底课题结项时,要完成研究报告 10 个,其中包括 1 个总报告,6 个子报告,3 个调研报告;专著 5 部;论文 30篇,其中国际期刊论文 2 篇,C 刊论文 12 篇,中文核心期刊论文 16篇;《成果要报》9 期。另外,编定《中国文化走出去:经典戏曲推荐剧目 20 种》1 部,《编剧学辞典》1 部;编剧软件 1 个;示范性戏曲剧本 2 部(原创与改编各 1 部);数据库 1 个;《工作简报》26 期。同时,通过本项目研究,将提升一批青年科研人员与青年教师与学术研究水平与专业综合能力。

即使像我这样的圈外人，也被如此宏伟的研究设计、如此开阔的学术视野所折服。

行文至此，忽然想到，陆军教授曾经还有多重身份，似乎不该忽略。他曾任上海戏剧学院成人教育中心主任 3 年，党委宣传部部长 8 年，戏剧文学系主任 8 年，兼任创作中心主任 12 年。在上海戏剧学院选送教育部主办的展示当代教师风采的微视频《微信中的老师——上戏教授陆军速写》中，有这样一个片断，不妨转述于此：

> 各位学友：本人于 2015 年 3 月 20 日到龄离职，根据党委安排，由刘庆教授主持戏文系行政工作。感谢大家多年来对我的信任与支持！附上我最后一个工作日日程，一则作为对自己过往生活方式的一种纪念；二则也有些感慨：突然发现，自己至少有三十年以上的每个工作日是这样度过的。所以，亲爱的同学们，学习着是美丽的，可真要好好珍惜啊！

> 在戏文系主任岗位上的最后一个工作日程：
>
> （2015 年 3 月 20 日）
>
> 6：37　到校。
>
> 6：50　修改《戏文系本科生、研究生毕业创作和毕业论文写作教学研讨会 3.16 纪要》，并以邮件方式呈黄院长、宫院长。
>
> 7：30　修改戏文系 2015 年度预算。
>
> 9：00　与曹树钧教授沟通，建议减少 63、64 届校友返校座谈会经费，取得支持。
>
> 10：45　接待 MA 与 MFA 线下考生，与相关部门及相关院校

从『荷乡』走出的『三栖教授』

联系，尝试争取落实调剂至兄弟艺术院校的考生诉求（未果）。

11：00　与吴爱丽老师商量安排《悬崖》编剧全勇先4月9日、10日来院开设讲座，落实学生听课与教师交流事宜。

11：30　与姚扣根教授商研究生复试命题方案。

13：00　主持戏文系在职MFA新生见面会。

14：00　修改《上戏章程》中"创作演出委员会"一节的文字。

14：30　给本系16位退休教师发函，禀报到龄离职事宜。

15：00　修改2015年度创作中心预算。

15：30　与研究生工作助理万青、孙祖平教授商2015年度高编班招生事宜。

16：00　召集辅导员刘颖、办公室主任林茜、研究生工作助理万青、创作中心秘书古韵开会，交流相关事宜。

16：30　原定召开最后一次系务会，因支部书记沈亮教授在上课，另两位副主任不在校，改为与万青商2015年度研究生经费安排。

16：50　向党委组织部长禀报有关工作。

17：00　接受区人大生日贺卡与鲜花，并与区人大代表商议本人四月初向选民汇报履职情况之事宜。

17：30　下班。

这是陆军教授到龄离职前最后一个工作日发给他的在读研究生群的微信，被他的学生转发后，又被数以万计熟悉与不熟悉陆军教授的人转发、点赞。

按说，退居二线以后陆军教授可以松口气了，而事实上他比原来更忙。每天还是坚持早上六点钟离家，六点半左右到学校上班。想起十多年前，在一篇全面介绍陆军创作成就、题为《上海剧坛一奇人》的获奖报告文学中，作家俞福星写过这样一句话："他一个人要干四个人的活，而且干得都挺不错！"几个月前，在上海市教育工会出品的微电影《师与猫》中也有一句话："他获得全国文化系统劳动模范那一年是35岁，而在他60岁那年又获得上海市劳动模范的称号。"的确，熟悉陆军教授的人都知道，一年365天，他几乎从没有休息日。问他今年暑假的安排，他告诉我，除了主持为期15天的上海学校暑期"百·千·万字剧"编剧工作坊，剩下一个多月，他还要做几件事：一是编定两部书稿；二是完成学校要他做的关于上戏编剧人才培养模式创新探索的材料准备；三是要与学生们一起完成四部大戏的初稿……

生命在燃烧！陆军教授还是与十多年前一样，一个人要干四个人的活啊！更令人敬佩的是，他能把四个人的活干得漂亮、完美、高端！

陆军，这位从"荷乡"走出的戏剧家，正在以他的勤劳与智慧，继续为曾被他誉为"上海之根"的家乡松江增光添彩。而他的品格与精神也如他家乡的荷花一样，清香阵阵，沁人心脾。

人文松江，感谢有你！

2017年8月作于新浜"荷花节"时

（作者为上海作家协会会员）

（原载《松江新城》2017年第8期）